황순원 연구

오생근 엮음

1993

차   례

I. 전반적 검토

II. 작가·작품론

III. 그의 인간과 문학

Ⅳ. 황순원 문학의 자료

I. 전반적 검토

전반적 검토

오　생　근

　황순원의 문학적 출발은 일제 말기의 식민지 탄압이 극도에 달해 언론의 자유가 철저히 제한되고, 민족 언어의 표현이 금지되던, 불행한 문화적 상황 속에서 이루어졌다. 많은 작가들이 친일로 기울고, 일본어로 글을 쓰던 그 무렵에, 황순원은 읽혀지지도 않고 발표되지도 않을 작품들을 쓰면서 암담한 현실을 극복하려는 의지와 한국어를 지키려는 비장한 각오로 글쓰기를 시작한 것이다. 황순원의 문학적 출발을 설명하는 데 있어서 주목해야 할 이 사실은 해방 이후 오늘날에 이르기까지 거의 반세기의 세월을 섬세하면서도 꿋꿋한 작가적 태도로 문학의 길을 걸어왔던 그의 작가 정신을 이해하는 데 있어서도 중요한 근거가 된다. 그는 세속적인 욕심으로 흔들린 적이 별로 없었고, 잡문이나 연재소설을 쓰지 않는 작가로 유명했으며, 오직 자신의 문학 작품을 통해서만 자기 자신을 증명하려는 결백성으로 잘 알려진 작가였다. 그의 이러한 작가적 태도는 그러므로 현실과의 긴장 관계 속에서 능동적인 의지로 지켜진 것이지 주어진 상황과 그의 성격에 의해서 우연히 형성된 것이 아님을 알 수 있다. 자기의 세계를 구축하고 견지해온 그의 작가적 태도는 그 나름대로 세속적인 유혹에 빠져들지 않고 단호한 의지와 정신적 힘으로 버틴, 어떤 실존적인 선택의 결단인 것이다.

　그는 이른바 순수 문학의 작가였다. 작가와 작품의 관계가 분리되어서 이해되지 않고, 혼동되거나 일치되어서 이해되는 경향이 많은 우리의 문학적 상황에서 그는 어느 측면에서든지 그러한 명칭이 별로 어색하게 보이는 작가가 아니었다. 그의 작가적 태도가 현실과의 관계 속에서 선택된 것이듯이 그의 문학적 내용도 시대 상황과의 관계 속에서 형성된 것임을 알 수 있다. 그런 까닭에 그의 순수 문학은 현실을 외면하거나 초월하려는 예술 지상주의자의 문학이 아니라, 그 나름대로 자기의 문제를 선택하여 떠맡고 그 문제를 치열하게 극복하면서 한 시대를 산 작가의 문학임을 주목해야 한다. 그는 전설적인 이야기나 신화적 세계를 그린 작가도 아니며 인간이 없는 자연의 정서를 노래한 시인도 아니다. 그의 작중인물들이, 리얼리즘 소설의 어떤 주인공들처럼, 사회와 부딪치고 끊임없이 새로운 모험을 감행하는 인물들이 아니라, 얼핏 보아 연약한 낭만주의자들처럼 보이고, 그의 소설 배경이 종종 일상 생활을 사는 하층민들의 계급적 현실이 아니라 정신적인 관점에서 선택된 사람들 혹은 지식인들의 조용한 현실이라 하더라도, 혹은 작가적 관심이 민족적·역사적 현실보다 인간의 내면 심리에 초점이 맞추어져 있다는 점을 부인할 수 없다 하더라도 그의 문학이 시대적 분위기와 무관하지 않다는 것을, 아니 그 시대적 상황과 부딪친 능동적 의지의 소산이며 역사와 현실의 내면화 작업이라는 것은 분명히 인정해야 할 사실이다. 「황노인」「독 짓는 늙은이」「노새」등 초기의 단편들로부터, 『별과 같이 살다』라는 첫번째 장편소설을 거쳐, 『카인의 후예(後裔)』『일월(日月)』『움직이는 성(城)』『신(神)들의 주사위』등 다양한 일련의 장편소설들에 이르기까지 그는 한국인의 한(恨)과 토속적인 것에 대한 문제를 포함하여 한국인의 근원적인 정신 상황에 관련된 시대적·사회적 문제에 폭넓게 접근해온 작가였다. 그의 작업이 이룩한 성과에 대해서는 이견(異見)이 있을 수 있겠지만, 그가 해방 이후 변화되어온 사회 현실 속에 살아온 한 작가로서 시대와 관련된 문제 의식을 내보인 작가라는 것은 누구나 동의할 수 있는 사실이다. 물론 그의 작가적 문제 의식은 계층간의 대립이라는 사회적 시각과는 거리가 멀고 분단 시대의 민족적 비극을 천착해보려는 역사적 시각과도 거리가 멀다. 그의 관심은 사회적·역사적 원인을 현실 검증의 의도로 탐색하는 것보다 그러한 원인이 사람들의 정신에 끼친 영향과 정신적 상처를 근원적으로 드러내는 데 있기 때문이다. 그러므로 우리는 그의 소설에서 역사적·사회적 현실의 표면적 모순을 볼 수 있기보다는 그러한 모순이 투영된 혹은 간접화된 작중인물의 심리와 정신의 심층을 읽을 수가 있다. 그것은 황순원의 작가적 개성과 깊이 있는 인식으로 이해될 수 있는 성질의 것이지 도식화시켜 비판할 수 있는 성질의 것은 아니다.

황순원의 그러한 문제 의식이 어떤 현실 인식에서 비롯된 것이건 간에, 우리가 또한 따져야 할 것은 그것이 작품의 논리 속에서 얼마나 밀도 있게 육화되어 있는가 하는 문제이다. 그것이 표면화되어 있건 내면화되어 있건간에, 어디까지나 그것은 작품의 차원과 텍스트의 논리에서 검토되고 비판될 수 있는 것이며 작품을 떠난 작가의 세계관이나 작가적 의지로 결정되는 것이 아님은 분명하다. 롤랑 바르트라는 비평가의 말처럼, 한 작가의 기술체(記述體) *l'écriture*가 그것의 형태가 갖는 사회적 의미와 어느 기술체를 선택하느냐의 문제에 대한 오랜 작가적 성찰에 의해서 만들어진 것인 한, 그것은 작가의 참여를 직접적으로 드러낼 수 있는 것이다. 황순원 문학의 기술체가 텍스트의 논리에서 합당하게 채택된 것인가 아닌가의 문제는 계속 검토되어야 할 것이겠지만, 그의 문학이 그의 사회적 참여의 방식이었다는 점에 주의를 기울여, 언어와의 대결을 통한 작가적 참여의 문제를 논의의 초점으로 삼는 태도가 온당할 것이다. 그러므로 그의 깔끔하고 서정적인 문체와 현실 인식 사이의 긴장 관계를 깊이 있게 조명할 때, 그의 작품이 바탕으로 삼는 역사성과 사회성의 의미가 더욱 명료하게 밝혀질 수 있을 것이다.

황순원의 문학적 특징에 대해서는 부분적으로 많은 언급이 있었지만, 본격적인 작가론과 작품론들 역시 적지 않다. 지금까지 시도된 작가론이나 작품론을 정리해보면서 새로운 가능성을 모색해보면 다음과 같다. 첫째로는 그의 순수 문학적 성향의 바른 의미를 해명하는 작업으로서 김병익의 글이 여기에 해당된다. 그는 황순원 문학을 역사나 현실이 들어 있지 않은 장인(匠人)의 문학이라는 비판에 반발하면서 그의 작품 속에서 역사를 내면화한 면을 부각시키고 무엇보다도 "시대와 현실이 깊이 투영되고 있음"을 입증하려 했다. 이러한 주장이 훨씬 더 설득력을 갖기 위해서는 역사의 내면화가 어떻게 이루어진 것인지에 대한 치밀한 분석과 이론이 계속적으로 보완되면, 그 성과가 더욱 풍요로워질 것이다. 이태동(李泰東)은 이와 비슷한 시각에서 "황순원의 작품 세계가 현실과 유리된 추상적인 상징주의적 세계가 아니라 자연주의적 현실에 깊이 뿌리를 둔 실존주의적 경향을 띤 상징주의적 작품 세계"임을 밝히려 했다. 다시 말해서 그의 문학은 리얼리즘을 함축성 있게 수용한, 깊이 있는 상징주의 문학이라는 것이다. 여기서 중요한 것은 어떤 문예사조의 성격이 작품 속에서 발견되는지를 밝히는 데 있는 것이 아니라 어떤 면에서 그러한 성격의 문학적 깊이를 지니는지를 더 세밀하게 분석하고 작품을 통한 변화의 동기를 살펴보는 일이다. 두번째로 이루어진 작업은 황순원의 작가적 태도와 작중인물들의 특징을 관련시켜 그의 작품 세계를 개괄적으로 정리한 것으로서 천이두(千二斗)·이보영(李甫永) 등의 비평이 여기에 해당된다. 작품론을 중심으로 황순원에 대해 가장 많은 글을 쓴 비평가인 천이두는 그의 문학적 과제가 두 가지 방향에서 지속되어왔음을 주목하면서, 하나는 한국적인 아름다움을 추구하려는 노력이고, 다른 하나는 "인간의 숙명적인 고독의 의미 및 인간 관계의 의미"를 밝히려는 노력이라고 말한다. 황순원의 문학과 한국적인 아름다움의 모색과 형상화의 문제는 거듭 천착될 수 있는 주제일 것이다. 이보영의 「황순원의 세계」는 꼼꼼하고, 회의적이며 세심하고 냉철한, 그리고 소심한 결벽증을 지닌 작중인물을 통해서 절대적인 인간 조건 속에 처한 인간의 숙명적인 모습과 그것을 극복하고 구원의 세계로 도달해가는 그들의 정신적 변모 과정을 조명한다. 또한 김치수는 『일월』에 나타난 구원의 문제를 다루면서 그것이 "너무 고식적이며 관념적인 방법으로 추구"되었음을 아쉬워한다. 이러한 주제 비평이 더 발전되기 위해서는 작가와 작품을 분리하여 황순원의 나레이터로서의 특징, 대화나 묘사의 공통된 표현 방법, 작중인물의 유형과 인물들이 맺는 관계의 도식 등에 대한 정밀한 구조적 분석이 병행되면 더욱 설득력을 보일 수 있을 것이다. 진형준의 「모성으로 감싸기, 그에 안기기」는 황순원의 작가 의식이 깨어 있으려는 의식이라는 전제 아래, 그의 단편소설들에서 특징적으로 발견되는 어린 아이의 천진성의 측면과 모성적인 측면이 어우러지면서 역동적으로 확산되는 세계를 섬세하고 흥미있게 설명한 글이다. 조남현의 논문은 「나무들 비탈에 서다」의 표제에 대한 면밀한 분석과 함께, 그러한 나무들의 상징성이 작중인물들의 삶과 어떻게 관련되는지를 밝히면서 젊은 작중인물들 사이의 수평적 관계와 그 젊은이들이 부모와 맺는 수직적 관계를 꼼꼼히 정리한 작품론이다. 이와 같은 본격적 작품론이 쌓여지는 것은 바람직한 일이다. 세번째의 비평은 황순원의 문체적 특징과 세계관의 관계에 관심을 둔 것으로서 가령 김현은 황순원의 주인공들이 "세계와 사회와의 통로를 트지 않고 자신의 내적 세계에만 칩거"하는 낭만주의자들임을 언급한 후, 그의 소설 문체가 과거형으로 씌어진 문체라고 지적하면서 이렇게 말한다: "과거체로 씌어지고 있기 때문에 그의 소설은 심리적인 추이나 배경 묘사에는 탁월한 능력을 발휘하지만, 대신 그의 소설에는 행동 자체가 주는 박진력이 결여"되어 있다는 것이다. 또한 장현숙은 단편집 「기러기」를 중심으로 문체론적 측면에서 고찰하면서 작품 자체의 미적 구조와 의미가 작품의 내용이 되는 인물들과의 갈등과 어떻게 접맥되어 있는지를 고찰하고 아울러 어머니의 존재나 별과 같은 이미지의 추구가 작가의 시대 인식의 소산임을 입증하려 한다.

　네번째는 황순원의 생애에 관련된 연구이지만 이 방면의 작업은 아직 생존해 있는 작가이기 때문인지 본격적으로 진행된 것은 없다. 경희대학교에서 1980년에 발간한 『경희문학』(황순원 교수 정년 기념 작품집)과 황순원과 가까운 친구 원응서의 글 등이 참고가 될 것이며 최근에 씌어진 김동선(金東銑)의 「황고집의 미학, 황순원 가문」이 비교적 소상하게 그의 가문과 생애의 일화를 일관되게 서술한 것이다. 이러한 연구와 기록은 본인의 확인을 통해 작품에 관련된 중요한 사실들을 확인하고 보완하는 것으로 계속되어야 할 일이다. 다섯번째로는 판본 연구에 관련된 작업인데 이 방면에는 김현이 『황순원 전집 1』(『늪/기러기』)의 해설을 쓰면서 주의를 환기시킨 것밖에는 뚜렷한 연구가 진행되지 않고 있다. 황순원은 누구보다도 문체에 신경을 쓰는 작가이며 자기의 작품에 계속적인 손질을 하기로 유명한 작가인데, 그가 무엇을, 어떻게, 왜 고쳤는지의 문제는 여러 판본을 비교하고 분석하는 문학 연구가의 과제일 것이다. 여섯번째는 황순원의 시세계 혹은 시적 산문에 대한 연구이다. 그는 소설과 병행해서 계속 시를 쓴 작가이고 그의 산문에서도 시적 표현과 인식이 특징적으로 발견되는 작가이다. 이런 점에서 최동호의 「황순원의 시세계」가 '열정에서 원숙에로 향하는 작가 완성'의 특징을 밝힌 것은 한 성과이다.

그 밖에 문학과지성사에서 간행된 『황순원 전집』의 각권에 수록된 작품 해설이 그의 문학을 이해하는 데 좋은 길잡이 역할을 하는 비평들이다. 참고로 비평가의 이름과 글 제목을 정리해보면 다음과 같다.

1. 『늪/기러기』(김현, 「안과 밖의 변증법」)
2. 『목넘이마을의 개/곡예사』(유종호, 「겨레의 기억」)
3. 『학/잃어버린 사람들』(조남현, 「순박한 삶의 파괴와 회복」)
4. 『너와 나만의 시간/내일』(권영민, 「일상적 경험과 소설의 수법」)
5. 『탈/기타』(정과리, 「사랑으로 감싸는 의식의 외로움」)
6. 『별과 같이 살다/카인의 후예』(김인환, 「인고의 미학」)

  7. 『인간접목/나무들 비탈에 서다』(송상일, 「순수와 초월」)
  8. 『일월』(성민엽, 「존재론적 고독의 성찰」)
  9. 『움직이는 성』(이상섭, 「유랑민 근성과 창조자의 눈」)
 10. 『신들의 주사위』(김치수, 「소설의 조직성」)
 11. 『시선집』(김주연, 「싱싱함, 그 생명의 미학」)

　＊ 끝으로 이보영의 「작가로서의 황순원」은 작가의 생애와 중요한
문학적 사건, 문학적 활동을 연대기적 순서에 따라 전반적으로 검토함
으로써 일반 독자들이 어렵지 않게 황순원 문학에 접근할 수 있게끔
핵심적인 이해와 인식을 도와주는 글로 첨가하였음을 밝혀둔다.

Ⅱ. 작가·작품론

순수 문학과 그 역사성*
——황순원의 최근의 작업

김　병　익

　황순원에 대한 최근의 여러 비판 가운데 가장 큰 두 가지 논점은 그의 문학에는 역사 혹은 현실이 들어 있지 않다는 것과 그리고 그것을 나쁜, 적어도 바람직하지 못한 문학의 한 예로 본다는 점이다. 그러므로 그는 장인(匠人)의 문학을 지향하고 있으며 그것은 오늘의 우리 시대와 무연한 창작 행위라는 말이 첨가되기도 한다. 이같은 유의 비평은 비단 황순원에게만 향해지는 것이 아니고 가령 이상(李箱)이나 최근의 여러 작가들에게도 가해지고 있는데, 이런 논리의 기본 밑바탕에는 문학이 역사 혹은 현실을 반영·저현하고 나아가 그것들의 잘못에 용감하게 도전할 수 있을 때에야 그 진의가 나타난다는 신념이 도사리고 있다. 오늘의 문학이 음풍영월하거나 야담적인 호기성의 역할을 할 때는 이미 지났으며, 인간과 사회의 어떤 모습과 비극을 극복 지양하는 정신의 힘으로 발양되어야 한다는 주장에 아마 누구도 이의를 제기할 수 없을 것이다. 그것은 근대 문학의 전제이기도 하며, 한국 문학뿐 아니라 세계 문학 전반에 흐르는 문학관이기도 하다. 그리고 우리는 현대처럼 복잡하고 억눌린 사회에서 문학이 현실을 떠나 신선놀음하기를 희망하지도

---

* 『한국문학』, 1976.

않는다.

그러나 이 전제 위에서, 문학이 현실과 역사를 반영·저항해야 함에도 표면적으로 그렇게 보이지 않는 듯하다 해서 작품을 명제적인 발언으로 비판하는 데에는 약간의 회의가 솟지 않을 수 없다. 그것은 가령 문학 속에 현실과 역사가 어떤 형태로 나타날 때에만 역사와 현실을 반영한다고 볼 수 있는가 하는 측정의 문제와 그리고 역사 혹은 현실이란 무엇인가 하는 본질의 문제가 떠오르기 때문이다. 여기에 한 가지 더 첨언하자면 장인의 문학은 왜 나쁜가, 그것은 정말 음풍영월의 한계 안에 멈추어 있는가라는 질문도 있을 수 있다.

사실 이런 의심들에 대한 대답을 명쾌하게 한다는 것은 거의 불가능하다. 역사와 현실이란 말이 요즘처럼 자주 사용되는 시대도 별로 없었겠지만, 그 때문에 이 용어들의 의미가 정확히 밝혀지거나 통일될 수도 없다는 것이 그 이유의 하나이며 역사적인 삶이 너무나 많은 것들을 복잡다단한 형태로 포용하기 때문에 일도 양단의 정의를 내릴 수 없다는 것이 그 또 하나의 이유가 될 수 있을 것이다. 이것을 환언하면 역사와 현실이란 말을 자주 사용한다 해서 그 실체를 잘 포착했다는 것을 의미할 수 없을 뿐더러 그 용어의 사용을 기피한다고 해서 그가 역사 의식과 현실 인식을 포기한다고 단정할 수 없으리란 말이 되기도 한다. 산문, 그것이 소설이든 비평이든 여러 글들에서 역사와 현실이란 말을 쓰기는 매우 쉬운 일이며 그리고 그것은 매우 지적이고 용기 있는 태도로 보이기도 하고 독자에게 강한 호소력을 주는 것도 사실인 것 같다. 그러나 이 세계의 삶을 보다 깊이 아프게 이해하고 그 속에서 과연 문학이란 창작 행위가 어떤 뜻을 갖고 있는가를 고통스레 생각하는 사람들에겐 구호처럼 남발하는 용어 사용에 현혹되지 않는다. 오히려 그 반대로 그들은 용어의 남발에서 상투적인 현실, 도식적인 역사를 보게 되며 진정한 개인적 집단적 삶을 허상화시키는 지적 도그마티즘을 발견한다. 본고는 황순원 문학의 옹호를 위해서라기보다 교조적인 비평의 오류 때문에 오해되고 있는 황순원 문학의 어떤 일면을 좀더 정직하게 관찰해보기 위한 것이다. 따라서 여기서 강조되는 바는 황순원의 전반적인 성격을 요약한 것이라기보다 부당하게 힐책받고 있는 어느 한 면의 새로운 해석을 통해 문학에서 현실과 역사가 어떤 형태와 관계로 수용되어야 하며 그것들의 의미는 어떻게 설정될 수 있는가를 밝히는 것이다.

　①　앞에서 황순원 문학의 어느 일면에 대한 고찰이라고 말했지만, 그것은 황순원과 그에 대한 보고가 야기시킬지도 모를 오해를 미리 줄이기 위해서이다. 그의 문학적 관심은 특히 60년대 이후 이른바 집단적인 역사나 현실(이 말에 대해 다시 후에 수정을 가해야겠지만)보다 인간 그 자체에 더 많이 쏠려왔다. 그의 가장 집요한 주제 의식이 인간의 내면으로 집중되어왔음은 주지된 바이고, 아마이 각도에서 황순원 문학의 본체를 발견해낼 수 있을 것이다. 그의이 같은 경향은 지난 10년 동안의 단편들을 모은 최근 창작집 『탈』에서 잘 드러난다. 「소리 그림자」 이후 「나무와 돌, 그리고」에 이르기까지 21편의 창작 전편에는 그 양상의 진폭이 큼에도 불구하고 인간에의 근원적인 사랑과 신뢰로 미만해 있다. 이 신뢰와 사랑은 「어머니가 있는 유월의 대화(對話)」나 「원색(原色) 오뚜기」처럼 부모와 자식 사이일 수도 있으며, 「자연(自然)」 「우산(雨傘)을 접으며」처럼 남녀간의 관계에서도 드러나고, 「소리 그림자」와 「마지막 잔」처럼 친구간의 우정으로 우러나기도 하며, 「온기 있는 파편(破片)」이나 「겨울개나리」처럼 전혀 타인과의 사이에서 빚어지기도 한다. 황순원의 이 인간에 대한 사랑은 어떤 형태로든 일단 맺어진 관계에서 그것을 배반해서도 안 되며 상대방의 배신까지도 포함한 그 모든 것을 사랑할 수 있어야 한다는 것이다. 왜냐하면 그것은 인간 그 자체, 무엇에도 비길 바가 없이 값진 생명 그 자체이며 그 인간과 생명이 고통과 고민을 감당하며 삶의 시련에 부대끼고 있기 때문이다. 따라서 이 고귀한 생명을 짓밟는 것은 증오와 분노의 대

상이 된다.「소리 그림자」에서 어릴 적 친구를 회상하며 "새로이 내 가슴속에는 아무 허물도 없는 어린이의 일생을 망쳐버린 한 중년 사내의 어이없는 징계"에 대해 느끼는 분노가 그렇다. 흔히 말하는 인도주의의 차원을 넘어선 것으로까지 보이는 황순원의 이 같은 근원적인 인간애 혹은 생명 외경 사상은 거의 절대적이며 신앙적이다. 여기에는 사회 제도라든가 어떤 집단 운동 이전의 원초적인 사랑의 힘만이 있을 뿐이다. 이 사랑의 힘은 어떤 논리나 구호로 이루어질 수 있는 것이 아니며 생명과 생명, 인간과 인간이 서로의 존귀함을 깨달을 수 있을 때에야 가능한, 내밀화 통정(通情)으로 발현된다. 그것은 인간의 겉으로 드러난 것을 혹은 조직이나 집단과 같은 외부적인 조건을 통해서 인간을 사랑한다기보다 우리가 마음과 영혼을 상대방에게 활짝 열어놓고 또 그처럼 열어놓은 상대방과 어떤 교감을 갖게 될 때 사랑의 확실한 행위가 이루어질 수 있음을 말하는 것이다. 그의 오래 전의 단편「링반델룽」은 이 영혼의 교감을 접점의 논리로 설명한다. 깊은 산에서 서로 헤어진 두 사람은 상대방을 찾기 위해 길을 헤매지만 서로 원을 그으며 돌 뿐 어떤 접점이 없다면 두 사람은 끝없이 서로를 찾기만 하고 만나지는 못한다는 것이다. 인간들은 서로 고립되어 있고 그 개별성의 막힘을 뚫고 다른 사람을 만나려 하지만 만남의 접점이 없는 한 인격적인 교감이 이루어질 수는 없는 것이다. 그러나 일단 이 접점을 찾게 되면 사람들은 상대방의 모든 것을 그의 추함과 배반까지도 포함한 그 사람의 전부를 사랑하고 또 사랑받을 수 있게 된다. 이 관계의 설정은 마르틴 부버의 '너와 나'의 관계와 유사하면서도 초월적인 신을 통해서 이루어진다기보다 거의 유심적인 교접의 성격을 갖고 있으며, 이에 대한 확신이 고양될 때「겨울개나리」처럼 비의적(秘意的)인 모습까지 띠게 된다.

　이때 등뒤에서 아줌마의 말소리가 들렸다. 아가, 응가하고 싶으냐? 어린애에게 하는 듯한 삽삽한 말투였다. 도시 아줌마의 음성이라고는 믿어지지 않을 정도였다. 상철은 환자의 표정을 살폈다. 좀전과 조금도 변함없이 허공에 아무런 초점도 없는 시선을 던지고 있을 따름이었다. 다시 아줌마가, 아가, 조금만 참아라 응? 했다. 〔……〕 아줌마의 시선엔 무표정한 환자의 얼굴로부터 무엇인가를 분명히 읽고 있는 빛이 역력했던 것이다. (「겨울개나리」)

의식과 육체의 기능이 마비되고 그래서 얼굴 표정의 변화에 이르기까지 일체의 의사 표시가 불가능한 환자와 그녀의 시중을 드는 아줌마의 소통은 상식을 완전히 초월하고 있다. 아줌마의 지극한 정성과 환자에의 사랑은 이 환자로 하여금 "의학적 진단을 뒤엎고 제 명 이상 오래 살게" 했을 뿐 아니라 그의 임종을 '곱고 조용하게' 치르도록 한 것이다.

　——어디 친부모 자식간이라구 그럴 수가 있겠어. 글쎄 감기 같은 것 두 어느 한쪽이 걸리면 으레 다른 쪽두 걸리군 했으니 말야. 두 사람은 우리가 헤아릴 수 없는 데까지 서루 통하구 있었어. 환자가 언제 죽으리라는 것두 다 알구 있었을걸.

사소한 기미, 눈짓 하나, 목소리 하나로 모든 속마음을 전달하고 전달받는 황순원의 이 같은 인간 관계 설정도 이 정도에서는 거의 신비한 경지에 이른다. 그의 인간에 대한 이해 방법·신뢰·사랑은 이 독심(讀心)을 통한 교감 위에서 이루어진다. 황순원은 이것을 다음 세 가지 수법으로 그 표현을 강화한다. 첫째는 그의 산문의 아름다움을 특징짓는 내면 대화이다. 그의 소설 도처에서 우리는 인용 부호가 없는 대화 혹은 독백일 수 없는 간접 화술이 지문 속에서 생생한 효과를 발휘하고 있음을 발견하는데, 이 같은 내면 대화는 미세한 몸짓과 음성으로 서로의 의사를 교차, 이해시키는 기능을 갖는다. 둘째는 『움직이는 성』에서 빈번히 활용되고, 근작 창작집 중에서도 「자연」「우산을 접으며」에 사용되고 있는 꿈 이야기다. 황순원에게 있어 꿈은 무의식의 표현이나 운명의 예언으로서 등장된다기보다 현재 지니고 있는 의식의 간접적인 표명이란 성격이 강하다. 따라서 그의 꿈은 소설의 스토리를 운반하고 매개하는 역할을 하고 있으며, 그 때문에 다분히 작위적인 인상을 주지만, 다른 한편 그 꿈들이 내면의 상호 교류를 촉진하는 의미를 가질 수도 있게 된다. 세번째가 내면 화법과 꿈을 적절히 이어놓은 듯한 연상 수법인데, 가령「원색 오뚜기」「소리 그림자」등 여러 편의 소설 말미를 장식하고 있는 부분들이 그렇다. 그것들은 현재의 어떤 상태와 처지를 시적인 이미지로 묘사함으로써 작가의 주관적 의사를 간접 조명하여 객관화시키는 독특한 성과를 얻는다.

　i) 바위들이 울퉁불퉁 박혀 있는 곳에 이른다. 아이는 한 바위에 발바닥을 대고 문지르기 시작한다. 이것도 아이가 바위 있는 곳에 오면 으레 하는 버릇이다. 아빠처럼 다리 안 부러질 테야. 한참 발을 문지르고는 다른 발로 바꾼다. (「피」)

　ii) "그게 왜 개꿈이야. 그 검붉은 모래 같기두 한 가루를 맞을 때 얼마나 기분이 나빴다구."
"그럼 피해버릴 거지 뭘."
"싫긴 해두 내가 맞아야 할 것 같았어."
"꿈속에서두 고 고집은 못 버리는구나."
"내 체질인 걸 어떡해." (「자연」)

　iii) 이때 나는 보았던 것이다. 앞에 펴놓은 그림이 이상한 변화를 일으킨 것을. 아니 변화라기보다는 이 그림을 그린 고인의 본뜻을 비로소 알아볼 수 있었다는 게 옳았다. 그림의 붓놀림이 어쩌면 이렇게 즐거울 수 있을까. 불꽃처럼 보였던 선 하나하나가 신상은 어쩔 수 없는 즐거움에서 우러나온 율동이었던 것이다. 킬킬킬 티없는 웃음이 연필 자국마다 스며 있다가 되살아오는 것이었다. 우리는 사십여 년 전 웃음을 나눠 가질 수 있었다. (「소리 그림자」)

이상의 세 예문에서 볼 수 있는 것과 같은 황순원의 세 가지 성공적인 수법은 종국적으로 인간과 사건을 내향화시키고 그것들을 내면으로 관찰 이해하고 있음을 방법론적으로 시사한다. 다시 말하면 어떤 주어진 여건, 묘사하는 대상을 둘러싼 객관적 사물들과의 연관을 통해 그 인간과 사건을 보는 것이 아니라 이미 그 인간과 사건 속에 투영되어 들어와 있는, 그리하여 그것들의 내질(內質)의 일부가 되어 있는 모순을 관찰하고 이해하는 것이다. 우리는 이것을 현실의 내면화라고 부를 수 있을지도 모른다. 황순원은 외면의 현실보다 내면의 현실을 더 중시하고 있을 뿐 아니라 현실을 객체로 바라보기보다 내면의 실체로 묘사할 것을 택한다. 황순원에 대한 이 같은 지적은 매우 미묘한 설명을 요구하여 세심한 주의를 필요로 한다. 특히 그의 문학을 현실 또는 역사와 관련시켜 평가하려할 때 더욱 그렇다.

② 왜냐하면 황순원에게 역사가 없다든가 현실로부터 도피한다는 비판이 그의 현실 또는 역사의 내면화를 정확히 감식하지 못한 데서 빚어진 것으로 보이기 때문이다. 실상 황순원의 주요 작품 연보를 그 제작 시기와 연관시켜볼 때 그가 항상 당대의 역사와 더불어 살아왔고 그 상황의 시대적 의미를 탐구해왔음을 규지할 수 있다. 1947년에 발표된 그의 처녀 장편 『별과 같이 살다』는 봉건 지주의 타락과 시대 변동을 타는 출세주의자의 착취로 희생된 한 무식한 여인의 수난과 해방이 되면서 숱하게 생겨난 난민들을 위해 봉사하게 된다는 이야기를 통해 식민지 치하로부터 해방 후의 또 다른 비참함으로 이어지는 혼란과 궁핍을 추적하고 있으며, 1953년에 연재되기 시작한 그의 출세작 『카인의 후예』는 공산 정권이 야기시킨 골육 상쟁과 정치적 무질서, 사회 전반에 걸친 풍속적 변모를 한 지방 지식인에게 내려지는 핍박을 통해 증언한다. 『인간접목(人間接木)』과 『나무들 비탈에 서다』가 한국전쟁의 참담함과 이 현실의 가혹스러움에 짓눌린 인간들의 파탄을 묘사한 전후적 작품이라면, 60

년대의 『일월』과 70년대의 『움직이는 성』은 사회적 신분 계층의 이동이 보여주는 갈등과 정신의 정착을 얻지 못한 한국인의 근원적인 심상을 날카롭게 해부하고 있다. 이 소설들은 역사적인 사건들 자체에서 발상되었거나 그 시대적 분위기의 핵심적인 문제들에 접근되어 있다. 요컨대 황순원은 우리 현대사의 비극적인 현실들과 밀접한 관련을 맺어왔다. 그럼에도 불구하고 그는 왜 그 같은 관련성을 인정받기가 어려웠는가. 우리는 다음 몇 가지 관점으로 그 원인을 지적할 수 있을 것이다: i) 이미 한국 산문 문체의 모범으로 정평이 나 있는 그의 문장미(文章美)는 서정성과 절제로 충만한 만큼 그 대가로 사상이나 이념의 직접적인 표출과 감정 흥분의 치열한 폭발을 억제한다. 따라서 그것은 그의 소설을 전체적으로 보아 정적인 수채화 같은 인상을 준다. ii) 그와 관련하여 작가의 세심하면서도 주관을 개입시키지 않는 묘사는 작가의 시선을 그 대상과 거리를 두고 응시하는 데서 이루어진 것으로 어떤 상황 또는 사건에 자신을 투기하지 않는 소심함을 느끼게 한다. iii) 작가의 관심의 초점은 어떤 사건이나 상황 자체보다 그 사건·상황 속에 이미 놓여 있는 인간 자체에 있다. 따라서 사건의 외적 형태나 의미는 주인공의 배면으로 물러나 있다. iv) 황순원의 주인공들은 지식인일 경우 주저하며 머뭇거리는 수동형이고, 무식한 사람들이라면 선량하고 우직하다. 이들이 어떤 타입이든 선의를 지니고 있고 내적 갈등을 크게 보여주지 않는 단선적 인간형들이다. 이 네 개의 지적 중 앞의 i) ii)는 그의 장인의 미학과의 관련을 갖게 만들며 뒤의 iii) iv)는 그가 현재에 대한 역사적 인식을 가하지 않고 있거나 혹은 그 역사로부터 도피하고 있다는 혐의의 원인이 되고 있는 것 같다. 우리는 이 글의 순서상 뒤의 항목부터 검토할 필요를 느낀다.

황순원은 앞에서도 말한 바처럼 그의 대표적인 장·단편들을 통해 항상 그 당대의 역사와 더불어 살아왔다. 다만 그는 초기의 『별과 같이 살다』로부터 후기의 『움직이는 성』에 이르기까지 조금씩 역사의 현장으로부터 비켜나고 있음을 보여준다. 가령 첫 작품의

28

‘곰녀’가 한민족의 알레고리이고 수난과 학대로 점철된 그녀의 생애가 당시의 민족적 삶을 축소시킨 것이며, 『카인의 후예』의 ‘박훈’은 정치 사회적 혼란 속에 자유와 권리가 박탈되어가는 지식인의 운명을 대변한다. 그러나 여기서 이미 ‘곰녀’는 불행한 난민어의 봉사로 뛰어들고 있지만 ‘박훈’은 자유를 찾아 월남하는 갈림길을 보인다. 이 갈림의 양상은 이들 작품의 논리적 구조로 보아 극히 당연한 것이지만 6·25를 소재로 한 두 장편에서 『인간접목』의 주인공이 고아의 구제에 집착, 현실에 더 깊이 뛰어드는 반면, 『나무들 비탈에 서다』에서는 두 주인공이 자살하거나 자폭적인 행위로 구속되는 것과 연결을 보인다. 그리고 『일월』과 『움직이는 성』에 이르러 작가의 시선은 정치적·경제적 현실에서 사회 신분의 이동으로, 이에 따라 한국 지식층의 심리 구조로 이어지고 있다. 이 시선의 ‘옮김’이 역사의 집단적 현실로부터 비켜나는 것인데, 여기서 우리가 세심하게 주의해야 할 것은 이 ‘비켜남’이 곧 역사로부터의 도피를 의미하지 않는다는 것이다. 비킨다는 말이 어떤 현장 속에 갇혀 있는 상태로부터 벗어나는 것이지만 그것으로부터 달아난다는 것을 의미하지는 않는다. 그것은 물론 그 현장과의 정면 대결을 회피한다는 뜻과 더불어 그 현장을 좀더 정확히 관찰하기 위한 것이기도 하다. 황순원은 역사적 현실로부터 거리를 두기 시작하면서 그 현실을 관찰하고 그 커다란 현실의 덩어리에서 인간 개개인의 얼굴, 그것들이 그 현실의 덩어리와 무게로부터 어떻게 고난을 당하고 있는가를 응시한다. 그리고 그는 이처럼 인간의 삶을 괴롭히는 현실과 역사의 진상은 무엇이며, 그 본의는 어디서 찾을 수 있는가를 묻는다. 이 응시와 질문의 결과는 다음 두 가지 양상으로 낙착된다. 역사 혹은 집단의 현실은 인간과 그의 삶을 배반하고 학대한다는 작가의 견해에 대한 확인이다. 그의 주인공들이 선량하고 순결하면 할수록 그를 억압하는 조건들의 의롭지 못함은 더욱 강조되지 않을 수 없다. 또 하나 다른 양상은 따라서 이 개인의 삶이 곧바로 그 역사와 현실의 일부로 편입되지 않겠는가 하는 관점이다. 개인과 조직, 인간과 사회의 괴리에서 그 인간의 편에 드는 것이 작가의 임무이며, 그 괴리 때문에 당하는 고통들의 집적이 작가가 관찰하고 증언해야 할 또 하나의 역사와 현실일 것이다. 역사도 사서(史書)에 기록된 사건으로 볼 때 우리는 그 껍질에 현혹되어 있는 것이다. 적어도 작가에게 있어 역사란 그 피상 속에 감춰져 있는, 사서가 해명할 수 없는 인간의 고뇌와 진실을 밝혀냄으로써 '인간의 역사'의 실상을 드러내주는 것이어야 한다. 말하자면 황순원이 집단적 역사와 현실에 수용되지 못하는 인간들의 삶과 심성을 묘사하는 것은 그 자체 집단사의 음영을 통한 또 다른 역사를 기록하는 것이며, 이 같은 인간사의 서술이 집단사의 면모를 추리케 하는 반증의 자료가 되는 것이다. 그리하여 황순원과 그의 주인공들은 역사를 이야기하지 않는다. 그 대신 그와 그의 주인공들은 스스로가 역사이며 또 그러기를 원하고 있다. 『카인의 후예』에서의 박훈의 월남, 『나무들 비탈에 서다』에서의 동호와 현태의 파멸, 『움직이는 성』에서의 준태의 죽음은 지식인의 역사로부터의 도피라고 비난당할 것이 아니라 지식인의 그처럼 패배하고 좌절되지 않을 수 없는 것이 역사 혹은 현실의 배리(背理)이며 바로 그것들이 또 하나의 역사이며 현실이라는 점으로 이해되어야 한다. 이것은 황순원에게만 해당되는 것은 물론 아니다(최인훈의 『광장』의 이명준이 자살을 택한 것이 현실로부터의 도피란 무책임한 단정으로 비난받을 수 없는 것과 같다).

따라서 황순원의 '비켜남'은 역사의 내면과 실체를 드러내려는 방법적인 자세가 된다. 그것은 경색된 관념으로 역사를 말하기보다 더 확실하고 개방된 태도로 역사 그 자체를 보여주는 것이다. 그는 『탈』에 수록된 작품 중 4·19를 소재로 한 두 개의 단편을 발표했는데 「온기 있는 파편」은 거대한 역사 혹은 영웅적 행위가 어떤 우연과 위선에 의해 만들어질 수 있으며 그럼에도 불구하고 그것의 역사성이 동요될 수 없다는 역설을 보여준다.

병원에 누워 있는 동안 준오는 신문에서 4·19의 영웅이니 성난 젊은 사자들이니 하는 활자가 눈에 띌 때마다 그것에서 시선을 피했고 위문하는 사람들이 오면 줄곧 눈을 감고 있곤 했다. 얼굴이 홧홧 달아오르고 가슴이 울렁거렸다. 그러는 그의 눈앞에 간단없이 뵈는 건 총알 속을 마구 달려오던 여자의 모습이었다. 그리고 자기가 짚었던 여자의 가냘픈 어깨 〔……〕 그 위로 데모에서 빠져나와 떨고 있던 자신의 얼굴이 겹쳐졌다. 겨우 단체 속에서나 맥을 쓰던 자기. 자기는 그랬으면서도 총알 속을 달려오는 여자를 보았을 때 그네의 위험보다 어서 속히 와서 구해주기만 바랐었지. 그럴 수가 없는 거다. 경무대 앞에서만 해도 옆의 친구가 쓰러지며 자기 어깨에 감았던 팔을 풀었을 때 그 공간을 메우면서 그 친구 다음 사람의 어깨를 가 꼈어야 하지 않았을까. 그리고 다시 한덩어리가 되어 앞으로 전진해 나갔어야 하지 않았을까. 무언가 크게 잘못된 것이다. (「온기 있는 破片」)

대학생 준오는 총탄이 날아오고 옆에서 함께 스크럼을 짜고 데모하던 학생이 총에 맞아 쓰러지자 그 시위 행렬로부터 빠져나와 도망쳤고, 그 도주중 엉뚱한 곳에서 총탄에 다리를 맞아 부상했으며, 그의 이 같은 비겁한 행위에도 4·19의 영웅이라고 떠받들여지는 것이 내내 부끄러웠다. 그리고 자기를 용감하게 구해준 여인이 창녀였으며, 용감하게 보였던 그녀의 행위 역시 데모 때문에 끊긴 손님을 찾아 거리에 나섰다가 우연히 취해진 발작적 행동이었음을 알았을 때 역사의 어떤 허구를 보았으며, 그럼에도 불구하고 그네만도 못한 자신의 용렬함에 다시 부끄러움을 느낀다. 우리는 여기서 역사의 역설을 발견하고 그 역설이 집단사와 개인사의 괴리를 확인시키고 있음을 깨달으며 주인공이 스스로의 부끄러움을 통해 이 역사적 사건의 명분에 도달하려고 안간힘쓰는 것을 보게 된다. 주인공은 곧 자신의 비겁으로써 용감성을 증언하고 자신의 부끄러움으로써 이 역사적 사건의 진의를 고양시킨다. 작가는 주인공을 역사의 현장으로부터 벗어나게 함으로써 그 역사의 실상을 보여주고 있으며 그 스스로 4·19에 대한 직설을 사양하고 '비켜나서' 그 음영을 이야기함으로써 이 학생 혁명의 훼손될 수 없는 존귀함을 강조한

다. 그의 또 다른 4·19 소설인 「숫자풀이」에도 이 같은 자세는 견지
된다. 망령의 독백, 그리고 일종의 정신 착란에 의해 풀어지는 숫자
풀이를 통해 작가는 현실에서 느끼는 음험함을 드러내고 그것이
4·19를 반역하는 시대의 모순임을 보여주고 있다.

③ 황순원이 역사 그리고 당대의 현실과 더불어 창작 활동을 계
속했으며 그의 주인공들이 그 시대사의 일부로 해명되기를 요구해
왔다고 해서 우리는 그 황순원을 굳이 역사성이 강렬하고 현실에
적극적인 작가라고 주장할 필요는 없을 것이다. 사실은 아마 그와
반대일 것이다. 오히려 그는 집단적인 역사나 외면적인 현실을 의
식적으로 묘사하려 하지도 않았고, 우리가 그의 작품에서 발견하는
것도 개인적인 삶과 내면의 현실들이다. 그의 문학적 본령은 분명
이쪽에 있고 그는 아마 이것으로 자신의 문학이 충분하다고까지 생
각하는 것 같다. 그럼에도 불구하고 우리가 그의 문학에서 역사성,
외적 현실에 대한 의식을 찾으려고 한 것은 무엇인가. 그 이유의
하나는 개인적 삶과 집단적 삶, 외적 현실과 내적 현실은 그 구분
자체가 의미하듯 삶 또는 현실의 양면이며 그것들은 서로 구성하고
투영하고 있다는 점을 확인하기 위해서다. 황순원은 사회와 상황의
분석과 묘사보다 인간과 그의 심리에 더 주력해왔으며, 그를 둘러
싼 외부 조건은 배면으로 물러나 있음을 지적한 바 있는데 이것을
환언하면 그 같은 외적 조건들이 그가 묘사하고 있는 주인공의 내
적 구조에 이미 투영되어 있음을 말하는 것이다. 그의 주인공들은
극히 순수하고 단순하게 보이지만 그들의 내면은 주어진 상황들에
조건지워지고 있는 존재들이다. 가난한 농촌에서 순박하게 태어난
곰녀, 인텔리 지주로서 무산 계급 운동 치하에 놓인 박훈, 골육 상
잔의 전쟁에 던져진 동호와 현태, 이미 봉건적인 신분의 기반에서
탈출한 『일월』의 형제들, 보편적 가치관을 상실한 사회 속에서 방
황해야 하는 『움직이는 성』의 세 지식인들은 그 시대시대의 어떤
특징적인 여건들에 구속되고 있다. 황순원은 다만 그들의 행동과

사유를 추적 묘사하며 그들의 내적 삶이 어떤가를 보여준다. 왜냐하면 그에게 있어 가장 중요하고, 진실의 가장 원초적인 단서가 되는 것이 인간 그 자체이기 때문이다. 우리는 이 양각된 개인의 삶을 뒤집어볼 때에야 집단의 삶과 그 역사가 드러날 수 있다는 사실을 여기서 깨달아야 한다. 즉 우리는 그가 그린 어떤 한 개인을 통해 그 개인이 처한 보편적 시대상을 관찰하게 된다. 『탈』에 수록된 「마지막 잔」이 한 가지 예다. 이 작품은 그의 가장 오랜 친구 원응서(元應瑞)에 대한 회고와 작가 자신과의 우정을 술회한 것이다. 그는 한 인간의 모습을 그리는 데 있어 그의 소설들에서는 드물게 실명과 실제 사건을 아무런 윤색 없이 사용하고 있다. 따라서 이 소설은 한 인간의 개인사적 궤적이다. 그럼에도 불구하고 우리는 여기서 음울한 기분으로 술을 마시지 않을 수 없었던 일제 말기, 가족을 버리고 월남해야 했던 분단의 슬픔, 남북 대화가 시작되면서 은근한 고민거리가 생긴 수년 전에 이르기까지 비극으로 점철된 현대사의 여러 장면들을 읽는다. 이 소설은 한 인간이 아무리 개인적이고 내면적이기를 요구한다 해도 그 시대적 조건, 외적 현실을 완전히 벗어나기는커녕 해방되려 하면 할수록 그 시대와 현실이 더 깊이 투영되고 있음을 교훈적으로 밝혀주고 있다.

아마 창작 행위의 역설은 이런 점에 있을 것이다. 외적 역사나 집단적인 현실을 염두부터 강조할 때 그것의 진정한 역사와 현실이 손가락 사이로 물이 빠져나가듯 달아나며 개인의 삶과 그 내면에 집착할수록 그것이 도외시한 것처럼 보이는 삶의 조건과 배경이 더욱 치열하게 음각되는 것이 문학의 힘든 논리다. 좀더 확대해서 말하자면 단테의 『신곡』이나 괴테의 『파우스트』는 당대의 구체적인 역사성이나 현실 조건이 조금도 서술되지 않고 있다. 이들은 한 인간의 초월에의 의지를 추적하고 있다. 그러나 르네상스 시대와 19세기의 정신과 가치관을 이해하는 데 이보다 더 훌륭한 자료가 있을까. 이 고전들은 장인 의식에 투철하여 그 시대적 한계를 극복한 그만큼 그 시대의 의미와 위상을 탁월하게 드러내고 있다. 작가가 외적 현실로부터 탈출하여 그것과의 거리를 유지할 때 그 현실은 보다 정직하게 관찰될 수 있으며, 그렇게 관찰하고 인식한 바를 문학의 공간 안에 최대한의 효과를 내어 수용하려는 노력이 수용될 때 그 현실은 우리의 삶과 뜨겁게 관계를 맺는다. 장인 의식에 의한 문학을 우리는 이렇게 해석해야 할 것이다. 문체가 아름답다거나 문장이 정확하다는 것은 물론 문면으로 나타나는 것만을 가리키는 것이 아니다. 그 문체를 생산해내기까지의 집요한 싸움과 정신의 세련을, 그리고 그것을 읽는 사람이 그 아름다움을 통해 받는 전율까지 포함하고 있는 것이다. 황순원의 근작 「주검의 장소(場所)」는 이 점을 잘 밝혀준다. 네 편의 콩트로 구성된 이 단편은 억울하다고 할 수밖에 없는 주검의 몇 가지 경우를 소개하고 있다. 그것은 사고를 예감하면서도 책임을 회피했기 때문에 인부들이 목숨을 잃는 경우, 아무런 증거 없이 간첩이란 밀고 때문에 처형된 경우, 국민학생이 돈이 없어 위독한 어머니의 죽음 앞에 안달하는 경우, 그리고 차에 친 사람을 아예 차로 죽여버린 경우들인데, 그 네 이야기가 삽화처럼 처리되고 있다. 작가는 이 여러 형태의 죽음들에 대해 어떤 감상이나 흥분을 섞지 않고 오직 담담하게 스케치만 할 뿐이다. 더구나 작가는 이 비참한 이야기들을 회고·대담 또는 국민학생의 작문과 같은 간접 화법으로 옮김으로써 현장감을 둔화시키고 있다. 그리고 무엇보다 그의 문장은 극히 절제되고 엄격히 통제되었으며 그 아름다움은 산문시를 방불케 한다.

우리에게 장인적 문체가 있다면 「주검의 장소」는 그 좋은 예문이 될 수 있을 것이다. 문체만으로 보자면 아름다움은 그것이 전달하는 이야기 내용의 참혹함을 둔화 배반하는 것처럼 보이기도 한다. 그러나 무책임·기계주의 그리고 황금만능주의가 빚은 참담한 주검들은 그의 이 같은 아름다운 문체에 의해 현실의 비극적인 승화로 고양된다. 만일 우리가 같은 내용을 조악한 문체로 전달받았다면 우리는 현실의 비참함에 대한 고발성을 느꼈을 것이다. 그러나 황순원은 우리가 거기서 가련함이 아니라 무어라 말할 수 없는 막막한 슬픔이며 아름다움이며, 이것들이 심화시킨 비극의 정화를 느끼도록 만든다. 그리고 이러한 감정의 반응들이 훨씬 전율적이며, 충격적인 자기 반성을 유도하고 있음을 깨닫게 한다. 「주검의 장소」는 비참함이 그것을 서술하는 아름다움을 통해 보다 비극화하는 문학적 효과의 범례가 된다. 장인 의식의 문학은 이렇게 볼 때 현실의 외면이 아니라 오히려 더 차원 높은 비극으로의 승화이며 포괄적인 그리고 본질적인 참여 정신으로의 고양이다. 우리는 물론 황순원 문학에서 항상 긍정적이고 효과적인 것을 발견하는 것은 아니다. 그의 주인공들이 정신의 변증법을 얻지 못하고 단선적으로 전개되고 있는 단순성 속에 갇혀버리는 것이 이 작가의 가장 큰 약점일 것이며, 최근의 몇몇 소설들은 사적인 비애감으로 퇴영하고 있음도 간과해서는 안 될 것이다. 그러나 그러한 약점들은 그 작품내의 논리에서 검토되어야 할 것이며, 역사나 현실을 겉으로 노출시키지 않았다는 이유로 비판한다는 것은 촌스런 논리의 고집이다. 그것은 첫째로 현실을 벗어날 때 그 현실이 잘못되어가는 윤곽을 더욱 분명하게 볼 수 있을 것이기 때문이며, 둘째는 초월하는 행동양식 그 자체가 현실 차원의 부조리를 거부하는 지적 결단이 되기 때문이다. 더구나 각박한 현실과 시련 속의 역사가 정신의 폐쇄화와 문화의 도식화를 초래한다면 작가의 이 같은 초월적 태도는 더욱 바람직한 일일지도 모른다. 우리가 역사와 현실을 거부할 때 오히려 더 진지한 역사성과 현실 참여성을 획득할 수 있다는 역설을 이해한다면 황순원의 문학도 그 같은 관점으로 정당하게 평가될 수 있을 것이다. 그리고 그의 문학적 태도는 진정한 역사 인식과 참여가 절실하기 때문에 더욱 바람직하다는 것도 수긍될 수 있을 것이다.

황순원의 세계*

이　보　영

　１ 황순원은 삶의 권태로부터 시작했다. 그 나른한 권태는 번번
이 자학과 퇴폐로 기울어진다. 물론 그 기저에는 사회적 현실에 대
한 환멸이 도사리고 있고, 그 환멸은 거의 모든 근대 작가의 출발
점이기도 했지만, 황순원의 경우는 그게 어떤 구제(救濟)의 모랄이
나, 정치적 이데올로기나 감각적 탐미 속에 탈출구를 찾은 게 아니
라 오직 권태 속으로만 침잠해버렸다.

　그의 첫 단편집에 수록된 「허수아비」는 이 작가의 출신 환경, 체
질, 기질뿐 아니라 앞으로의 사상적 발전까지도 다각도로 예시한
점에서 아주 중요한 위치를 차지하거니와 주인공 '준근'이 시골 지
주의 아들로서 서울 유학생이자 폐병 환자라는 점이 우선 주목을
끈다. '준근'의 눈은 두 여자에게 향하고 있다. 서울에 두고 온 윤락
녀 '남숙'과, 고향의 '명주'다. 어릴 적 소꿉질 동무인 빈농의 딸 '명
주'를 보면 그녀의 투박하면서도 원시적인 생명력에 '준근'은 향수
같은 것을 느낀다. '남숙'을 통하여 도시 문명에 실망한 나머지 고향
의 아름다운 산천이며 소박한 사람들과 호흡을 같이하고 싶은 것이
다. 그러나 고향의 농촌이라 해서 항시 순박한 것은 아니다. '명주'
로서 구현된 원시와 건강의 이면에는 무지와 위선과 타락이 숨어

　＊『현대문학』, 1970. 2～3.

있게 마련이었다. 이건 '명주'를 탐내는 '재동 영감'의 추잡스런 행동만 보아도 알 수 있지만, 그 결과 '준근'은 그런 주변에 대해서 생명의 허수아비로서의 무력감 못지않은 심한 염증에 사로잡힌다.

이처럼 도시에서나 농촌에서나 그 허위와 추악한 이면들 때문에 안주할 수 없어 동요하는 '준근'의 심적 상황이야말로 초기 황순원 문학의 기본적인 내면 풍경이다. 또 그건 황순원의 출발점이었던 삶의 환멸과 권태의 심리적 동인이자 창조적 원동력이었지만, 다음과 같은 그의 창작 태도와도 관련된다. 첫째로는 '명주'의 감자 도굴 사건에서 비친 사물의 이면을 직감하는 회의적인 눈이요, 다음으로는 '준근'이 불개미떼의 활동을 관찰하는 데서 보이는 세밀하고 냉철한 관찰, 게다가 마을 청년이 개구리를 생식하는 데 질겁하여 피하는 '준근'에게서 볼 수 있는 소심한 결벽이다. 이 세 가지의 태도는 서로 밀접히 얽혀 있지만 동시에 이 작가의 한계점들이기도 하다. 그의 회의적인 관찰은 한 권태라 해도 이상(李箱)의 경우처럼 추상화나 독단으로 흐르는 것을 막아준 반면, 어떤 문제에 강력한 결단을 못 내려 주저하게 만들고, 특히 그의 결벽은 비록 깔끔한 감성을 살릴 수 있으되 줄기찬 생명감과 행동을 위축시킬 염려가 있는 것이다. 그의 작품에 등장하는 남성은 대부분 약질인데 다소 심약하고 결벽이 지나쳐서, 조숙하여 깜찍하거나 건장한 여성에게 눌리고 있는 것도 그 한 예이다. '준근'은 '검은 얼굴'의 '명주' 앞에서 현기증을 느끼고, 「늪」의 가정교사 '태성'은 주인집 소녀에게 번번이 압도당한다.

몸둘레나 식성면에서 결벽이 있다 해서 반드시 도덕면이나 본능면에서도 그런 것은 아니다. 가령 개구리를 날로 먹는 청년을 피한 '준근'이 지렁이를 (손으로가 아니라) 꼬챙이로 눌러 토막토막내는 '준근'과 동일인이라는 것은 조금도 모순되지 않는다. 이 소심한 잔인성을 조장한 것은 권태요, 그건 도덕적 퇴폐로 통한다. 그런 권태는 반드시 극복되어야 할 것이다. 그러기 위해서는 자아의 혼연한 통일성의 회복이 요구된다. 그때그때 환멸이 겹칠수록 자기 회복의 염원도 강해질 것이다. 그리고 그건 도시에서 목가를 찾아 농촌으로, 농촌에서 도시로 전전한다 해서 이뤄지지는 않는다. 부질없는 저회(低徊)를 그만두어야 한다. 먼저 횡적인 인간 관계에서 종적인 인간 관계로의 전환, 그저 비슷비슷한 둘레가 아니라 나보다 위에, 높이 솟아 있어 내가 의지할 수 있는 자와 교섭해야 된다. 이때 비로소 깊은 음영이 내려온다. 바로 초월자를 향한 심정의 음영이다.

두 개의 음영이 있다. 자신의 분신으로서의 그림자와, 내가 관련을 맺고 있으면서 나를 초월한 자를 짙게 에워싼 분위기로서의 음영이다. 그 차이는 가령 죠르지오 데 키르코의 그림에서 쓸쓸한 폐허에 불쑥 내민 사람의 그림자와 렘브란트의 종교화의 하일라이트인 예수의 둘레의 어둠과의 차이다. 그건 또 '준근'이나 '현태'(『나무들 비탈에 서다』)가 어쩔 수 없이 끌고 다니는 외로운 그림자와, 『일월』에서 '인철'이 '기룡'을 만나러 간 값싼 술집 안의 어스름과의 차이다. 황순원의 주인공은 눈을 자기 내부를 향해서 혹은 수평으로 뜨는 게 아니라, 어떤 빛을 찾아 위를 우러러보게 된다.

그와 같은 전환점이 곧 「별」(1942)이었다. 「별」은 우의소설이다. 감정은 직접 구체적으로 분석되는 게 아니라 우의적인 작용, 반작용의 패턴에 따라 움직인다. 따라서 관념적이요, 어딘지 작위적이다. 심중한 분위기는 없다. 그래도 저 동경의 눈망울에 끼는 맑은 음영은 한 우의적 초점으로 부단히 쏠린다. 마침내 분산 배회하던 광선은 일정한 각도를 잡아, 자기 중심의 혼돈과 권태의 악순환을 벗어나 안정을 얻으려고 하는 것이다. 그 초점은 별이다. 아이는 마음이 비뚤려 있다. 어머니를 여읜 탓이다. 아이는 어머니의 영상을 누이한테서 찾으려 하나, 그지없이 아름다웠을 그 어머니의 영상 때문에 누이에게 환멸을 느끼고 누이가 미워져 기회만 있으면 골려준다. 덩달아 인형까지, 당나귀까지 미워진다. 아이는 심술궂을 만큼 순수하다. 순수성과 심술은 어머니를 축으로 하고 역설적으로 뱅뱅 돈다. 중학생이 된 아이는 좋아하는 여학생의 조숙한 눈에서 어머니와는 동떨어진 음란한 빛을 보고 피해버린다. 그의 심술은 버릇이 되고 악을 위한 악에 접근한다. 모두가 어머니 탓이다.

　　하늘에 별이 별나게 많은 첫 가을밤이었다. 아이는 전에 땅 위의 이슬같이만 느껴지던 별이 오늘밤엔 그 어느 하나가 꼭 어머니일 것 같은 생각이 들어, 수많은 별을 뒤지고 있었다.

　　그 별은 어머니, 단, 죽은 어머니다. 아이가 느낀 어머니의 순수성이다. 그 순수성은 반드시 육친적 사랑하고만 결부되는 건 아니다. 아이는 어머니를 기억하지 못하니까. 그러니까 그 '별'은 아직 그 구체적 속성이 막연하여 그 어머니의 음영도 차가운 기류의 상태에 머물러 있지만 언젠가는 혈육간의 사랑을 포함한 더 넓은 사랑에의 가능성을 지닐 수 있고 또 실제 그 후의 여러 작품에 그런 뜻 깊은 상징을 부여해준 광원(光源)이었다.「별」의 신선한 분위기는 현재의 암울한 늪에서 밝은 미래로 비상하기 위한 디딤돌을 감싼 그것이다. 그리고 그 첫 결실이「기러기」이다.
　　주제상의 이상적 초점을「별」에서 찾았던 황순원은「기러기」에서 풍습의 세계로 내려온다. 선의라는 인정의 풍습, 작가 스스로 우리의 "이마와 가슴 어느 한구석을 다사롭힐 불씨"(제2단편집『기러기』서문)라고 부른 바의 것이다.
　　한 빈농가에서 자라, '동이'라는 일꾼에게 시집간 '쉿네'가 남편을 하늘처럼 받들고 그 어떤 역경도 참고 이겨낸다는 것인데, 그 '쉿네'의 선의는 매우 본능적인 것이다. 곰처럼 단순 조야한 사람, 가난하고 무지한 사람에게 오히려 인정이 많다고들 하지만, 그 경지는 풍습의 세계에 머물러 있을 뿐이다. 그 속에 도는 숙명감도 풍습의 영역에서 벗어나지 못하고 있는데, 좌우간 이 선의는 '맹산할머니'나 '순네'(「콩트 三題」) 등에 이어지고『별과 같이 살다』에서 큰 규모로 확대된다.
　　그 첫 장편소설에서도 '곰녀'를 인도해주는 것은 수호신으로서의 별이요, 그건 곧 무조건의 자기 희생과 인종(忍從)을 의미한다. 이름

황순원의 세계　39

부터 원시적인 샘마을 ‘곰녀’가 양친을 잃고 토착 지주 ‘김대감’ 집 식모살이에서 시작하여 화류계를 전전하면서 보여주는 인종은 전근 대적인 미덕인데 작자는 그 ‘곰녀’의 경우를 예리하게 비판할 만한 인물을 하나도 등장시키지 않는다. 따라서 모든 조건은 ‘곰녀’의 인 종적인 고행에 편리하도록 짜여져 있는 것이어서 본능적이건 무지 에서건 그런 ‘곰녀’의 의지는 그것대로 긍정된 셈이다. 그 결과 이 소설의 내면적 의미는 그 윤리 의식의 단순함 때문에 얄팍해져버렸 지만, 황순원이 동정하고 애석해한 게 무엇인가를 뚜렷이 드러냈다 는 점에서 그보다 훨씬 윤리 의식이 복잡한 『카인의 후예』를 이해 하는 데 중요한 열쇠가 된다.

풍습 혹은 인습에서 심리에로의 관심의 이동과 다시 원상에의 복 귀라는 이중 운동은 황순원의 경우 농촌에서 도시로 다시 도시에서 농촌으로의 소재상의 이동과 대충 보조를 같이하고 있는데, 어떤 불멸의 이상(가령 초월자)을 구하는 데는 아무래도 풍습이 아니라 심리 쪽에 서야만 되는 것이요, 그런 뜻에서 『카인의 후예』가 비록 농촌이 무대임에도 심리 추구에 중점을 두었다는 것은 퍽 적절해 보인다.

이 소설의 큰 줄거리는 내무서의 허가 없이는 십리 밖을 못 나가 게 돼 있는 ‘박훈’(전지주의 아들)과 그 집에 고용된 ‘오작녀’의 사랑 이야기다. 그 두 인물의 원형은 「허수아비」의 ‘준근’과 ‘명주’인데, 먼 저 ‘오작녀’로 말하면, ‘사음(舍音)’의 딸이자 ‘박훈’의 어릴 적 친구 요, 건강하고 다혈질이다. 근처 ‘큰애기 바위의 전설’을 자신의 운명 으로 믿을 만큼 단순하지만, ‘쇳네’나 ‘곰녀’와 달리 영특하고 적극적 이다. ‘박훈’에 대한 존경과 애정은 본능적인 지혜를 촉발시켜 가령 농민위원회가 ‘박훈’의 재산을 몰수하려는 마당에서도 그의 위기를 모면시켜준다. 그런데 훈은 그녀의 타오르는 듯한 눈에 생명의 원 시성과 신비로움을 느끼고 매혹된다. 따라서 그는 ‘오작녀’의 그 신 비롭고 건강한 미라는 가치적 관점에서 그녀를 보고 생각한 것이지 모든 가치 이전의 인간적 존재로서 보고 생각한 게 아니다. 그의 유약한 소극성의 근본 원인도 여기에 있다. 그와 같은 심미적 관조의 태도는 도덕적 준순(逡巡)을 초래하지 않을 수 없어 행동을 통한 인식——그게 참 인식이라면, 그런 인식에는 항시 미급한 채 제자리를 돈다. 그리하여 어느덧 행동을 위한 게 아닌 생각을 위한 생각에 젖곤 하기 때문에 정작 탐스럽고 뜨거운 순간을 마주쳐도 스쳐버리거나 본의 아닌 말이나 행동을 우선 그게 온당하고 말하기 쉬우면 해버린다. 가령 '오작녀'의 남편 '최가'가 나타나자 그에게 '오작녀'에 대한 자기의 결백을 말하고 '오작녀'에게는 남편에게 돌아가라 전한 뒤, 어머니한테서 받은 혼수감을 기념으로 주는 것이다. 그러면 그 '최가'가 술주정 끝에 해방군에게 사살되었다는 뉴스를 농민위원회의 '홍수'로부터 전해들었을 때의 반응을 보자.

　　훈은 산신나무 저쪽으로 사라지는 홍수의 뒷모양을 바라보며, 결국 오작녀 남편은 자기와 오작녀의 사이를 오해한 채 죽고 말았구나 하는 생각을 하고 있었다. 그러나 다음 순간, 그것이 순전한 오해만은 아니지 않으냐고 했다. 자기는 내일 오작녀와 더불어 이곳을 떠나려고 하고 있지 않으냐. 가슴이 뜨끔했다.

여기에는 '오작녀'와 자기의 관계에 대해 일어날 수 있는 '최가'의 오해를 끝내 두려워하는 섬세한 양심과 '최가'의 죽음으로 인한 희망의 소생과 다시 그 점에 대한 양심의 가책이 미묘하게 뒤얽혀 있는데, 그러니까 어제와 내일, 오해와 사랑의 틈에 끼어 돌다가, 행동적 지성이 아니라 관조적 지성이 흔히 그러하듯 양심적인 자기 기만 쪽으로 기울어지고 있다. 훈의 적은 해방군도 농민위원회도 '최가'나 '도섭 영감'이 아니라 그런 자기 기만이다. 그건 또 전존재를 기울여 '훈'을 사모하는 '오작녀'의 눈에 안 보이는 적이다. 모르는 게 약이라지만, 알고도 모르는 체해야 했던 게 '훈'의 안타까운 처지였고, 그래서 자기를 기만하는데 그런 양상은 '최가'와 '도섭 영감'에 대한 그의 태도에 잘 나타나 있다. 원래 '박훈'의 아버지 밑에서 사음 일을 보았고, 아버지가 작고했을 땐 자기보다 더 슬퍼하던, 따라서 "근본 성미는 악할 수 없는 단순한 사람" 같았던 '도섭 영감'의 부역 행위는 자신의 가정을 유지하기 위한 방편일지도 몰랐다. 그런데도 '박훈' 부친의 비석을 도끼로 조각내고, '용제 영감'(훈의 사촌 혁의 부친) 숙청에 앞장선다. '훈'보다 '혁'이 더 흥분한다. 어릴 적 홍수 난리 때 목숨을 건져준 은인인 그 영감의 잔인한 소행에 다음과 같이 울분을 터뜨린다.

　　……속으로 얼마나 울었는디 몰라요. 아부지를 잃었을 때와는 또 달리 슬프기 한량없었시요…… 그래 난 이 도섭 영감이 아주 미치기 전에 없애버리는 게 옳다구 생각해시요.

이 말에 '훈'도 동감한다. 그는 또 "어떤 슬픔에 가까운 노여움 같은 걸" 느꼈을 것이다. 이 슬픈 노여움이야말로 '도섭 영감'을 살해하고 싶음에도 그 무서운 일을 자기보다 독한 사촌동생 대신 떠맡은 동기요, '오작녀'의 남편과 더불어 한번 술이 취해보고 싶은 심정이 되게 한 것이다. 어떤 기대가 어긋난 데서 오는 환멸의 분노와 동정, 증오와 자기 파괴적인 동류 의식으로 인한 연민이 얽히면서 이 소설의 끝으로 이를수록 그런 감정의 혼란은 더해지는데, 그 근저에는 원래 악이란 없다, 카인만 하더라도 아벨처럼 착한 사람이었다, 다만 안팎의 불가피한 사정으로 악을 저지를 따름이다, 그러므로 우리는 외곬으로 증오할 수도 사랑할 수도 없다, 저 악의 화신으로 보이는 '도섭 영감'이나 '개털오바' 청년뿐 아니라 모두들 카인의 후예들이라는 양심적인 반성이 스며 있다. 이래서 '훈'의 마음은 동요한다. 결단을 내리지 못한다. 심지어 '도섭 영감'과의 대결이 있기 전날 밤 꿈속에서는 그가 안고 있는 게 '오작녀' 아닌 그녀의 아버지로도 되고 그의 심장을 찌르자 쏟아지는 피가 내 심장에서 나온 피로 착각되는데, 이런 흉흉한 갈등은 다음날 '도섭 영감'을 만나자 그의 낫이 내 등덜미를 먼저 내려찍어주었으면 하고 또 내가 이곳까지 '도섭 영감'을 데리고 온 것은 내가 그를 죽이려는 게 아니라 그의 손에 내가 죽기 위함이었는지도 모른다고 느끼는 데서 절정에 달한다.

그러면서도 '훈'이 자신의 우유부단한 양심의 갈등은 에고이즘 탓이며, 숙청의 위기를 모면시켜준 '오작녀'에 대한 검약한 소극성, 그 자체가 죄악일 수도 있다는 데까지 상도(想到)하지 못한 것은 감정의 불합리를 합리화하려고 애를 쓰면 오히려 그렇게 되듯, 그의 애증의 윤곽이 모호한 때문이다. 늘 팽팽하게 양립할 수 없는 그 상반 감정은 그 사이의 동요로부터 어느 한쪽 우위 감정으로 치달려야만, 그래서 행동으로서 표시되어야만 해결되는데 '훈'은 그러질 못한 것이어서, 확실한 윤리적 결단이 없었고, 그 결과 '도섭 영감' 살해의 동기에 필연성이 약해졌으며, 살인 미수에 그쳐버린다. 그가 찌른 것은 다른 남 아닌 제 자신의 초조한 그림자였던 것이다. 이런 윤리적 미결단은 '훈'과 '도섭 영감'과의 대립 관계를 옛 지주 대 빈농이라는 분극(分極) 관계가 아니라, 옛 지주 대 사음이라는 어중간한 사이로 설정한 작자의 발상 태도와도 무관하지 않을 것이다. 그러한 '박훈'에게서 현대 지식층의 소극적인 에고이즘을 봄도 좋다. 굳이 자기 한계를 지키려는 현명을 볼 수도 있을 것이다. 또 종말 가까이 탈출 전야의 꿈속에서 '오작녀'를 부르며 "이제 당신은 내 사랑이오! 그 건강한 피 속에 내 씨를 뿌리고 싶소! 거기에 내 옹졸한 피를 씻고 싶소!" 하는 데서는 '오작녀'를 어떤 보완적 대상으로만 보는 자기 본위의 히스테리에 쓴웃음을 지을 수도 있고, 강골이 못 되는 박훈 같은 지식층의 고독 같은 걸 탐지할 수 있을 것이다.

그러나 이 소설의 진정한 초점은 그와 같은 '박훈'을 통한 인간 감정의 역설적 본질과 그 양상이다. 인간은 약하다. 아니 약하면서 강하다. 황순원은 그 강한 면보다 약한 면에 주력한다. 그래서 두 대립 감정 같은 것도 모호하게 아물린다. 『카인의 후예』에 강력한 생명감이나 해결감이 없는 것은 인간이란 약하기 때문이라고 작가는 말하는 것 같다.

지식의 비애를 더 아릿하게 자극하는 것은, 자연의 아름다움과 그 체현이라고도 할 '오작녀'의 착하고 솔직한 애정이다.『카인의 후예』의 그윽한 배음(背音) 노릇을 해주는 그녀는『별과 같이 살다』의 작자가 쉽사리 버릴 수 없는 불씨였다. 그러나 오늘의 사회 기구는 그들의 선의를 얼마든지 좌절시킨다. 애써 사회적 정치적 문제의 언저리를 돌고 있는 '훈'이 그리워한 그 '건강한 피'라는 것도 퍽 무력해 보인다. 이미 자연이란 대도시 주민의 메커나이즈된 눈에는 퇴폐적 향락의 밥이거나 사치스런 도피처일 뿐, '훈'의 경우처럼 성화(聖化)의 대상은 아니다. 황순원이 그의 이른바 '불씨'를 또 한번 실현해보기 위하여 고향의 자연에서 도시(『人間接木』)로 옮아온 것은 한발 더 깊이 적진으로 들어온 셈이다. 그러나 토지 개혁 직후의 북한 농촌이 소년원으로 농민위원회가 '홍집사'나 '왕초'의 권위로 바뀐 것이 다르겠지만, '최종호'가 고배를 마시는 것은 '오작녀'의 경우와 비슷하다. 원아들을 지도하되 어떤 선입감에 좌우되지 않고 직접 그들을 상대해서 이해하려고 노력했던 최종호는 그 행동이 비합리적이기 쉬운 원아들과 경영주측의 타산 앞에서 맥을 못 추는 것이다.

이 소설의 원제목은 '천사'였는데, 그 천사는 '최종호'가 끝내 집착했던 인간의 선성(善性)이다. '애정의 씨앗'을 뿌릴 수 있는 터전, 그가 무의식중 그리워한 '어머니 같은 여자'의 자기 희생적인 마음이었다. 그에게도 그런 어머니의 요소가 많았던 것이다. 의대 재학 시절 6·25에 참전하여 오른팔을 잃고 실의에 빠져 있다가 잡게 된 일자리――그 '갱생 소년원'의 이름에서 정신적인 재생을 모색했던 '최종호'의 좌절에 대해 작자는 종말에다 한 고아의 천사 환시를 통해 한가닥 빛을 띄웠을 뿐, 여전히 끝을 흐려버렸다. 그런데 이『인간접목』에 와서 처음으로 한 사람 기분나쁜 비판자가 나온다. 곧 소년원 지도원인 유선생인데 이 점에 이 장편의 한 특색과 미래적인 뜻도 있다. '유선생'은 무관심 그것과도 같은 사람이요 주름 많은 얼굴을 조금 비껴들고 허공 한 점을 바라보는 게 버릇이다. 그의 무관심은 대구 고아원에서 그가 끔찍히 사랑하던 한 원아의 도주에서 겪은 심한 좌절 탓이다. 그 후로는 세상에 믿을 사람은 하나도 없다는 게 그의 신조가 되었다. 외부 조건에서 빚어지는 사회악과 그런 사회 조건이 개선된다 해도 가시지 않을 인간의 사악에의 본능에 절망한 것이다. 참다운 혼과 혼의 교섭이란 불가능하다는 것이다. '최종호'도 처음에는 그의 소극적이고 매사에 무관심한 태도를 못마땅해 했지만, 결과적으로는 그의 입장도 나무랄 수 없게 된다. 그러나 '유선생'의 그 방관적인 무관심은 '박훈'의 소극성처럼 일종의 죄악이다. 자선 사업의 이면에 도사린 추악한 타산 못지않은 독소에 차 있을지도 모른다. 단, 『카인의 후예』에서 '박훈'의 소극적 태도가 몰고 올 악에 대해 윤리적으로 깊이 추구하지 않은 것처럼. 여기서도 '유선생'의 무관심은 어떤 윤리적 차원에서 심화되진 못하였고, 그건 「내일」을 거쳐 『나무들 비탈에 서다』에 와서야 이뤄질 것이다. 「내일」은 「별」로부터 약 십오 년 만의 약간 긴 단편소설이다.

여기서 잠시 돌이켜보면, 황순원은 허수아비의 무기력한 혼돈 속에서 한 발 떠나 별을 우러러 찾고, 그 별이 이끄는 대로 지상의 착한 인간들을 따라가보았지만 그게 '쇳네'건 '곰녀'건 '오작녀'나 '최종호'건 그들의 의욕은 꺾이지 않을 수 없었다. 그때마다 별은 어둠 속에 씻겨버린 것이다. 땅 위의 안개는 더 짙어진다. 이따금 다시 고향의 품에 돌아와 「과부」「필묵장사」「불가살이」나 「송아지」「학(鶴)」 같은 목가적인 세계를 그려본다. 풍습, 인정의 풍습에 작자는 쓰건 달건 따뜻한 눈을 보내며 조금도 잿빛의 의념을 개입시키지 않는다.

이런 과거에의 향수와 대립된 오늘의 현실에 대한 본격적인 타블로를 그리기 위해 황순원은 (『人間接木』에 이어) 「내일」이라는 에스키스를 마련했던 것이다.

이 소설의 표일(飄逸)한 친근감은 주인공 나의 성격 탓이다. 그는 순진한 공상형의 인간이어서 시세없는 19세기 낭만소설 번역을 위해 대학 교수직을 물러나기도 한다. 멀리는 어머니의 등에 업혀서

본 공포의 그림자, 가까이는 어이없이 당한 두 차례의 실연과 적응
력의 결핍으로 해서 무관심과 권태의 생활에 빠져 있다. 그런 상태
를 벗어나고자 일부러 불안과 초조를 구해본다. 술을 즐기고 연애
도 한다. 모든 외부의 가치나 인습이나 이상을 믿을 수 없고, 오직
자기 내부에만 침잠하여 감각적 쾌락에 빠져드는 것이다. 그와 '젊
은 여자'는 좀 허망하고 유쾌한 사랑의 놀이 끝에 한 목표를 정한
다. 곧 교외의 우리집 생활인데 그 꿈의 일부인 둘의 부부 생활은
당연히 성행위도 없고 따라서 출산도 없는, 하자면 "이 세상 남녀
이전의 남녀, 혹은 이 세상 남녀의 마지막 남녀"의 관계여야 한다
는 것이다. 자주 어둡고 때로 비통한 유머로 점철된 「내일」은 온갖
사회적 조건에의 무관심과, 동기가 흐릿한 행동과, 한 제자 대학생
의 과민한 불감증 같은 문제를 다루고 있어 말하자면 『나무들 비탈
에 서다』의 전주곡이다. 이건 몽상소설이다. 『인간접목』에서 본, 참
다운 이해나 사랑을 막는 거의 절망적인 조건들이 그 몽상의 시냇
물 속에 투영되었다. '나'의 무관심 속에는 '유선생'의 우울이 없다.
내일은 허방이다. '나'는 유쾌한 허방을 짚었다. 그의 무관심은 어린
이의 무심(無心)과 한발짝 차이다.

　② 황순원은 『나무들 비탈에 서다』에 와서 다시 권태 속에 빠져
들었다. 과거의 유령이란 달갑지 않은 것인데 이 소설에는 초기의
단편 「허수아비」의 모습이 다시 얼씬거린다. '준근'이 연신 빈기침을
하며 내려오던 비탈길과 『나무들』에서의 비탈길은 둘 다 곤비(困
憊)의 비탈길이다. '준근'의 폐병은 여기선 전쟁과 그 후유증이다.
　그런데 이 매우 불안정한 소설은 그 불안정의 원인으로서 「허수
아비」와는 또 다른 면을 가지고 있다. 그 첫 단편들에서는 주인공
들의 불안에 관념소설적 요소가 없었는데, 『나무들』에 와서 처음으
로 관념적 요소가 혼입되어 있고, 또 그와 같은 관념적 요소로 말
미암아, 관념소설에서 자칫하면 그렇듯이, 인물(혹은 성격)이 전작
(前作)들에서보다도 안정을 얻지 못하고 있다. 관념을 다룰 때는 그

관념과 아울러 성격도 살려야 되는데 양편이 다 희생될 우려가 있다. 이래서 작자는 특히 제2부에 보이는 관념적 논의(가령 취미의 문제나 가해자냐 피해자냐의 문제 등)를 최소한으로 억제했다고 볼 수 있는데 그처럼 억제하다 보면 그 문제들이 중도 반단이 되기 쉽고 사실 그렇게 되어버린 것이다. 소설에 있어서 관념은 정적 평면에서 딱딱하게 맴돌기 쉬운데 이 점을 구하기 위해 가령 도스토예프스키는 다이나믹한 변증법, 환상, 극단에의 정열로 달렸는데 황순원에게는 그런 특질이 없다. 도스토예프스키의 경우 관념은 구체적 현실과 일체가 되어 역동하고 있지만, 그러니까 그 관념들은 그 주인공들이 늘 입을 옷이지만, 『나무들』의 경우 그 관념들은 잠시 입었다 벗어던져도 무방한 것으로 보인다(황순원의 어떤 인물들이 그 옷을 사철 입고 있을 경우란 상상할 수도 없을 것이다).

그런데 한철만 입는다 해서 그 옷의 의장(意匠)이 멋이 없다고 할 수는 없을 게고, 사실 삼빡한 멋도 있지만, 때로 그 의장이 욕심이 지나쳐 부자연스럽기도 하다. 가령 ‘동호’가 “두껍디두꺼운 유리 속을 뚫고 간신히 걸음을 옮기고” 있었다는 한낮의 휴전선 근처의 숨막힐 듯한 공기의 비유인 ‘유리 속’만 하더라도 요즘 작가들이 잘 쓰는 소위 극한 상황이라는 실험관 같은 것일 테지만, 보통 사람이 빛처럼 투입할 수 없는 그 유리의 경성(硬性)을 고려해본다면 그 관념성이 지나치다. 그러나 문제는 권태다. 옷만 보지 말고 그 안의 몸 움직임을 살펴보자. 이 소설의 주인공 ‘현태’가 제대 후 후방(서울)에서 겪는 심한 권태증의 원인은 그의 친구 ‘동호’의 자살 사건보다도 근본적으로는 한 무고한 여인을 쏘아 죽인 데 있었다. 1953년 여름, 휴전 협상이 진행되고 있을 무렵인데 수색대원인 ‘현태’는 최전방의 한 마을 초가집에서 미처 피난가지 못한 여인을 범했고, 재차 찾아가자 이번에는 그 여인이 먼저 이쪽 손을 잡는지라, 그게 또 한번의 성행위를 요구한 것인지 신변 보호나 돈을 요구한 것인지 뜻은 모호하지만 어쨌든 여기에 순간 역정을 내고 총을 쏘아버린 것이다. 모든 일은 충동적이었다. 게다가 ‘동호’의 총격 사건도 순간의 충동에서 일어났다(접대부 옥주의 방에 총알을 퍼붓기 전, 주위를 살피고 또 도망칠 때를 대비해서 뒷대문 문고리를 끌러놓는 일은 몽유병자의 세심한 행동처럼 거의 무의식적, 자동적이다).

그처럼 두 사람이, 특히 소심하고 결벽이 강한 '동호'가 그런 비행을 저지르게 된 것은, 오늘날의 대규모 전쟁의 비인간성 탓이다. 그건 우리의 주체성을 위지(危地)에 빠뜨리고 상호간의 의사 소통을 막고 또 그런 의사 소통을 꾀해볼수록 이쪽만 불리하게 만든다. 더구나 신 본위건 인간 본위건 하나는 있었던 과거의 공통 관념마저 무너진 오늘, 특히 6·25 같은 조건 밑에서는 그런 비인간적 외부 조건의 일방적이고 불유쾌한 압력은 걷잡기 힘들게 된다. 그 결과 우리 내부의 전통적 양심, 인간의 존엄성이나 책임감 따위는 희미해지기 쉽다. '장숙'(동호의 애인)이 '현태'에게 책임 관념이 없다고 공격하는가 하면 이번에는 '현태'가 '장숙'에게 자신의 취미를 남에게 강요치 말라고 하는 것도 무리가 아니다. 그리하여 취미란 말은 "그대가 (어떤) 책임을 지우려는 것 자체도 나와는 상관 없는 취미"라는 투로 쓰일 것이다. 사태가 이렇다면 '현태'가 매사에 무관심한 것도 당연하다. 단, 그 무관심은 말하자면 과민한 불감증과 같은 것이었다. 그리고 그 과민성 때문에 감각이나 감정은 번번이 마비되어 생기를 잃는다. 그저 덧없는 '권태'의 자극제인 것이다. 그런데 그의 의식의 심부(深部)에서 가장 중요한 감각은 촉각이다. 하찮은 듯싶으면서도 어쩔 수 없이 끌려드는 그 촉각은(여기서는 온도 감각도 포함하여) 여러 감각 중 제일 원시적이요 주체적인 피부 감각의 하나이지만, 단 그의 신경을 촉각에만 쏠리게 한 근인(根因)은 그가 죽인 여인이 살해당하기 직전 그의 손목을 쥐었을 때의 감각인 것이다.

현태는 자기 손을 내려다보았다. 거기 아직도 스며 있는 여인의 그 약간 떨리면서 땀기운이 돌던 손의 감촉, 그리고 메마른 피부에 온기를 띠고 있던 목의 감촉…… 그날 밤 그는 술을 마시고 또 마셨다.

　여기에 작자의 통찰력이 번득이고 있다. 그 여인의 손과 목의 미지근한 온기의 기억이 괴롭다. 고체도 액체도 아닌 약간 점착적인 그 땀기와 온기는 그것을 소유했다고 생각하자마자 미묘한 주객전도가 생겨 오히려 이쪽이 흡수되고 소유되어버리는 것이다. 여기서 주목할 것은 '현태'의 죄의식을 부단히 상기시키는 게 종래의 소설에 잘 나오는 피살자의 눈, 얼굴, 말소리나 이쪽 양심 같은 게 아니라 한 여자의 피부에 대한 감각이었다는 것이요, 또 그런 것은 누구에게 말해보아야——물론 그럴 상대도 없지만——통할 수 없을 만큼 사소한 일, 어쩌면 우스꽝스러운 일이라는 점이다. '현태'는 여기서 벗어나려고 자기 복수를 하듯 방탕을 일삼고, 심지어 '동호'의 사인(死因)을 추궁하러 찾아온 '장숙'을 범하지만, 끝내 그가 돌아가곤 한 곳은 평양집 '계향'이요, 그녀의 차갑고 매끄러운 살의 감촉이다. "그 담담한 흰빛과 무심한 곡선……" 서로 만나면 뭔가 감정의 상처를 입고 입히지 않을 수 없는 인간 관계에 진력이 난 '현태'가 '계향'을 좋아한 것은, 전쟁이라는 집단적인 비인간적 조건에 패퇴한 끝에 한 여자의 백치성, 무정 속으로 숨어 들어가려는 자학이지만, 그래도 그의 짐스러운 과거——땀기는 씻을 수 없다. 하다못해 집에서 시키는 대로 도미하려고 비행기표까지 준비하지만, 출발 전날 밤 또 평양집을 찾아간다. 처음으로 '계향'이와 성행위를 해보려 하나 임포텐츠가 돼 있다. 아니 이번에는 '계향'이의 자살 기도를 방조한다는 돌이킬 수가 없는 일까지 저지른다. 시종 무표정하던 '계향'이 처음으로 터놓는 울분, 그녀에게 단도를 주는 '현태,' 피……

　지금 자기는 막다른 데 이르렀다는 의식이 뚜렷이 되살아왔다. 무어든 내 손으로 한가지 해야지. 그는 계향이 오른손 곁에 떨어져 있는 단도를 집어들었다. 이번만은 힘 안 들이고 실천에 옮길 수 있다. 이 손에 힘만 주면 되는 것이다. 그러나 다음 순간 이것마저 이제 와서 한다는 게 싱겁다는 생각이 온몸을 휩쌌다.

그는 '계향'이 자살하기 전에 벌써 죽어 있는 것이나 같았다. '계향'의 무표정은 그 밑에 아직 생명의, 감정의 불을 사르고 있었지만, '현태'는 그렇지 못했다.

무의미한 공허의 연속, 그것은 자기 자신에 대한 죄악이 아닌가. 그렇지만 죄악이라도 좋았다. 그나마 지탱해나갈 힘이 자기에게 있는가 어떤가가 문제인 것이다.

이것은 막다른 촉각적 생활이 당연히 부딪친 말로다. 전장(戰場)에서는 '순수 상태'로 고조될 만큼 병적으로 긴장된 활동 속에서 모든 것을 잊을 수도 있었지만, 제대 후에는 다른 무엇보다도 그 여자의 땀기와 온기, 지워지기는커녕 늘 거기 미지근히 남아 있는 그 촉감 때문에 매사에 냉랭하고, 매우 대범한가 하면 형편없이 비소(卑小)해지는 등 성격 분열을 일으키고, 심지어 자유의 과잉에 시달려야만 했던 사람의 말로인 것이다.

『나무들 비탈에 서다』는 황순원의 『죄와 벌』이다. '현태'의 여인 살해는 연쇄적으로 '곰의 잠' 같은 권태와 무관심병과 성무능(性無能)을 초래했는데, 여기서 강조된 것은 윤리보다는 감각적 생리요, 자의식보다는 감각적 성의식(性意識)이다. 이 사실은 '현태'와 죄와 벌의 패턴을 그것과 매우 닮은(어쩌면 황순원이 크게 영향받은 듯싶은) 도스토예프스키의 『악령』의 경우와 비교해볼 때 그 특징이 밝혀진다(골호바야 거리의 셋집에서 어머니와 둘이 사는 소녀 마트루샤의 자살 현장을 보고도 방관하고, 또 자기의 처인 백치 마리아 레비아드킨이 암살당할 것을 알고도 방치해버린 스타브로긴의 이미지가 현태에게는 짙은 것이다).

그런데 저 스타브로긴은 마트루샤의 자살로 인해 죄책감과 공포에 시달리고 그 상태를 벗어나려고 전보다 더 방탕을 하고 무책임한 짓을 하지만, 역시 그가 범했던 그 소녀의 환영은 지워지지 않는 것인데, '현태'의 경우 그에게 붙어다니는 것은 그의 손에 살해당한 여인이나 그 딸아이의 환영이 아니라, 그 여인의 땀기와 온기요, 또 스타브로긴이 다아샤에게 준 편지에서 "심한 방탕으로 힘을 소모해버렸다"는 대목에서는 성무능이 암시되어 있지만, '현태'의 경우는 그게 명시되어 있다. 『악령』의 교훈은, 결국 절망 끝에 자결해버리는 스타브로긴의 경우가 보여주듯, 죄의 벌은 죽음뿐이라는 바울의 준엄한 사상과 아울러 그런 죄악의 악령에서 정화되어 예수 앞에 궤배(跪拜)하는 벨호벤스키(스타브로긴의 가정교사였던)의 뉘우침에 있는데, 『나무들』에는 그런 교훈이 없고, 반면 촉각적 현실에 굴복함으로써 과민한 불감증·무관심·무책임이 오고 그 결과 그의 그 자살 방조는 "부작위에 의한 살인 행위"와 동일시되어 무기 징역이라는 형량을 받는데, 그 모든 것은 세계와 자신의 종말감 때문에 미치고 마는 '선우'상사의 입김을 받고 있다. 그처럼 '현태'가 받는 벌 가운데서 성의식은 명시되면서 죄의식이 암시에 그친 것은 도스토예프스키가 의거했던 구제의 길이 멀어져버렸음을 말해주는 것이다. 그래서 남는 것은 허무감뿐이다.

　여기서 다시 돌이켜보면, 「기러기」『별과 같이 살다』『카인의 후예』에서는 인간의 선성(善性)이 자연선, 사회(문명)악이라는 관점에서 그것대로 긍정되어 있었다. 그러나 그건 역사 이전의 꿈이다. 그 소설들에는 역사 의식이 전혀 나와 있지 않다. 역사는 우리를 속박하면서 전진시킨다. 소심한 '박훈'이 "나는 누구의 원수도 아니다"고 부르짖은 것은 비록 그 말 속에는 누구의 원수도 되고 싶지 않다는 간절한 소망이 울리고 있지만, 그 자신도 잔인한 역사의 희생물이었음을 간과한 소치이다. 그 이외의 인물들의 사고가 단순한 것은 그들의 지식 수준으로 보아 당연하겠지만, '박훈'에게만은 역사적 관점에선 정세 비판이 있을 법하다. 가령 일제의 수탈 정책상 보호받은 지주와 소작농의 대립, 해방 후 북한 토지 개혁을 전후한 그 지주와 소작농의 역전된 형세…… 이런 역사적 현실에 대한 비판도 논의의 상대가 없으면 안 되는데『카인의 후예』에서는 편리하게도 그런 상대가 없다. 그게 가능할 사람은 마을 의사와 사촌동생

‘혁’ 정도이지만 그들도 현실 비판에는 회피적이거나 단순하다. 적대자마저 없다. ‘개털오바’ 청년이나 ‘도섭 영감’이 있지 않느냐 할지 모르나, 그들은 아주 교묘히 부딪칠 듯하다가 ‘훈’의 길을 터주는 것이어서 적대자답지 않다. 그런 적이라면 열 명 백 명이 있어도 무방할 것이다. 그의 저항은 자체의 내부에서 맴돈다.

이미 언급했지만, 토지 개혁에 대한 일반인의 반응을 두고 볼 때, 가장 첨예한 대립 관계 속에서 반응을 보일 수 있는 것은 지주와 소작인이다. 그런데 황순원은 그런 양극 관계가 아니라 지주 대 사음이라는 어물쩡한 관계를 배경으로 삼았다. 여기서 작자의 계급 의식 따위를 문제삼을 거야 없다. 그 이전에 그는 지주 대 소작인의 대립 관계는 벌써 이 땅의 프롤레타리아 문학이나 농민소설의 상투적 소재여서 참신성이 없거나 프로파간다 같은 인상을 주기 쉽고, 그 결과 ‘오작녀’의 매력이 감소된다고 판단했을지 모른다. 이런 사실들은 이 장편의 초점이 토지 개혁을 둘러싼 역사적 현실이 아니라 ‘박훈’의 사랑과 외로움에 있었고, 역사적 조건은 그 사랑 이야기를 위한 최소한의 이용물이었음을 입증해준다(이 점은 그가 초시간적, 초역사적인 큰애기 바위의 전설을 이 소설에 침투시킨 것만 보아도 알 수 있다).

역사적 조건은 『나무들』에 와서 비로소 전면에 진출한다. 가령 전쟁이다. 여기에는 신화도 전설도 없다. 『카인』의 무력성의 한 원인은 ‘박훈’이 지식인이면서도 그의 정세 판단이 한 마을 노인의 그것처럼 단순하고 어린애 같은 감정에 사로잡힌다는, 그 안이한 허위에 있었는데 여기서는 그런 허위가 없다. “나는 누구의 원수도 아니다”라는 ‘박훈’의 어린애 같은 아집은 ‘동호’의 “대체 우린 피해잘까 가해잘까……”라는 반성으로 발전된다. 역사의 흐름과 그 흐름 속의 적 앞에 선 자기의 입장을 확인하려고 한다. 가해자와 피해자의 어느 쪽에 우열의 가치를 매기기 전에 현재의 내 위치를 알고자 한다. 단, 그런 반성은 소박한 단계에 머물러버렸을 뿐 아니라 그의 친구의 자포적인 권태, 무관심 속에 종적을 감춰버렸지만 말이다.

그런데 황순원이 역사를 보는 눈은 아무래도 숙명론적인 것 같다. 단, 이때의 숙명론은 어디까지나 인간이 역설적 본질의 바탕 위에 선 것이다. 어떤 사회 제도의 개선이나 전쟁도 움직일 수 없는 애증, 이성과 본능, 관용과 잔인, 오만과 겸손 따위의 역설적 본질 말이다. 그런 내부 현실이야말로 황순원의 소설 세계에 종종 자욱한 저 의념(疑念)의 안개 속에 점화된 초역사적 현실이요, '박훈'의 모순된 감정, '현태'의 엇갈린 성격을 키운 것이다. 또 이런 개인의 내부 현실에 집착하는 한, 그 작가는 '박훈'처럼 역사의 밖을 돈다. 『일월』의 '김인철'도 그렇다. 자기가 백정의 자손이란 것을 뒤늦게 알고는 그 따위 전근대적 신분 관념을 머리로는 얼마든지 부정하지만, 가슴에 느껴지는 불합리한 현실은 어쩔 수 없다. 사람은 머리로만 살 수 없다. 그의 종전까지의 모든 생활 체계, 감정의 논리는 조화를 잃는다. 그는 자유를 잃는다. 역사는 숙명이 된다.

황순원이 어떤 대상에 접근할 때 인간의 구원 같은 종교적 문제에 관심이 큰 것도 그와 같은 종교적 견지에서는 역사 과정을 배제하고 위에 말한 인간의 비극적 본질과 그 숙명에 문제를 환원시켜 볼 수 있기 때문이기도 하다. '박훈'과 '최종호'의 좌절을 거쳐, 『나무들』에 와서는 살인으로 말미암은 죄와 벌의 문제를 권태와 무관심의 징후에 비추어 다룬 황순원은 『일월』에서 백정 출신으로 인한 근원적인 고독과 그 해소책을 통해 비로소 정면으로 구원의 문제를 다룬다.

③ 절대적, 근원적인 생명력으로서의 『일월』은 또한 광음(光陰)의 세월이다. 역사와 생활 속의 인간 숙명을 그려낸 이 소설은 황순원의 가장 중요한 작품이면서 그의 과거를 돌아보고 앞을 살피는 데 있어 몇 가지 면에서 중요하다. 음영이 다시 내려온다. 『별』에서 시작하여 저 '오작녀'——남편의 앞임에도 '훈'의 발밑에 펄썩 주저앉아 "핏기 걷힌 입술에 알지 못할 가냘픈 미소"를 짓는 '오작녀'의 미묘

한 눈에 하이라이트를 밝힌 빛은 이번에는 '김본돌 노인'에게 모인
다. '김본돌'은 어리석은 끝에 어질게 된 '곰녀'다. 풍습은 신앙으로
비약했다. 그의 둘레 어둠 속에는 불안하게 헤매는 '김인철' '김기
룡'의 일군이 몰려 있다. 실천적 신앙(김노인)과 허무주의적 논리(김
기룡)와 예술가적 관조(김인철)라는 몇 계열이 합하여 흐른다.
　어느 날 아침 '지(池)교수'는 백정에 대해 연구하고자 '분디나뭇
골'에 찾아가 '김본돌 노인'을 만난다. 작달막한 키에서 풍기는 강인
한 의지력, 백정 습속대로 빡빡 깎았던 머리와 수염이 주는 숙명감,
게다가 잿빛 눈의 기이하고 불길한 이질성과 피를 연상시키는 붉은
입술…… '지교수'가 그에게 참 정정하시다고 하니까 노인은 자기
머리가 까매서 그렇게 말한 줄 알고 늙어서 머리가 세어지지 않은
것도 숭하지만 육이오 때 아들과 손자를 눈앞에서 잃고도 그냥 이
렇게 까맣다, 그렇다고 내 몸 속의 핏빛이 다른 건 아니라고 격한
어조로 말하는지라 '지교수'는 그런 뜻에서 한 말이 아니라고 변명
한다. 그러자 노인이 지그시 눈을 감는다. 순간 '지교수'가 스냅한
다. 며칠 뒤 '김인철'이 스승 '지교수'댁에 놀러왔다가 그 스냅 사진
을 구경한다. 이미 그에게서 '김노인'의 얘기를 들은 뒤다.

　무심코 사진에 눈을 주는 순간이다. 무엇인가 가슴에 확 안겨지는
듯한 이상한 감정에 사로잡혔다. 동그마한 얼굴에 조용히 감고 있는
눈. 물론 아는 사람도 아니요, 어디서 본 듯한 얼굴도 아니었다. 그런데
대체 자기 가슴에 확 안겨지면서 온몸의 피를 더웁게 해주는 것은 무
엇일까?

　바로 피의 알림이다. 그날 저녁, '몽빠르나스' 다방 근처의 술집에
서 연극인 '박해연'과 잡담을 하면서도 그 눈감은 얼굴을 떠올리는
데 술이 들어갈수록 그 얼굴이 더 깊이 가슴을 파고든다. 스냅은
불의의 순간을 잡는 사진술이라 무의식의 진실을 잘 드러낸다. '김
본돌'의 사진도 그와 같은 순간의 표정이어서 더구나 오랫동안의

한과 곤욕과 인내가 맺힌 그것이어서 강렬한 상징성을 띤다. 정말 그 눈감은 얼굴은 이 소설의 상징적 중심점이자 암류(暗流)인 것이다.

김씨가(家)의 모든 불행은 '인철'의 고모나 아버지의 자살에서 형 '인호'의 군수직 사임, 부자 형제간의 의절에 이르기까지 그 '김본돌'로서 상징된 백정이라는 신분성 때문이요, 또 그건 '인철'의 몽마(夢魔)요 불행의 씨였다. 한번 그 감은 눈에 주전(呪縛)되면 그만이다. '다혜'의 모성적인 애정도 '나미'의 감쳐 들어오는 매력도 도움이 안 된다. 그의 내부 조화는 산산이 깨진다.

이런 '인철'이 자기 핏줄에 이어진 어두운 그림자를 벗어나려고 찾아가보는 곳이 사촌형 '기룡'인데, '눈감은 얼굴'의 상징적 순간을 포착한 작자의 놀라운 눈은 '기룡'의 도입부에서도 어둠 속을 이용한다.

미아리에서도 더 한적한 도수장 근처의 허름한 술집, 아침이다. '기룡'이 들고 있는 그의 얼굴보다 더 선명해 보이는 어둑한 속 '술사발'에 어린 빛은 '김인철'에서 처음으로 비친 정신적인 빛이요, 어떤 구원의 전조다. '김인철'은 '김본돌'의 사진을 대했을 때의 피의 알림 같은 것을 '기룡'과의 첫대면에서 느끼진 않았지만, 그가 사촌형임이 분명하다는 데서 오는 정은 날이 갈수록 깊어진다. '김기룡'은 그의 아버지처럼 강한 의지, 실행력을 타고났지만, 사회학 공부를 한 청년이다. 그의 신조는 '고독'이다. 그는 '인철'에게 말한다.

"사람은 외롭게 마련야. 그래서 역사가 이뤄지구 사람을 죽이구 또 죽구 하는 게 아닐까? 본시 인간이, 그리구 땅과 하늘이 피를 요구하고 있다구봐. 어떤 외롬에서 벗어나려구 말야……"

이런 고독관 자체는 새삼스러운 것이 아니며, 문제는 그 고독으로부터 헤어날 수 있는 방법에 있다. 황순원은 다시 '기룡'의 입을 빌어 이렇게 말한다.

"인간이 소외당한 자기 자신을 도루 찾으려면 각자에 주어진 외로움을 우선 참구 견뎌나가는 데서부터 시작해야 할 거야. 그런데 많은 사람들이 예수의 피에 의해 이런 것을 잊어버리려구들 하지. 그리구 그들 거의가 다 이미 자기의 외로움을 해소된 걸루 착각들 하구 있어."

그러나 각자 주어진 고독을 참고 견뎌야 한다는 것은 인용된 대로 소외된 자신의 주체성을 회복하는 데 도움되는 일이긴 하지만, 결코 고독의 해소책 그건 못 된다. '기룡'의 고독관은 자신을 고립, 혹은 객관화하여 어떤 자기 발견, 자기 인식을 가능케 해주는 계기였던 타인이나 질병이나 악마성 같은 자기 내부의 타자와의 구체적으로 역동하는 상호 관계 속에서 모색된 게 아니기 때문이다. 그 결과 그의 말은 끝내 자신의 내폐(內閉)된 벽 안에 들어앉겠다는 것이나 같다. 이 점에 대한 '인철'의 생각은 발전적이다. '나미'의 신축 가옥 축하연의 밤, '다혜'나 '나미'와의 결혼 여부를 보류해버리고 어두운 뜰에 나와 그 결혼 문제를 '기룡'과 상의해보자고 다짐할 때 '기룡'의 고독관을 일단 긍정하면서도,

허지만 그 외로움이란 인간과 인간이 격리돼 있는 상태에서만 오는 게 아니지 않는가. 서로 부딪칠 수 있는 데까지 부딪쳐본 다음에 처리돼야만 할 문제가 아닌가.

라고 반성함으로써 '기룡'의 숙명적 고독관에서 한 발 벗어나고자 한 때문이다. 그러나 그런 '인철'의 현명한 생각도 고독의 해소책으로서는 뚜렷하지 못하다. 인간과 인간이 서로 부딪칠 수 있는 데까지 부딪쳐본다지만 정작 어떻게의 문제에 대해서는 대답이 없지 않은가.

그럼 황순원은 여느 때처럼 이 문제를 미결정인 채 묻어두자는 것이었을까? 적어도 인철의 경우는 미정인 채 끝나고 있다. 하지만 벌써 전에 그 외로움의 해소책은 충분히 개진되어 있는 것이다.

하나는 '김기룡,' 또 하나는 그의 아버지 '김본돌 노인'의 경우를 통해서……

그 부분은 해명의 빛을 측면에서 던져주는 척하면서 매우 중요한, 바로 '김본돌 노인'이 죽은 뒤 '기룡'이 '인철'에게 들려준 '칼'의 얘기다. 먼저 '김본돌'의 칼관(觀)을 보자.

본시 소는 신성한 동물이고, 이를 죽여 혼백을 상계로 을려보내게 하는 칼도 절대 신성하다. 그의 이러한 신앙과도 같은 집념은 점점 더 굳어져 자기 맏아들과 큰손자를 죽게 한 청년의 아버지를 이 신성한 칼로 〔9·28 수복 후〕 죽였으니 그가 극락에 갔음에 틀림없다고까지 믿을 정도였다.

그런데 여기 얽힌 사건의 내막은 이렇다. 그 부역한 청년에 의해 죽은, 형과 조카의 복수를 위해 그 청년의 아버지를 죽인 것은 실은 '기룡'이었었다. 9·28 수복 이틀 후 의용군을 탈출하여 고향에 돌아온 그는 그 사이 형이 일을 당한 것을 알고, 그 청년의 집으로 달려가 보니 '놈'은 없고 놈의 아버지(역시 백정)를 헛간에서 발견하고 죽인다. 그때 마침 헛간 문밖에 서 있던 아버지가 아들의 손에서 칼을 빼앗더니 그의 등을 힘껏 집 쪽으로 밀고는 그 칼을 높이 쳐들고 "내가 사람을 죽였다아" 하고 몇 번 고함을 쳤다. 그런 뒤부터 아버지는 그 대(代) 물려온 칼이자 아들이 살인한 칼을 더 자주 갈았고 그 칼의 광신자가 되었다. 원래부터 신성시되어온 그 칼은 이제 '영검한 물건'으로까지 보인다. 가령 벙어리 애가 그 칼을 입에 댄 뒤로부터 말이 트여지고 그 밖의 병도 고쳐지기 때문이다. 이처럼 치병의 기적을 나타내고 심지어 그 칼에 맞아 죽은 피살자는 극락에 갔으리라는 따위의 믿음은 '기룡'이 볼 때는 "여기 묻었던 사람의 필 닦아내려구" 더 자주 갈고 닦는 행위의 연장(延長), 곧 광신적인 속죄 형식일 거라는 것이다(그러니까 아들에게서 그의 죄의식을 덜어주려는 대상적(代償的)인 노력일 것이다).

그러나 문제는, 아들에 대한 본능적인 사랑에서 우러난 그런 대상(代償)의 노력이 어느덧 부성애를 넘어서 칼에의 광신이 되었다는 그 점이다. 이미 그 칼은 아들의 살인으로 빚어진 이해 관계를 초월하여 아니 그 사건 때문에 오히려 그의 한과 고독을 흡수해주는 광명이요, 우상이요, 신이 되어버렸던 것이다. 여기서 이런 의문도 생긴다. 그 속죄 형식 운운은 '기룡'의 견해일 뿐, 원시적 심성의 '김본돌 노인'은 그 살인 사건 전부터 그 칼을 신성한 것으로 숭배해오지 않았느냐 하는. 그러나 '김노인'은 '기룡'의 말대로 그 칼을 빌어 속죄 행위를 하고 있었으며, 따라서 원시적인 미신으로부터 종교적 감정으로 전환했었다고 보아야 한다. 왜냐하면 애초 동등한 물신 숭배의 대상이던 '쇠뿔 및 쇠꼬리털과 칼' 중에서 그 살인 사건 이후 모든 신심(信心)이 그 칼에만 집중했기 때문이다. '김노인'은 아들의 중죄(重罪)를 떠맡되, 단, 그런 독자적인 선택 과정을 밟음으로써 맹목적인 종적(種的) 인간으로서가 아니라 한 개인으로서의 외로움을 자각하고 달게 받도록 된 것이다. 그가 죽기 전 눈마저 멀자 그 칼을 눈 위에 올려놓고 "보인다, 보인다" 하고 뇌었는데, '기룡'에 의하면 천왕님이 있는 극락 세계가 보였을 것이라고 한다. 다음은 '기룡'의 경우다. 그는 애초 아버지의 대를 이을 생각은 없었지만(김노인도 죽은 맏아들에게 가업을 물리려 했었다) 살인한 뒤 마음이 변하여 서울로 올라와 도수장 일을 보게 된다. 아버지가 아들의 죄(의식)를 덜려고 노력하면 할수록 그에겐 그 "피가 확대되어"왔다는 것이다. 자꾸만 확대 가중되는 "무엇인가를 감당키 어려워" 도수장에 들어가 '다른 피'를 더 많이 보기로 한 것이다. 심지어 아버지가 죽어주었으면 싶기도 했다. 더 많이 죽음을 보기 위해서다. 그래 아버지가 죽자 이번에는 시원스럽기는커녕 도리어 허전하다. 또 피를 보고 싶다…… 이처럼 '기룡'은 늘 어떤 사건의 자극이 있어야만 삶의 보람을 느낀다. 그에게는 "안정된 인생이란 죽음"을 의미한다. 여자 문제도 마찬가지다.

그러니까 그의 모든 행동의 동기는 상살(相殺) 심리라고나 할 성

질의 것이다. 그의 복수 행위 그것부터 상쇄 행위였었다. 제 비밀
(살인)을 아는 유일한 사람인 아버지가 타계하니 '인철'에게 그 비밀
을 고백하여 제2의 목격자를 만들려 하고, '최에스터'를 차버리는
것도 도수장에서 소의 피를 흘리는 것과 똑같다. 다음 번에는 제3
의 목격자 또 하나의 '최에스터'를 필요로 할 것이다. 이런 상쇄 행
위는 일종의 자기 회피이며, 그 성질상 끝없는 유혈의 악순환, 발전
없는 갈등의 순환만 초래할 뿐, 문제의 근본적 해결을 가져오지 못
한다. 살인죄의 대가는 그의 경우 상쇄를 통한 보상 과정으 지옥이
었다. 그것도 일종의 죽음이다. 그러므로 그의 "외로움을 참구 견디
어야 한다"는 말은 실은 비참한 피의 상쇄와 죄의식의 보상의 소용
돌이 위에 위태롭게 떠 있었던 것이다. 그래서 내외의 조화도 그때
그때뿐, 늘 불안하다. 마치 '현태'의 경우처럼 그의 언동도 일관성이
없다. 궁글은 목소리에 나타나듯 속마음이 굵어 하찮은 관념 유희
따위를 멸시하는가 하면 어딘지 냉소적이고 자기 본위요 가혹하다.
또 고양이의 외로운 생리에 공감할 만큼 섬세하지만, 그 고양이 얘
기를 '인철'에게 하면서 부지중 지금까지의 경어조에서 친근한 말투
로 변하기도 한다.

　그럼 황순원은 초월자(칼)에 귀의함으로써 백정으로서의 또 자식
의 죄로 인한 외로움을 이겨낸 '김노인'과 살인 후의 내부 분열 및
고통을 스릴 있는 사건의 되풀이, 가책자의 시선의 되풀이라는 상
쇄 작용으로 막아보려는 '기룡'의 태도 중에서 어느 쪽에 역점을 두
었을까? 이야기의 주축인 '인철'의 경우 그는 '기룡'의 태도에 거의
공감한다. 단, 장편의 결말을 회의적으로 남겨두는 황순원의 버릇으
로 보아 과연 그는 '기룡'을 지지했을까 하는 의문이 따르고 또 이
의문은 '인철'이 '기룡'을 믿으면서도 제 나름의 비판을 가하는 끝대
목에서도 발증되었지만, 여기 대한 대답은 『일월』 이후의 작품에서
찾아야 할 것이다.

　④ 황순원의 경우, 외로움은 만성병이나 인위적 도시에 대한 환

멸을 통한 권태의 기분이라는 위치에서 차츰 살인 등을 계기로 한 시련의 형식으로 발전해갔다. 그리하여 남을 위한 자기 시련이 심미적 관조나 자기 본위의 상쇄 행위를 대신하게 된다. 물론 그건 정신적 재생을 위한 시련이다. 모든 위대한 예술의 마지막 목적과 가치가 여기 있었다. '나'에 대한 가장 큰 죄악은 자기 파멸인 것이다. 그리고 황순원의 경우 그건 흔히 속죄를 통한 재생의 모색이었다. 가령 그의 소설에서 처음으로 살인자가 등장하는 「모든 영광은」의 주인공은 확실한 짐작으로 자기를 동료 교원의 살인자나 같다고 여긴 나머지 그 피살자의 아내와 동거하면서 장차 부부가 될 수 있는 기회를 구하고 우연한 과실로 환자를 죽게 만든 「겨울 개나리」의 보조 간호원은 어떤 뇌종양 환자를 위해 사력(死力)을 다하여 간호해준다.

그리하여 그게 작위였건 부작위(不作爲)였건 살인 뒤의 거의 절대적인 외로움은 그 피나는 대상(代償) 과정 속에서 누그러진다. 그러고 보면 인간의 불행은 외로움을 견뎌내지 못하는 데서 온다느니보다 그 외로움을 이겨낼 수 있는 '어떻게'의 문제를 해결하지 못한 탓이 아니겠는가. 이건 정말 어려운 문제이긴 하지만, 어떤 윤리적 결단과 실천의 세계로 옮겨 들어오지 않고는 끝없는 의념·동요·주저의 악순환 속에서 헤어날 수 없을 것이다. 외로움의 양단에는 그와 같은 결단과 동요의 길이 대기하고 있는 것이다.

그렇다면 황순원 문학의 총괄은 『일월』이다. 논리를 죽이려다가 무력해진, 기묘하게도 부자연스러운 『카인의 후예』를 낳았고 『나무들』에서는 논리에 강인(强引)되어 질질 끌려다니다가 역시 힘을 잃게 되자, 그는 이 두 개의 주요 장편을 저변으로 삼고 다시 일어섰던 것이다. 처음으로 작가의 현명을 보여주었던 셈이다. 살인죄를 둘러싸고 세 사람을——예술가적 관조와 논리의 화신과 애니미즘의 심성을 대결시켰던 것이다. '박훈'은 '동호'을 거쳐 '김인철'로 계승되었고, '유선생'은 '현태'를 거쳐 '김기룡'으로 변용되었고, '오작녀'는 '김본돌'에 와서 종교적 차원으로 심화되었다. 『일월』에 와서야 그

전작에서 볼 수 있었던 변증법적인 대립, 모순의 착종이 나타났다. 이 작가의 트레이드 마크인 고전적 질서 의식을 곁들인 깔끔한 점묘적 수법과 종말의 도회(韜晦) 등에 가려져 간과되기 쉬울지 모르나 이 소설처럼 그 심리적 결구가 복잡한 예는 한국 소설에서는 별로 없다. 그게 모두 위에 말한 세 사람의 대립자를 확보했기 때문인 것이다. 이를 토대로 삼아 외로움의 문제를 추구해간다.

먼저 그 전작(前作)의 인물로 거슬러 올라가보면, 자기를 결국 역사의 피해자로 본 '동호'(『나무들』)의 생각은 "나는 누구의 원수도 아니다"라는 '박훈'의 부르짖음과 조금도 다를 게 없었는데 여기서 한 발 더 나아가 '현태'는 자기가 피해자이면서 가해자일 수도 있다고 반성했었다. 곧 나는 누구의 원수일 수도 있다는 것이다. 단순한 감정의 논리에서 모순과 역설의 논리로 바뀐 것이요, 무책임한 회피에서 벗어나 어떤 주체성 있는 책임 의식이 싹튼 것이었지만, 그러나 '현태'는 그와 같은 반성을 철저히 하기는커녕 오히려 자포 자기의 생활에 빠져들었다. 그런 한편 '김본돌 노인'에게 구원이 온 것은 아들의 살인을 혈연의 정을 못 이겨 떠맡아야 했기 때문에 명백한 피해자였음에도 그 피해자 의식을 절대적인 타력(他力)〔칼〕에 힘입어 초월할 수 있었던 탓이다. '현태'의 사고 논리가 지적 표면에 그친 반면 '김노인'의 논리는 자신의 외로운 입장에 눈을 뜨자마자 그야말로 비약적이었고 그래서 철저할 수 있었다.

사실 '김본돌'이 볼 때, '놈'(김본돌의 맏아들을 죽인 좌익 청년)의 아버지는 그 맏아들에 대한 애정을 생각하면 원수의 아버지요 가해자이지만, '기룡'에게 그 아들 대신 복수당한 것을 생각하면 마치 '김본돌' 자기가 '기룡'의 살인죄를 둘러쓴 점에서 아들로 인한 피해자이듯, 아들로 인한 피해자다. '김노인'은 이를 짐작했을 것이다. 그리하여 그 피살자에 대한 동정은 차츰 맏아들 및 '기룡'에 대한 부성애를 누르게 된다(피 묻었던 칼을 갊으로써 하루하루 그런 부성애를 갈아 없애려 했을 것이다). 그 결과 그 피 묻었던 칼은 '나'와 원수를 동시에 비춰준 거울이었다. 그 거울 속에서 두 사람은 손을 잡는다.

그 원수는 '나'요, '나'는 '내' 원수다. 아무데도 원수는 없었던 것이다. 차라리 '내' 은인으로 보리라. 이런 근본적 가치 전환을 가능케 한 칼 신앙에의 비약 과정은 거의 본능적이면서 자율적이었고, 저 부성애를 갈아 없애는 것이 참으로 아들을 위하는 길이라는 역설적인 지혜도 그 여덕(餘德)이었을 것이다. 그 둘레의 과민한 이지적 명찰(明察)의 그늘에 조용히 감은 눈, 그 깊은 어둠 속에 다사롭고 은밀한 가치 전환의 신비를 보고 그 점에 매우 조심스럽게 하이라이트를 던져준 것이다.

하지만 '김본돌'은 무지한 노인이다. 구원의 축복은 이런 사람에게만 내리는 것일까? 사소한 듯하면서 중요한 문제다. 다음을 보자. 「소리 그림자」(1965)에서, 옛친구 '성일'의 부고(訃告)를 받은 '나'는 고향으로 내려간다. 어릴 적 마을 종지기의 아들 '성일'은 어이없는 일로 꼽추가 되어 일생을 그 마을 종지기로서 마쳤다. 어느 날 '성일'이 출타한 아버지 대신 종을 치려 하지만, 종소리가 울리지 않는다. 종추가 줄에 휘감겨 움직이지 않는 것이다. 줄을 풀어놓기 위해 종각으로 올라간 그는 이웃집(장로집) 뜰에서 개가 교미하는 광경을 보고 '나'를 불러올려 함께 구경하는데, 마침 '장로님'이 아래에서 노성을 질러 엉겁결에 둘은 아래로 떨어진다. '나'는 별일이 없었으나, 그 사고로 '성일'은 꼽추가 된 것이다. 그 옛친구가 묻힌 공동묘지를 다녀오면서 한 다방에 들러, 고인의 방에서 발견한 그림첩을 꺼내어 본다. 그 그림들은 목탄지에 연필로 그린 것인데 단순한 선들 속에 어떤 공통된 요소가 보인다.

　무엇인가가 그림 속에서 불타고 있는 것이었다. 얽힌 나무뿌리의 구부정한 곡선마다 불티가 튀고 있었다. 찬송가를 부르는 교인의 수많은 입들도 불을 뿜고 있었다. 헐벗은 산에 박힌 울퉁불퉁한 바위에서도 불길은 일고 있었다.

마침내 한 그림——두 마리의 개가 교미하는 그림에서는,

그 그림의 붓놀림이 어쩌면 이렇게 즐거울 수 있을까. 꽃처럼 보였던 선 하나하나가 실상은 어쩔 수 없는 즐거움에서 우러나온 율동인 것이었다. 킬킬킬 더없는 웃음이 연필 자국마다 스며 있다가 오는 것이었다.

이처럼 '성일'의 어두운 나날은 어느덧 은밀한 즐거움의 나날로 변해 있었던 것이다. 그의 유일한 취미인 그림에서 느껴진 불길, 불꽃은 모두 환희 그것이었다. 헤세는 「도스토예프스키론」에서 도스토예프스키 소설의 인물들이 "절망과 악을 감수"한다고 요약했지만, 그 말을 본받는다면, 「소리 그림자」의 '성일'도 절망과 악의 인내를 넘어서서 티없이 즐거운 감수의 경지에 이른 것이다. 단, 이런 주제는 새삼스러운 게 아니다. 이미 '쇳네'나 '곰녀'를 통하여 조야하게, '오작녀'를 통하여 아름답게 나타났었고, 최근의 '김본돌'에 오면 종교적 차원에서 심화되었던 것이다. 그 '김노인'의 '칼'의 빛을 통하여 초월적인 빛은 처음으로 그 구체적 모습을 드러내었지만, 그 이후의 「소리 그림자」나 「원색(原色) 오뚜기」 같은 데서는 다시 초월자 없는 세계로 내려온다. 그런데 윤노인이 옆집 불구아 '철이'에게, 물론 서투른 솜씨로 만들어주는 오뚜기나 우연히 사람 죽인 죄를 갚으려고, 한 소녀 환자를 극진히 간호해주는 '최씨' 등의 어딘가 거칠고 우둔하고 추운 인상 등에서 받는, 숙명적으로 미완성기요, 실수하기 쉬운 인간 그것에서 작자는 오히려 외형 아닌 내면의 미와 인정을 발굴하려고 노력해본다. 우리가 귀의할 수 있는 초월자 없는 누리에서 그래도 기대하고 싶은 것이란 그 두 가지 정도가 아니겠느냐고 물어오면서 우의(寓意)의 문 안을 조금 보여주기도 한다. '철이'는 단순한 불구아가 아니라 그 집의 선의를 시험해보는 미행자(微行者)로서의 신의 소형체(小型體) 같고, 소녀 환자가 숨져간 진눈깨비 흩날리는 날의 병실의 노란 개나리는 우리를 죄지은 국민학생으로 만들 것만 같다.

그 '최씨'라는 아줌마(보조 간호원)는 지극한 간호 끝에 그녀와 환자 사이에 영적 교감 상태에 이르러, 가령 감기 같은 것도 어느 한 쪽이 걸리면 다른 쪽도 걸린다. 또 '윤노인'은 며느리가 겪었을 지난 날의 모진 고생을 이해하게 되는 순간에 이상한 광경을 본다——방 금 지나간 기차의 화통칸 저 앞을 두 사람이 그냥 달려가는데, 그 러다 마침내 화통칸에 들이받치고 마는데, 그럼에도 그들은 차 밑 에 깔리지 않고 '덜된 오뚜기'처럼 자꾸만 앞으로 굴러가는 것이다. 물론 이때의 두 사람은 '윤노인'과 그의 며느리요, '윤노인'의 시력은 눈먼 '김본돌'이 "보인다, 보인다"고 뇌던 때의 제2시각이다. 이런 현상들을 그저 환각으로 처리해버릴 순 없다. 그건 인간 능력의 한 극점, 한 신비 능력이다. 게다가 그 신비 현상은 그 미욱한 오뚜기 나 아줌마의 모습이나 꼽추가 된 옛친구의 추한 모습으로 하여 더 없이 인간적인 해석이 주어지고 있을 뿐 아니라, 그게 너그러운 운 명애나 내일에의 희망, 용단 같은 미덕과 밀착되어서만 일어난다는 점에서는 어딘지 밝고 긍정적이다. 결국 황순원은 위의 세 단편소 설에서 한 인간의 피나는 가치 전환의 노력 끝에 우러난 비극적인 환희들을 그려냄으로써 저 자기 본위의 회피와 자멸로 달리는 '김 기룡'의 태도를 일단 거부하고 '김본돌'의 몰아(沒我)와 헌신을 간접 적으로 옹호했던 것이다.

참으로 자기 본위의 생각을 넘어선 가치 전환의 노력처럼 숭고한 것도 없다. 그러나 그처럼 자신의 운명을 감수하고 주위와 화해하 는 능력은 주로 '쇤네' '곰녀' '오작녀'나 '김본돌 노인' '성일' '윤노인' '아줌마' 같은 무지하거나 단순하거나 가난한 층에만 보이는 것이 다. 그들은 각자 주어진 형편이나 차원은 다를망정 어머니의 갸륵 한 인내와 희생의 정신을 나누어가지고 있다. 어스름 속에 둔중하 게 누워 있는 야산(野山)의 지혜, 무지 속에 지혜를 터득하고 있다. 그들은 모두 고통을 인내함으로써 마음의 자유와 환희, 평정을 얻 는다. 그들의 내부는 외로움 속에서도 충족되어 있다. 외롭되 외롭 지 않다. 그들에게는 구원이 온다. 저 합리와 비합리, 선과 악의 피 안에 홀연히 이른다.

이 소박한 일군(一群)과 달리, 어머니가 없거나 어머니가 있어도 없는 것이나 같은, 그 결과 늘 내적 분열과 불안에 싸인 미아가 바로 「별」의 소년을 원형으로 한 '박훈' '현태' '김인철' '김기룡' 같은 청년이다. 지혜의 첫걸음이 자기의 한계를 아는 데 있다면 그들은 아직 진정한 자기 한계를 모르고 있거나 찾으려 하고 있다. 단, 소극적인 합리 정신이나 논리나 관념만으로는 그 한계를 알 수 없으리라.

황순원의 중심 메타포는 「별」의 어머니다. 단, 잃어버린 어머니다. 따라서 그의 근본 문제는 어머니와의, 어머니로부터의 이합(離合)의 문제다. 자식을 위해, 사랑하는 사람이나 남편을 위해 자기를 바치는 영원한 어머니——그 어머니는 한번도 황순원의 소설에 직접 어머니로서는 나온 적이 없다. 또 나올 수도 없을 것이다. 반드시 '쇳네'나 '오작녀'나 '김본돌 노인' 같은 편린을 통해서만 비치곤 한다(현태의 어머니나 김인철의 계모는 황순원의 이상으로서의 어머니가 아니다). 또 그것은 관념으로서가 아니라 원시적일 만큼 피부로서 전해오도록 되어 있는 현실이다. 그 소설들의 모든 가치, 감정의 배후에 은연중 숨어 있는 현실이다. 순시적이면서 영원하고 가까우면서 까마득히 먼 그 어머니 앞에서는 지상의 욕정도, 갈등도 쟁투도 다 덧없는 것이다. 서구의 신 관념이나 합리 정신도 어머니의 부드러운 어깨의 곡선과 비할 때 너무나 추상적이고 불안정한 말들에 지나지 않는다. 안정과 조화와 구제의 빛이자 그 계기는 어머니다. 이 어머니야말로 황순원의 구경(究竟)이었다.

아니 여기에 그의 한계와 위기마저도 잠재해 있었다. 다른 누구 못지않게 회의적인 이 작가가 '현태'나 '기룡' 같은 관념적인 떠돌이 별에게는 끈질긴 의념(疑念)을 가지고 대하되 방금 말한 어머니 같은 여인들, '김본돌 노인'에게는 조금도 그렇지 않다는 것은 그 여인들이나 노인이 너무 단순하거나 본능적이어서 애초부터 회의나 비판의 대상이 못 되었기 때문이다. 그들은 이념 이전의 인간들이어서 지식인들의 대립자가 될 수 없는 것이다. 한편 그 무회의(無懷疑)

로 말미암아 황순원적 어머니는 자칫하면, 그가 의심해 마지않는 저 보편적 가치나 신 관념과 마찬가지로 숙명론적 추상체가 되기 쉽다. 그런 숙명론적 관점은 다양성을 배제한다. 그 결과 가령 기독교가 그로 말미암아 오히려 발전해온 이념적 다양성 같은 그런 다양성을 모르는 애니미즘과 친근한 '김본돌' 혹은 '큰애기 바위'의 전설을 믿는 '오작녀'가 받아들여지게 되는데, 그렇다 해서 그와 대치될 수 있는 어떤 이념을 구하기란 쉬운 일이 아니다. 또 그 이념이라 해도 흔히 그렇듯 어떤 결정론에 기울어질 위험이 늘 따르게 된다. 따라서 황순원의 위기는 이념의 위기라 볼 수 있다. 영원히 어머니와 불안한 관념적 미아들 사이를 동요해온 그가 역사적으로 필연성이 있고 현실적인 이념을 찾는 길은 어머니의 모순을 비판해서 파헤치는 길이지만, 이건 그 대상의 속성 때문에 감당키 어렵다. 그렇다면 이제까지의 어머니와 아들의 관계가 아니라, 아들과 아들, 아버지와 아들 및 그 비슷한 관념적 대립자를 통해서 이야길 하는 수뿐이다.

한편 어머니를 계속 살리는 길은 지적 관념군을 철저히 의심하고 나아가 부정하는 길인데, 그처럼 어머니의 이미지만을 내세워 그 어머니를 보편적·항구적 구제의 원리로 정해본들 역사적 현실은 그 어머니의 운명애를 돌보지 않을 것이다. 이래서, '김기룡'을 부정하고 '김본돌'을 옹호한 황순원의 앞날은 실은 '김본돌'이 아니라 '김인철'의 앞날이어야 하는 것이다. 낡은 신분상의 콤플렉스에서 온 그의 외로움은 그의 개인적 사정을 넘어서 모든 지식인의 외로움의 근원인 앎의 비애, 혹은 앎과 느낌의 괴리에서 오는 비애를 드러내고 있는 데다가, 그 누구보다도 대타 관계의 접촉면이 다양하기 때문이다. 아울러 그런 관계에 접어들 때도 유연한 예술가적 감수성과 포용력과 예리하면서 순수한 눈을 가졌기 때문이다.

그가 부딪친 벽은 황순원 세계의 총괄인 『일월』이 부딪친 벽이다. 전진이냐, 후퇴냐? 더는 그전처럼 꾸물거리고 있을 수 없다. 뭔가 이념의 지주를 찾아야 한다. '김본돌 노인'의 칼 신앙에서 '김기룡'의 자학 못지않은 아집의 면을 보았고, 백정이라는 신분을 전근 대적 관념이라 해서 대수롭지 않게 여기는 '다혜'의 합리적인 생각에 얼른 따를 수 없고, 그렇다고 '나미'의 낙천성은 그 나름의 사정 때문에 아니꼽고…… 이럴 수도 저럴 수도 없으면서도 어떻게든지 온전하게 살아야 하되 고립해서는 안 된다고 다짐하면서 그는 연회석을 피하여 '나미' 집 정원의 어둠 속으로 내려온다. 그건 전진의 걸음이요, 사회에 대한 새로운 "도전의 제일보"이다. '김인철'은 황순원이 오랜만에 되찾은 청춘이다. 그의 오뇌도 모험도 다 신선한 그에게 기약된 많은 시간과 정력과 순진성은 그 귀중함을 아무리 강조해도 지나치지 않을 것이다.

실존적 현실과 미학적 현현(顯現)*
── 황순원론

이 　 태 　 동

　그림은 목탄지에 연필로 그린 것들이었다. 한장 한장 넘겨가는 동안 나는 단순한 선들 속에 어떤 공통된 요소가 들어 있음을 느꼈다. 무엇인가 그림 속에서 불타고 있는 것이었다. (「소리 그림자」)

　① 작가 황순원은 8·15 해방 전까지 써서 모은 창작집 『기러기』의 책머리에서 일제 암흑기에 햇빛을 볼 수 있었던 작품은 「별」과 「그늘」만이었다고 밝히면서 "밤에나 나오는 별과 빛을 등진 그늘만이 먼저 햇빛을 보았다는 건 어떤 비꼬인 사실이 아닐 수 없다"고 말했다. 이러한 그의 말은 작가가 처해 있었던 상황을 이야기하는 것이지만, 그의 문학 세계를 간접적으로 조명하는 의미 깊은 뜻을 지니고 있다. 그가 중견 작가로서 성공을 한 1957년에 쓴 자서전적인 형식의 일인칭 시점의 작품 「내일」에서 그 자신을 '낭만주의자'라고 밝힌 것처럼, 그의 작품 세계는 낭만주의와 깊은 관계가 있는 상징주의 경향이 짙다. 그러나 그의 작품 세계는 현실과 유리된 추상적인 상징주의적 세계가 아니라 자연주의적 현실에 깊이 뿌리를 둔 실존주의적 경향을 띤 상징주의적 작품 세계다. 다시 말하면 그

의 작품 세계는 「어둠 속에 찍힌 판화」의 이미지에서 단적으로 볼 수 있듯이, 카오스 상태의 어둠 속에서 별과 같이 영원히 빛나는 절대적인 인간치와 그것과 일치되는 이상적인 미학적 질서를 추구하기 때문에 그것은 처절한 삶의 현실을 바탕으로 해서 자연주의와 상징주의, 그리고 실존주의를 융합한 그의 특유한 문학적 전통을 이룩하고 있다. 그러나 그의 문학은 70년대에 와서 리얼리즘 문학이 지니고 있는 역사 의식과 사회적인 현실 감각이 없어서 "바람직하지 못한 문학의 한 예"가 된다고 지적받기도 했다.

물론 그의 문학에는 사회적 리얼리즘이 지니고 있는 보다 강렬한 사회 의식과 변증법적인 역사적 발전이 현저하게 나타나 있지 않다. 그러나 그의 문학은 리얼리즘 문학의 일부분인 자연주의와 낭만주의를 융합한 상징주의와 실존주의적 경향을 지니고 있기 때문에 적지 않은 사회 비평이 그 속에 담겨 있는가 하면 역사의 내면 구조인 신화가 있고 삶에 대한 뜨거운 진실과 인간 정신을 주장하는 강한 모랄리티가 있다. 그래서 필자는 본고에서 그의 몇몇 대표작을 중심적으로 살펴본 후, 황순원 문학이 결코 인간 현실과 유리되지 않은 건강한 문학이라는 사실을 자연주의와 낭만주의를 결합한 상징주의 및 실존주의적인 문맥 속에서 밝혀보고 그의 문학이 우리들에게 던져준 문제가 무엇인가를 검토해보고자 한다.

② 황순원은 그의 초기 단편, 특히 「별」 「산골아이」 「닭제(祭)」, 그리고 「소나기」 등과 같은 우수한 작품에서 유년기의 소년소녀들의 이야기를 많이 다루고 있다. 그러나 그것은 결코 낙원의 세계가 아니라, 공포와 죽음의 그림자가 드리워진 우울한 자연주의적 세계이다. 다시 말하면 이들 초기 작품들은 몇몇 비평가들이 지적한 바와 같이 환상적인 동화의 세계에 집착하려는 것이 아니라, 목가적이고 서정적인 빛으로 충만했던 세계가 살벌하고 공허한 현실 세계로 무너지는 과정에서 일어나는 삶의 경험을 상징적으로 묘사하고 있다. 그의 초기의 대표작 가운데 하나인 「별」은 유종호가 지적한

것처럼 "사내아이의 망모(亡母)에 대한 미화와 집착, 미화된 어머니의 이미지를 깨뜨리는 누이에 대한 혐오감, 그리고 그를 통해 깨닫는 미추(美醜) 의식의 각성, 혐오의 대상이 보여주는 호의에 대한 반발 등 인간 심리의 델리커시를 섬세한 문장 속에 감동적으로 포착"[1]하고 있다. 그래서 이 작품은 망모가 상징하는 미지의 아름다운 세계가 어머니를 닮은 "눈앞에 있는" 못생긴 '누이'라는 현실에 의해 무너지는 것에 대한 환멸과 분노 및 아쉬움, 그리고 누이의 결혼과 죽음을 통한 생의 변천과 소멸 과정에 대한 충격적인 경험을 이니시에이션의 차원에서 직접 간접으로 다루고 있다.

「산골아이」 역시 얼핏 보면 산골에 사는 소년의 낭만을 토착적인 서정으로 표현한 것같이 보이지만 자연주의적인 삶의 구조에 대한 '입사 의식'을 민간 전승의 신화를 통해서 보편화시키고 있다. 이 작품은 비록 할머니가 소년에게 옛이야기를 하는 형식으로 플롯을 전개시키고 있으나 할머니가 동굴 속에서 동면하기 위해 준비하는 곰처럼 도토리를 먹는 소년에게 들려준, 여우의 탈을 쓴 "꽃 같은 색시"에 관한 이야기와 눈 오는 밤 꿈속에서 소년이 호랑이와 싸운 아버지를 공포 속에서 보았다는 이야기는 아무런 의미 없는 동화가 아니라 소년이 앞으로 부닥쳐야 할 어려운 삶의 현실을 그 속에 담고 있는 "살아 있는 이야기"이다.

그의 대표작 중의 하나인 「소나기」 역시 표면적으로만 볼 때는 사랑이 움트는 어떤 소년과 소녀간에 일어난 미묘한 감정만을 취급한 듯하나 앞에서 살펴본 작품들과 동일한 계열에 속한다. 그래서 우리들은 이 작품의 상징적 구성과 이미지의 결합을 주의깊게 살펴볼 필요가 있다. 이 작품의 플롯은 주인공인 소년이 개울가로 나와 징검다리 위에 앉아 물장난을 하는 윤초시네 증손자딸을 먼 시선을 통해 서로 만남에서부터 시작된다. 소녀는 세수를 하다 말고 거울같이 투명한 물 속에 비친 자신의 얼굴을 잡으려는 듯이 물을 움켜

---

1) 유종호, 「서구소설과 한국소설」, 『한국인과 문학 사상』, p. 55.

쥐곤 한다. 그러나 소녀는 물 속에서 조약돌 하나를 집어 '이 바보'란 소리와 함께 자신을 알아달라는 수줍은 욕망에서 돌팔매질을 한 후, 가을 햇빛이 쏟아지는 갈밭 속으로 사라진다. 다음날 소년은 개울가로 나와 보았으나 소녀는 그림자도 보이지 않는다. 그날부터 소년은 소녀가 던져준 조약돌을 주무르는 버릇이 생기게 된다. 어느 날 소년은 소녀가 하던 것처럼 두 손으로 물 속에 비친 자신의 얼굴을 움켜잡으려 한다. 이때 소년은 어느새 소녀가 와서 자기를 보고 있다는 사실을 물 속에 비친 그림자를 통해 알고 달아난다. 그는 수줍어 도망치다 징검다리를 헛짚어 넘어지게 된다. 그러나 다시 일어나 코피를 흘리며 메밀밭 속으로 사라진다.

어느 토요일 그들이 개울가에서 서로 만나게 되었을 때 소녀가 '비단 조개'를 소년에게 보이면서 말을 건넨다. 그 후 그들은 황금빛으로 물든 가을 들판을 달려 산과 들판을 가르는 수로처럼 흐르는 봇도랑물을 건너 산밑까지 간다. 거기서 다시 가을꽃을 꺾으며 산중턱까지 오른다. 그러나 산속에서 갑자기 심한 소나기를 만나 그들은 마을로 내려와야만 한다. 산을 내려오며 그들은 비를 피하기 위해 허물어진 원두막 집에 들어가 마른 수숫단 속에서 서로 몸을 가까이한다. 비가 개인 후 내려오는 길에 소녀를 업고 물이 불은 봇도랑을 건넌다. 그들이 다시 개울가로 왔을 때 하늘은 완전히 활짝 개었다. 그 후 소년은 개울가로 나와 보았지만, 오랫동안 소녀를 보지 못한다. 그러다 어느 날 그가 소녀를 다시 보았을 때, 소녀가 그날 산속에서 맞은 소나기로 앓게 되어 나오지 못했다는 사실과 아직도 몸이 아프다는 사실을 알게 된다. 이때 소녀는 소년에게 분홍색 스웨터 앞자락을 내보이며 무슨 물이 묻었다고 말한다. 소나기를 맞았던 그날 소년의 등에 업혀 빗물에 불은 봇도랑물을 건너다 묻은 풀물이었다. 그리고 소녀는 제사를 지내려고 아침에 땄다는 대추를 한줌 소년에게 건넨다. 소년은 얼굴을 붉힌다. 이튿날 밤 그는 낮에 보아두었던 덕쇠 할아버지의 호두밭으로 가서 호두를 몰래 훔쳐 따 소녀에게 주려고 했으나 어른들로부터 윤초시네가 양평

읍으로 이사를 가게 되었다는 사실을 알게 된다. 그래서 소년은 자리에 누워 호두를 만지작거리며 마음을 졸이고 있는데 마을갔다 온 아버지로부터 윤초시네 집이 말할 수 없이 기울어졌다는 사실과 윤초시네 증손자딸이 죽었다는 슬픈 소식을 듣게 된다. 그 소녀가 죽을 때 "자기가 입던 옷을 그대로 입혀서 묻어"달라는 이야기와 함께.

이 작품은 아름다운 전원과 자연의 풍경을 배경으로 해서 조춘(早春)의 소녀와 소년을 소설 공간 위에 등장시키고 있으나, 그 아름다운 표면 뒤에 숨어 있는 공포와 죽음에 대한 '이니시에이션' 문제를 자연주의적 문맥 속에 격조 높게 처리하고 있다. 이 작품의 주제에 의한 이러한 시선은 작품의 내면 구조에 의해 뒷받침되고 있다. 우선 시간적으로 볼 때 몰락해가는 윤초시네 증손자딸인 소녀는 소학교 5학년으로서 유년 시절의 '낙원'에서부터 추방당하고 있다. 그리고 작품 속에 나타난 계절 또한 여름이 지난 가을이다. 들판에는 흰 수염과도 같은 갈꽃이 가득히 피었고 죽음을 상징하는 우상을 닮은 허수아비가 서 있다. 또 다른 한편 공간적인 차원에서 볼 때, 산밑까지 뻗어 있는 황금빛 들판이 유년 시절의 낙원을 상징하고 산은 그 다음으로 오는 험난한 생을 나타내고 있다. 이러한 사실은 소년과 소녀가 더없이 맑은 가을 햇살을 받으며 벅찬 가슴으로 그림같이 아름다운 가을 들판을 치달린 후, 산을 타다 무서운 소나기를 만났다는 상징적인 뜻으로 뒷받침되어지고 있다. 다시 말하면 그들이 산밑까지 갔을 때, 한없이 맑던 가을 하늘이 갑자기 먹장구름이 몰고 온 죽음의 '보랏빛' 비를 맞게 되었다는 것은 아름답고 목가적인 생의 뒷면에 숨어 있는 죽음을 온몸으로 체험한 것을 상징적으로 나타내고 있는 듯하다.

참 먹장구름 한장이 머리 위에 와 있다. 갑자기 사면이 소란스러워진 것 같다. 바람이 우수수 소리를 내며 지나간다. 삽시간에 주위가 보랏빛으로 변했다.

산마루를 넘는데 떡갈나무에서 빗방울이 떨어지는 소리가 난다. 굵은 빗방울이었다. 목덜미가 선뜩선뜩했다. 그러나 눈앞을 가로막는 빗줄기.

그러나 황순원은 위에서 살펴본 초기의 몇몇 단편에서 자연 법칙에 지배되는 비극적인 인간 상황을 취급하고 있으나, 인간이 그러한 상황을 감상적으로 슬퍼하지 않고, 그의 단단한 언어가 간접적으로 말해주는 것처럼 그것에 대해 반항하고 극복하려는 인간 의지를 훌륭하게 보이고 있다. 여기에서 그는 자연주의적인 인간 상황과 인간 정신을 성공적으로 결합시킨 상징주의 문학을 창조하고 있다.

작품 「별」에서 사내아이는 누이라는 현실이 "미화된 어머니의 이미지"를 깨뜨리고 있으나 그것에 대해 감상적인 태도를 취하지 않고 분노로써 그것과 대항한다. 그리고 누이가 자연 법칙에 의해 죽었을 때도, 누이의 죽음 그 자체에 대해서는 슬퍼하지만 그는 절망하지 않고 누이가 어두운 밤하늘에 별이 되리라고 믿는 다음의 자세를 가진다. 그리고 그는 또한 어둠 속에서 언제나 새로운 질서를 가져다주는 인간 정신의 고향인 어머니에 대한 사랑과 믿음을 버리지 않는다. 그가 어머니 별과 비교해서 누나의 별을 부정하는 것은 누이라는 현실을 부정하는 것이 아니라, 누이가 상징하는 부도덕하고 부조리한 현실에 대한 반항의 뜻이 부분적으로 숨어 있는 것이 아닌가. 그가 인간 정신의 바탕 위에 세워진 사회의 도덕적 규범과 가치를 위반한 누나에 대해서 분노를 느끼는 것도 이러한 문맥에서 읽을 수 있으리라. 그러나 상징적으로 무엇보다 중요한 겻은 누이의 죽음에 대한 슬픈 감정이 그것으로 끝난 것이 아니고 누이를 생각하는 아름다움의 낭만적 감정에서 솟아나는 눈물을 통해서 순간적이지만 그의 상상 세계에서 절대적으로 존재하는 어머니 별을 만났다는 것이다.

이러한 그의 문학 정신의 맥은 작품 「그늘」에 나타난 한국의 전통적인 인간 정신을 상징하는 '구슬' 이미지와 연결된다. 주인공인 어느 청년 화가가 어두운 목로상에서 숯불에 사냥해온 짐승을 불에 굽는 연인을 그림으로 그리려다, 우연히 어느 낯선 남도사내를 만나 술을 나누며, 주머니에서 조상 대대로 내려오던 주영구슬을 그에게 보이려다 그것을 땅에 떨어뜨린다. 그러나 그들은 다 같이 그 구슬이 어둠 속에서 깨어지지 않았다는 사실을 발견하고 눈물을 지으며 웃는다. 여기에 나타난 구슬은 '별'과 같은 이미지이며, 그들이 눈물을 지으며 무엇을 깨닫는 듯 웃는 감정은 「별」의 사내아이가 어머니 별을 두고 느끼는 감정과 크게 유사한 현현 *epiphany*의 순간 이리라.

사실 청년의 눈에는 눈물이 괴어 있었다. 그러다가 청년은 무심코 구슬을 쥐어주는 남도사내를 보고 노형은 웃지도 않았는데 웬 눈물이요? 했다. 남도사내의 눈도 어느새 눈물로 빛나고 있었다. 청년은 그늘 속에 희미하게 빛나는 온전한 구슬알들을 남도사내에게서 받아들고는 그냥 눈물 섞인 웃음을 웃곤웃곤 하였다.

이러한 상징주의적인 정신의 흐름은 「산골아이」에 나타난 구슬 이미지에까지 이어져 나타나고 있다. 여우의 탈을 쓴 "꽃 같은 색시"와 글방 소년과의 이야기는 민속적인 설화이지만, 그것은 구슬의 이미지를 통해 자연주의와 상징주의를 융합시키고 있다. 여기서 구슬 이미지는 황순원이 언제나 즐겨 사용하는 이데아의 이미지인 '별'과 크게 다른 것이 없으리라. 글방 총각이 영혼의 구체화된 구슬을 삼켜서 그것을 몸 속에 지니고 있을 때, 건강한 인간으로 다시 살아나고 꽃같이 예쁜 색시는 짐승으로 퇴화한다는 것은 구슬이 본질적인 영혼 현실에 대한 마스크란 사실을 자연주의적인 바탕 위에서 우리 조상들의 정신적 경험의 잔여인 신화를 통해 상징적으로 나타내어주고 있다. 「소나기」 역시 작품의 심층 구조에서 보면 이 것과 크게 다를 것이 없다고 하겠다. 즉 황순원은 이 작품 속에서 자연주의적인 현상만을 다룬 것이 아니라, 그것을 통해서 일어나는 상징적인 문맥을 구축하고 있다. 그러면 소년과 소녀가 "쪽빛으로 한껏 개인" 어지러운 가을 하늘을 바라보며, 황금빛 들판을 치닫고 칡덩굴에 얽힌 등꽃 모양의 꽃을 꺾으며 산을 타는 것은 어떠한 상징적 의미를 지니고 있을까? 비록 무의식적이지만, 그들이 이렇게 산을 타는 것은 무엇인가 허전한 마음을 메우기 위한 것으로 설명할 수 있다. 다시 말하면 그들이 징검다리에 걸터앉아 개울물 속에 비친 자신의 그림자를 물 속 아닌 가을의 들판에서 찾으려는 것은 자기 탐구를 위한 상징적 움직임이라 하겠다. 왜냐하면 그들이 움직이는 행동의 구심이자 원심은 개울물에 비친 나르시시즘의 환영에서 출발하고 있기 때문이다. 소녀가 들여다보고 있던 물 속에서 건져낸 조약돌을 소년에게로 던진 것은 자신이 물 속에서 찾고 있던 구슬 이미지와 같은 성격의 영상을 소년에게서 찾은 것이라고 말할 수 있으리라. 소년이 물 속에서 자신의 얼굴을 보고 있을 때, 소녀가 나타난 것은 이러한 사실을 크게 뒷받침해준다고 하겠다. 또 소녀가 소년과 대화의 말문을 열 때 사용한 비단조개의 이미지 역시 이것과 연결된다고 볼 수 있다. 비단조개에 묻어 있는 아름다운 무늬는 곧 소녀의 가슴속에 서리어 있는 본질적인 것에 대한 사랑의 이미지가 될 수 있으리라. 소년과 소녀가 황금빛 들판을 달리고, 산을 타며 갖가지 꽃을 꺾는 것은 방랑적인 의미를 지니고서 서로의 가슴속에 서리어 있는 무지개빛 무늬를 찾기 위함이리라. 비록 소나기가 소녀의 분홍빛 스웨터 앞자락에 소년의 '물'을 묻혀주었지만, 비단조개처럼 아름다운 사랑의 꿈을 안은 순결한 소녀에게 불행한 죽음을 가져온 것은 자연의 힘이 인간에게 가한 가혹한 외상이다. 그러나 애절하게 어린 나이로 요절한 소녀가 그의 옷에 묻은 사랑의 '물'을 죽음의 극한까지 뻗치려고 하는 사실은 이 작품에 나타난 인간 상황이 기계적인 자연 법칙에 의해 제한을 받고 있으나 상상력을 통해 절대적인 인간 가치를 영원히 구원해 확대하려는 처절한 인간 의식을 우리들에게 의미 깊게 보여주고 있다.

실존적 현실과 미학적 현현(顯現)　75

③ 자연주의와 상징주의를 혼합한 이러한 주제는 『별과 같이 살다』와 『카인의 후예』 등과 같은 성인이 된 사람들을 주제로 한 작품 가운데서 시대적인 배경과 함께 더욱 구체적으로 나타나 있다. 『별과 같이 살다』의 곰녀는 가난한 농가에 태어났다는 잘못밖에 없지만, 자연주의적인 사회의 힘에 희생되어 하녀에서 창녀로, 끝내는 어느 늙은이의 소실로 전락을 한다. 그러나 곰녀는 자연주의적인 환경 가운데서도 어디까지나 이기적이고 동물적인 자신의 욕망을 버리고 '신의 의지'라고 할 수 있는 역사적인 힘이 구체화된 인간애 *humanity*에 복종해서 어려움에 처해 있는 다른 사람들을 이해하고 도우는 일에 남은 생을 바친다. 『카인의 후예』는 해방 직후 이데올로기 분쟁과 그로 인한 살벌하고 비극적인 사회 환경이 인간에 대해서 어떻게 작용하는가를 역사적인 배경 속에서 다루고 있다. 그러나 중요한 것은 이 작품의 주인공들이 자연주의적인 작품에서처럼 환경의 힘이나 자연 법칙에 의해서 직접 간접으로 희생되지만 여기에는 인간 가치를 회복하기 위한 세대간의 처절한 대결이 있다. 구세대에 속하는 도섭 영감은 자연적이고 사회적인 힘의 도구가 되어 인간 의지를 상실한 채 『카인의 후예』로서 그의 수성(獸性)을 나타내고 있지만 다른 한편으로 딸 오작녀와 아들 삼득이는 아버지의 이러한 행동을 침묵으로 반항하며 사랑의 힘으로 인간을 자연 법칙의 덫으로부터 구원하려 하고 있다. 천이두가 지적한 바처럼 곰녀와 같은 길 위에 서 있는 오작녀는 역사적 조건에 굴복하지 않는 "강렬한 원시적 생명력"[2]과 연관성이 있는 사랑의 힘에 깊이 뿌리박고 있는 인간으로서 그 기능을 다하고 있다. 그래서 여기서 역사적인 조건과 인간 가치와의 갈등이 일어나게 되고 이 작품은 자연주의와 상징주의를 결합시키는 현장이 된다.

그러나 그의 대표작인 『나무들 비탈에 서다』는 이러한 그의 주제를 사회적인 리얼리즘과 실존주의적인 인간 의식을 융합시킨 보다 현실적인 경험의 차원에서 수용하고 있다. 우선 이 작품의 배경이

____

2) 천이두, 「황순원의 문학」, 『황순원 선집』, 어문각, p. 542.

되고 있는 전쟁은 부조리한 인간 현실로서 앞에서 우리들이 살펴본 자연주의적인 소설 공간과 크게 다를 것이 없다. 다른 것이 있다면 초기 단편의 작품 배경은 신에 의해서 주어진 자연주의적 환경 그것이고, 이 작품 가운데 나타난 현실의 구조는 신에 의해서 주어진 부조리한 인간 조건과 인간이 만들어낸 모순된 사회적 힘이 결합해서 만들어낸 전쟁이란 상황을 그 바탕으로 하고 있다는 것이다. 그래서 어떤 의미에서 『나무들 비탈에 서다』는 부조리한 삶의 현실과 그 속에 숨어 있는 처절한 폭력에 대한 주인공들의 이니시에이션에 관한 스토리라 말할 수 있다. 물론 시간의 힘이 동호를 비롯한 여러 젊은 병사들의 꿈을 서서히 부숴버리겠지만, 전쟁은 그것을 가속화시켰다. 이 작품의 주인공의 한 사람인 동호는 전쟁에 참가할 때까지 삶의 부조리한 현실을 몰랐었다. 그가 사회적인 힘에 밀려 의미 없는 전쟁을 치르면서 '어른'들이 마시는 술도 배우고 여자의 육체도 알게 된다. 그보다 전쟁에 먼저 참가한 현태는 동호를 어른으로 만든다는 뜻에서 그러한 행위를 가르쳐준다. 그는 대인 숙이에 대한 죄의식으로 얼마 동안 불안해하나 '어른'들의 습성을 계속함으로써 그가 가지고 있던 자의식적 결벽성, 즉 수줍어하고 불안해하는 '인간의 순결'을 상실하게 된다. 그러나 불안정한 자신, 다시 말하면 순결한 자신의 얼굴이 그의 마음속에서 고개를 들 때마다 그는 거기에서 오는 괴로움에서 벗어나기 위해 술을 마시고 다시금 옥주를 찾아 자신의 양심을 그녀의 육체로써 마비시킨다. 그러나 이러한 자신의 타락된 모습을 어둠 속에서 객관적으로 도았을 때, 그는 잃었던 자아를 다시 찾고 자신에 대해 분노한 끝에 죽음으로 대결한다.

동호는 어떤 알지 못할 힘에 떼밀치우듯이 발걸음을 떼었다. 그러나 곧 서버렸다. 한 상념이 그의 뇌리를 할퀴고 지나갔던 것이다. 육신처럼 야속한 건 없어요. 이 몸뚱어리가 희미하게나마 남아 있는 그의 모습을 아주 지워버리는 수가 있어요. 나두 모르게 무서워질 때가 있어요. 동호는 자기 가슴속에 모래가 확 뿌려지는 듯함을 느꼈다. 삽시간에 그 모래 한알한알이 뜨거운 열기를 띠고 달아올랐다. 그는 종잡을 수 없는 어떤 분노에 몸이 굳어졌다.

동호는 추운 겨울날 이동한 부대가 주둔하고 있는 추파령을 떠나 좁은 산협길을 걸어 소도고미까지 옥주를 만나러 왔을 때, 그는 옥주가 청년단장과 교섭하는 것을 어둠 속에서 보게 된다. 동호가 그들에 대해서 총을 쏜 것은 그들만의 교섭 행위 때문이 아니라 그들 가운데서 자신의 모습을 발견했기 때문이리라. 그가 "육신처럼 야속한 건 없어요. 이 몸뚱어리가 희미하게나마 남아 있는 그의 모습을 아주 지워버린다"는 옥주의 말을 기억한 것은 자기 자신에 대한 소리이리라. 동호가 옥주와의 육체 관계는 희미하게나마 남아 있는 숙이의 모습을 지워버린다는 사실을 깨달았기 때문이리라. 역설적인 논리지만, 그에게 있어서 죽음만이 인간의 꿈과 인간 가치의 상실로 타락해가는 자신을 구할 수 있는 유일한 길이었으리라. 다시 말하면 그는 모든 것을 파괴시키는 황폐한 전쟁의 상황 속에서 죽음으로써 인간 가치와 인간의 존엄성을 지킨 것이다. 헤밍웨이의 말처럼 그는 전쟁의 파편에 의해 파괴되었지만 패배자는 아니었다.

동호가 시체를 발견한 것은 그로부터 두 시간쯤 뒤에 다음 차례 초병 교대가 있었을 때였다. 밤이라 검은 피가 흰눈 위에 꽉 얼어붙어 있었다. 왼쪽 손목의 동맥을 끊은 것이었다. 오른손 옆에 깨진 유리조각 하나가 눈에 얼마큼 파묻혀 있었다. 그 얼굴이 눈처럼 희었다.

그러나 이러한 사실 못지않게 동호에게 충격을 준 것은 김하사가 죽을 때, 고향의 부모에게 한줌의 흙을 보내주듯 숙에게 보낸 백지의 편지처럼 모든 것은 무(無)로 끝나며 의존하고 기대할 것이 아무것도 없다는 비극적인 인간의 실존 상황이었다. 동호는 현태가 말한 것처럼 전쟁이라는 파괴적인 환경의 힘과 꿈의 현실 사이에

존재하는 삶의 구조에서 오는 환멸의 충격과 인간적인 자의식의 갈
등 속에서 희생된 자이다.

그러면 이 작품의 다른 주인공의 한 사람인 현태의 경우는 어떠
한가. 현태는 동호보다 전쟁터에 먼저 밀려온 사람이다. 그는 전방
수색 지대에 잠자는 듯이 누워 있는 초가집에서 혼자 있는 여인을
살해한 경험이 있고 '저격 능선' 전투에서 심한 부상을 입고 야전
병원에서 3주일간 치료를 받고 돌아온 병사이다. 그는 전쟁 속에서
경험한 잔인하리만큼 비극적인 인간 상황과 외로움을 그의 인간 의
지로써 극복하기보다는 폭력에서 오는 야만적인 희열과 술 및 여자
에게 의존했다. 표면적으로 볼 때, 그는 전쟁터에서 모든 어려움을
아무런 두려움 없이 이겨내는 용기 있는 사람으로 보이지만 언제나
그는 자신보다 위에서 말한 다른 것에 의존했다. 그의 이러한 습성
은 그가 부유한 가정에 태어나 부모들의 그늘 밑에서 자랐기 때문
인지도 모른다. 그러나 그는 술과 여자의 육체 등에 탐닉해서 전쟁
과 양심, 그리고 존재에서 오는 공포를 이기고 자신의 삶을 확인하
려고 한다. 그러나 이러한 그의 태도는 그에게 비록 순간적인 희열
을 가져다줄 수 있을지 모르지만 그의 주변에 있는 사람들을 죽음
의 벼랑으로 가져갔다. 그는 제대를 한 후, 부산으로 돌아와 전상자
(戰傷者)로서의 아픔을 잊기 위해 술을 마시고 규칙이 없는 방탕한
생활을 한다. 이때 그는 자신을 이기지 못하고 그의 전우인 윤구의
약혼녀인 미란과 관계를 맺은 후, 그녀를 죽음으로 몰아넣었고 동
호가 자살한 이유를 알기 위해 찾아온 숙이의 처녀성을 빼앗았으
며, 낙원동 평양집에서 정조를 지키며 벙어리처럼 살고 있던 계향
이를 죽음으로 몰아넣었다. 그가 이렇게 자기 파괴적인 반항을 하
게 된 것은 그가 너무나 강했기 때문이 아니라 인간으로서 너무나
약했기 때문이다. 그가 그 무인 지대의 초가집에서 살인한 죄의식
을 자신의 인간적인 힘으로 극복하지 못하고 카오스 상태의 생활을
한 것은 그가 얼마나 약한 사람인가를 증명해주고 있다. 그러나 그
가 그 자신이 약하다는 것을 자기의 입으로 말한 것은 동호의 애인

인 숙이를 정복하기 전 충격적인 장면에서다.

　"그일 죽인 건 당신예요. 전에 그렇지 않던 그일 그렇게 만든 건 당신예요. 그래서 당신은 날 피하고 있었던 거지 뭐예요. 비겁해요. 술 안 먹군 할 말도 못하는 술주정뱅이, 술주정뱅이……"
　창백해진 그네 얼굴에 눈만이 발갛게 충혈돼 있었다.
　현태는 자신이 냉연해져 있음을 느꼈다. 새로 컵에 술을 부어 마셨다.
　"내가 그 친굴 그렇게 만들었다구요? 그렇다면 되레 나는 강자일 수 있겠죠. 그런데 지금 나더러 비겁한 사내라구 했잖았어요? 실은 내가 이렇게 비겁자나 술주정뱅이가 된 건……"

　그가 그렇게 비겁하고 약한 사람이 된 것은 그 자신이 말한 것처럼 그가 병사로서 수색 지대에서 살해한 여인에 대한 전상자로서의 아픔 때문이다. 그러나 그가 전상자가 된 것은 그의 주변의 무서운 주위의 압력을 인간 의지로써 이기지 못하고 불투명한 주변의 대상을 파괴하려는 '카인의 후예'로서 원시적인 기능을 본능적으로만 수행하려고 하는 데 있다. 작가 황순원의 견해는 전쟁이 일어나고 전상을 입고 또 그 아픔과 삶에 대한 불안을 잊기 위해서 또 다른 타인에 상처를 입히며 자기 파괴적인 행위를 일으키는 '카인의 후예'의 속성은 비극적인 인간 갈등의 악순환을 일으킨다는 것이다. 황순원은 『일월』에서 전쟁이 일어나는 원인을 작중인물의 입을 통해서 보다 직접적으로 이야기하고 있지만 이 작품에서 역시 양면성을 띠고 있는 뛰어난 미학적 이미지를 통해서 극적으로 말해주고 있다.
　이 작품의 비극은 주인공들이 처음부터 고독과 그들의 주변에서 오는 압력을 인간적인 힘으로 비탈에 서 있는 나무처럼 견디지 못하고 있다는 데서 시작된 것이다. 수색 지대에서 "앞으로 향한 총대를 꽉 옆구리에 끼고 투명하고 고즈넉하고…… 투명한 공간"을 한 발자국씩 조심조심 발을 디디면서 느꼈던 압력은 하오의 정적처럼 투명한 유리벽 속에서 느끼는 압박, 즉 무의 공간 속에서 존재하는 데서 오는 압력이다. 그러나 이러한 무에 대한 불안과 압박을 실존적인 인내와 절제로써 견디지 못하고 무의 공간의 벽인 존재의 유리벽을 파괴했을 때, 존재의 균형은 파괴되고 그 파편은 인간에게 박혀 전상을 입었다. 그리고 만일 인간이 그 전상을 인간적인 의지로 스스로 이겨내지 못할 때, 그것은 사회에서 파괴적인 연쇄 반응을 일으켰다는 것이다. 현태가 나무가 서 있는 비탈로 내려가 그 초가집에서 불쌍한 여인을 짓밟고 끝내는 그녀를 살해해버린 것은 그녀에 대한 두려움 때문이기도 하겠지만, 황순원 세계의 전체적인 문맥에서 볼 때, 수색 지대의 투명한 무의 공간에서 오는 압력과 두려움을 본능에서 오는 파괴적인 힘으로 극복하기 위해서였다. 물론 그것은 현태가 자신의 행위를 정당화하기 위한 자기 변명으로 말한 바와 같이 지붕의 무게를 감당하기 힘든 듯이 납작하게 엎드려 있는 초가집 속에 있는 그 여인이 주변의 무서움과 고독을 혼자 힘으로 이겨내지 못하고 현태에게 매달렸기 때문이다.

　　내가 내려가니까 그 여잔 별루 항거하는 빛두 없었어. 일어나 나오려는데 손을 와 잡지 않겠어? 하지만 해치우구 말았어. 그것뿐야.

　　현태는 그 자신 자기의 문제를 잘 알고 있는 사람이었다. 그러나 그는 그것을 실천하지 못했을 뿐이었다. 그러나 다른 사람이 자신의 고독과 어려움을 실존적으로 이겨내지 못하는 것을 보았을 때, 자신을 보지 못하고 분노한 끝에 그들을 짓밟아버렸다. 현태가 무인 지대인 수색 지대에서 혼자 살던 그 여인은 물론, 미란과 숙이를 짓밟아버리는 것은 그들에 대한 증오와 그 자신이 지니고 있는 파괴 본능과 더불어 복합적으로 나타난 결과이다. 그가 평양집 계향이에게 이끌렸던 것은 그녀가 이 작품 속에 나오는 다른 모든 여인들과는 달리 자신의 감정을 숨기고 자신의 외로움을 남에게 의존하지 않고 스스로 극복하고 있었기 때문이다.

가끔 현태는 이 백치 같은 소녀가 보고 싶어지는 때가 있었다. 열아홉 살이라는 이 소녀의 얼굴에는 도무지 감정의 움직임이 나타나지 않는 것이었다. 분이 잘 먹은 새하얀 살갗 안에 모든 감정은 차갑게 사장돼 있는 듯했다. 어쩌다 입가에 웃음을 떠올릴 적에도 내면의 감정이나 의사와는 아무런 관련이 없이 다만 기계적으로 입술이 약간 벌려지는 느낌을 주곤 했다. 그리고 입술새로 드러나는 희고 잔 좀좀한 이가 한층 차갑게 보일 뿐이었다.

현태가 계향이를 만난 것은 제대를 하고 대학을 마친 후, 부친 회사에 자리를 잡고 열심히 일에만 열중하던 어느 날 차창 밖으로 허름한 옷을 입은 여인이 두 살 나는 계집아이를 안고 지나가는 것을 보고 다시금 전상자의 아픔을 느끼고 무절제한 타성의 늪 속으로 빠져들어가기 직전이었다. 그 후부터 그가 계향이를 찾는 것은 자신의 본능을 충족시키기 위해서보다 계향이의 표정 없는 얼굴과 자기 절제가 생각나는 계기가 있을 때였다. 그가 죽은 동호의 애인인 숙이에게서 지나친 감정과 무엇인가 타인에게 의존하려는 태도를 발견했을 때마다 계향이를 다시 찾아 그녀의 석고처럼 굳은 얼굴의 표정을 보았다. 그러나 현태는 계향을 끝까지 닮지 못했다. 그는 주변에서 자기보다 더욱 심한 전쟁의 상처를 입고 병원에까지 입원했으나 정신적이고 육체적인 아픔을 스스로의 힘으로 처절하게 견디어내며 고독을 이기고 일어서고 있는 선우이등상사와 석기를 눈으로 보고 또 윤구가 자기 애인의 죽음과 친구의 도덕적인 배반 등을 비롯한 온갖 경제적이고 사회적인 어려움을 인간 의지로써 의연히 극복하는 모습을 보고 타성의 늪에서 벗어나려고 했으나 끝끝내 본능적으로 일어나는 파괴 의식과 같은 자연적인 힘에 의해 좌절되고 만다. 그는 윤구에게서 받은 돈으로 석기의 시야를 밝히는 안경까지 사서 주고, 다옥동 군참새집 결투에서의 무기력하고 무책임했던 자신에 대해서 반성을 한다. 그러나 순간적으로 일어나는 복수심과 살의에서 자신을 구하지 못하고 다시금 인간을 살해하는 칼을 사게 되고 그것으로 결국 계향이마저 죽게 한다. 계향은 그가 처음에 생각한 것처럼 감정이 없는 백치는 아니었다. 다만 그녀는 그것을 인간적인 의지로써 이겨내었을 뿐이다. 계향이가 현태의 육체적인 학대에 못 이겨 죽고 싶다고 말했을 때, 현태는 그녀마저 '자기의 휴식처'가 되지 못한다고 느꼈다. 그러나 계향은 현태가 생각한 것과는 달리 인간의 극한적인 힘인 죽음으로써 자신의 인간 가치를 지켰다.

그러나 의미 없는 전쟁의 깊은 상처를 처절한 인간 의지로써 극복한 사람은 동호와 계향이와 같은 죽은 자들만이 아니었다. 윤구는 황무지를 개척해서 새로운 생명을 상징하는 흰 병아리를 키우면서 자신이 설 땅을 마련했고, 윤구 못지않게 짓밟힌 숙이는 윤구 작업장으로 찾아와서 비록 그가 증오하는 현태의 씨를 몸에 지니고 있었지만, 비탈에 꿋꿋이 서 있는 나무들처럼 혼자 힘으로 그 일을 마지막까지 감당하려고 한다. 틀림없이 숙이는 동호가 죽으면서 보내준 '백지의 편지'처럼 그녀가 믿을 것은 그녀 자신밖에 없다는 것을 경험으로 발견했다.

4 작품 『일월』은 위에서 살펴본 『나무들 비탈에 서다』의 주제를 또 다른 차원에서 발전시켜나가고 있다. 이 작품은 표면적으로 볼 때, 『움직이는 성』처럼 계급 의식에 대한 갈등 문제를 사회학적인 문맥 속에서 심각하게 다루고 있다. 그러나 치밀한 구성과 탁월한 상징적 이미지로 그물처럼 엮은 이 작품은 심층적인 면에 있어서 자연적인 것과의 갈등 문제를 위에서 살펴본 작품과 유사한 문맥 속에서 다루고 있다. 『일월』의 작품 배경과 공간의 중심부를 차지하고 있는 백정들과 그들의 후예가 겪고 있는 인간적인 갈등은 『나무들 비탈에 서다』의 학살과 살육의 현장인 이데올로기 전쟁에 참가한 주인공들의 행위와 거기에 잇달은 전상자로서의 아픔, 그것과 크게 다를 것이 없겠다. 왜냐하면 황순원은 『일월』에서 소를 인간을 포함한 모든 생명체의 근원과 일치되는 것으로 사용했기 때문이다.

'중국 고대 전설상의 제왕 신농씨는 머리는 소머리 몸은 사람. 소를 신성시한 데서 비롯한 증거.'

'우리나라 신라 시대의 벼슬 이름——角于 角粲 등 쇠뿔을 관직명에 붙인 것으로 미루어 우리 민족도 소를 숭배했던 것 같음.'

'구약성서 출애굽기에 금송아지를 만들어 경배했다는 기록 있음.'

'서양에서는 물, 달, 소를 생식의 상징으로 보고 있음. 물을 남성의 정수로, 이 물의 간만과 관계 있는 달을 또한 생성의 심볼로 봄. 달 자체가 둥글었다, 이울었다, 없어졌다, 생겼다 하는 점과 아울러. 그리고 초생달과 쇠뿔이 닮고 쇠뿔 둘을 합치면 둥근 달이 된다고 하여 소를 역시 생식의 심볼로 봄.'

이 작품의 주인공인 젊은 건축가 인철은 그의 아버지 상진과 형 인호와의 대화에서 자신이 백정의 후예(카인의 후예)라는 사실과 자기 가문의 비극적인 '작은 역사'를 듣게 된다. 즉 그는 그의 아버지가 백정의 아들이기 때문에 주변 사람들로부터 부당한 멸시와 천대를 받아온 끝에 고모와 아내마저 잃게 되는 비극을 당하게 되자, 분디나뭇골 고향 마을을 떠나 서울로 올라와서 어떻게 돈을 벌은 후, 골동품과 같은 외형적인 것으로 자신의 과거 신분을 숨기며 살아왔다는 가혹한 사실을 알게 되었다. 그러나 인철은 사회적인 출세를 위하여 자신의 핏줄기가 밝혀질까 두려워 아버지와 모든 인연을 단절해버리는 형 인호화는 달리, 아버지가 이미 취한 태도를 너무 탓하지 않기로 하고, 지금부터의 '자신의 방향'을 정하는 것이 무엇보다 중요하다고 생각한다. 인철은 자신이 걸어가야 할 올바른 방향을 정하기 위하여 참여자로서 혹은 '관객의 입장'에서 여러 방향으로 길을 모색한다. 황순원이 그를 건축 설계사로 설정한 것은 그가 이러한 길, 즉 인간이 보편적으로 택할 수 있는 '길'을 모색하는 사람이란 것을 암시하기 위한 것이리라.

그래서 우선 그는 분디나뭇골로 내려가서 그의 큰아버지인 본돌 영감의 최후와 조상 대대로 물려받은 피를 상징하는 붉은 보자기 속에 싼 칼을 신성시하는 것이 그들의 살육 행위를 건전하지 못한 실존적인 차원에서 정당화하는 것으로 파악한다. 그리고 그는 그곳에서 만난 기룡이란 사촌으로부터 백정의 아들로서의 번민이란 어떠한 것이며, 그것을 어떻게 극복하는가 하는 경험철학을 듣게 된다. 그리고 다른 한편으로 그의 주변에는 백정의 아들이란 자의식과 상처의 아픔을 이기기 위한 여러 가지 방법이 간접적으로 제시되고 있다. 아버지는 가족에 대한 애정과 인간 가치를 희생시켜서라도 돈을 벌고 재산을 모은다는 물질적인 욕망을 통해서 자신의 아픔과 실체를 잊으려고 했고, 아버지에게서 애정을 잃은, 어머니는 자기 가정의 죄악을 피하기 위해 기독교에 의존한다고 말하며, 산속으로 들어가 가정과 격리되고 단절된 생활을 한다. 그의 이복동생인 인주 또한 아버지와 어머니에 대한 상처와 충격 때문에 애정 있는 결혼보다는 연극의 좋은 배역과 몸을 바꾸려 했고, 동생 인문은 동물에 대한 사랑으로 그것을 이기려고 했다. 그러나 인철 자신이 '카인의 후예'로서 느끼는 아픔을 잊기 위해서 취한 행동은 나미와의 관계이다. 순간적인 충동으로 그는 능동적인 애정으로 접근해오는 나미와의 육체적인 관계를 통해서 자신의 아픔과 인간적인 자의식을 극복해보려고 했으나, 살의라는 동물적인 충동에 지배되어 소를 살육한 결과로 마음의 상처를 입은 얼굴이 떠올라 자신을 억제한다.

자꾸 인철의 머릿속을 검은 파도가 밀려와서 부서지고, 밀려와서는 부서지고, 그 속에 그늘지워진 사내의 빛나는 눈. 잘못 찾아왔습니다. 내겐 사촌이 없습니다. 친척이라곤 하나도 없습니다.

그래서 인철은 다시 술을 마시게 되고 한동안 방황을 하게 되나, 또다시 자신과 대결하기 위해서 기룡이를 도수장으로 찾아간다. 드디어 그는 기룡이와의 대화를 통해서 기룡의 고민과 백정들이 신성시하는 칼의 신화를 자세히 알게 된다. 기룡은 6·25 동란 때 의용군으로 나갔다 돌아와 형과 동생이 이웃 빨갱이에게 살해된 것을 알고, 자신이 물려받은 칼로 살인자의 아버지를 찔렀다. 그러나 기룡이 아버지는 아들 대신 자기가 살인을 했다고 했다. 기룡이는 철이 들면서부터 비록 "아버지의 대를 이을 생각은 없었으나" 아버지가 그의 죄의식을 덜기 위해 노력했을 때, "계속 그에게 가중되는 무엇인가를 감당하기 어려워"서 다시금 소를 살육하는 백정의 길을 택했다고 했다. 다시 말하면 기룡은 『나무들 비탈에 서다』에 나오는 전상자들과 꼭같은 아픔을 느끼고 그것을 극복하고 잊어버리기 위해서 계속적으로 살육 행위를 한다고 말하며 자기의 경험에 전쟁과 같은 살육 행위는 고독하기 때문에 일어난다고 했다. 그러나 그는 고독을 자신과 대결하는 힘으로써 참고 견디어야만 된다고 말했다. 그러나 인철은 고독을 이기고 백정의 아들이 지닌 아픔과 죄의식을 이기는 방법을 나미와 다혜의 사랑에서 발견했다. 다혜는 다소 수동적인 태도를 취했지만, 나미는 적극적인 방법으로 삶의 방향을 모색하는 여인이었다. 그래서 그녀는 인철에게서 다혜보다 더욱 적극적으로 애정을 구했다. 우선 그녀가 인철로 하여금 새로운 집을 설계하도록 한 것은 삶의 방향을 인철과 공동으로 모색하고자 하는 뜻이라 하겠다. 그래서 그들의 관계가 원만하지 못해서 헤어질 때, 나미는 언제든 인철에게 건축 설계가 완성될 때, 다시 연락해서 만나자고 했다. 그래서 그가 여러 가지 모형을 종합하고 조화해서 나미의 집을 완성해감에 따라 그들의 관계는 원만해져가고, 반면 본능적이고 물질적인 기타 다른 방법으로 인간의 고독과 아픔을 극복하려는 사람들은 파탄과 죽음으로 끝난다. 인간에 대한 애정을 버리고 인간 가치를 팔면서 돈을 벌려고 하는 인철의 아버지가 자신의 잘못을 뉘우치고 자살을 하게 되는 것도 이 무렵의 일이다.

그러면 인철과 나미가 찾는 삶의 방향은 무엇인가. 그것은 인간에 대한 애정과 미래에 대한 사상의 종합으로서 인철이가 설계한 집 이층 홀에서 가진 파티에서 구체화되어 나타났다. 버지니아 울프의 댈러웨이 부인이 베푸는 파티에서처럼 이곳에 모인 사람들은

대부분 과거의 잘못과 외상적인 아픔을 이해와 사랑으로써 위로한
다. 이곳에 초대된 사람들은 인간적인 사랑과 반성 이외의 것은 아
무것도 바라지 않는 듯한 인상을 우리들에게 주고 있다. 이곳에서
작가 황순원이 강조하려고 하는 것은 나미의 적극적인 사탕과 누님
처럼 따뜻한 다혜의 수동적인 사랑의 비교보다는 존재하는 데서 오
는 아픔과 고독을 스스로 이겨낼 수 있는 사람들의 사랑과 이해,
그리고 반성과 동정 그 자체인 듯하다. 그래서 인철은 '카인의 후
예'인 인간의 구원 문제는 예수의 가르침처럼 "산으로 도피하는 데
있는 것이 아니고, 사람들 속으로 내려가는 데 있는 것"이라 생각
하고 기룡이에게 자기가 발견한 삶의 방향을 말해주기 위해 그는
그곳을 떠난다.

　　——인간이 소외당한 자기 자신을 도루 찾으려면 우선 각자의 외로
움을 참고 견디는 데서부터 시작할 꺼야…… 기룡의 말이었다. ……그
건 그렇다. 하지만 그 외로움이란 인간과 인간이 격리돼 있는 상태에
서만 오는 게 아니지 않는가…… 기룡을 만나야 한다. 만나 얘기해야
한다.

　　⑤『일월』에서 '카인의 후예'라고 하는 인간의 굴레 때문에 오랜
방황과 번민, 그리고 집요한 관찰 끝에 발견한 인철의 '삶의 방향'과
그의 어린 동생 인문이 직관적으로 느낀 생명에 대한 본원적인 애
정은 그의 문장의 정수라고 할 수 있는『탈』에 와서 새로운 미학적
차원으로 확대되었다. 창작집『탈』은 장인의 끌질로 다듬은 듯이
주옥과도 같이 아름다운, 지극히 세련된 20여 편의 단편을 수록하
고 있다. 그러나 이 창작집은 주제면에서 안팎으로 너무나 완전한
통일성을 이루고 있기 때문에 조이스의『더블린 사람들』처럼 단편
집이라기보다 독특한 구성을 가진 하나의 장편소설과도 같다. 다시
말하면『탈』은 그 속에 담겨 있는「주검의 장소(場所)」에서 보여주
고 있는 것처럼 부조리한 상황에 대한 인간 의식의 확대라는 동일

한 주제를 서로 상이한 여러 개의 삽화와 마스크 속에 수용하고 있다. 그러나 무엇보다 우리들의 주목을 끄는 것은 작가 황순원이 『탈』에 와서 삶의 경험이나 스타일 면에서 현대적 감각을 보이면서 적지 않은 새로운 시도를 하고 있다는 점이다. 여기서 그는 이전의 작품들에서와는 달리 자연주의적 경향을 점차 벗어나면서 리얼리즘과 상징주의를 성공적으로 융합시키고 있다. 이를테면 초기의 「닭제」와 같은 작품에서 그는 이니시에이션 단계에서의 인간의 육체와 정신을 나타내는 '뱀'과 '제비,' 그리고 금지된 선을 상징하는 '붉은 댕기' 등과 같은 원형적인 이미지를 사용해서 인간 의식의 확대에 대한 변증법적인 과정을 신화적인 문맥 속에서 나타내고 있다. 또 『나무들 비탈에 서다』와 『일월』 등과 같은 작품은 인간의 파괴적이고 본능적인 행위를 통해서 오는 인간 경험을 실존적인 인간 경험과 대응시키면서 자연주의적인 문맥 속에 비판적인 색채를 띠며, 객관화시키고 있지만, 작품집 『탈』은 사회적 현실과 건전한 모랄 및 성숙한 인간 경험과 관조를 통해서 오는 삶의 의지와 미학적 현현의 빛을 찾고 있다. 짙은 사회 의식과 역사적 인간의 의무를 강하게 묻고 있는 「온기 있는 파편」에서 그는 개인주의를 벗어난 인간의 유대 의식을 인간의 본원적인 사랑 및 정의감과 희극적인 터치로 연결지으면서 파괴적이고 본능적이 아닌 의롭고 정의로운 능동적인 행위를 통해 실존적인 정신의 빛을 찾고 있다. 자유당 독재를 무너뜨린 4·19 의거의 대열에 참가했던 준오는 총부리에서 불을 뿜자 서로 한몸같이 꽉 끼고 있던 친구의 어깨로부터 팔을 풀고 으슥한 뒷골목으로 도망친 후 이제 안전한 곳이라 생각했을 때 그는 날아온 유탄에 맞아 부상을 당한다. 그러나 그는 처절할 만큼 순수한 인간애만을 위해 총탄의 비를 뚫고 달려온 어느 창녀로부터 구원을 받는다. 그 후 그는 "전체의 한덩어리에서"부터 벗어난 죄의식과 부끄러움에 사로잡혀 자기의 생명을 희생적으로 구해준 그 용감한 창녀를 찾는다. 그러나 준오는 그녀가 부조리한 사회적인 힘에 의해 희생된 여인임을 알고 놀라며, 자신의 고마움을 표시하려고 한다. 그러나 그녀는 준오의 무의식적으로 보인 귀족적인 인간 자세에 대해 분노를 느낀다. 그 후 준오는 계속 자신의 비겁한 행동에 대해 불안해하며 지내다가 그녀와 연관된 마지막 기회에 불의의 폭력에 의해 능동적으로 항거를 하는 순간 건전한 삶의 기쁨을 실존적으로 느낀다.

　　말로는 통할 것 같지 않았다. 억울했다. 준오는 발을 땅에 버티고 몸을 뒤로 채면서 마구 주먹을 휘둘러댔다. 어쿠, 하며 두 손으로 얼굴을 감싸는 상대방의 배를 이번에는 발길로 냅다 찼다. 그리고는 흩어지는 사람들 틈새를 뚫고 있는 힘을 다해 내달리기 시작했다. 오래간만에 전신에 어떤 탄력 같은 것을 준오는 느꼈다.

　　그러나 사회적인 리얼리즘과 원초적이고 본원적인 인간애, 그리고 처절한 인간 의지를 결합시킨 『탈』 속의 작품 풍경들은 짧은 소설 공간이지만 적지 않게 다양하다. 「어머니가 있는 유월의 대화(對話)」는 6·25 동란으로 피난오는 임진강 뱃전에서 아기의 울음을 멈추기 위해서 어린 생명을 강물 속으로 집어던져버리는 어머니가 "퉁퉁 불은 양쪽 젖을 가위로 잘라"버리는 아기 엄마의 우대한 아픔을 간결한 대화체로 우리들에게 감동적으로 보여주고 있는가 하면, 「원색(原色) 오뚜기」와 「탈」과 같은 작품은 전쟁과 자연 법칙, 그리고 시간과 기계 문명에 대항하는 불요불굴의 처절한 인간 의지를 뜨겁게 느껴지게끔 한다. 특히 전쟁시만큼 밀도 짙은 「탈」은 아무리 '정글 법칙'이 인간에게 아픈 외상(外傷)을 가할지라도 '인간의 집'을 지으려는 욕망을 결코 꺾지 못한다는 것을 전쟁터에서 한 팔을 잃고 돌아온 어느 목수의 집념을 통해서 우리들에게 충격적으로 보여주고 있다. 또 「겨울개나리」와 「뿌리」가 순수한 인간(어린이와 늙은이) 사이에 물 흐르듯 신비스럽게 흐르는 생명에 대한 숭고한 사랑을 봄에 피는 밝은 빛깔의 작은 꽃과 아기를 안고 돌로 굳어져 있는 마리아상과도 같은 조각으로 객관화시켜 조형적으로 부각시키고 있는가 하면, 독백 형식의 독특한 구성을 보이고 있는 작품 「자연」은 남녀 두 사람 사이의 정신과 육체의 이상적인 결합이란 자연의 힘이 아닌 인간 의지로써만 가능하다는 것을 습관적인 것을 극복하는 특수한 경험 및 "끊어진 연과 별이 부딪치는" 것과 같은 탁월한 이미지 등을 통해서 말해주고 있다. 그러나 인간에 대한 구원의 길을 알리기 위해 온몸으로 종을 치는 소년들의 맑은 웃음과 순수한 인간의 예술에 의한 미학적 현현을 통해서 과거와 현재를 연결짓는 「소리 그림자」와 이러한 구원의 길을 외면하고 파괴시키는 오늘의 마비된 불신 사회를 고발한 「주검의 장소」는 다른 어느 작품보다 황순원의 작가적 재능을 가장 훌륭하게 나타내주고 있다.

지금까지 살펴본 바와 같이 황순원 문학은 결코 시대적 현실과 유리된 문학이 아니라, 역사적인 배경 속에 자연주의와 리얼리즘을 함축성 있게 수용한 후, 거기에다 낭만주의적이고 초월적인 인간 정신과 인간 가치를 확대시켜 양면성을 가진 실존적 색채가 짙은 상징주의 문학을 이룩했다. 다시 말하면 그의 문학의 빛은 황무지적인 인간 상황과 부조리한 인간 조건을 극복하면서 꽃피운 인간 정신의 확대에서 오는 미학적 현현의 빛이다. 이것은 아마 그가 예술을 통해서 어둠 속에서 발견한 수많은 별들의 빛이리라. 그래서 우리들은 그가 『신들의 주사위』에서 보여줄 불타는 빛의 의미가 더욱 기대된다.

소박한 수락(受諾)*
——『별과 같이 살다』

김　　현

"술에다 외로움을 푼다는 건 가장 졸렬한 방법야. 물론 술이 그걸 받아주지두 않지만."(『日月』)

『별과 같이 살다』는 황순원에게 있어서 가장 행복한 시기에 씌어진 소설이다. 연보에 의하면 그것은 1947년 "부분적으로 독립되어" 잡지에 발표된 장편소설이다. 그것이 행복한 시기에 씌어졌다는 진술은, 그것이 언제 발표될지 모르는 암담한 시기에 쓴 작품이 아닌, 최초의 장편소설이라는 사실과 1950년 이후의 동족상잔에 의한 가치 의식의 마멸을 그것이 겪지 않은 유일한 소설이라는 사실을 지적한다. 시골의 소년·소녀들의 사랑이라고 부를 수는 없는 사랑 유희를 주로 그린 『늪』(간행시의 표제, 『황순원 단편집』)을 한성도서(漢城圖書)에서 발행한(1940) 후에 그는 1942년부터 1945년에 이르기까지 1951년 간(刊) 단편집 『기러기』에 수록된 단편들을 써 모은다. 그때의 그의 심경을 그는 1961년에 다음과 같이 회상하고 있다:

그날도 나는 지난날의 원고 뭉치를 꺼내어 펴놓고 이것저것 뒤적여보고 있었다. 언제 햇빛을 보게 될는지조차 알 길 없는 원고들. 그 중

---

* 삼중당 판, 『황순원 전집』(1973. 12) 제 6 권.

에는 잉크빛이 부옇게 바랜 것도 적지 않았다. 남에게 있어서는 한갓 휴지에 지나지 않을지도 모르는 이것들이 그러나 내게는 다시 없이 소중한 것이었다. 어둡고 메마른 세월과 함께 자꾸만 위축해 들어가는 내 생활의 명맥을 그런대로 이어주는 한가닥 삶의 보람은 역시 벽장 구석에서 먼지를 뒤집어쓰고 있는 이 원고 뭉치가 아닐 수 없었다. (「내 故鄕 사람들」)

약 20여 년 후에 담담하게 묘사되고 있기 하지만, 식민지 말기에 발표할 길도 없는 단편을 골방에 처박혀 쓰고 있는 창백한 인텔리의 고민과 희망을 그런대로 위의 회상은 감명 깊게 전달해준다. 단말마적인 일제의 발악 밑에서 문학인이 할 수 있었던 것은 무엇일까라는 질문에 대해 그의 「내 고향 사람들」보다 더 깊이 있는 대답을 해주는 것도 또 없다. 예술가란 어떤 시기에도 그의 연장인 말을 포기할 수 없다는 것을 그것은 보여주기 때문이다. "주체할 길 없는 울적이 가슴을 휘몰아"치는 데도, 그가 써 모은 단편들은 전통적인 것이 파괴되고 상당수의 농민들이 이농을 하지 않을 수 없는 비참한 상태를 그린 「기러기」 「황노인(黃老人)」 「노새」 등이다.

『별과 같이 살다』는 그러한 인내 끝에 보게 된 해방 직후에 그가 떳떳하게 한국어로 쓴 최초의 장편소설이다. 그것 이후에 그는 1950년의 동란으로 인해 격심한 심리적 충격을 받는다. 그 충격은 그의 의식 속에서 생긴 관념적인 것이 아니라, 죽음에의 위협과 굶주림을 통해 깊게 뿌리박은 체험적인 것이다. 그 충격은 이데올로기적인 측면과 사회적인 측면의 양면을 가지고 있다. 그는 동란을 전후해서 인간적인 모든 유대 관계를 무산자와 유산자의 그것으로 축소시켜 해석하는 공산주의의 이데올로기적인 위협과, 생존을 위해서는 인간도 짐승이 될 수밖에 없는 극단적인 생활의 위협을 다같이 겪는다. 그것들은 『카인의 후예』와 『곡예사(曲藝師)』에 분명하게 나타나 있다. 거기에서 그의 후기 저작물을 관류하여 흐르는 짙은 소외·허무 의식이 생겨난다. 물론 그 소외·허무 의식이 돌발적으로 생겨난 것은 아니다. 그것은 그의 초기 단편들에서도 그 편린을 볼 수 있는 것이지만, 그것 자체가 소설의 주제와 소재를 이루는 것은 후기에 와서이다. 『별과 같이 살다』는 그 두 경향을 행복하게 극복하고 있다. 행복하게라고 썼지만, 그 소설의 주인공은 그의 소설의 어떤 주인공보다 비참한 생활을 영위하고 있으며, 그 자신은 그것을 소박하게 인생을 받아들인다는 태도로 훌륭하게 극복한다.

 『별과 같이 살다』는 황순원의 가장 행복한 시기에 씌어진 독특한 소설이다. 그 소설을 더 잘 이해하기 위해서는 황순원 소설의 여러 특징들을 먼저 이해하지 않으면 안 된다.

 (1) 그의 소설에서 그의 깊은 사랑을 받고 있는 것은 병적인 낭만주의자들이다. 그 낭만주의자들은 대부분 알 수 없는 병을 앓고 있거나, 신비한 웃음을 띠고 있기가 일쑤다. 단편집 『늪』의 첫머리에 실려 있는 동명의 단편의 주인공인 태섭에서부터, 『카인의 후예』의 박훈, 『나무들 비탈에 서다』의 동호·현태, 『일월』의 인철, 그리고 『움직이는 성』의 준태는 여성들에게는 기이한 매력을 갖고 있는 섬약하고 병든 인물들이다. 그 인물들은 인철과 같이 지울 수 없는 신분상의 약점을(백정이라는 신분을 그 자신은 일종의 인간 조건처럼 생각하고 있다), 현태나 준태처럼 병명을 알 수 없는 병을 앓는다. 세계와 사회와의 통로를 트지 않고 자신의 내적 세계에만 칩거하여 극단적인 주관성을 드러내보인다는 점에서 그 주인공들은 낭만주의자들이다. 그 낭만주의자들은 대체적으로 여자와의 관계에 있어서 수동적 역할을 맡는다. 여자들은 항상 밝고 명랑하고 현실적이며 능동적이다. 그러나 남주인공들은 그녀들의 사랑을 이상하게 왜곡시켜 받아들인다. 그것은 자기 자신에게 그녀들의 사랑을 받아들일 수 없는 약점이 내재해 있다는 것을 의식적으토 믿고 있는 자의 왜곡이다. 그것은 흔히 술에 의해 극복된다. 여자와 정신적

이건 육체적이건 어떤 형태로든지 관계를 맺으려고 할 때, 그 낭만
주의자들은 손이나 발을 떤다. 그 떨림은 인간 관계가 주는 압력에
서 생겨난다.

　앞으로 쏠리는 몸과 땅을 차려는 발끝과의 아슬아슬한 균형, 그리고
한 초점을 강렬히 노리고 있는 눈, 이러한 런닝 선수의 폼을 바라보면
서 태섭은 소녀의 두꺼운 가슴이 테이프 끝을 푸르르 날리는 장면을
머리에 그리고 저도 모르게 여윈 몸을 한번 부르르 떨었다.

　위의 인용문에는 황순원적 인물 구성의 요체가 그대로 드러나 있
다. 위의 인용문에서 주의해야 될 것은 여자가 무거운 것으로 남자
가 여윈 것으로 표상이 되고 있다는 점이다. 남주인공의 떨림은 그
러한 무거움·여윔의 대위법을 현실적으로 확인한 데서 기인한다.
그 떨림을 진정시키는 것이 술이다. 술은 남자와 여자의 일반적인
개념과는 다른 황순원적 대위법을 해소시키는 거의 유일한 중재물
이다.「배역(配役)들」「사나이」등은 술과 떨림을 잘 나타내주는 작
품이다.

　i) 조훈은 자리를 잡자 등을 한번 으스스 떨고 나서 곧 여급에게
"워카!"
한다.
　〔………〕
　조훈은 곱잡아 넉 잔이나 들이켜고 나서 도리어 더 얼굴이 창백해진
다.〔……〕
"자아!"
하고 하나꼬가 내미는 손을 조훈이 어느새 떨기 시작한 손으로 잡아
끌어당기는데 하나꼬의 부푼 가슴이 탁자에 부딪히자……(「配役들」)

　ii) 김서방은 가게로 나가 잔에다 술을 가득 부었다.
　내일 아침에는 이 여자가 또 자기의 생활을 헝클어놓을지도 모른다

는 생각이 들었다. 이마에 구슬땀이 내돋았다. 잔의 술을 단숨에 들이
켰다. 내일 일은 내일 보자. 그리고 떨리는 다리를 구름다리에 올려놓
았다. (「사나이」)

초기의 황순원 소설은 능동적인 여자와, 그 여자 앞에서 자꾸만
'떨고' 술로 그 떨림을 잠재우는 여위고 병든 남자 사이의 사랑을
주로 다룬다. 여자는 언제나 강인한 현실주의자이며, 남자는 여자에
대한 환상을 버릴 수 없는 낭만주의자들이다. 초기의 그 대위법은
피난 시절 이후에 씌어진 『나무들 비탈에 서다』 『일월』 『움직이는
성』 등의 장편소설에서도 그대로 확인된다. 물론 단편들의 삽화적
구조와는 다르게 제시되어 있지만, 황순원적 인간 관계의 근간을
이루는 약하고 수동적인 남자——낭만주의자, 강하고 능동적인 여
자——현실주의자의 대위법은 여전하다.
　황순원의 소설 주인공들이 낭만주의자들이라는 것은 그들의 현실
인식에서도 명확히 드러난다. 인간의 극한 조건이 드러나거나 삶의
아픈 모습이 드러나는 순간에 그들은 흔히 눈에 뭔가 낀 듯하다거
나, 무엇이 앞을 가로막는다는 느낌에 사로잡힌다. 널리 알려진 한
예를 들면 다음과 같다:

"이건 마치 두꺼운 유리 속을 뚫고 간신히 걸음을 옮기는 것 같은 느
낌이로군."
　퍼뜩 동호는 생각했다. 〔……〕 부리를 앞으로 향한 총을 꽉 옆구리
에 끼고 한 발자국씩 조심조심 걸음을 내어디딜 때마다 그 거창한 유
리는 꼭 동호 자신이 순간순간 짓는 몸 자세만큼씩만 겨우 자리를 내
어줄 뿐, 한결같이 몸에 밀착한 위치에서 앞을 막아서는 것이었다.
(『나무들 비탈에 서다』)

그의 소설에서 유례 없이 순수하게 그려지고 있는, 동호의 심경
을 묘사하고 있는 『나무들 비탈에 서다』의 첫 장면은 황순원적 인
물의 대현실관을 그대로 드러내준다. 여자와의 관계에서는 떨림으

로 드러나던 병적 낭만주의자들의 육체적 반응은 현실과의 관계에서는 가로막힘이라는 상태로 드러난다. 그 가로막힘은 『카인의 후예』의 용제 영감, 『나무들 비탈에 서다』의 동호, 『일월』의 인철을 내리누르는 압력체이다.

황순원적 인물은 과거의 기억 속에 남아 있는 순수하고 아름다운 것 때문에 아름다움과 먼 곳에 대한 취향을 얻게 된다. 그 취향은, 그러나 현실 앞에서 자주 가로막히고 더럽고 추한 것과 타협하지 않을 수 없게 된다. 그것은 『나무들 비탈에 서다』 이후에는 인간 조건 자체로 확대된다. 그 가로막힘은 불안·고독·절망 등의 실존주의적 용어로 번역되고 그것에서 벗어날 가능성을 부인하지는 못한다. 『인간접목』에서는 저마다의 속에 있는 천사가 강조되며 『나무들 비탈에 서다』에서는 마지막까지 감당해야 한다는 숙이의 중얼거림이 제시되며, 『일월』에서는 기룡의 입을 통해 참고 견디며, 부딪친다는 생각이 개진된다. 특히 기룡에 의해서 술의 한계성이 날카롭게 지적된다.

"무리해서 술을 마실 필요 없지 않을까. 술에다 외로움을 푼다는 건 가장 졸렬한 방법야. 물론 술이 그걸 받아주지두 않지만." (『일월』)

그러나 그 가능성은 『움직이는 성』에 이르면 더욱 절망적인 것으로 나타난다. 『나무들 비탈에 서다』의 현태보다도 더욱 절망적인 상황에서 준태는 죽음을 맞이하는 것이다.

(2) 황순원의 소설은 술이 그 중요한 소재와 주제를 이룬다. 술은 그의 소설 주인공뿐만 아니라, 그 자신의 삶의 어려움을 해소시켜 주는 중개체이며 그의 창작의 원동력이다. 술이 그의 삶과 창작에 얼마나 중요한 역할을 하고 있는가를 보여주는 예를 둘만 들겠다.

i) 나면서부터 허약해 빠진 몸이 곧잘 체증에 걸려 고생을 하곤 했다. 〔……〕 성인이 되어 술을 대량으로 마시기 시작하면서부터는 체증

이 깨끗이 가셔졌다. 〔……〕 그것만이 아니다. 본디 주변머리 없고 소심장이어서 남 앞에 나서기를 꺼려하고 항상 무엇엔가 쫓기고 있는 듯한 심정에 사로잡혀 있는 위인으로 술만이 이런 불안과 공포에서 구출해주는 것이다. (「그래도 우리끼리는」)

ii) 이렇게 술잔을 앞에 놓고 있노라면 내 몸 속에서는 인제 내가 쓰려고 하는 작품의 어느 막혔던 대목이 강물 흐르듯이 자연스럽게 풀리고, 거기 나오는 인물들은 하나하나 산 사람의 체온을 갖고 제각기의 생김새며 말투며 걸음걸이로 움직이는 것이다. (「모든 榮光은」)

작가가 자기의 신체적 여건 외에, 술·아편·마리화나 등의 환각제, 도취제를 사용하여 예술적 세계를 인공적으로 치장하는 것은 병적 낭만주의자들의 한 특성을 이룬다. 그 세계에서는 모든 것이 왜곡되어 인식된다.

성관계에서 황순원적인 인물들의 상당수가 도착적이라는 것은 주목을 요한다. 대부분의 경우, 여자는 풍만하고 멋있는 육체를 소유하고 있으며, 남자들은 여위고 병적인 육체를 갖고 있다. 여자는 거의 언제나 능동적으로 작용하며, 남자가 먼저 관계를 요구하는 경우는 강간이나 매음의 형태로 상대방의 반응이 거의 무시된다. 남녀간의 관계에서 항상 '떨'기만 하는 남자가 동성 연애에서는 비교적 행복한 상태를 영위하는 것은 분석을 필요로 한다. 「내일」에는 그 동성 연애를 암시하는 다음과 같은 대목이 보인다:

그 즈음 어떤 소년 하나를 알게 된 것이다. 학교가 다른 이쪽보다 한 살 아래인 소년이었다. 아주 계집애처럼 예뻤다. 〔……〕 소년은 만날 적마다 그 계집애처럼 흰 볼을 물들이면서, 저번에 받은 편지 속에서는 이러저러한 구절이 참 아름답다는 말을 했다. 이 말을 듣는 게 다시 없는 행복이요, 즐거움이었다.

「내일」에서 막연하게 암시된 동성 연애는 『움직이는 성』에서는 구체적인 사건으로 확대된다. 민구와 변씨의 관계가 그렇다. 사랑하는 연인끼리의 관계마저도 불결한 것으로 치부되는 경우에 비하면 놀랄 만한 행복감을 동성 연애자들은 향유하고 있다. 황순원 자신에 대한 자료가 없기 때문에 확실한 것은 밝힐 수 없다 하더라도, 그 자신이 거세 콤플렉스를 가지고 있지나 않나 모르겠다. 암시될 만한 것을 몇 개 예를 들겠다.

i) 가장 매력적인 사랑으로 그려지고 있는 『카인의 후예』의 박훈과 오작녀는 한번도 몸을 섞지 않은 사이이다.

ii) 『나무들 비탈에 서다』의 동호와 숙이의 관계 역시 그렇다. 사건은 이상하게 엉클어져, 동호는 술집 여자에게, 숙이는 현태에게 각각 동정과 정조를 빼앗긴다. 동호의 느낌은 "영락없이 자기는 여자에게 강간을 당한 것"이라는 것이다. 현태는 숙이에게 "어떤 살의 같은" 걸 느끼며 그녀의 "숏코트 자락을 아래로부터 잡고 좌우로 확 벌"린다.

iii) 『일월』의 인철과 다혜 역시 한번도 몸을 섞지 않는다. 다혜는 일종의 어머니 같은 모습으로 시종 묘사된다.

iv) 사랑하는 사이끼리 결합되는 유일한 예가 『움직이는 성』의 준태와 지연이다. 그 관계는 이렇게 묘사된다: "빼앗고 빼앗긴다는 계산이 끼어들 여지가 있을 리 없었다. 흙벽 냄새가 풍기는 어둠 속에서 서로가 눈에 뵈지 않는 상처를 핥아주기라도 하듯이 살과 살이 얽혔다." 성교 같지도 아니한 준태와 지연의 그것에 비하면 민구와 변씨의 관계는 지극히 자극적이다.

(3) 황순원의 소설은 거의 예외 없이 과거체로 씌어지고 있다. 현재형으로 씌어진 것은 1965년 발간된 『황순원 전집』6권을 통틀어 「거리의 부사(副詞)」「배역들」「소라」「피아노가 있는 가을」「몰이꾼」의 열 편이다. 대부분 『골동품』에 실린 시처럼 재치있게 사물을 묘사하려는 의욕 밑에 씌어진 것들이며, 1946년 이전에 씌어지고 발표된 것들이다. 그외에는 완강하게 과거체로 씌어지고 있다. 과거체로 씌어지고 있기 때문에 그의 소설은 심리적인 추이나 배경 묘

사에는 탁월한 능력을 발휘하지만, 대신 그의 소설에는 행동 자체가 주는 박진력이 결여되어 있다. 과거체의 예술적인 성과는 어떤 사건이나 인물이 개인의 의식 속에서 완전히 재조립될 수 있다는 데에서 얻어진다. 그의 소설에서 행동이 필요시될 때 언제나 꿈에 의해 그것이 예고되는 것과도 그 과거체는 밀접하게 관계되어 있다. 그의 문장에 시적 서정성이 가득하다는 많은 평자들의 지적 역시 그의 묘사체로서의 과거 시제와 무관하지 않다.

이런 모든 것을 살피고 나면, 그의 소설 중에서 『별과 같이 살다』가 갖는 특이성이 곧 이해될 수 있다. 물론 거기에도 황순원 소설의 여러 특성이 어느 정도는 드러나 있다. 자기 자신의 개인적인 성곽 속에 너무 깊숙이 칩거하여, 외계와 자신과의 통로를 완전히 차단시키고, 병적인 것에 기울어져가 결국은 자신을 파멸시키고 마는 산옥이라는 전형적인 황순원적 인물과, 특히 장편소설에는 반드시 등장하여 독자들의 호기심을 집중시키는 기이한 직업의 인물인 한명인, 그리고 예의 과거체 문체가 그렇다. 그러나 그런 것들과 확연히 구분되는 것을 『별과 같이 살다』는 갖고 있다. 그것은 소박함이라는, 황순원 소설에서 거의 보기 힘든 요소이다.

『별과 같이 살다』의 주인공은 예외적으로 학식이 거의 없는 곰녀라는 여자이다. 그녀는 글을 읽을 줄 모르는 까막눈이며, 세계가 그녀에게 주는 압력을 그대로 순종하며 받아들인다. 그러나 그녀의 미덕은 체념하지 않고 운명을 그대로 받아들이는 소박함에 있다. 곰녀라는 그녀의 이름과 그녀의 중첩되는 재난에, 작자 자신은 상당량 우의(寓意)를 부여하려 하고 있다.

"곰녀라? 그럼 곰 웅짜 계집 녀짜, 웅녀로군."

곰녀의 한자 이름이 한민족의 모태인 웅녀라는 것을 부주인공의 입을 통해 구태여 밝힌 것은, 이 소설이 1947년에 씌어진 것이라는 것을 생각하면, 곰녀가 한민족의 알레고리로 쓰이고 있다는 것을 은연중에 암시하려는 작자의 의도 때문이 아닌지 모르겠다. 사실상 곰녀는 한민족의 오랜 수난에 알맞게 갖가지의 수난을 다 겪는다. 그 곰녀의 수난을 통해 식민지 치하에서 해방에 이르는 사이의 한 민족의 궁핍화 현상이 그대로 노출된다. 한 시대의 전면적인 모습을 한 개인의 생활사를 통해 명백히 드러낸다는 어려운 작업이 『별과 같이 살다』에서 훌륭하게 이루어지고 있는 것이다. 이 소설에 등장하는 인물 하나하나는 주인공인 곰녀와 밀접한 관련을 유지하면서, 식민지 시대의 한 국면을 표상한다.

i) 김만중은 식민지 치하에서 점차로 몰락해가는 봉건적인 양반을 대표한다. 가문 유지와 아들 중심주의에서 한 발자국도 벗어나지 못하면서, 그는 재래의 소작료 위주의 생활을 계속한다. 그 생활은 아들의 금광열(金鑛熱)에 의해 파괴되지만, 여하튼 그 생활을 버티고 있는 것은 양반 의식이다. 그가 곰녀의 정조를 유린하고 그의 아들이 또한 그녀를 건드린다는 사실의 제시는 봉건 잔반(殘班)의 도덕적 타락을 여실하게 드러낸다. 지금의 표현으로 곰녀의 정조를 유린한다고 썼지만 사실 김만중의 의식 속에는 그녀의 정조를 유린한 것이 아니라, 그의 소유물을 잠깐 사용한 것에 불과하다는 생각이 지배적이었을 것이다.

ii) 한명인은 이 소설에서 제일 매력적인 인물이다. 그는 식민지 치하를 신분 이동의 시기로 판단, 자신의 모든 것을 출세와 치부에 이용한 출세주의자이다. 그의 농민 착취는 가히 카리스마적이다. 그는 농민들의 샤머니즘을 교묘하게 이용 그의 치부를 더욱 확실하게 한다. 그의 사위이며, 그와의 공모자인 군수는 서로 다른 육체를 가진 동일한 인물이다. 농민으로서 그에 대항할 수 있는 유일한 길이 만주로의 도망이다. 만주로의 이동이 악랄한 수탈에 있다는 것을 황순원은 한명인의 착취 방법을 통해 보여준다. 산옥의 술집 작부 노릇 창녀 노릇 역시 그의 착취를 벗어나기 위한 몸부림이다. 그녀의 몸부림은 결국 자기 파멸로 끝이 난다.

iii) 곰녀의 아버지는 일본의 대자본이 한국 농촌에 어떻게 파고

들었는가를 보여준다. 그는 돈을 벌기 위해 삼 년 계약으로 일본의 탄광에 가지만, 돈벌이는 소문처럼 그렇게 쉽지 않다. 그는 시간 외 근무를 하다 죽음으로써 한국 농민의 비참상을 역으로 드러낸다.

iv) 하르반은 해방 직후에 그가 서사로 있던 일본인 상점을 그대로 인수하여 심이 핀 인물이다. 그는 해방 직후의 정치적 경제적 난맥상을 여실하게 보여주는 인물이다. 곰녀는 이러한 여러 인물들이 만들어내는 삶의 터전에서 가장 많은 피해를 본 인물이다. 그녀는 배운 것이 없기 때문에 자신의 재난을 그대로 받아들인다. 거기에 대한 반성이나 증오는 조금도 없다. 그녀의 삶은 그 재난을 충실하게 버텨내는 것뿐이다. 그녀는 김만중의 집에서도, 인신 거래소에서도, 술집에서도, 유곽에서도, 그리고 하르반과의 살림에서도 그녀의 있는 힘을 다해 그것을 겪어나간다. 그녀를 지탱하고 있는 것은 생득적인 생활이며, 소박한 인생관이다.

> 부모 일가 친척이라는 말에 문득 곰녀의 머리에는 배나뭇집 할머니의 생각이 떠올랐다 사라졌다. 그리고는 그만이었다. 아주까티 등잔 밑에서 곰녀 자기는 베를 짜고 할머니는 물레질을 하던 모양 같은 건 떠오르지도 않았다. 곰녀 편에서도 떠올리려 하지 않았다. 이기 곰녀의 생활이 그네로 하여금 그런 것에 그리움 같은 걸 자아내지 못하게 한 지도 오랜 것이었다. 지금도 곰녀는 그런 것에보다는 차라리 눈앞에 깎고 있는 하르반 손톱을 좀더 하르반 제 손으로 깎는 것보다 낫게 깎아줘야지 하는 데에 더 마음이 쓰여지는 것이었다.

자기의 불행을 한탄하기보다는 무엇인가 남에게 조금이라도 도움이 될 만한 일을 해주고 싶다는 것이 곰녀의 열린 생활곤이다. 그것이 그녀의 재난을 재난처럼 여겨지지 않게 하는 이상한 힘이다. 그것은 "이 모든 횡포를 그냥 참게 만"들며, 다른 사람들에게 항상 부끄러움을 느끼게 한다. 그 부끄러움은 자기만 잘사는 게 아닌가 하는 데 대한 미안함과 동가이다.

소박한 수락(受諾) 101

　i) 이런 주심이 언니가 자기더러, 제법 가정 부인 티가 난다는 말도 부끄러우려니와 이 주심이 언니에 비겨 자기는 이처럼 편안하게만 사는 것 같아 곰녀는 한껏 미안한 생각이 듦을 어쩌지 못했다.

　ii) 그랬더니 주심이는 눕는 게 뭐냐고, 곧 가봐야겠다고 그리고 이 방이 무에 추우냐고, 지금 자기네는 한데서 겨울을 나는 형편인데, 하고 일어서며, 참 장작장수를 하니 땔나무 걱정은 없겠다고 그 다정한 웃음을 웃어주는 것이었다. 곰녀는 그게 덮어놓고 부끄러웠다.

곰녀의 삶의 지주를 이루고 있는 부끄럽다는 생각과 미안하다는 생각은 하르반과의 생활이 실질적으로 청산됨과 동시에 그녀를 그녀보다 굶주리고 헐벗은 사람들을 위해 일하겠다는 결심으로 이끈다. "그리고 곰녀는 마음먹는 것이었다. 한 개비의 장작이나마 다 소중히 나르리라. 자기가 몇 번을 위아래 거리를 오르내리는 한이 있더라도, 그 당장 자기보다 굶주리고 헐벗은 사람들을 위해서는……."

곰녀는 황순원이 창조한 인물들 중에서 희귀하게 타인과 현실 앞에 자기를 열어놓은 인물이다. 그녀는 그녀의 개인적인 신화 속에 칩거하지 않고 타인 앞에 과감하게 자신을 열어놓는다. 그것이 그녀가 식민지 치하에서 우민화 교육을 받지 않은 탓인지 아니면 그녀의 선천적인 성품 탓인지는 알 수 없는 노릇이다. 그 곰녀가 부산에서의 피난살이 이후에 황순원의 상상적 세계에서 완전히 자취를 감춘 것은 그 자신의 불행뿐만 아니라, 한국 문학사와 그의 작품을 읽는 독자들의 불행이다. 외로움·불안·고통은 술로 극복되지 않는다. 그것은 타인 앞에 자신을 열어놓았을 때 극복된다. 그것이 곰녀의 교훈이다.

외로움과 그 극복의 문제*
──황순원의 『일월』

김　치　수

　구원은 인간이 해결하고자 하는 영원한 문제다. 인간은 항상 자신의 구원, 인간 전체의 구원을 염원해왔고 그것을 위하여 '사랑' '종교' '학문' '예술' '사업'에 그들의 일생을 바쳐왔다. 오늘날 많은 작가들이 또한 이 문제를 소설의 주제로 삼아왔다.

　그러면 왜 인간은 구원을 받으려 하는가. 이것은 근본적으로 인간의 유한성 때문이라고 말할 수도 있겠지만, 좀더 구체적으로 말하면 인간이 어떤 것에 의해서 침해를 받고 있기 때문인 듯하다. 현대 작가들은 어떤 것에 의해서 침해를 받고 있는 소설의 주인공들을 그곳으로부터 벗어나게 하려고 노력하고 있다. 베르나노스의 주인공은 악의 유혹과 신의 침묵에 의해서, 쥘리앙 그린의 주인공은 육체의 욕구에 의해서 카뮈의 주인공은 부조리에 의해서 침해를 당하고 있다. 그런 의미에서 작가란 피해 의식 속에 사는 인간이다. 그러므로 소설 주인공의 구제받기 위한 노력은 작가의 고뇌의 결정이라고 말할 수 있을 것이다. 작가가 글을 쓴다는 것, 그것도 작가 자신이 구원을 받기 위한 행위일 것이다. 작가 황순원도 분명히 인간의 구원의 문제에 집념하고 있는 듯하다. 1960년에 발표된 『나무

＊『문학』1권 8호, 1966.

들 비탈에 서다』에서는 6·25 동란으로 인하여 절망적인 상황에 놓인 한국의 젊은이들의 찢겨진 정신 세계를 그리면서 그들에게 압박을 가하는 죽음이 앞에 놓인 상황을 "두꺼운 유리 속을 뚫고 간신히 걸음을 옮기는 것 같다"고 표현하고 있다. 이처럼 느낀 주인공들은 이 소설의 중간 부분에서 "우리는 피해잘까 가해잘까"라는 자문을 제기한 다음 "모두들 피해자밖에 될 수 없다"는 대답을 하고 있고 마지막 부분에서 "큰 의미에서 이번 동란에 젊은 사람치구 어느 모로나 상처를 받지 않은 사람은 없다"고 한 것처럼 전쟁에 의한 피해 의식으로 그들은 절망 속에 빠져 있다. 이들에 대해서 전쟁으로 인하여 피해받은 한 여인은 "당신네들은 〔……〕 동호씨나 당신이나 모두 구원받을 수 없는 인간들"이라는 무서운 선고를 내리고 있다. 여기에서 구원의 문제는 극도로 타락한 인간을 전전(戰前)에 있었던 상태로 끌어올리는 것을 의미하고 있으며 여기에 작가 황순원의 관심은 있었던 것 같다. 이처럼『나무들 비탈에 서다』에서 보여지던 황순원의 구원에의 관심은 그뒤에 나온『일월』에서도 보임으로써 이 작가가 구원의 문제에 어느 만큼 집념하고 있는가를 말하여주며 그의 작품 세계를 나타내주고 있다. 자신이 백정이라는 사실을 알기 전후로 타인과의 관계를 맺음으로써 외로움을 풀려다가 모든 사람을 떠나는 인철, 처음부터 외로움을 받아들이고 그것을 쉽게 극복하는 듯한 기룡, 가정에 대한 애착을 잃고 신에 귀의하려는 인철 어머니 홍씨, "언제나 내가 나하고 같이 있는 이상 외로울 수 없다"는 나미, 인철이 곤란을 겪게 될 때마다 인철을 감싸주면서도 한 번쯤은 누구를 때리거나 맞고 싶다는 다혜, 연극에 자신을 던짐으로써 불행한 자기를 이기려는 인주, 사업에 전념함으로써 사회와 소외된 자신을 구제하려는 상진 영감, 모든 등장인물들이 한결같이 불행의 언저리를 맴도는 사람들뿐이다. 그러면서도 그들은 각자 자기 나름으로 살아가는 길을 열심히 찾고 있다. 어떤 것에 자신의 정열을 쏟고 그리고 그것을 성공시킴으로써 자기 존재를 확인하려 드는 것이『일월』의 주인공의 태도다. 작가에게 있어서 중요한 것은 어떤 문제를 어떻게 해결했느냐가 아니고 얼마나 진지하게 그 문제를 추구해나갔느냐에 있다. 『일월』의 작자 황순원은 앞에서 말한 여러 등장인물들에게 뚜렷한 개성을 부여하는 한편 그들이 이 소설에서 해야 할 역할, 즉 이 소설의 주제를 추구하는 역할을 잘 이행하게 하는 데 성공하고 있다.

　이 소설은 백정 출신의 신흥 부자 상진 영감 일가족의 몰락 과정을 그리면서 인간 내부에 자리잡고 있는 비극적 요소를 잘 묘파하고 있다. 인철 일가의 비극은 백정이라는 그들의 원래의 신분이 밝혀짐으로써 시작된다. 자기가 백정의 자손이라는, 그리고 자신의 백부와 사촌형이 아직도 백정 노릇을 하고 있다는 사실은 대륙상사(大陸商社) 사장 아들인 인철에게 충격적인 사실이었다. 이런 사실이 밝혀진 뒤부터 인철 일가에는 마치 암종이 몸 속에 퍼져가듯이 몰락의 그림자가 드리워지고 있다. 부모와 동생들에 대한 인호의 결별 선언에 뒤이어 인문의 뱀 사건, 어머니 홍씨의 가출, 인철의 자기 고백, 아버지의 사업 부진, 인주의 교통 사고 등등 계속적으로 일어나는 불운이 필연성을 띤 듯한 사건들과 함께 몰락을 심화시키고 있기 때문에 이 소설에 있어서의 몰락은 불길하면서도 집요하게 추구되어 읽는 사람을 긴장시킨다. 이 소설에서 가장 높이 사야 할 것 가운데 하나는 이 긴장이 생성하고 있는 재미일 것이다. 다음을 기다리게 하는 긴장과 그것에서 연유한 재미가 일련의 함수 관계를 갖고 있다는 사실은 탐정소설이 아닌 이 소설의 뛰어난 작품성을 말한다. 그렇다고 이 소설이 "재미 중심의 소설"이란 말은 아니다. 말하자면 타인의 몰락에서 '재미'를 느낀다는 통속적인 이야기가 아니고 미(美)가 우리에게 주는 정서적·정신적 희열과 같은 것으로서 이 소설이 높은 경지에 도달해 있다는 말이다. 또한 이 소설에서 비극은 아주 상징적으로 예고되고 있다. 이도령과 춘향이라고 불리는 노인과 노파의 등장이나 인주가 입원해 있는 병실에 얼굴 전체에 흰 붕대를 감은 환자의 출현은 어떤 종말을 예고하고 있고, 크리스마스 이브에 인주가 읽는 남준걸의 희곡의 대사도 죽음을 말해준다. 그리고 건축 설계사라는 인철의 이미지는 함축적인 의미를 띠고 있는 듯하다. 인철이 설계한 나미네 집이 크리스마스 이브의 파티를 위하여 이층에만 불이 켜져 있을 때 인철은 그것이 공중에 붕 떠 있다고 생각한다. 이것은 얼핏 보기에 대단히 화려하고 아름답게 느껴지지만 그 건물이 땅에 굳건히 발붙인 것이 아니고 공중에 떠 있는 착각을 불러일으켰다는 점에서 장차 있을 인철 집안의 몰락을 상징적으로 예시하는 듯하다. 이와 같은 몰락으로 집약된 여러 가지 사건들의 동기는 어디에 있으며 무엇에 의해서 주인공은 침해를 받고 있을까.

『일월』에서 별로 자주 나오지는 않지만 가장 주의깊게 받아들여야 할 말은 '외로움'이라는 말이다. 한두 번을 제외하고 대부분 이 '외로움'에 관한 말은 기룡에 의해서 표현되고 있지만, 이 말은 『일월』에 등장하는 인물들의 심리 상태와 갈등의 요인을 한마디로 나타내고 있는 듯하다. 이 소설의 모든 드라마는 말하자면 이 외롭다는 감정에서 출발하고 있다.

"지금 전 다른 사람 아닌 나하구 같이 있어요. 바루 내 방에서 내가 나하구 같이 있단 말예요. 그러니까 조금두 외로울 리 없죠. 아까 인철 씬 저더러 외로워 보인다구 하셨지? 그건 천만의 말씀. 언제나 내가 나하구 같이 있는 이상 외로울 수 없어요"

"놀다 가세요. 이쁜 색시 있어요."
어두운 그늘 속에 한 소년이 어느새 두 사람 앞에 와 서 있었다.
"응."
마침 기룡이 기다리고나 있었던 듯이 소년을 따라 걸음을 옮기기 시작했다. 인철은 잠시 그 자리에 선 채 십잣길 맞은편 골목으로 소년과 함께 사라지는 기룡을 바라보았다. 그 뒷모습에서 어떤 꺾을 수 없는 외로운 의지 같은 게 느껴져왔다……

"괭이(고양이) 임잔 채석장 일꾼이었지. 젊은 사람이…… 조놈을 꽤
는 사랑했던 모양야. 죽기 전에 자꾸 찾았다니. 그런데두 조놈은 내가
이리루 이사온 첫날 아무 거리낌없이 상귀에 붙어앉아서 먹을 것을 바
라구, 밤엔 이불 속으루 기어들거든. 그러면서도 누구에게나 정을 주는
법이 없어. 언제나 자기 혼자야."

"잘 있지. 아니 잘 있겠지. 얼마 전에 한 번 만났어. 몸도 아주 좋아졌
더군. 이제는 완전히 그곳 '마리아의 집' 사람이 됐다구. 그러면서 나더
러 감사하다나. 만약 그때 내가 자기를 돌려보내지 않았던들 지금 같
은 마음의 안정을 얻지 못했을지도 모른다는 거지. 말하자면 그 여자
는 자기의 외로움을 짧은 시일 안에 처리해버린 셈이지."

"인간이 소외당한 자기 자신을 도루 찾으려면 우선 각자에 주어진 외
로움을 참고 견뎌나가는 데서부터 시작해야 할 거야."

이처럼 이 소설에서 외롭다는 말이나 외로움을 뜻하는 말은 모든
행위의 동기가 되고 있다. 외롭다는 감정은 이 소설에 등장하는 인
물들의 일반적인 감정이며 그들은 이 외로움에 의해서 침해당하고
있다. 그 외로움은 타인과의 관계에서 자신을 바라보는 데서 야기
된다. '외로움'이란 『일월』에 있어서 황순원의 서정성과 톻하는 듯하
다. 하지만 외로움의 감정은 누구에게나 다소간 있는 것이기 때문
에 그것이 보편적 경우로 사용된다면 소설에 있어서 전혀 깊이가
없는 유행가에 지나지 않을 것이다. 『일월』에서 그것은 지나가는
말로서가 아니라, 그 전체적 분위기로 파악되고 있다. 기룡을 통해
서 하는 외로움이란 말, 그것이 전연 생경하다거나 서툰 독백으로
들리지 않고 삶의 본질인 것처럼 느껴지는 것은 그것이 작가에 의
해서 기술적으로 기술된 이유도 있겠지만, 철저하게 육화되었기 때
문이다. 물론 기룡이 그런 말을 하는 것은 이 소설의 요체를 독자
에게 쉽게 전달하려는 작가의 친절한 의도가 다분히 수반된 듯하긴
하다. 이와 같은 외로움은 여러 가지 방법으로 우리에게 전달되고

있다. 가령 아주 상징적인 인물인 춘향과 이도령으로 불리는 노파와 노인의 경우 노파가 이따금 노인 영감을 회초리로 때리는 것을 사랑의 표현 방법 내지는 외로움의 소산이라고 말하고 있다. 또 다혜가 나미를 만나고 돌아와서 "누군가를 때리거나 맞고 싶다는 생각"을 하면서 이런 외로움을 느껴보기는 "처음이었다"고 말하는 점은 이들 주인공들의 감정 상태가 어느 만큼 '외로움'에 젖어 있는가를 알려준다.

이처럼 '외로움'에 의해서 존재가 침해당하고 있는 인물들에게 있어서 구원이란 이 외로움의 해소에 있다고 보겠다. 황순원은 『일월』에서 외로움의 해소에 인간의 구원이 있다고 본 것 같다. 왜냐하면 이 소설의 등장인물들은 한결같이 이 외로움의 처리 방법을 자기 나름으로 찾고 있기 때문이다.

인철의 아버지 상진 영감은 어렸을 때 형인 본돌과 함께 산에 나무하러 갔다가 그들이 백정이라는 이유 때문에 같은 동네 어린애들로부터 죽을 때까지 그의 기억 속에 자리잡게 될 모욕을 당한다. 또 단오날 씨름 대회에서 당한 아버지의 무기력한 패배는 상진 영감에게 혈연을 끊을 결심을 하게 하고 이때부터 그는 사회에서 소외된 백정의 세계를 떠난다. 그는 수단과 방법을 가리지 않고 사업에 몰두하여 돈을 번다. 그는 사회에서 소외되지 않고 '외로움'을 해소시키기 위해 돈버는 사업에 심혈을 기울인다. 그는 한때 외로움이 어느 정도 해소되었다고 생각할 만큼 돈을 벌었으나 그의 사업이 실패로 돌아가게 되자 결국 자살하고 만다. 사업은 그에게 하나의 종교였다. 그가 구원을 받을 수 있는 길은 돈을 벌고 그래서 그의 자식들은 그들의 출신이 백정이라는 사실을 모르고 완전히 사회 속에서 자유롭게 생활하는 데 있다고 생각했으나 자식들에게 그들의 출신이 백정이라는 사실이 밝혀지고 사업은 실패하게 되자 그는 자신이 구제받을 수 없다고 판단한 듯하다. 말하자면 사업의 실패에서 그는 외로움의 해소 방법을 잃게 되고 그리하여 그는 자살한다. 그의 죽음은 그런 의미에서 아주 상징적이다.

상진 영감은 약을 입에 넣고 남은 술을 한꺼번에 들이마셨다. 누군가가 자기의 다리를 걸고 넘어뜨렸다. 무거운, 말할 수 없이 무거운 짐을 진 채 앞으로 꼬꾸라졌다. 앞에 있는 큰 돌을 움켜쥐었다. 이걸로 때려눕혀야지. 아무도 말리는 사람은 없었다. 본돌 형님도 없었다. 인주 어미도 없었다. 그리고 큰아들도 작은아들도…… 그는 움켜쥔 돌을 힘껏 던졌다. 그의 눈앞에 맞아 쓰러진 것은 상진 영감 자신이었다……

어렸을 때 본돌과 함께 나무를 지게에 지고 산을 내려오다가 같은 동네 아이가 다리를 걸어 상진 영감이 넘어졌다. 이때 일어나서 큰돌을 집어들고 동네 아이를 때리려 했으나 형 본돌이 말렸기 때문에 의지를 꺾었던 상진 영감의 마지막에 그 환상이 살아나 결국 자기가 던진 돌에 자신이 맞아 쓰러진다. 이것은 살기 위해서 자기가 선택한 길, 그것 때문에 인간은 결국 죽는다는 상징적인 이야기다. 이 상진 영감의 상징적인 죽음의 환상은 그것이 얼마나 그의 의식 속에 자리잡고 있었는가를 말해주고 있고 사업으로 해소시키려 했던 그의 외로움은 해소될 수 없는 것, 그러므로 인간은 사업에 의해서 구제받을 수 없다는 것을 의미하고 있는 것 같다.

인철 어머니 홍씨는 인주가 들어오면서 남편이 외도를 했다는 사실을 알게 되고, 이때부터 남편과의 부부 생활을 그만둔다. 그녀는 그래서 소외감을 느끼고 있다. 남편과는 부부 생활을 하지 않음으로 해서 장벽이 생긴 데다가 다른 가족이 아무도 홍씨에게 속이야기를 하지 않는다. 가족 전체가 그런 것처럼 홍씨에게도 의식의 문이 닫혀 있는 그리하여 타인과 타협할 수 없는 자신의 성이 있다. 인주와 인철이 춤추는 광경을 엿보고 "저것들이 그예 무슨 일을 저지르려"는가 하며 '죄의 씨'인 인주가 밤에 "오빠 되는 인철이하고 붙안고 돌아가는 망측한 꼴을" 보았다고 생각한다. 이때 홍씨는 "하나님 아버지시여, 이 일을 어찌하면 좋겠나이까. 이 미련한 여종은 어찌하면 좋을지 모르겠나이다. 무소불능하시고 무소부재하신 하나님 아버지시여, 굽어 살피시사 이 불쌍한 죄인을 생각하셔서라도 저애들을 죄악에서 건져내어 하루속히 하나님 앞으로 인도해주시옵소서” 한다. 이처럼 그는 자신과 유리된 가정에서 불길하다고 생각되는 일이 일어날 때마다 같은 교인 ‘고씨’에게 가거나 ‘삼각산 기도원’에 간다. 그는 성경을 읽고 기도를 함으로써 종교적 구원을 바라고 있다. 하지만 홍씨가 찾고 있는 구원의 방법은 종교적 신앙이라기보다 미신에 가깝다. 삼각산 기도원에서 기도하고 있는 홍씨의 모습은 그가 만약 종교적 구원을 바랐다고 우리가 인정한다면 종교에 대한 근본적인 태도가 틀렸다는 것을 우리에게 확인시켜준다. 신의 환상을 본 듯한 나무에 기도의 처소를 마련하는 그녀의 신앙은 종교적 구원과는 거리가 먼 이야기일 것이다. 말하자면 그는 신에의 맹신 속에 자신의 외로움을 풀려고 했으나, 그에게도 구원은 없다는 것이 작가의 결론인 듯하다.

외로움의 해소를 위한 노력은 인주나 인문에서도 나타나는 현상이나 인주는 연극에 몰두함으로써 사생아로서 애정 결핍증에 걸려 있는 자신의 외로움을 풀려고 하고 인문은 자기 방문을 닫고 그 속에 갇혀서 새로운 자기 세계, 즉 동물을 기름으로써 자신의 외로움을 풀려고 노력한다. 하지만 이들에게도 구원은 있지 않다. 인주는 자기의 유일한 대화자로 생각했던 인철과 의식의 소통이 불가능해졌을 때 남준걸에게 달려가다가 교통 사고를 일으켜 다리 하나를 잃게 되고 더욱 비극 속으로 빠져 들어간다. 인문은 그를 이해하지 못하는 어머니의 가출이 자기 때문임을 알고 자기 성을 무너뜨리고 구원받지 못하는 가족의 일원이 되고 만다. 인호는 자신의 신분이 밝혀지게 되자 이제까지 갖고 있던 사회적 지위를 버리고 자존심(아내에 대한)을 살리기 위하여 부모와 동생에게 혈연 관계를 끊는다는 결별 선언을 하고 사라진다. 일대 자손부터는 그런 고민을 하지 않고 살게 하기 위하여 그는 제2의 상진 영감이 된다. 앞으로 제3, 제4의 상진 영감이 나타날 것이고, 그들은 아무리 노력해도 백정의 출신임을 그만둘 수 없다는 말하자면 외로움을 피할 수 없

다는 결론에 도달할 수 있으리라. 이상에서 본『일월』의 등장인물
들의 외로움은 타인이나 외부와의 관계에서 생긴 외적인 외로움에
속한다. 그러면 이제 이 소설의 주인공 인철과 기룡에게서 외로움
은 어떻게 나타나고 구원의 문제는 어떻게 처리되었나 살펴보자.

　백정이란 주인공 인철과 기룡에게 있어서 하나의 한계 상황이다.
하지만 이 존재의 한계 상황을 처리하는 방법의 출발점에서 두 사
람은 길을 달리하고 있었다. 기룡은 이 한계 상황 안에 자신이 머
물러 있으면서 현실적인 외로움을 감내하는 태도를 보이고 있는 반
면 인철은 자신의 외로움을 해소시키기 위해서 여러 가지 노력을
기울이고 있다. 인철은 자신이 백정임을 알기 전부터 여자를 통해
서 외로움을 해소시키려 한 듯하다. 하지만 이것이 이루어지기도
전에 그는 자신이 백정 출신이라는 놀라운 사실을 알게 된다. '소'라
는 대상과 자기와의 관계를 인식한 때부터 인철의 의식은 일종의
강박관념에 사로잡힌다. 그는 꿈속에서 계단을 내려가며 자신이 밟
은 플라타너스잎이 커다란 소의 발자국으로 나타나는 것을 보았고
거울 속에 비친 자기 얼굴에 입이 없고 눈이 충혈되어 있으며, 귀
만이 소귀처럼 커다랗게 생긴 것을 보았고 심지어는 해운대 호텔에
서 나미와의 성교 직전에 백정과 연관된 일련의 생각에 사로잡혀
예정을 바꾸어 다음날 서울로 올라온다. 이와 같은 강박관념은 불
행한 그의 가정과 함께 외로움을 더해주고 있다. 가정에 있어서 그
의 불행은 아버지와 어머니 사이에 가로놓인 장벽이 아주 높고 굳
은 것임을 인철은 이날 새삼스레 느꼈다. 그러나 실상 그 같은 상
태가 비롯한 것은 오래 전부터의 일이었다. "인철은 생각했다. 동생
이 문짝을 잘 짜고 못 짜고가 아니라, 얼마 동안일는지는 알 수 없
으나 어머니가 계시게 될 곳의 문을 동생이 손수 짬으로 해서 어머
니와 동생 사이만이라도 모자의 감정 소통이 유지돼즈기를 바랐다.
그러기를 진정으로 바랐다"로 잘 나타나고 있다. 그의 외로움은 존
재자의 본질적인 것과 타인과의 관계에서 나온 외적인 것으로 형성

되어 있는 듯하다. 그는 이 외로움을 풀기 위하여 처음에 나미와의 "시선의 마주침"을 시도했지만 그들 사이는 만날 때마다 타인인 인간 관계의 근본적인 비극이 작용하고 있다. 인철을 둘러싸고 있는 다혜의 그림자 때문에 좀처럼 인철과 접근하기가 어렵다는 나미에 대하여 인철은 자신이 백정 출신이라는 자의식 때문에 가까워지지 못한다고 생각한다. 지식인이면 지식인일수록 자의식이 강하고 자의식이 강하면 강할수록 자기 결백증에 사로잡힌다. '진실'을 말하려는 지식인의 내적 욕구와 '진실'을 말함으로써 외로움을 해소시키려는 의지 때문에 인철은 그의 주위 사람들에게 자신이 백정 출신임을 밝혀간다. 이것이 그의 가정에 몰락을 가져온다는 사실을 모른 채. 하지만 그의 외로움은 해소되지 않고 그에게 타인은 여전히 타인으로 느껴진다. 또 하나 나미와 인철 사이를 막고 있는 장벽은 "솔직히 말해서 인철씰 둘러싸구 있는 다혜라는 여자의 두꺼운 벽을 뚫구서까지 들어가구 싶은 욕망은 없어요"라고 하는 나미의 말처럼 서로 성(城) 속에 갇혀 의식이 소통되지 않기 때문이다. 마치 카프카의 그레고르 잠자나 이상의 주인공들처럼 그들은 자기 성을 갖고 있고 그 성을 뛰어넘으려 하지 않는다. 그러므로 박해연이 구상한 연극 팬터마임인 것처럼 그들에게는 대화가 성립되지 않는다. 인철은 또한 다혜와도 "시선의 마주침"을 이루지 못한다. 외로움을 초탈한 듯한, 어떤 의미에서는 기독교적 구원에 도달한 듯한 다혜도 "누구를 때리거나 맞고 싶다"라거나 "전엔 인주 오빠를 히로루 여러 가지 긴 꿈 같은 걸 그려보군 했잖아. 근데 요즘 와선 통 그게 안 돼"라고 말함으로써 이들에게 인간의 구제가 얼마나 어려운 것인가, 그리고 구원이란 정말 있는가 하는 회의를 갖게 한다. 그녀는 그녀가 인철에게 자신의 결백성을 주장할 만큼(전경훈과 만난 뒤 다시 인철과 꼭같이 만났다는 사실), 인철이 해수욕장에 간 뒤 인철의 환상을 그릴 만큼, 나미를 만나면서 나미에게 묘한 반발을 느낄 만큼 인철에게 마음을 허락하고 있었다. 또한 인철의 내부에도 다혜를 향한 마음이 상당히 지배하고 있다.

내가 나미와의 사이에 어떤 결정을 지어야 한다고 생각하면서두 주춤거리는 건 내 핏줄이 이어진 어둔 그림자 때문인 건 말할 것두 없지만 내 몸 한가운데에 숨쉬고 있는 다혜 너 때문이기도 해. 그러고 보면 나미와의 사이에 결말을 지어야 한다구 생각하는 자체부터 내심 다혜 널 의식하구 있었기 때문이구……

그럼에도 인철과 다혜 사이에 "시선의 마주침"이 일어나지 않는 것은 다혜의 인철에 대한 사랑이 모성적이기 때문인 듯하다. 인철에게 있어서 다혜는 자신이 곤경에 빠졌을 때 본 기억으로 남아 있다. 어려서 학교에서 인철이 졸도했을 때처럼 인철이 위기에 처해 있을 때 다혜가 나타났다고 인철은 기억하고 있다. 항상 그를 감싸고 있는 다혜는 그에게 하나의 절대처럼 인식되었던 것이다. 이 때문에 그들의 열망에도 불구하고 그들 사이에 "시선의 마주침"이 일어나지 않는다. 사랑을 통해서 구원은 이루어지지 않는다는 것은 황순원의 통념인 듯하다. 『나무들 비탈에 서다』에서 "두꺼운 유리 속을 뚫고 간신히 걸음을 옮기는" 것 같은 죽음의 전쟁터에 있는 동호는 여자를 통한 구원을 갈구하다가 결국은 자아 폭발의 결과를 초래하고 말았으며 현태는 처음부터 여자를 구원의 방법으로 생각하지 않고 육체적인 욕구, 혹은 이지러진 심리를 만족시키는 것으로만 받아들인 것처럼 보인다. 이들에 대하여 가장 반론을 들고 나온 '숙'이도 타인을 통한 구원이 불가능함을 안 것처럼 『일월』에서도 여자를 통한 구원이 이루어지지 않는다. 타인을 통한 구원은 상대편을 서로 '인식'하는 데서부터 출발한다. 타인과의 관계에서 오는 외적인 '외로움'은 타인을 인식함으로써 가능한 것이다. 타인에의 인식은 존재의 근원에서부터 출발해야(함께 태어나야) 하지만 인간은 함께 태어날 수 없는 것이다.

이 소설에서 관건이 되는 말인 '외로움'을 말과 행동으로써 보여주는 인물은, 앞에서도 말한 것처럼 기룡이다. 백정의 아들로 태어나서 타인의 모멸과 굴욕 속에서 생활해온 그는 백정으로서 당당하게 살아간다. 그는 백정이란 이유 때문에 사회에서 소외된 "외로운 의지의 화신" 같은 인물로서 이 소설의 주제가 무엇인가를 항상 체현해주고 있다. 그의 육체와 정신은 외로움의 집약체인 것처럼 보인다. 그의 외로움은 장정 서넛이 바닷가에 구덩이를 파고 민간인을 거기에 묻어 죽이는 것을 보고 병사 한 사람이 나타나 장정들을 죽였다는 이야기로 잘 표현된다. 이때 박해연이 그 병사는 왜 민간인이 죽는 것을 보고 난 다음에 장정들을 죽였느냐, 민간인들을 살려주어야 하지 않겠느냐고 물었다. "그 병사는 외로웠던 것뿐이오"라고 기룡은 조용히 대답한다. 이 대답은 그의 외로움이 보편적인 의미에서가 아니라 인간 존재의 본질에서 나온 외로움임을 알려준다. 마치 카뮈의 『이방인』에서 아랍인을 쏘아 죽인 뫼르소에게 왜 아랍인을 죽였느냐고 물었을 때, 태양 때문이었다고 말한 뫼르소의 대답처럼 기룡은 그것을 외로움 때문이라고 한다. "사람은 외롭게 마련이야, 그래서 역사가 이루어지구 사람을 죽이고 또 죽이게 하는 게 아닐까. 본시 인간이, 그리고 땅과 하늘이 피를 요구하구 있다구 봐. 어떤 외로움에서 벗어나려구 말야. 그 피란 반드시 붉은색의 유형의 것만을 말하는 건 아냐. 보이지 않는 가슴속에 흐르는 피를 의미할 수 있지"라고 하는 기룡의 절규는 외로움에 떠는 인간들의 가슴속에서 얼마나 많은 살인이 행해지고 있는가를 보여준다. 이 무서운 생각은 인간성의 위기가 절정에 도달한 우리의 현재라고까지 말할 수 있으리라. 이 외로움을 그는 결코 해소시키거나 피하려 들지 않는다. 그는 본질적인 외로움이란 어떤 방법에 의해서도 해소될 수 없다는 확신을 갖고 있는 듯하다. 그렇기 때문에 타인에게 정을 주고 서로 의지해서 살려는 인간의 약한 면을 거부하려 든다. 그는 필요에 따라서는 창녀에게 찾아갈 수 있지만 창녀의 외로움을 풀어주는 인정적인 것에는 질색이다. 말하자면 외로움의 세계인 백정이라는 한계 상황을 부질없이 뛰어넘으려 하지 않고 그 속에서 외로움을 견디고 처리함으로써 해탈의 상태에 도달하려 하고 있다. 그러므로 그는 여자를 통한 구원이나 종교적 구원이나 그 밖에 외로움을 해소시키는 어떠한 방법에 대해서도 생각지 않는다. 인간의 본질이 외로움인 것처럼 외로움을 긍정한다. 그는 자신이 하나의 절대요 구원이라고 믿는 것 같다. 그는 누구에게나 정을 주지 않는다는 이유로 고양이를 좋아한다. 그는 외로움을 풀기 위해 노력하는 인간을 강경하게 거부한다. "어쨌든 인간이 소외당한 자기 자신을 도루 찾으려면 각자에 주어진 외로움을 우선 참구 견뎌나가는 데서부터 시작해야 할 거야. 그런데 많은 사람들이 예수의 피에 의해 이런 것을 잊어버리려구들 하지. 그리고 그들 거의가 다 이미 자기 외로움은 해소된 걸루 착각하구들 있어"라고 쏟아뱉는 기룡의 말 가운데 '예수의' 피라는 말은 '마리아의 집'에 들어간 최에스터를 두고 한 말이지만 그것은 외로움을 해소시킬 수 있다고 오해된 모든 방법을 말하는 것으로서 인철을 향해서, 다니 작가가 이 소설을 읽는 대부분의 독자를 향해서 하는 말인 듯하다. 기룡은 술과 관념의 유희로 외로움을 풀려는 박해연에게 병사가 장정들을 죽인 이야기를 들려준 뒤 그 이야기를 빌려달라는 박해연의 가슴을 밀쳐버리고 "사람이란 고양이만큼 되기두 힘들어"라고 한다. 그가 백정이기를 그만두지 않는 것은 바로 이와 같은 이유인 것 같다. 그는 아버지인 본돌처럼 종교적 백정(본돌이 소나 칼에 대해서 취하는 태도는 분명히 종교적이다)도 아니고 작은아버지 상진 영감처럼 백정임을 숨기려는 일상적인 백정도 아니다. 그는 인철이 고민에 빠져서 술을 마실 때 술에다 외로움을 풀 수 없다고 분명히 말한다. 인철은 이와 같은 기룡에게 점점 가까워진다. 기룡과 인철이 가까워질 수 있었던 근본적인 이유는 두 사람이 사촌이라는 혈연 관계가 많은 작용을 했겠지만 외로움을 풀려는 인철의 방법적 오류를 기룡이가 지적했기 때문이었다. 어렸을 때 곤경에 빠진 인철을 다혜가 찾아다닌 반면 장성한 인철은 그의 의식에 분열이 올 때마다, 고민 속에 빠져 있을 때마다 기룡을 찾아간다. 이렇게 기룡을 만나서부터 인철은 외로움을 해소시키는 그의 방법이 잘못이었다는 사실을 알게 된다. 구세주를 만난 듯이 바둥거리는 박해연의 가슴을 기룡이 밀쳐버렸을 때 인철은 "박해연이 아닌 자신이 떠밀림을 당한 것 같은 기분이었다. 박해연이 말하는 인간극의 등장인물 전체가 떠밀린 기분이었다." 외로움을 풀려는 자에 대한 기룡의 거부에서 인철은 자기의 정확한 모습을 알아낸다. 이것은 "외로움을 빨리 처리"해야 한다는 기룡의 지론에 인철이 접근하고 있음을 말해준다. 인철이 나미를 대할 때 "그네를 대하는"데 옛날처럼 신경을 쓰지 않고 "늘 너는 너 나는 나라는 거리를 둘 수 있었던 것"은 인철이 여자를 통해서 외로움을 풀려는 것으로부터 벗어났고 이것이 기룡의 영향임을 말해주고 있다. 나미가 인철과 성교 후 "이상한 여운에 취해 있을"때 인철이 나미와 거리를 두고 편안히 잠에 떨어질 수 있었던 것도 그리고 이튿날 아침 무표정한 채 저만큼 서 있을 수 있었던 것도 외로움을 피하지 않으려는 그의 새로운 태도——기룡식의 태도(마리아의 집에 있는 최에스터의 태도) 때문인 것이다. 말하자면 단조로운 흰 독방에서 "언제부터인가 자기의 불행에 익숙해져가고" 있는 인주처럼 진실로 그리고 여러 번 절망하게 되면 누구나 불행에 익숙해지고, 그리하여 외로움이나 불행을 이겨가는 힘이 생긴다. 이와 같이 기룡에게 접근하는 인철은 크리스마스 이브에 많은 파티객과 약혼을 발표하려는 나미를 뒤에 두고 모든 사람을 떠나 기룡에게 감으로써 외로움을 처리할 수 있는 또 하나의 기룡이 된다. 말하자면 그의 떠남은 외로움의 처리를 의미하고 있지만 외로움의 해소를 위하여 인철이 추구하는 기룡의 방법이 과연 그의 구원의 길인지는 아무도 모른다.

이상에서 본 바와 같이 『일월』에서도 분명히 인간의 구원의 문제를 다루고 있지만 결국 구원이란 '사업'에서도 '사랑'에서도 '종교'에서도 얻을 수 없다는 것이 황순원의 결론인 듯하다. '사랑'과 '종교'에서 구원을 얻을 수 없다는 것은 이미 『나무들 비탈에 서다』에서도 보여준 결론으로써 '동호' '숙' '안이등중사' '선우상사' 등을 통해

116

서 보여주고 있다. 황순원은 종교적 구원을 너무 고식적이고 관념적인 방법으로 추구해오고 있다고 보여진다. 부모의 학살을 본 선우상사가 커다란 마음의 상처를 받았을 것은 인정되지만 그것으로 인해서 신을 저주하는 술주정을 한다는 것은 안이한 처리라고 생각된다. 선우상사를 따라다니는 안형식 중사의 태도에서도 현대인이 요구하는 종교적 구원의 길을 우리는 발견할 수 없다. 더구나 인철 어머니 홍씨의 태도는 종교를 통한 구원이 아니라 종교에의 자기도피에 지나지 않는다. 좀더 합리적인 방법으로 종교적 구원에 접근하는 작가적 자세가 아쉽다. 이 밖에도 이 소설에서 느낄 수 있는 결점은 여러 곳에서 보인다. 인주가 남준걸을 찾아 달려가다가 교통 사고를 일으킨 것은 지나친 센티멘틀리즘이고 기룡의 입에서 '외로움'이라는 말이 튀어나오는 것은 그것이 비록 독자의 이해를 돕기 위한 것이라고 하지만 독자에게 생각할 여지를 주지 않는 점에서 불만이다. 하지만 이와 같은 결점들은 황순원의 감격적인 문장으로 덮여지고 있다.

기룡을 찾아가는 인철로 이 소설을 끝맺음이 황순원의 구원에의 추구에 있어서 결론이라고 나는 생각지 않는다. 구원이 있다 없다, 라는 안이한 결론에 도달하기 전에 황순원의 다음 작품을 기다려보자.

종합에의 의지*
──황순원의『움직이는 성』

천　이　두

　① 황순원은 완고하다 할 만큼 변하지 않은 작가이면서, 동시에 꾸준히 변하여온 작가라 할 수 있다. 이 변하지 않은 면과 변하는 면이 씨와 날이 되어, 그의 문학 세계는 형성되어온 듯하다. 그의 문학 세계에 있어서 완고한 일관성을 보이는 면이란, 단적으로 말해서 그의 엄격한 지적 절제의 자세를 말하는 것이다. 그의 문학 세계 안에서는 자연발생적인 육성이나 생경한 관념적 요설 같은 것이 철저하게 배제되어진다. 작중 현실 안에서 빚어지는 어느 격정적인 순간조차도, 그 자체의 맹목적인 탄력에 내맡겨지는 법 없이, 언제나 작자 자신의 엄격한 지적 절제에 의하여 통제되어진다. 사실주의적인 의미에 있어서의 세부 묘사 같은 것을 대담하게 생략해버리고 표현 대상의 단적인 인상을 포착함으로써 그 이미지를 선명하게 부각시키는 데 주력하는 것도 그의 이런 지적 절제의 자세에서 연유되는 것이다. 그의 문장에서 고전적인 우아미를 느낄 수 있는 것도, 그의 작중 현실에서 언제나 시적 향기 같은 것을 느낄 수 있는 것도 그 때문이다.

　그러나 다른 한편 그의 문학 세계는 끊임없이 변모 확대되어왔

＊『현대문학』, 1973. 8.

다. 시인으로 출발했다가 단편 작가로, 거기서 다시 장편 작가에로, 그는 꾸준히 자기 문학 영토를 넓혀왔다. 그의 이러한 경로를 더듬어보면 그 각 과정들이 이 작가에 있어서 결코 허술하게 지나쳐진 과정들이 아님을 알게 된다. 그야말로 돌다리라도 두드리며 건넌다는 식의 조심스러움과 절실한 내적 요청에서 연유된 것들임을 알 수 있다. 그의 각 과정들에서 우리는 기법상의 여러 가지 조심스러운 실험의 흔적에 접할 수 있다. 그는 분명 완고하다 할 만큼 일관된 자기 매너를 갖고 있으면서도 거기에 조금씩 새로운 실험을 꾸준히 첨가하여온 것이다. 이런 점에서 그는 완고한 보수파 같은 인상을 풍기면서도 꾸준한 실험가이기도 하다. 『움직이는 성(城)』에서도 우리는 이 작가가 간직한 바 변하지 않은 면과 변한 면을 동시에 느낄 수 있다.

우선 이 작품에 제기되어 있는 제일차적인 명제에서브터 우리는 이 작가의 유다른 의욕의 반영을 볼 수 있다. 말하자면 종래에 그가 추구하여온 바 두 갈래의 문학적 과제를 이번 작품을 통해서 하나로 종합해보려 하고 있다는 것이다. 그가 추구하여온 두 갈래의 문학적 과제란 한국적인 아름다움을 추구하려는 노력과 인간의 숙명적인 고독의 의미 및 인간 관계의 의미를 추구하려는 노력이라고 할 수 있다.

전자의 노력은 주로 그의 단편 문학의 성과 속에, 후자의 노력은 『나무들 비탈에 서다』나 『일월』 같은 장편 문학의 성과 속에 반영되어왔다. 황순원의 거의 모든 단편 문학에서 우리는 오늘의 시대 현실을 외면한 순박한 인간상들을 만난다. 그들에게서는 따뜻한 인정과 서정시적인 애처로움〔恨〕을 느끼게 된다. 그것은 우리의 고유한 미덕이요 아름다움이다. 이러한 아름다움과 미덕을 추구하려는 그의 노력은 전형적인 한국적 여인상을 빚어내려는 노력으로 집약되어져왔다. 한국 서정시의 주류를 형성하여온 바 청상의 여인상을 빚어내려는 노력 그것이 그의 단편 문학을 통해서 추구하여온 핵심적 과제였다. 그의 장편소설인 『별과 같이 살다』의 곰녀나 『카인의 후예』의 오작녀도 여기서 예외는 아니다.

장편 작가로서의 그의 핵심적 과제는 『나무들 비탈에 서다』나 『일월』 같은 작품 속에 반영되어 있다. 『나무들 비탈에 서다』에는 개개의 자의식에 있어서 인간 관계의 의미가 추구되어 있다. 개개의 자의식에 있어서 인간 관계로 연유되는 가해와 피해의 상관 관계의 양상이 그 작품에는 그려져 있다. 『일월』에 이르러 우리는 인간의 숙명적인 고독의 문제의 추구를 볼 수 있다. 일체의 가면을 허물 벗듯 벗어버리는 고된 작업을 통해서만, 인간은 궁극적인 의미에 있어서의 자아(고독)에 도달할 수 있는 것이요, 그때 비로소 세상을 보는 새로운 눈이 열리게 된다는 현대 문학의 핵심적 명제가 그 작품에는 추구되어 있다.

요컨대 단편 작가로서의 황순원의 시선이 고유한 토속적인 세계에 집중되어왔었고, 장편 작가로서의 그의 시선이 주로 현대적 도회적인 세계에 집중되어왔었다는 것이다. 낡은 전래적인 한국과 새로운 외래적인 한국이 작가 황순원에 있어서 이제껏 별개의 차원에서 양립되어왔었던 것이다. 말하자면 낡은 한국과 새로운 한국이 일원적인 지평 위에서 상호 보완적인 관계를 형성해왔다기보다도 각기 별개의 공간에서 별개의 미학적 영역을 구축해왔었다는 것이다. 그의 문학 세계가 간직하여온 불행한 이원주의는 바로 이 점에 있었다.

물론 이러한 현상은 황순원 한 분만의 현상이 아니다. 한국의 현대 문학 그 자체가 이러한 이원적인 구조 위에 서 있는 것이며, 한국의 정치·경제·문학·사회의 모든 시스템 자체가 그러한 기초 위에 서 있는 것이다. 민주주의가 가부장적 족벌주의에 떠받치워 있는가 하면, 고속버스의 차장 밖으로 우리는 얼마든지 늙은 당산 나무를 구경할 수 있다. 말하자면 근대와 전근대가 완강히 서로 버티고 있는 것이다. 정신적 문학적 측면에서 생각할 때 이런 모순은 더욱 심각해진다. 오늘날의 한국 지식인은 단적으로 말해서 고향(전래적인 것)과 타향(외래적인 것) 사이에서 어정쩡하게 방황하고 있는 것이다. 우리들의 로고스는 도회적(서구적) 문물에 익숙하지만, 우리들의 파토스는 추억과 꿈이 서린 고향(토속 세계)에 뿌리박혀 있다.

이러한 이원적 구조 양식은 로고스와 파토스를 일원적 지평 위에서 지양 종합해야 할 소설 문학의 결정적 한계로 드러난다. 말하자면 로고스와 파토스 사이의 이율배반의 기초 위에 한국의 현대 소설은 형성되어온 것이다. 한국 현대인의 의식 구조가 이원적 기초 위에 서 있는 것처럼 한국의 현대 소설 역시 두 가지 유형으로 양분되어 있다. 즉 고유한 토속적 분위기를 기반으로 한 소설과 현대적 도회적 상황을 기반으로 한 소설의 두 가지 유형이 그것이다. 전자의 소설에서 우리는 감성적으로는 빈틈없는 공감을 의식할 수 있으면서도 현대인으로서의 윤리적 탐구 같은 것을 기대할 수 없고 후자의 소설에서는 거기에 제기되어 있는 현대적 명제에 대하여 우리가 지적으로는 충분히 이해할 수 있으면서도 감성적으로는 예외 없이 일종의 위화감을 의식해야 한다는 것이다. 전자의 소설에서 우리는 정든 옛고향에 들어선 듯한 아늑함을 느낄 수 있으면서도 오늘의 현실을 찾을 수 없고, 후자의 소설에서는 오늘의 현장에 들어선 듯한 긴장감을 의식할 수는 있으나 어딘가 낯선 타관 같은 것이 느껴진다. 고향과 타향의 두 갈래 지대에서 방황하고 있는 것이 한국의 현대인이요, 낡은 한국과 새로운 한국의 그 어느 쪽에서도 확고한 정착지를 찾지 못한 채 두 갈래로 나뉘어져 있는 것이 한국 현대 소설의 기본적 존재 양식이다.

이리하여 이율배반적 양극으로 완강히 버티고 있는 고향과 타향을 하나의 지평 위에 종합 통일하여, 진정한 의미에 있어서의 정착지를 마련해야 하는 문제는 오늘의 한국이 당면한 핵심적 과제인 동시에 오늘의 한국 소설이 성공적으로 극복해나가야 할 과제이기도 한 것이다. 황순원의 『움직이는 성』에 있어서 이 둔제는 우선 샤머니즘 대 기독교라는 명제로써 제시되어진다. 이 경우 샤머니즘이 낡은 전래적 요인으로서의 한국을 기독교가 새로운 외래적 요인으로서의 한국을 상징하고 있음은 물론이다. 상징적인 차원에서뿐만 아니라 실제적인 자리에서 생각해보아도 샤머니즘과 기독교는 오늘의 한국인의 심층 의식과 표면 의식을 지배하고 있는 두 갈래의 기본적 요인임이 사실이다. 그런 점에서 이러한 두 갈래의 기본적 요인을 정면으로 대질시키고 있는 이 작품은 오늘의 한국인의 이원적 의식 구조를 근원적인 자리에서 검토하려 한 것이라 할 수 있고, 한국 소설이 당면한 이율배반을 정면에서 극복하려 한 것이라 할 수 있는 동시에 작가 황순원 자신이 간직한 바 이원적인 문학 세계를 일원적으로 종합하려 한 것이라 할 수 있다. 이 작품이 제기하는 일차적인 흥미의 초점은 바로 이 점에 있다.

이 작품이 제기하는 또 하나의 흥미는 이 작품의 기법상의 특질과 관련되어 있다. 이 작품에서 우리는 작가 황순원의 기법상의 새로운 실험에 접하게 된다. 작중의 모든 액션들이 무수한 단면으로 도막쳐져 있다는 사실이 우선 독자의 주목을 끈다. 이 작품에서 우리는 물론 몇 갈래의 액션의 흐름을 간추려낼 수는 있다. 가령 민구를 중심한 그 둘렛사람들과의 관계에서 빚어지는 액션, 성호면 성호, 준태면 준태를 중심으로 한 그들 나름의 둘렛사람들과의 관계에서 빚어지는 액션 등등. 그러나 그것은 이 작품을 다 읽고 난다음, 독자가 인위적으로 작중의 모든 도막도막의 단면들을 몇 갈래의 액션의 흐름으로 재편성해보았을 경우에만 가능한 것이지, 작중 현실의 실제상의 전개는, 차원과 내용이 다른 무수한 액션의 단면들이, 산만하다는 인상을 줄 정도로 끊임없이 교체되어나가고 있는 것이다. 말하자면 도막도막의 장면들을 향하여 끊임없이 카메라를 이동시켜나가는 영화적인 몽타주의 방법을 빌고 있다는 것이다. 더구나 이 작품에 있어서의 카메라는 일정한 액션을 일정한 흐름으로 이어질 수 있도록 이동하고 있는 게 아니라, 내용과 차원이 각기 다른 몇 갈래의 액션의 각 단면들을 동시간적으로 포착하기 위하여 이동하고 있는 것이다. 이리하여 모양도 빛깔도 판이하게 다른 무수한 갈래의 액션의 단면들이 동시간적으로 독자의 뇌리에 인상지워지는 것이다. 이리하여 우리는 가령 기독교 교직자인 성호가 그 둘레의 가난한 마을 사람들과 기도를 올리고 있는 바로 그 시각에 무속의 연구가인 민구가 박수 변씨와 수작하고 있는 걸 보게 되고, 어딘가 균형을 잃은 듯한 허술한 모습의 준태가 나르시소스적인 독백을 하고 있는 바로 그 시각에 창애와 미스터 강의 정사가 진행되고 있음을 보게 되며, 박서방에게 감쪽같이 속은 것을 뒤늦게야 깨달은 전주댁이 절망으로 허둥거리고 있는 바로 그 시각에, 걸이·돌이·평이 등 잡초처럼 아무렇게나 내팽개쳐진 어린이들의 액션이 빚어지고 있음을 우리는 또한 보게 되는 것이다.

요컨대 작중의 몇 갈래의 액션들은 각기 그 자체의 흐름이 빚어내는 탄력에 내맡겨지는 법 없이, 그 각 단면들이 동시간적 지평 위에서 대질되어나가고 있는 것이다. 이 작품이 간직한 바 얼핏 보기에 맥이 빠진 듯한 이러한 구조상의 특질은, 소설 속에서 일사천리식의 탄력 있는 액션의 흐름 같은 것을 찾아내고자 하는 독자들에게는 적지 않은 실망을 줄 수 있을지 모른다. 그러나 이 작품의 그러한 구조상의 특질이야말로 이 작품의 제일차적 경제를 효과적으로 부각시키는 데에 결정적으로 기여하고 있는 것이다. 왜냐하면 각기 차원과 내용이 다른 무수한 단면들의 동시간적인 대질을 통하여 우리는 오늘의 우리 시대가 당면하고 있는 바 기독교와 샤머니즘, 과학과 미신, 합리주의와 신비주의, 빈곤과 부유, 상류 사회와 하류 사회, 바리새주의와 참된 기독 정신, 지적 속물주의와 양심적 지성, 일상성과 소외 의식 사이의 모순 당착의 양상을 구체적으로 실감할 수 있기 때문이다. 이 작품의 이러한 구조상의 특질은 흡사 거리가 먼 이미지들을 폭력적으로 결합시킴으로써, 특수한 인식의 놀라움을 빚어내려 시도하는, 현대 시인에 있어서의 데페이즈망 *dépaysement* (혹은 *radical image*)과 방불하다. 이러한 시도는 『나무들 비탈에 서다』나 『일월』을 비롯한 그의 대부분의 작품에서 찾을 수 있는, 상징적 장치, 은유적 분위기를 짙게 풍기는 꿈의 장면, 혹은 효과적으로 삽입되는 에피소드 등에서 부분적으로 느껴오던 것이기는 하지만, 이 작품에서처럼 철저한 것은 아니었다. 아무튼 우리는 꾸준한 실험가로서의 그의 작가적 특질을 이 작품을 통해서 재확인하게 되는 것이다.

이 작품의 이러한 구조상의 특질은 이 작품의 제기하는 또 하나의 명제와도 긴밀히 관계지워져 있다. 이 작품의 또 하나의 명제란, 『나무들 비탈에 서다』나 『일월』 등을 통해서 제기되어져온 바 인간 관계의 의미 및 인간의 숙명적인 고독의 의미 등을 추구하는 것이다.

이 작품의 주요 인물은 민구·준태·성호의 세 사람이다. 한국 전래의 샤머니즘을 연구하고 있는 민구, 기독교의 전도 사업에 몸 담고 있는 성호, 농학도이며 그 어느 쪽에서도 정신적 귀의처를 찾 지 못하고 있는 준태, 이 세 사람의 인물 배치 자체에서 우리는 이 작품의 일차적 명제의 단적인 반영을 볼 수 있다. 이 가운데서 우 선 민구가 연구 대상으로 하고 있는 샤머니즘과 성호가 몸담고 있 는 기독교적 전도 사업의 대조를 통해서, 우리는 오늘의 한국인의 의식을 양분하고 있는 두 요인, 즉 낡은 것과 새로운 것, 전래적인 것과 외래적인 것, 고향과 타향의 두 요인을 대조적으로 목격하게 된다.

우리는 민구의 연구를 통해서 전래의 샤머니즘이 이 땅에 어떤 모양으로 분포되어왔었는가, 그리고 오늘에 있어서도 그것은 일상 현실의 저변을 지배하는 데 있어서, 얼마만큼 결정적인 세력으로 현존하고 있는가를 알게 된다. 민구의 여러 가지 조사 자료를 통하 여, 우리는 샤머니즘이 얼마만큼 한국적 에토스와 밀착되어왔었는 가, 그리고 오늘날에도 한국인의 의식의 심층 속에 얼마나 완강히 뿌리박고 있는가를 알게 된다. 우리는 민구의 여러 가지 조사 자료 를 통하여 전시대의 한갓 유물에 지나지 않는 것으로 처리해버리고 있는 따라서 한국 현대인의 정신 생활의 영역에 있어서는 완전히 소외되어 있는 것으로 간주하고 있는 이 샤머니즘이, 실상은 오늘 날에 있어서도 한국인의 생활 감정의 저변에 결정적인 세력으로 작

124

용하고 있는 사실을 알게 된다. 한편 성호의 전도 사업의 과정을 통해서, 우리는 한국에 있어서 기독교가 기왕에 어떤 형태로 받아들여져왔으며, 또 현재 어떤 형태로 받아들여지고 있는가를 보게 된다. 오늘날 외관상으로는 한국인의 정신적 문화적인 측면의 주류를 형성하고 있는 것처럼 간주되고 있는 기독교(나아가서 서구적인 사고 방식)가 실상은 우리의 풍토 속에서 전혀 뿌리박히지 못한 채, 지극히 피상적인 차원에서 겉돌고 있는 데 지나지 않는다는 사실을 우리는 성호의 개개의 전도 사업의 케이스를 통해서 목격하게 된다. 기독교와 샤머니즘은 도처에서 상호 충돌을 하고 있으며, 상호 모순을 빚어낸다. 이러한 모순 충돌의 과정을 통하여 양자는 지양 종합되는 게 아니라, 각기 왜곡된 양상으로 변질 타락하고 있는 것이며, 성호에 있어서의 전도 사업의 가장 심각한 어려움은 바로 이 점에 있었던 것이며, 그 어려움을 터득한 자리에서 그의 전도 사업은 비로소 올바른 궤도를 찾을 수 있었던 것이다. 민구나 성호에 비하여 그 어느 쪽에도 발을 들여놓을 수 없는 준태의 위치 역시 상징적 존재다. 그는 본질적인 의미에 있어서의 한국 지식인의 존재 양식을 전형적으로 반영하는 인물이다. 샤머니즘의 신비주의에 매혹되기에는 그는 너무 합리적인 과학도이며 기독교의 교리 속에서 정신적 귀의처를 찾아내기에는 본질적으로 종교를 가질 수 없는 한국적 '유랑민 근성'의 후예다. 그의 영혼은 언제나 혼자다. 그 어느 것에서도 정신적 권위를 찾을 수 없는 그는 영원한 정신적 방랑아다. 준태의 모습을 통하여 우리는 한국적 지성이 간직하고 있는 근원적 취약성을 목격하게 된다. 요컨대 이 세 사람은 각기 한국의 현대인들이 간직하는 세 가지 패턴을 전형적으로 반영하고 있다. 앞서도 말한 것처럼 이 작품의 일차적 명제는 바로 이러한 세 가지 패턴을 정면에서 대질시키고 있는 사실에서 연유된다.

그러나 이 세 사람의 각기 다른 존재 양식 및 그들 상호간의 인간 관계의 양식을 통해서 우리는 이 작품의 이차적 명제인 인간의 숙명적 고독의 문제에 부딪치게 되는 것이다. 민구·성호·준태의 인간적 패턴은 『나무들 비탈에 서다』에 있어서의 윤구·동호·현태의 그것과 매우 비슷하다. 매사에 타산적이고 공리적이었던 『나무들 비탈에 서다』의 윤구는 여러 가지 점에서 본질적으로 상식 세계의 주민인 민구의 모습과 방불하고 퓨리턴적인 자기 에고를 외곬으로 지탱해나갔던 『나무들 비탈에 서다』의 동호의 모습은 자신의 죄의식에 준엄한 채찍을 가하면서, 속죄의 가시밭길을 헤쳐나가고 있는 성호의 모습 가운데 짙게 투영되어 있는 것이며, 매사에 대범하고 선이 굵은 듯하면서도 자의식의 필연성을 따라 절망의 나락을 향하여 저돌적으로 내달았던 현태는 역시 매사에 등한한 듯하면서도, 자기 내면의 허무의 심연을 그 극한의 지점까지 굽어보고 있는 이 작품의 준태의 모습과 방불하다. 다름이 있다면 『나무들 비탈에 서다』에서 『움직이는 성』에 이르기까지의 시간적 격차에서 연유되는 연령상의 차이가 있다는 것이고, 따라서 그들에게 주어진 객관적 여건(작중 상황)의 차이가 있다는 것이라 할 수 있다. 따라서 우리는 윤구·동호·현태 세 사람의 관계 양식과 민구·성호·준태 세 사람의 관계 양식을 서로 비교 대조해봄으로써, 작가 황순원의 그 동안의 문학 세계의 심화 확대의 궤적을 더듬어볼 수도 있을 것이다. 그러한 사실은 다른 무엇보다도 이 두 작품의 주인공들이 빚어내는 인간 관계의 본질적 차이에 엿볼 수 있다.

『나무들 비탈에 서다』에 있어서 동호·현태·윤구 세 사람이 빚어내는 인간 관계는 긴밀하게 결속된 관계인 데 반하여, 이 작품에 있어서의 세 사람의 관계는 각기 유리된 관계라는 사실이 그것이다. 동호·현태·윤구 세 사람이 빚어내는 인간 관계는 단적으로 말해서 각자의 자의식의 상호 교류에서 연유되는 가해와 피해의 상승 관계였다. 특히 동호와 현태의 관계가 그러하였다. 그들은 각기 상대방의 자의식에 피해를 가하면서 동시에 피해를 입는 숙명적 관계 위에 서 있었다. 본질적으로 상식적 일상인이었던 따라서 자의식의 병에 걸리지 않은 윤구는 이런 가해·피해의 관계 밖에 위치한 인물이라 할 수 있으나, 바로 그렇기 때문에 그는 이 작품의 자

126

의식의 드라마(동호와 현태 사이의)를 부각시키는 또 하나의 불가결
의 요인으로서 관계지워져 있었던 것이다.

　그러나 『움직이는 성』에 있어서의 성호·민구·준태의 관계는 가
해·피해의 발효 작용이 빚어지는 관계도 아니며, 따라서 그러한
관계를 부각시키는 불가결의 요인으로서의 관계도 아니다. 당초에
이네들 세 사람 사이에는 긴밀한 드라마적 관계가 성립되지 않고
있다. 그들은 각기 외로운 성으로서의 각자의 궤적을 쌓아가고 있
을 뿐인 것이다. 물론 상식적인 의미에서 볼 때, 이 세 사람은 각기
그들 나름의 인간 관계를 맺고 있는 게 사실이다. 민구와 성호는
대학의 동창이라는 인연으로 하여, 민구와 준태는 군대 시절의 전
우라는 인연으로 하여, 그리고 성호와 준태는 민구의 소개를 인연
으로 하여, 그러나 그것은 실상 세속적인 의미에 있어서의 관계일
뿐이지, 그들 내면의 자리에서 보면 하등 절실한 인간 관계로 맺어
져 있는 관계는 아니다. 우선 성호 대 민구의 관계만 하더라도, 얼
핏 보기에는 기독교 대 샤머니즘의 갈등 관계로써 맺어져 있는 듯
하지만, 실상 그들은 각기 별개의 영역에서 각자의 길을 가고 있을
뿐이다. 민구가 관심하는 샤머니즘이 성호의 정신 속에 어떤 압력
으로 침투되어 들어가는 법도 없고, 성호의 전도 사업이 민구의 사
생활에 영향력을 행사하는 법도 없다. 성호는 성호고 민구는 끝내
민구일 뿐이다. 민구와 준태 사이의 관계도 그렇고, 준태와 성호 사
이의 관계도 그렇다. 민구가 은희와 결혼 준비를 서두르고 있을 때,
준태는 전혀 별개의 차원에서 지연과의 사랑에 몰두하면 되는 것이
고, 성호가 교회 간부들의 바리새주의에 시달림을 받고 있는 바로
그 시각에 준태는 감자의 종자 개량에 정력을 쏟고 있으면 되는 것
이다. 때로 그들 사이에 대화를 주고받는 경우가 있고, 이런 대화
가운데서 그들 자신의 차원과 내용이 전혀 다른 견해와 신념 같은
것을 피력하는 경우도 있지만, 그렇다고 해서 자기의 견해나 신념
을 상대방의 에고 속에 침투시키려고 시도하지도 않고 또 상대방의
에고 속에 침투시키려고 시도하지도 않고 또 상대방의 견해나 신념

에 의하여 영향받으려 하지도 않는다. 그들의 발언들은 각기 자기 에고로 메아리쳐 돌아올 뿐인 것이다. 요컨대 그들의 대화는 실상 대화의 형식은 빈 독백에 지나지 않은 것이다.

이리하여 이 세 사람의 관계는 서로 긴밀하게 관계지워진 드라마의 관계는 아니다. 그들은 각기 외로운 성들로 유리되어 있다. 그들은 각기 별개의 영역에서 각기 차원이 다른 드라마를 빚어내고 있는 것이다. 성호의 드라마는 홍여사·명숙, 교회 및 그 둘레와의 관계 속에서 민구의 드라마는 은희·변씨, 샤머니즘 및 그 둘레와의 관계 속에서, 그리고 준태의 드라마는 창애·지연, 농사 시험장 및 그 둘레와의 관계 속에서 각기 모양과 빛깔을 달리하면서 빚어지는 것이다. 이 작품의 이러한 구성상의 특질은 결국 낡은 것과 새로운 것, 외래적인 것과 전래적인 것이, 각기 그 자체의 질서와 형태를 고집하면서 완강하게 버티고 있는 오늘의 한국의 이율배반을 상징적으로 부각시켜주고 있다는 점에서 이 작품의 제일차적 명제를 효과적으로 뒷받침하고 있다고 할 수 있거니와, 뿐만 아니라 결국 자기의 길을 자기의 방식으로 갈 수 있을 뿐인 인간의 숙명적 존재양식을 상징적으로 부각시켜주고 있다는 점에서 이 작품의 이차적 명제와도 긴밀히 관련되어 있는 것이다. 더구나 이러한 모양의 빛깔이 다른 몇 갈래의 드라마들이 각기 무수한 단면으로 도막지워져서 동시간적으로 병치되어짐으로써 그러한 상징적 효과는 기하급수적으로 배가하는 것이다. 요컨대 이 작품에서 빚어지는 몇 갈래의 액션들은 각기 등가치의 비중을 간직하고 있을 뿐 아니라, 그 개개의 단면들은 또한 등가치의 평면 위에서 동시간적으로 펼쳐지는 것이다. 우리가 이 작품에서 어떤 핵심이 될 만한 메인 무브먼트를 찾아낼 수도 없고, 어떤 주축이 될 만한 모랄 같은 것을 찾아낼 수 없는 것도 그 때문이다. 핵이 빠져버린 듯한 점이 이 작품의 핵이 되는 셈이다. 그것이 곧 오늘의 한국의 실태인 동시에 현대인의 본질적 생태이기 때문이다.

② 이 작품의 중심 인물인 민구·성호·준태는 오늘의 한국 지식인을 대표하는 세 가지 유형이며, 이 작품의 구조는 이 세 가지 유형의 인물들이 각기 다른 방식으로 빚어내는 세 갈래의 드라마를 종합적으로 병치시킨 것이라 할 수 있다는 것은 이미 언급한 바 있다. 이러한 병치를 통해서 한국의 현대를 종합적으로 점검하려는 것이 이 작품의 기본적 초점인 듯하다. 이제 이 세 가지 유형의 인간상들을 좀더 구체적으로 살펴보기로 한다.

우선 민구의 인간상부터 살펴보기로 한다. 앞서도 잠깐 지적한 것처럼 그는 『나무들 비탈에 서다』에 있어서의 윤구와 여러 가지 점에서 비슷하다. 민구는 본질적으로 상식적 일상인이다. 전문적인 지식도 갖추고 있고, 학문의 세계에 관계해보기도 하지만, 그의 주된 관심은 오히려 세계적인 공리 쪽에 향해져 있다. 우선 그의 신앙적 자세만 하더라도 그렇다. 그가 기독교도가 된 것도 어떤 절실한 신앙적 계기에서 비롯한 것이라기보다도, 그의 친구의 이죽거림마따나 기독교 신자인 은희와의 결혼을 목적으로 한 행위였을지도 모른다는 혐의를 품을 수가 있다. 은희의 비위를 맞추기 위해서 담배를 끊은 척해 보인다든지, 변씨와의 관계를 육감으로 눈치챈 은희의 추궁을 너털웃음으로 얼버무려버리려 한다든지 하는 행위 등으로 미루어보아도 그의 모든 행위가 절실한 내적 계기에서 연유된 것이 아님을 알 수 있다. 민구와 은희와의 결합조차도 가령 준태와 지연, 성호와 홍여사 사이의 관계에서 볼 수 있는 바와 같은 어떤 숙명 같은 것이 느껴지지 않는다. 그가 바란 것은 은희 자신이기보다도 그녀 아버지가 지닌 경제적 사회적인 명성 같은 것이었을지도 모른다. 실지로 그는 항장로(은희 아버지)의 사위가 된 뒤, 학문도 팽개치고 처갓집 회사의 간부로 들어앉고 마는 것이다.

그가 한때 샤머니즘의 연구에 열을 올린 것도 절실한 내적 요구에서 연유된 것이 아님을 알게 된다. 좋게 말해서 현학적 호기심의 발로였다고 볼 수밖에는 없다. 기독교 세례를 받은 것이 절실한 내적 요구에서 연유된 것이 아니듯이, 한때 샤머니즘의 세계에 깊숙이 빠져들어간 것도 물론 진실한 신앙적 계기에서 연유된 것이 아니다. 그는 다만 샤머니즘의 세계가 지닌 특수한 신비주의의 마력에 끌려들어간 것뿐이다. 이 점에서 박수 변씨의 위치는 상징적이다. 박수 변씨는 여러 가지 점에서 민구로 하여금 샤머니즘의 세계에 깊숙이 빠져들게 한 결정적 계기로 되고 있다. 그 자신 샤먼의 한 사람일 뿐 아니라, 민구의 샤먼 연구를 위한 충실한 협조자 노릇을 한다. 그러나 다른 무엇보다도 그는 생리적으로 신비로운 비밀을 가지고 있다. 그는 양성 공유(兩性共有)의 생리 구조를 가지고 있다. 민구가 갈피를 차릴 수 없을 정도로 샤먼의 세계에 깊숙이 빠져들어간 것은 순수한 학문적 정열에서라기보다도 더 많이 변씨의 이런 신비로운 생리적 마력에 끌려들어간 때문이라고 하는 편이 타당하다. 깜깜한 늪 속으로 무작정 헤쳐들어가듯이 그는 변씨의 생리 구조의 신비 속으로 말려들어간 셈이다.

양성 공유의 변씨는 그 섹스가 미분화 상태에 있는 한 카오스다. 그가 풍겨주는 신비스런 마력은 여기서 비롯한다. 그는 말하자면 로고스와 파토스가 미분화 상태에 놓여 있는 샤머니즘의 카오스를 상징하는 존재라 할 수 있다. 샤머니즘에서 어떤 교리를 찾을 수는 없다. 그것은 다만 어떤 신앙적 분위기일 뿐이다. 그것이 근대적 종교로 될 수 없는 것도 바로 이러한 로고스(교리)의 기초 위에 서 있지 못하기 때문이다. 민구가 갈피를 차릴 수 없도록 샤먼의 세계에 말려들어간 것은 바로 이러한 카오스의 마력 때문이다.

그가 기독교에 적을 두게 된 것이 어떤 진실한 자기 구원의 계기를 얻기 위해서가 아니라, 은희 및 그 부친의 명성을 얻기 위해서였던 것처럼 샤먼의 세계에서 발을 뺀 것도, 그리고 학문 그 자체까지를 팽개쳐버린 것도 실제적 공리가 앞섰기 때문이다. 기독교와 샤머니즘 사이를 오가는 과정에 있어서 그는 조금도 내적인 절실한 갈등 같은 것을 일으키는 일이 없다. 은희나 그 부친의 비위를 건드리지 않으려는 것이 그의 유일한 관심사요, 변씨와의 떳떳치 못한 관계를 그들에게 눈치채이지 않도록 하려는 것이 유일의 근심거리다. 요컨대 그는 오늘의 우리 둘레에서 흔히 볼 수 있는 지적 속물 중의 하나다. 그는 준태가 우리 민족의 약점으로 지적한 바 전형적인 유랑민 근성의 소유자다. 아무 신에게나 들리기도 잘 하지만 진정한 자기의 신을 갖지도 못하는 위인이다. 절실한 자기 고뇌가 없기 때문이다. 자기 고뇌를 간직하기에는 그는 너무도 공리적 일상인이기 때문이다.

그가 성호나 준태의 고뇌를 이해하지 못할 것은 당연하다. 그가 한장로를 움직여 성호를 보다 나은 교회로 옮길 수 있도록 주선하려 한 것만 해도 그렇다. 그가 성호를 도우려 한 것은 물론 그의 일상인다운 선의에서 연유된 것이라 할 수 있지만, 진정으로 자기 친구(성호)를 이해한 차원에서 비롯된 소행은 아니다. 보다 조건이 좋은 교회로 옮겨오면, 그만큼 이익이 아니겠느냐는 생각에서이다. 그리고 그렇게 함으로써 좋은 교직자를 소개해주었다는 명목으로 한 장로의 신임을 얻어보려는 속셈이 노상 없지도 않다. 이러한 민구로 볼 때, 속죄자로서의 가시밭길을 조용히 헤쳐가려는 성호의 준엄한 자세가 오히려 어리석게만 보일밖에 없다. 준태에 대해서도 마찬가지다. 준태의 외로움을 그는 이해하지 못한다. 창애와의 이혼에 대해서도 납득할 수 없고 지연과의 관계에 대해서도 하나의 스캔들 이상으로는 파악하지 않는다. 진정한 의미에 있어서 그는 성호나 준태의 친구가 아니다. 그는 그들에 있어서 완전한 타인일 뿐이다.

민구의 약혼녀인 은희 역시 마찬가지다. 그녀 역시 행복하고 건강한 일상인일 뿐이다. 민구가 성호나 준태의 고뇌를 이해하지 못하듯이, 은희 역시 창애나 지연의 고뇌를 이해하지 못한다. 요컨대 민구나 은희는 건강하고 행복하다. 자신과 용기에 넘쳐 있다. 그러기에 그들에게는 성호나 준태의 둘레에 감도는 짙은 우수의 그림자 같은 것이 없다. 그들은 그들 나름의 상식인의 윤리적 척도로써 매사를 재단해나갈 뿐이다. 성호나 준태 같은 사람들이 빚어내는 비극적 분위기가 작중 현실 안에 지배적으로 흐르고 있는 가운데서도 그들에게서만은 언제나 희극적인 분위기가 감도는 것도 그 때문이다. 민구가 희극적인 인간상이라면 성호는 심각한 비극에 부딪쳐 나가는 위인이다. 말하자면 그는 고뇌라는 이름의 연옥을 거쳐 천국을 지향하려는 인물이다. 성호에 이르러 우리는 자기 내면의 죄의식과 정면으로 대결해나가는, 한국 문학의 전후 관계에서 보면 매우 이질적인 한 타입을 보게 된다. 『나무들 비탈에 서다』에 있어서의 동호가 그러한 것처럼, 성호 역시 자기 내면의 순수성을 외곬으로 버티어나가는 인간이다. 민구가 은희를 얼버무릴 때와 같은 너털웃음의 수법 같은 것이 그에게는 당초부터 마뜩지 않다. 그는 모든 고뇌를 진통제 없이 견디려 한다. 진통제를 사용할 만큼의 감정상의 주변머리가 그에게는 없다. 그의 퓨리턴적인 기질이 용인하지 않기 때문이다.

성호에 있어서 홍여사는 일종의 숙명 같은 것이다. 홍여사에 의하여 성호의 운명은 결정지워졌기 때문이다. 성호에 있어서 홍여사는 고된 십자가인 동시에 길잡이이기도 하다. 홍여사로 인연하여 성호의 마음속에 지울 수 없는 죄의식이 새겨졌지만, 그 죄의식으로 인연하여 속죄에의 가시밭길을 걸을 수 있는 결정적 계기를 얻었기 때문이다. 그러나 그것만이 아니다. 그에게 진정한 의미에 있어서의 개안(開眼)의 계기를 가져다준 것도 홍여사다. 처음 홍여사와의 관계를 영원한 가슴속의 비밀로만 새겨두는 것이 홍여사를 위한 일이려니 하고, 홍여사의 임종 뒤에까지도 그 비밀이 보장된 사실을 그는 하나님께 감사하였었다. 그런데 10여 년이 지난 이제 와서 그 비밀이 백일하게 드러난 것이다. 홍여사의 참회의 기록들이 이제 발견된 것이다. 홍여사가 기록을 남겨놓은 것은, 그녀 아들의 말마따나 그들의 비밀이 공개되기를 바랐기 때문이라고밖에는 볼 수 없다. 뭇사람들의 비난의 돌팔매질을 정면으로 감당하는 것이야말로 진정한 속죄에의 길이라고 믿었기 때문이라고 볼 수밖에는 없다. 성호에 있어서 그것은 가장 엄청난 시련이다. 그리고 성호는 그 시련을 이겨내는 것이다. 그는 온갖 허위의 가면을 허물 벗듯 벗어버리고 알몸뚱이의 자아로 돌아오는 계기를 포착하기에 이른 것이다. 이런 점에서 성호의 이러한 자세는, 자기 애인의 파티 장소에서 조용히 빠져나와, 거기 정원의 나뭇가지에 고깔(허위의 가면)을 걸어놓고, 밤길을 걸어나오는 『일월』의 주인공 인철의 모습과 여러 가지로 상통한다. 인철이 허위의 가면을 벗어버린 순간 비로소 자기 내면의 심연(숙명적 고독)을 굽어볼 수 있는 마음의 눈이 열린 것처럼, '노회'에 불려나와 담담하게 자신의 비밀을 털어놓은 성호에게는, 이제 비로소 속죄에의 새로운 길이 열린 것이다.

뿐만 아니다. 허위의 가면을 벗는 것으로써 『일월』의 주인공의 액션은 일단락을 지었지만, 성호의 액션은 이제 새로운 차원으로 전개되어나가는 것이다. 교회도 목사직도 버리고, 그는 이제 군고구마 장수가 된 것이다. 인생의 밑바닥에서부터 그의 길은 새롭게 열려나가는 것이다. 진정한 의미에 있어서의 기독 정신의 실천자로서의 자기 갈 길을 찾은 것이다. 우리는 이 고독한 퓨리턴의 모습에서 나다니엘 호돈의 『주홍글씨』의 여주인공의 모습을 느낄 수 있다. 죄인의 표지를 가슴에 달고, 쓰라린 속죄의 길을 걸어가는 헤스터의 모습은 군고구마 장사를 하면서, 가난한 이웃들에게 복음을 전하는 성호의 그것과 여러 가지 점에서 방불하다. 작가 황순원은 한국 문학의 전후 관계에 있어서 매우 새로운 타입의 한 인간을 형상화한 것이다. 그러나 그는 결코 생경한 관념의 괴뢰가 아니다. 그는 한국적 현실 속에 밀착되어 있다. 한국 현실의 밑바닥에 밀착됨으로써, 그는 오늘의 한국인의 의식의 저변을 지배하고 있는 것이 무엇인가, 기독교가 그들의 의식 속에 얼마만큼 피상적으로밖에는 먹혀들지 못하고 있는가를 실감할 수가 있게 된 것이다. 그가, 한국 교회가 간직하는 일종의 바리새주의에 정면으로 맞서나가는 것도 그 때문이다. 그는 가난한 자기 이웃들 속에서 샤머니즘의 완강한 세력을 의식한 것이다. 그것은 그대로 한국인의 의식의 심층을 지배하는 맹목적 세력이다. 기독교(나아가서 서구적인 로고스)가 좀처럼 먹혀들어갈 수 없는 이 캄캄한 어둠(샤머니즘) 앞에서 그는 진정한 의미에 있어서의 기독교의 토착화 문제를 생각하는 것이다. 이런 점에서 샤머니즘에 대한 관심은 그것의 전문적 연구가인 민구에서보다도 기독교도인 성호에 있어서 더 절실하다. 민구에게서 우리는 샤먼 세계에 관한 여러 가지 정보와 자료에 접할 수는 있다. 그러나 그것은 모두 현학적 호기심을 충족시키는 데 기여될 수 있을 뿐이지, 그것을 통해서 어떤 자기 구원의 계기 같은 것을 포착할 수는 없다. 여기에 비하면 그 방면에 관한 성호의 관심이 오히려 절실하다. 그 방면에 관한 하등의 지식도 준비되어 있지 않고, 또 그 세계와 대척적인 위치에 있는 성호를 통해서 우리는 오히려 그 세계에 관한 진지한 성찰의 계기를 얻게 된다. 말하자면 자신의 전도 사업에 있어서 깜깜한 벽으로 다가서고 있는 샤머니즘의 엄청난 세력 앞에서 그는 절실한 갈등에 사로잡히는 것이다. 그의 이러한 갈등을 효과적으로 부각시켜주는 존재가 명숙의 위치다. 성호의 갈등을 표상하는 데 있어서 그리고 이 작품의 일차적인 테마를 뒷받침하는 데 있어서, 명숙의 위치는 매우 상징적이다. 그녀가 미친 것은 단적으로 말해서 기독교와 샤머니즘 사이의 심적인 갈등 때문이다. 독실한 기독교 신자인 그녀는 실상 가난한 자기 둘레의 샤머니즘의 분위기 속에서 성장해온 소녀이다. 그녀의 의식의 상층부를 지배하는 것은 기독교 교리지만, 그 저변을 지배하는 것은 샤머니즘이다. 그녀가 미친 것은 자기 의식의 상층부와 하부 구조 사이의 모순 당착 때문이다. 그렇기에 그녀는 기도와 푸닥거리 사이를 오락가락하는 것이다. 맑은 정신이 들었을 때에는 기도를 올리지만, 광기에 지피면 무당짓을 한다. 안정된 마음의 정착지를 얻지 못하고 있기 때문이다. 성호가 유달리 이 소녀에게 관심을 쏟고 있는 것도 그의 기독교도다운 선의에서 말미암은 바가 없지는 않지만, 보다 더 절실한 이유는 그녀의 모습에서 자기 갈등의 구체적 표상을 찾을 수 있었기 때문이다. 우리는 명숙의 모습에서 준태의 이른바 유랑민 근성의 또 하나의 샘플을 보게 된다. 속물주의적 낙천가인 민구의 경우에 비하여 훨씬 고뇌에 찬 샘플을, 그것은 결국 서구적인 것과 한국적인 것 사이에서 어정쩡하게 방황하고 있는 오늘의 한국인의 모습을 효과적으로 반영하는 것이라 할 수 있다. 명숙의 영혼이 구원받게 될 때 그것은 곧 성호 자신의 갈등이 극복되는 것을 의미한다. 명숙의 구원을 위하여 성호가 안간힘쓰는 것은 곧 오늘의 한국이 당면한 이율배반을 극복하기 위하여 안간힘쓰는 것이 된다. 이 점에서 그는 한국 지성의 한 성실한 샘플이 되는 것이다.

준태의 모습에서 우리는 한국 지식인의 또 하나의 타입을 볼 수 있다. 그는 농학도다. 따라서 매사에 있어 합리적이려 한다. 합리적이기 때문에 샤머니즘에도 기독교에도 공감할 수가 없다. 그는 샤머니즘의 어리석음에 대하여 이렇게 말한다. "농작물을 증산하려면 농업 기술을 발달시켜야 하는 거구, 해산물을 많이 잡으려면 어로 기술을 발달시켜야 하는 거지, 남자 생식기나 만들어 가지구 제사를 지낸다고 될 일이야"라고. 이와 비슷한 이유로 하여 기독교에도 귀의하지 못한다. 종교가 지닌 바 일종의 광신주의에 공감할 수 없고, 약자를 위한 신앙에서 위안받을 마음이 내키지 않기 때문이다.

한국인의 정신 풍토에 대하여 그는 매우 부정적이요, 어떤 점에서 절망적이기까지 하다. 한국인은 곧잘 신에 지피는 민족이지만, 진정한 의미에 있어서의 종교를 갖지 못하는 민족이라고 그는 말한다. 말하자면 확고한 주체성을 간직하지 못한 채 항상 외세에 의존하는 습성을 버리지 못하여 왔다는 것이다. 그것을 이름하여 그는 유랑민 근성이라는 것이다. 오늘의 한국에 대한 그의 견해가 이처럼 가혹하리만큼 신랄하지만, 그것은 실상 가장 올바른 방향을 모색하기 위한 간절한 몸부림의 발로에 지나지 않는다. 그가 경계하는 것은 다만 안이하고 성급한 처방을 내놓고 만족해버리려는 태도에 대해서다. 그는 말한다. "우선 내용두 없이 우리 자신을 미화시키지 말구, 철저히 우리 자신의 현재를 자각하는 데서 시작해야 할 거야"라고. 사실 그는 민구처럼 현학적인 요설을 늘어놓는 일도 없고 성호처럼 확고한 자기 교리를 간직한 바도 없지만, 그래도 농학도로서의 성실한 작업을 계속하고 있는 것이다. 비록 일정한 이념적 지표나 교리 같은 것을 내세우지는 않지만, 그래도 그는 한국의 땅에 밀착하여 무엇인가 새로운 것을 모색하고 있는 것만은 사실이다. 감자씨의 품종 개량 사업이 그것이다. 준태의 모습에서 우리는 오늘의 우리 시대가 당면한 이율배반을 극복하기 위한, 얼핏 보기에 퍽 무력한 듯하면서도 조심스러운 하나의 방향의 제시 같은 것을 찾게 된다. 그것은 동시에 현대 소설이 당면한 이율배반의 극복을 위한 방향의 제시라고도 볼 수 있다. 필자 개인의 입장으로는 이러한 방향 제시에 전적으로 공감한다. 우리 시대의 과제는 바로 여기에 걸려 있는 것이다.

아무튼 어느 곳에서도 정신적 귀의처를 찾지 못하고 있다는 점에서 그는 일종의 정신적 유랑민이다. 그에게 있어 믿을 수 있는 유일의 것은 자기 자신뿐이다. 창애가 적절하게 지적한 것처럼 그는 자기 자신밖에는 사랑할 줄 모르는 인간이다. 이제껏 자기 자신만을 사랑하는 데 익숙하여온 일종의 나르시스다. 창애와의 부부 관계가 파탄에 이르게 되고 만 것도 바로 이 점 때문이다. 상대방의 에고 속으로 줄기차게 자신을 침투시켜 마지않는 창애의 적극성으로도 완강하게 자기 에고의 성을 쌓고 허물지 않는 준태 앞에서는 비집고 들어설 틈을 찾아내지 못했기 때문이다. 제풀에 나가떨어질 밖에 창애에게는 도리가 없다. 그녀가 미스터 강 같은 사람과 결합하게 되는 것은 당연하다. 미스터 강 같은 사람에게는 비집고 들어설 틈이 얼마든지 있기 때문이다.

민구가 상식인의 척도를, 성호가 기독교적 교리를 갖고 있는 데 반하여, 그런 척도나 교리를 갖지 않은 준태는 지극히 허술하고 균형 잃은 듯한 모습을 띨밖에 없다. 지연이 그에게서 "균형을 잃은" 듯한 허술함을 느끼게 된 것도 우연이 아니다. 그러나 바로 그런 점이야말로 준태와 지연이 결합될 수 있는 결정적 계기로 된다. 준태의 그런 모습에서 지연은 다름아닌 자기 자신을 의식할 수 있었기 때문이다. 창애와 같은 여성적 적극성에도 은희와 같은 비만한 일상성에도 다 같이 공감할 수 없는 본질적인 의미에 있어서 또 하나의 나르시스이기도 한 지연이, 준태의 균형을 잃은 듯한 허술함 속에서 동병상련적인 공감을 의식할 수 있기란 극히 자연스러운 현상이다. 그들 사이에 가로놓인 세속적 터부(준태가 기혼자라는)에도 불구하고, 자력에 끌리듯이 그들이 서로 끌리게 된 것도 그 때문이다. 준태와 지연의 만남은 말하자면 자의식이라는 이름의 병을 앓는 사람끼리의 "상처라도 핥아주는 듯한" 그러한 만남인 것이다. 그들의 사랑에서 언제나 짙은 비극적 그늘이 느껴지는 것도 그런 점과 관련되어 있다.

이 두 사람 사이의 사랑의 생태를 통해서 우리는 이 작품 속에 제시되어지는 제3의 명제를 찾아낼 수 있다. 준태와 지연의 결합은 현세적인 의미에 있어서의 불모성을 벗어날 수가 없다. 왜냐하면 그들은 각기 나르시스들이기 때문이다. 그들이 각기 상대방에게 끌린 것도 실상은 그 속에서 자기 자신의 모습을 찾을 수 있었기 때문이다. 그들의 만남에 의하여 그들이 각기 일종의 '편안함'을 의식할 수 있었던 것도 그 때문이지만, 그러나 그것은 어디까지나 상대방을 자신과 동일시하는 착각에서 연유된 것이다. 착각은 착각으로 지속될 때에만 황홀하다. 그 착각이 구체적 현실의 차원과 부딪칠 때 깨어질 운명이 기다리고 있다. 그들의 사랑은 먼발치의 착각으로 지속될 때에만 아름다운 것이지, 현실적 차원 위에 구체화될 단계에 이르면, 물거품처럼 그것은 깨져버린다. 상식적 일상 현실의 차원 위에 내려서자마자, 그들 상호간의 동일시의 착각은 결국 깨지고야 마는 것이다. 나르시스는 결국 나르시스일 수밖에 없기 때문이다. 현실의 대지에 발을 딛는 그 결정적 순간, 그들은 각기 나르시스로서의 자기 성곽 안으로 되돌아갈 수밖에 없기 때문이다.

이런 문제와 관련하여 이 두 사람이 각기 숙명적인 병을 앓는 사람들이라는 사실에 주목할 필요가 있다. 그들은 각기 진정한 의미에 있어서 현세적 사랑을 누릴 수 없는 저주받은 사람들이다. 사랑의 기쁨이 전신에 퍼지는 바로 그 순간에 번번이 발작을 일으키는 준태의 천식, 어머니가 되어서는 안 되는 지연의 카리에스는 이런 점에서 상징적이다. 그들은 각기 현세적 사랑을 누릴 수 없는 임포텐스들이다. 사랑이 열매를 맺으려는 결정적인 순간에 그들은 자신들의 불치의 병을 의식해야 되는 것이다. 그들은 그 결정적 순간에 자기 고독으로 되돌아와야 하는 것이다. 사랑 속으로 자신들의 에고를 몰입시킬 수는 없는 것이다. 그들은 너무 오랫동안 자기 자신만을 사랑하는 데 익숙해져온 나르시스들이다. 그들의 사랑은 이미지의 차원에 있어서만 가능하다. 준태의 죽음을 통하여 그들의 이미지로서의 사랑은 비로소 성취되는 것이다. 준태의 죽음을 통해서, 완고한 두 개의 나르시스는 하나로 통일될 수 있었기 때문이다. 이때 비로소 그들의 사랑은 영원을 획득하는 것이다. 그런 의미에 있어서 준태가 임종하는 이 작품의 결말부는 지극히 감동적이다. 서두에서 말한 바 무수한 단편들의 동시간적인 병치는 이 결말부에 이르러 탁월한 효과를 발휘한다. 이러한 병치를 통하여 준태와 지연 사이의 공간을 초월한 내면의 커뮤니케이션이 성취되는 것이다. 그것은 다시 없이 아름다운 사랑의 커뮤니케이션, 그러나 시적 이미지로서 커뮤니케이션이다. 그것은 현대인에 있어서의 사랑의 불모성을 극복하기 위한 문학적 시도, 그러나 이미지를 통해서밖에는 형상화할 수 없는 시도이다. 이 작품에 제기되어 있는 제3의 명제는 바로 이 점에 있다.

이 작품에 제기되어 있는 모든 이야기들은 민구·은희 그룹의 세속적인 의미에 있어서의 성공을 예외로 한다면, 모두가 좌절의 이야기들이다. 성호가 유다른 관심을 기울이는 명숙의 병은 악화 일로에 있고, 성호 자신도 역시 빈곤한 사람들에 있어서 종교란 오히려 사치에 지나지 않는다는 것을 깨닫는다. 말하자면 오늘 우리 시대가 감당하고 있는 바 샤머니즘 대 기독교 사이의 이율배반성을 성호 나름으로 보다 뼈저리게 실감할 수 있었을 뿐, 그 현실적 타개책을 찾아내지 못하고 말았다는 것이다. 한편 준태만 하더라도 그가 개발하고자 했던 한국의 토양에 알맞은 개량종 감자씨를 발견하지 못한 채, 그리고 자기 자신의 숙명적인 질환(나르시시즘)을 극복하지 못한 채 죽고 말았다. 분명 이 작품에는 어떤 뚜렷한 핵 같은 것이 빠져버린 듯한 인상을 준다. 그러나 오늘의 우리 현실이 그런 이상 어찌할 수 없는 일이다. 작가더러 윤리 강령을 보여달라고 성급하게 강요할 수 없다.

다만 이 작품의 서두와 결말의 짤막한 단면에서 어떤 긍정적인 암시를 받을 수 있다는 것만은 지적할 수 있을 듯하다. 구수한 미래가 예비되어 있는 어린이들의 모습을 볼 수 있는 서두와 결말의 단면들, 눈먼 어른을 인도해주기도 하는 이 한국의 어린이들에게서 우리는 내일의 가능성을 기대해볼 수도 있기 때문이다. 그런 의미에서 오늘의 우리 현실을 올바르게 자각하는 데서부터 시작해야 할 것이라는 준태의 방향 제시는 충분히 경청할 만한 의의를 가지고 있다 할 것이다.

『나무들 비탈에 서다』, 그 외연과 내포*

조　남　현

I. 표제 속에 숨겨진 뜻

　황순원의 『나무들 비탈에 서다』는 1960년 1월호에서 7월호까지 7회에 걸쳐 『사상계』에 연재되었던 장편소설이다. 황순원으로서는 『별과 같이 살다』(1947), 『카인의 후예』(1953~1954), 『인간접목』(1955)에 이어 네번째 장편이 되는 셈이다. 1960년이라면 최인훈의 「우상(偶像)의 집」(『自由文學』, 1960. 2), 「가면고(假面考)」(『自由文學』, 1960. 7), 「광장(廣場)」(『새벽』, 1960. 11), 장용학(張龍鶴)의 「현대(現代)의 야(野)」(『사상계』, 1960. 3), 「요한 시집(詩集)」(『새벽』, 1960. 8), 오상원(吳尙源)의 「황록지대(黃綠地帶)」(『사상계』, 1960. 4), 정연희(鄭然喜)의 「천(千)딸라 이야기」(『새벽』, 1960. 2), 강용준(姜龍俊)의 「철조망(鐵條網)」(『사상계』, 1960. 7), 전광용(全光鏞)의 「충매화(蟲媒花)」(『사상계』, 1960. 8) 등의 주목할 만한 소설들이 발표되었으며 염상섭·박영준(朴榮濬)·오영수(吳永壽)·최일남·서기원·이문희(李文熙)·최상규·정한숙·송병수(宋炳洙)·이호철 등의 작가들이 비교적 활발하게 창작 활동을 해냈던 그런 해다. 4·19가 있었고, 60년대가 펼쳐지기 시작했다지만 여전히 한국의 소설계는 6·25를 '상처'와 '역사 불신'의 논리, 냉전 이데올로기, 체험 문학 등의 차원에서 서술하고 해

＊『문학정신』, 1989. 4. 5.

석하려 한 작품들이 이끌어가고 있었던 것이다. 당시의 작가들 사이에서 특히 6·25를 소재로 한 경우, 아직은 객관 지향적인 접근 의지보다는 주관적인 보상 심리가, 이론적 차원에서의 재조명 욕구보다는 직접·간접 체험을 통한 억압 관념이 훨씬 더 큰 힘으로 작용했던 것으로 보인다. 바로 1960년을 전후로 한 이러한 작가들의 분위기와 작품들의 추향(趨向)을 이해하는 작업은 『나무들 비탈에 서다』를 풀이하고 자리매김하는 과정에서 혹 빚어질 법한 오해와 일탈의 가능성을 사전에 잘 막아내는 효과를 갖는다고 하겠다.

비록 작품 해석에 있어 모범 답안이란 애초부터 기대하기는 어렵다고 치더라도, 작품의 구조와 작가 의식의 핵심에 다가가려는 노력, 작품의 총체성을 늘 염두에 두면서 미시적 분석을 꾀하는 성실성에 등을 돌려서는 안 될 것이다. 『나무들 비탈에 서다』를 대상으로 하여 이러한 노력과 성실성을 입증시키는 방안의 하나로 그 표제에 감추어진 의미를 우선적으로 해명하는 작업을 생각할 수 있다.

소설에 있어 표제는 주제를 명시 또는 암시하는 것, 소재를 일러 주는 것, 단순한 시공간상의 배경을 명시하는 것 등의 다양한 기능을 보여주고 있어, 소설의 구성 요소나 의미 단위에 전혀 관여하는 바가 없는 것으로 취급되어서는 곤란하다. 이렇게 보면, ‘나무들 비탈에 서다’라는 문장 자체의 속뜻을 깊게 파헤쳐 들어가는 것은 본격적이며 총체적인 작품 분석의 예비 절차 그 이상의 의미를 갖는 것이 된다.

이때의 ‘나무들’이 작품에 등장하는 동호·현태·윤구·선우상사·장숙·미란·옥주 등의 젊은이들을 가리키는 것임은 쉽게 알 수 있다. 그리고, 산이나 언덕이 몹시 가파르게 기울어진 곳이라는 사전적 의미를 갖는 ‘비탈’에서 ‘살기 어려운 곳’ ‘극도로 불안하고 위험한 곳’ ‘전락의 가능성이 높은 곳’ 등을 연상하는 것도 어렵지 않다. 그런데 ‘나무들 비탈에 서다’라는 문장을 소설 텍스트의 내용과 완전히 떼어놓고 볼 경우, 사실상 위기감이나 불안감은 별로 느꺼지지 않는다. 나무들이 비탈에 서 있는 장면은 결코 특별한 장면이 될 수 없는 것으로, 야산(野山)이든 원산(遠山)이든 바로 산은 나무들이 비탈에 거대한 뿌리를 내리면서 서 있는 장면으로 얼기설기 짜여져 있다.

결국, 비탈에 서 있는 나무들에게서 극도의 위기 의식이나 불안감을 느끼는 사람은, 나무는 평지에 서 있어야 제대로 살 수 있다는 고정관념에서 출발한 듯한 황순원과 『나무들 비탈에 서다』라는 제목의 소설을 대략이라도 읽어본 독자들일 것이다. 이처럼, 소설 『나무들 비탈에 서다』는 텍스트의 내용을 읽어서 아는 가운데 그것을 표제에 이어놓을 때 작가가 원래 의도했던 이미지가 단번에 소생하는 그런 특수성을 지니고 있다. '나무들 비탈에 서다'라는 제목을 붙이면서 황순원이 노렸던 '위기감의 환기'와 '비극적 결말의 암시'는 작품을 읽지 않은 채 약간의 식물학적 지식을 바닥에 간 상식적 안목을 고집할 경우 제대로 이루어지기 어려운 것이기 때문이다. 이 소설은 제목이 본문을 이끌고 간 것이라기보다는 본문이 제목을 튼튼하게 뒷받침해준 것이라 할 수 있다.

『나무들 비탈에 서다』에서 나무들을 평지에 서 있게 하지 못하고 비탈로 내몰아버린 힘을 6·25에서 찾는 것도 어려운 일은 아니다. 그러나 단순히 또 막연히 6·25라고 답하는 것만으로는 설득력이 약하다. 황순원은 나무들 즉 전쟁중 혹은 전후의 이 땅의 젊은 세대들이 '비탈'에 설 수밖에 없었던 필연성을 크게 의식이라도 한 듯, 참전 용사 현태의 입을 통해서 비교적 독특하면서도 큰 안목의 '전쟁관'을 펼쳐보이고 있다.

> 허지만 다 같이 전쟁을 했어두 우리하군 근본적으로 달러요…… 다르구 말구요. 그들은 전쟁을 해두 딴 민족과 했잖어요. 그리구 저들이 패망은 했어두 일단은 전쟁은 끝났거든요. 말하자면 우리처럼 휴전 협정이란 말은 붙잖었단 말예요……[1]

─────────

1) 『사상계』, 1960. 5, p. 394.

　같은 민족끼리 서로 죽이고 싸웠다는 데서 오는 죄의식, 전쟁은 아직도 끝난 것이 아니라는 데서 오는 불안감은 현태와 같은 젊은 나무들을 비탈로 내몰아버리는 하나의 동인(動因)으로 작용하였다. 이러한 죄의식과 불안감은 한데 어우러지면서, 수색중 마을의 한 여자를 죽인 일과 동호의 자살 사건으로 온통 자포자기의 심정과 허무감에 휩싸여버린 현태를 다시 한번 강타하면서 마침내 그를 그야말로 가파르기 짝이 없는 ‘비탈’로 내몰게 된 것이다.

　앞에서, ‘나무들’은 전후의 젊은이들을 가리키는 말이라고 했거니와, 여기서 “황순원은 어째서 젊은이들을 나무로 비유했는가” 하는 어찌 보면 어리석은 질문을 던져볼 충동을 느끼게 된다. 우선, 식물은 동물과 달라 주어진 환경에 소극적이며 수동적인 반응을 보일 뿐이라는 상식을 확인해둘 필요가 있다. 이러한 상식으로부터 한 개인을 역사·사회적 상황의 소산이나 일방적이며 피동적인 수용체로 곧잘 굳혀오곤 했던 황순원의 인간관을 이끌어낼 수 있을 것이다. 실제로 『나무들 비탈에 서다』 이전의 작품들에서 황순원은 상황과 환경에 맞서 싸우거나 그를 바꾸어놓는 인간형보다는 순응하려 하거나, 상처받았거나, 고작 신음하고 탄식하는 수준에서 그칠 뿐인 그런 인물들을 더 많이 내세웠던 것이다. 뿐만 아니라 이렇듯 수동적이거나 소극적인 인물, 겁이 많거나 나약한 인물을 보다 더 애정어린 눈길로 쓰다듬어주려 하였다. 그러나, 『나무들 비탈에 서다』에서의 ‘나무들’의 성격과 의미를 외견상 강한 인물보다는 약한 인물을, 아니무스보다는 아니마를, 정신을 지향하는 인간보다는 혼에 충실한 인간을 더욱 긍정해온 듯한 황순원의 인간관과 인물 설정 방법 그 연장선에 서서만 캐낼 수는 없다. 나무는 상식적인 견지에서, 또 그 껍데기만 볼 때는 분명히 정태적이며 수동적인 존재에 불과하지만, 상징 철학의 눈을 갖고 그 속을 들여다보면 끊임없는 생명력과 절대적 세계에의 지향 작용 그 화신으로 떠오르게 된다.

　나무는 뿌리는 지하에 내리고 가지는 하늘을 향해 뻗치고 있어

‘산’이나 ‘사다리’와 비슷한 이미지를 안겨주게 된다. 다시 말해, 나무는 천상·지상·지하의 세 세계에 고루 관계를 맺음으로써 결국 ‘다른 세계와 힘들을 잘 결합시키고 있는 중심축’이라는 심오한 의미를 획득하게 된다. 나무는 바위나 산, 해나 달이나 별 그 어느 한 가지와 자리를 같이하는 순간 그 이미지와 의미가 달라지는 속성이 있긴 하나, 그럼에도 불구하고 ‘세계의 축 *world-axis*’‘고갈되지 않는 생명력 *inexhaustible life-process*’[2]이라는 상징성은 좀처럼 파괴되거나 수정되지 않을 듯싶다.

이렇게 본다면, 『나무들 비탈에 서다』에서의 ‘나무들’은 역사·사회적 정황으로부터 일방적으로 영향을 받고, 상처를 받고 그리하여 결국에는 피해자로만 남게 되는 그런 나약한 젊은이들을 가리키는 수준에서 멈추는 것이라고 하기 어렵다. 황순원은 이 소설 속의 젊은이들 거의 모두를 비록 자살·살인·피살·정신병 등의 비극적 결말로 몰아가긴 했지만 ‘나무’로 비유되는 젊은이들에게 내재되어 있는 중심축으로서의 기운과 부단한 소생력을 결코 부정하지는 않았던 것이다.

『나무들 비탈에 서다』의 작중인물들은 앞서 말한 것과 같은 나무의 양극적인 이미지나 상징에 따라 자연스럽게 양분되기도 한다. 나무에게는 수동적이며 정태적인 존재 혹은 피해자라는 상식적인 설명과 고갈될 줄 모르는 생명력과 세계의 중심축이라는 상징 철학적 해석이 다 통할 수 있는 것처럼, 『나무들 비탈에 서다』의 작중인물들도 ‘나무’에 대한 상식적인 설명에 부합되는 인물들과 상징 철학적 해석에 걸맞는 인물들로 나누어보는 것이 가능하다. 그러나 “그 동안 저는 남모를 피해를 받아온 사람입니다. 더 이상 누구 일로 해서 말썽을 내구 싶진 않습니다”[3] 하면서 친구들의 죽음에도 아랑곳하지 않는 가운데 양계업자로서의 소박한 꿈에 젖게 되는 윤

---

2) J. E. CIRLOT, *A Dictionary of Symbols*, Philosophical Library, N. Y., 1962, pp. 328~31.
3) 『사상계』, 1960. 7, p. 411.

구나 전쟁으로부터 받은 충격과 상처를 종교로써 극복해보겠다는 뜻으로 신학교에 다니고 있는 안이등 중사를 후자의 범주에 넣는 것은 무리라 아니 할 수 없다. 왜냐하면, 윤구에게 천상을 향해 뻗어오르는 가지, 즉 초극력과 비전이 결여되고 있고 안중사에게는 땅밑에다 굳건히 내려진 뿌리, 즉 현실주의적 저력이 결핍된 것처럼 보이기 때문이다. 비록, 몸부림이나 파국으로 끝나고 말았지만 오히려 동호나 현태와 같은 인물에게서 '나무'의 기본적인 상징적 의미인 '절대적 리얼리티에의 갈망' '마를 줄 모르는 생명력'을 어렵지 않게 확인할 수 있다. 동호는 순수성을 지키려다 비극적 결말을 맞았고, 현태는 죄의식과 허무감을 극복하려다 역시 어처구니없이 무너지고 말았지만 이들이 중간에서 보인 방황과 번뇌, 허무의 몸짓과 안간힘은 단순한 전락이나 퇴행으로 등치될 수는 없다.

제대 후 술·여자·방황 심리·허무감에 휩싸여 지낸 현태는 많은 젊은이들은 '전정(剪定)되어야 할' 존재라고 믿어왔었던 것이다. 현태가 토요회 회원들에게 종족 보존의 본능을 잘 살려내기 위해서는 과수 나무는 자주 전정해줄 필요가 있다는 요지의 파악을 들려주는 장면은 소설 『나무들 비탈에 서다』에서 나무에 얽힌 사건이나 인식으로는 유일한 것이라고 보아도 좋다.

제목은 '과수나무의 전정과 인류의 장래.' 어때? 이 논문에서 난 인간에 있어서 두 전정을 해줘야 할 층과 그냥 좀 여유 있이 자라게 내버려둬야 할 층이 있다는 걸 명시해논 뒤에 이 두 층의 조절을 잘 하지 않는 한 인류는 언제고 멸망할 날이 있다는 걸 암시해놀 작정이야. 흥이 있는 테마 아냐. 〔……〕 그리구 실은 토요회 회원들 자체가 정신적인 전정을 받아야 할 층의 대표적인 존재였다구.

겉으로 볼 때 술과 여자로 소일하고 좀처럼 마음을 잡으려고 하지 않는 한갓 건달에 불과한 현태는 자신은 정말 '전정이 필요한' 한 그루의 나무임을 똑바로 인식하고 있었던 것이다.

전쟁을 겪으면서 '비탈'로 내몰리게 된 '나무'는 마침내 '전쟁을 받아야 할 필요'를 통절하게 느끼게 된 것이다. 이러한 느낌은 '지금의 내 자신을 한번 깨뜨려버렸음 좋겠다'는 자기적(自棄的)인 심리와 어우러지면서 현태를 마조히즘으로 내몰 기미마저 보이게 된다. 모처럼 현태가 자신의 무의식 세계를 드러낸 것에 힘입어 '나무들 비탈에 서다'에서의 '나무'는 고정적 심상에서 유동적 심상으로, 그리고 정태적인 이미지에서 동태적인 이미지로 나아갈 수 있게 된다.

그렇다면, 『나무들 비탈에 서다』에서 '나무들'과 마찬가지로 '비탈'도 상식적인 뜻, 사전적인 의미로부터 벗어나 보다 크고 깊은 의미역(意味域)으로 나아갈 기회나 가능성은 없는 것인가. 결론부터 말하자면 실제 소설 텍스트 속에서 '나무'보다는 '비탈'이 다양한 모습과 의미로 나타나고 있다.

i) 동호는 현태가 지금 산밑으로 내려가는 목적을 알 것 같았다. 여인을 없애버리러 가는 것이다. 〔……〕 총소리는 들려오지 않고 한참만에 현태가 무엇으로 손을 문질러 닦으며 올라왔다. 동호는 역시 현태답게 일을 치러내었구나 했다. (1회, p. 289)

ii) 김하사가 앉았던 자리에서 그대로 둥그런 보퉁이처럼 되어 비탈을 굴러 내려가는 것이 눈에 들어오자 윤구도 안고 있던 무릎을 꼭 가슴에 붙인 채 몸을 굴렸다. 감시병들도 처음에는 누가 자기네를 놀래주려고 큰 돌멩이라도 굴려 내려보내는 줄 알았든지, 장난 말어! 하고 소리를 지르고 나서야 사태를 알아차린 모양이었다. (2회, p. 304)

iii) "아 그래요, 원태이 고개, 그 고개가 어디쯤이죠?"
"아직 좀더 가야 해요. 부평과 주안 사이니까요"
"그 고개가 험한가요?"
"아뇨 별루 험하진 않는데 이상하게 꾸부러져서 사고가 많은 곳예요. 겨울철 같은 때 카브를 잘못 돌아 그냥 미끄러져 언덕 밑으로 떨어지는 수가 있어요"

〔⋯⋯⋯〕

"여기가 진짜 큰 원태이 고개구요, 여기서 젤 많이 사고가 생긴다는
곳예요." (5회, p. 401)

iv) 할 수 없이 현태는 그네를 호텔까지만 데려다주기로 했다. 산 위
에 호텔은 있었다. 꽤 가파른 언덕길을 추어올라 호텔 앞에 이르렀다.
청향장이란 간판이 붙어 있었다. (5회, p. 403)

v) 동호는 곧 떠났다. 동지 가까운 해는 짧을 대로 짧아 오불꼬불한
산협길을 십리 남짓 걸어 사방거리에 이르렀을 때는 해가 져 어슬어슬
했다. 이 사방거리는 이름 그대로 동으로는 동막동, 서로는 김화, 남으
로는 화천, 북으로는 추파령, 이렇게 사면으로 이르는 네 어름길이 합
쳐진 곳으로 검문소가 있었다. (3회, p. 386)

『나무들 비탈에 서다』에서의 주요 인물들은 결코 잊을 수 없는
'비탈'을 저마다 하나씩 다 지니고 있는 셈이다. i)은 전쟁중 수색
임무를 부여받은 현태가 일종의 월권을 하여 마을의 한 여인을 죽
이고 올라오는 산비탈을, ii)는 인민군에게 포로가 되어 끌려가던
윤구와 김하사가 필사적으로 탈출하기 위해 자기 몸을 굴린 산비탈
을, 그리고 v)는 동호의 비극적인 삶의 경우가 펼쳐진 바로 그 추
파령의 위치를 잘 보여주고 있다. iii)에서 "별루 험하진 않는데 이
상하게 꾸부러져서 사고가 많은 곳"으로 묘사되고 있는 원태이 고
개는 동호와 장숙이 일찍이 공통 체험했던 곳으로, 원태이 고개의
특징은 동호와 장숙 사이의 관계가 결국 파탄으로 끝날 것임을 암
시해주는 기능을 갖는다. iv)에서 '가파른 언덕길' 끝에 있는 것으로
그려지고 있는 호텔 청향장에서 장숙은 본의 아니게 현태의 씨를
받은 사건을 겪게 된다.

이렇게 본다면, '비탈'은 동호에게는 삶의 종말이 있었던 바로 그
현장이 되며, 현태에게는 죄를 저지르고 올라온 길이 되며, 윤구에
게는 다시 태어난 것이나 다름없는 장소가 되며, 김하사에게는 죽

음을 맞은 곳이 된다. 그런가 하면, 장숙에게는 사고와 파국의 가능성을 일러주는 곳(원태이 고개)이 되면서 동시에 어처구니없는, 그러나 꼭 무의미하다고만 볼 수는 없는 제2의 운명이 시작된 곳(청향장 호텔)으로 다가오기도 한다. 이 소설 속의 인물들은 각기 다른 이미지와 의미의 '비탈'을 만나는 것으로 그려짐으로써 이미 이들의 각각의 운명은 예시된 것이나 다름없게 된다.

결국, 『나무들 비탈에 서다』에서의 '나무'는 무엇보다도 '전정(剪定)되어야 할' 필요성 앞에 놓여 있는 것이 되며, '비탈'은 죽음·파국·재생 등이 이루어진 장소로, 그러면서도 죽음과 파국을 늘 짙게 암시하는 곳으로 되어 있다.

Ⅱ. '상처'와 '생산력'

『나무들 비탈에 서다』는 휴전 직전에서 1956년도까지를 시간적 배경으로 삼은 가운데 남녀 젊은이들을 주요 인물로 내세우면서 그들이 대체로 비극적인 종말을 맺기까지의 과정을 따라간 소설이다. 이 소설 속의 여성 인물들은 남성 인물들과 흡사한 내용의 비극적 결말 즉 피살, 살인, 어처구니없는 죽음, 전락 등의 결말을 맞이한 점에서 남성 인물에게는 명암이 교차하는 카운터 파트보다는 고락을 같이하는 '한짝'이 되어버린 셈이다.

7회에 걸쳐 연재되었던 이 소설은 1회에서 3회까지를 전반부로, 4회에서 7회까지를 후반부로 삼고 있는 것처럼 보인다. 전반부가 1953년의 휴전 조인을 앞뒤로 하면서 임동호의 삶의 경우를 들려주는 데다 초점을 맞춘 것이라면 후반부는 3년 후인 1956년도를 시간적 배경으로 놓는 가운데 신현태를 중심으로 하여 종횡으로 얽혀 있는 여러 주변 인물들의 삶의 모습을 그려낸 것이기 때문이다. 전반부 이야기의 주인공인 임동호가 아직은 군인의 신분이었던 데 반해 후반부 이야기에서의 신현태는 군에서 제대하여 대학을 마치고 이제 막 미국 유학을 떠나기 위한 수속을 밟고 있는 중이었다. 따라서, 전반부는 넓게는 전쟁소설, 좁게는 전장소설(戰場小說)의 골격

148

을 지닌 것이라 할 수 있으며, 후반부는 전후소설(戰後小說) 혹은 후방소설(後方小說)의 유형에 들 만한 이야기 구조를 담은 것으로 보인다.

'샌님형'의 한 표본인 동호가 술집 여자 옥주에게 온통 마음을 빼앗겼다가 급기야 그녀를 총으로 쏘아 죽이고 그 직후 자살해버린 사건, 바로 이것이 전반부 이야기의 중심 사건임은 의심할 여지가 없다. 순진하고 고답적이며 결벽증이 심한 데다 자의식이 강했던 동호가 이렇듯 한꺼번에 힘없이 무너져내리고 이어 급격하게 파멸의 길로 치닫게 된 원인은 어디에서 찾아야 하며 책임은 누구에게 물어야 할 것인가.

『나무들 비탈에 서다』이전의 소설들에서 늘 그랬던 것처럼 황순원은 여기서도 원인 분석과 책임 추궁의 작업을 독자들의 짐작과 상상에다 내맡겨버렸다. 일차적인 원인과 책임은 도무지 강단성과 적응력의 뒷받침을 받지 못한 동호의 완벽주의적인 자세와 관념에서 찾을 수밖에 없다. 그리고 원인(遠因)은 술과 여자에게서 자주 또 쉽게 위안을 찾고 도피처를 마련하고자 했던 현태에게로 돌릴 수 있으며, 동호의 비극적인 삶의 경우에 대한 근인(根因)은 바로 '6·25'에서 찾아낼 수 있을 것이다. 이처럼, 전반부의 이야기는 결국 현태가 하나의 원인이나 매개체로 작용하여 빚어지게 된 '동호의 비극'을 펼쳐보인 것으로, 나중에 가서는 후반부의 이야기에게 '원인'으로서의 힘을 행사하게 된다. 그리하여 전반부의 이야기 속에서 현태가 원인이었고 동호가 결과였던 관계가 후반부로 옮겨가서는 동호의 죽음이 원인이고 현태의 비극적 종말이 결과가 되는 그런 관계로 뒤집히고 만다.

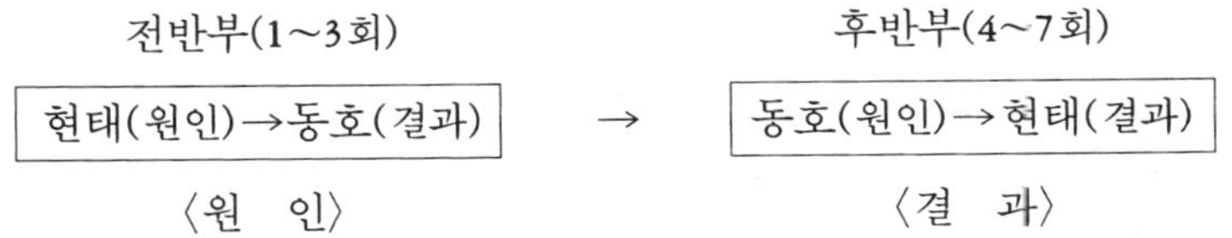

전반부가 후반부로 넘어가는 그 사이에 무려 3년의 세월이 흘러가버렸다. 동호의 자살 소식을 듣고 난 부모들의 충격, 장숙의 슬픔, 현태의 경악과 죄의식 등 그려져야 할 법한 사건들과 터뜨려질 법한 반응 양상이 일체 생략되고 말았다. 황순원은 3년을 건너뛰는 데서 멈추지를 않았다. 그는 후반부의 이야기를 이끌어나가는 근본적인 힘이 동호의 죽음이라는 모티프에 있는 것임에도 불구하고 동호에 대한 여러 작중인물들의 기억이나 후일담은 거의 살려내려 하지 않는 결과를 보였다. 특히, 현태와 같은 인물이 동호의 자살을 보면서 느끼게 되는 충격과 죄의식이 일종의 '상처'의 형태로 '내면화'되는 바로 그 과정이 생략되어버린 것이라 할 수 있다. 동호의 전락과 파멸, 살인과 자살에 대한 부모·친구들·애인의 반응 양태를 그려내 보이고 충격의 내용을 파헤쳐 보이는 것은 원인으로서의 전반부 이야기가 결과로서의 후반부 이야기로 이어지는 과정에서 어찌 보면 가장 중요한 연결고리에 해당되는 것일 수 있다. 아무리 큰 충격도 지나치게 자주 되새기다보면 오히려 반감되기 쉬운 법, 충격은 감추어버리려 하거나 내면화시키려 할 때 오히려 배가될 수 있다는 법 등의 이치에서 보면 『나무들 비탈에 서다』에서의 연결고리 부재 현상은 작가의 치밀한 계산이 낳은 뛰어난 기교의 산물일 수 있다.

1회에서 3회까지의 이야기는 동호의 죽음으로 끝이 나 있고 4회에서 7회까지의 이야기는 현태의 죽음으로 귀결되어 있다. 전쟁이 근인(根因)이요 원경(遠景)이 된 두 사람의 죽음은 분명 비극이다. 각각 국문학과 사회학을 전공하면서 집안 형편도 양호한 편이고 전도가 양양했던 두 젊은이가 둘 다 술집 여자에 관련되어 '어처구니없는' 죽음을 맞게 된 것은 비극이라 아니 할 수 없다.

옥주와 남자를 향해 발작적으로 총질을 하고 곧바로 부대로 돌아와 자살을 결행한 동호는 특히 다음과 같은 작가의 해설 부분을 보면 비극의 한바탕인 정신적 교착 상태 *deadlock*에 빠져 있었던 것임에 틀림이 없다.

흔히 이런 수가 있는 것이다. 도랑 같은 것을 뛰어 건너다가 어떻게 잘못하여 한 발을 물에 빠뜨리는 수가 있다. 이런 때의 불쾌감이란 이만저만한 것이 아니다. 도랑의 물이 더러운 흙탕물이거나 구정물일 경우에는 더하다. 게다가 이쪽의 신발이 새것이고 보면 정말 화가 치밀어 못 견딜 지경이다. 왜 좀더 멀리서 밟아가지고 무사히 뛰어 건너지를 못했을까. 이렇게 되면 마침내, 에라 모르겠다, 하고 홧김에 성한 발마저 도랑물 속에 넣고 마구 절벅거리고 싶어지는 수가 있다. 그 바로 직전의 심정 같은 것. (『사상계』, 1960. 3, p. 368)

옥주를 처음 만나 맥없이 또 어이없이 동정을 빼앗긴 그날, 동호는 "자기 자신의 줏대가 굳건치 못한 것"을 후회했고 "자꾸만 뉘우침이 가슴을 갉는" 상태로 빠져들었으나, 날이 가면서 남자라면 누구나 범상하게 처리하는 일을 '소심증' '결벽증' '소녀 취미'로 대하는 자신에 대해서 "형용하기 힘든 노여움 같은 것까지 느껴버리는" 상태로 옮겨가게 된다. 동호는 때로는 '남자다움'의 논리를 내세우며 때로는 자기 합리화의 몸짓을 통해서 자포자기의 심정과 교착 상태로부터 벗어나려고 했으나 결국 실패하고 만 것이다. 그리하여 동호는 술팔고 몸파는 여자에 불과한 옥주에게 애인 장숙이와의 관계에서나 있을 법한 기대감과 질투심 그리고 배반감을 느끼게 되었고 그 연장선에서 큰일을 저지르게 된 것이다.

현태는 어떠했는가. 현태는 평양집에서 계향의 칼에 찔려 죽기 직전 자신이 막다른 골목 *stale mate*에 서 있다는 느낌을 여러 차례 확인할 수 있었다.

여태까지 딴 데로 관심을 돌리고 있는 듯했으나 실은 한 가지 생각에 사로잡혀 있었던 것이다. 자기는 지금 막다른 데 부닥쳐 있다는, 아까 낮에 집을 나서면서부터 되풀이해온 그 생각이었다. 그러나 그 막다른 데를 꿰뚫고 나갈 수 있는 방도란 좀처럼 떠오르지가 않았다.

이 상태로 집에 들어가고 싶지가 않았다.

그는 낙원동 쪽으로 발길을 돌렸다. (『사상계』, 1960. 7, p. 405)

막다른 상태를 벗어날 수 있는 방도는 하나도 잡아내지 못한 채 잠깐 동안만의 위안이라도 얻기 위해 낙원동 쪽 즉 평양집으로 발길을 옮긴 것이 현태에겐 바로 '마지막 집'이 되고 만 것이다.

이 두 인물의 죽음은 우선 다음과 같은 두어 가지 의미를 지닌 것으로 설명된다. 첫째, 이 두 인물의 '어처구니없는' 죽음은 비극의 한 본보기로 새길 수 있는데, 독자들은 이들의 죽음을 통해서 악의 존재, 즉 전쟁악(戰爭惡)을 체험할 수 있게 되었다는 것이다. 비극적 액션은 악을 체험할 수 있는 기회를 마련해주는 것이라는 레이먼드 윌리엄스류의 '비극론'에게 동호와 현태 두 인물의 죽음은 적절한 실례를 제공해준 셈이 된다. 둘째, 두 인물의 죽음은 비록 어처구니없고, 황당하다는 느낌마저 안겨주긴 하지만 일종의 생산성이나 생식력을 보인 점에서 꼭 무의미했다고만 할 수는 없다는 사실이다. 동호가 죽어버리자 현태는 죄의식·허무감·무력증에서 헤어나지 못하는 내향형(內向型)의 인간, 자의식의 존재로 체질 개선하게 되었으며, 현태는 자신의 죽음을 예감이라도 한 듯 죽기 직전에 동호의 옛 애인 장숙이의 뱃속에다 씨를 뿌려놓았다. 동호의 죽음이 가져다준 결과의 하나인 현태의 본질적인 변화나 장숙이 현태의 아이를 잉태한 것이나 다 생산성 혹은 생식력에 해당되는 것이라 하겠다. 파괴의 이미지로 채색되어 있는 전쟁과 허무와 방황의 이미지로 착색된 전후 상황을 다룬 이상『나무들 비탈에 서다』에서 이렇듯 생산성 혹은 생식력을 환기시킨 것은 매우 큰 의미를 갖게 된다.

이 작품의 인물들은 크게는 젊은 세대와 기성 세대로 나누어지고 다시 젊은 세대는 최소한 수적인 면에서 남자들과 여자들이 팽팽하게 맞서 있는 것으로 나타난다.

우선, 젊은 남자들의 삶의 경우를 정리해볼 필요가 있다.

i) 김하사: 평소에 부대에서 말썽꾸러기로 평판이 나 있던 김하사는 윤구와 함께 적에게 포로가 되어 끌려가던 중 탈출하다 인민군이 쏜 총에 맞아 전사하고 만다. 김하사는 죽고 난 다음에야 그의 아버지에게 '조력자 *helper*' 노릇을 해온 것임이 주위 사람들에게

알려지게 된다.

ii) 임동호: 입대 전날 애인 장숙이와 하룻밤을 같이 지낸 바로 그 장면에서 알 수 있는 것처럼 순진하고 결벽증이 많고 게다가 고답적인 '학자형'의 인물이다. 현태의 야유와 유혹을 뿌리치지 못한 채 추파령에 있는 술집에 드나들기 시작하여 작부 옥주와 몸을 섞게 되었으며 마침내는 흥분 상태와 교착 상태에서 헤어나지 못하게 되었다. 옥주와 남자를 쏘아 죽이고 그 직후 부대내에서 유리로 팔목을 그어 자살하고 만다. 자살하기 직전 동호는 현태를 향해 "한참 따가는 판에 파장이 된 노름판 기분"이라는 김하사의 말이 이제 이해된다고 하였으며 "이번 동란에 나왔던 젊은이들은 죄다 피해자밖에 될 수 없다는 생각이 든다"고 비장한 어조로 말하였다.

iii) 신현태: 사업가의 아들로 대학에서 사회학을 공부하였으며, 평소 사회성과 적응력이 강한 인물이다. 그는 군인이었을 때 어느 전투에서건 늘 용맹성을 발휘하였으며 틈만 나면 부대 근처의 '위안소'를 드나들었다. 수색 나갔을 때 무고한 여인을 해치운 것과 결국 동호를 전락과 파멸의 길로 이끈 것을 '정신적인 외상 *trauma*'으로, 팔뚝에 난 흉터를 '육신의 상처'로 안고 제대하게 된다. 제대한 후 그는 죄의식·허무감·무위(無爲)와 나태의 포로가 되어 술과 여자로 소일한다. 윤구로부터 미란을 빼앗은 결과를 빚어내었고, 동호의 옛 애인 장숙이를 범했고, 평양집 색시 계향을 가까이했다. 현태는 계향을 머리와 가슴이 불필요한 단순한 육체로만 보았으나 계향은 현태에게 가슴과 몸을 동시에 다 요구했다. 현태는 계향이 백치미 속에서 광기가 활활 타오르는 여인임을 파악하지 못한 채 가볍게 보았던 나머지 마침내 그녀에게 죽음을 당하고 만다.

iv) 선우상사: 이북에서 목사였던 아버지가 인민군에게 학살당한 것을 보고 복수심에 불타 군에 자원 입대한 인물. 그는 한편으로는 계속 신의 존재를 부정하면서 또 한편으로는 전투에 열심히 가담하였으나 마음의 갈등과 강박관념을 이겨내지 못한 나머지 정신병 환자가 되고 만다. 선우상사는 다른 사람들과는 달리 계속 군대에 남아 있으면서 한동안 교회에도 잘 다녔으나 "신에 대한 회의나 죄의 식에서 오는 불안과 강박관념을 애써 지워버리려는 표징"(『사상계』, 1960. 7, p. 397)이 밖으로 터지면서 결국 정신병원의 신세를 지게 되었다는 것이다. 그러나 선우이등상사를 정신병원에 데려간 것은 신에 대한 회의나 복수심뿐만이 아니었다. 그에게도 '가해자'로서의 죄의식과 불안감이 뚜렷하게 자리를 잡고 있었던 것이다. 군에 있을 때나 제대 후에나 선우상사를 계속 따라다니고 돌보아주면서 장차 목사가 되기 위해 신학교에 다니고 있는 안중사는 선우상사의 삶의 경우를 이렇게 정리하였다:

> 치료에 필요하다고 해서 안은 6·25 때 선우이등상사의 부모가 이북에서 학살을 당했다는 것과 그 후에 부모의 피갚음을 한다고 해서 어떤 부역자 하나를 사살한 일, 그리고 술이 취해서는 그 환영에 괴롭힘을 당하곤 한 일이 있다는 것까지 모조리 이야기해주었다. (『사상계』, 1960. 7, p. 396)

『나무들 비탈에 서다』의 작중인물들 중, 선우상사가 형이상학적이며 존재론적인 고뇌와 번민에 가장 가까이 다가간 것임은 부정할 수 없다. 작가 황순원은 정신병으로 이어진 선우상사의 번민의 세계에다 필연성을 부여하기 위해 크게 고심한 흔적을 드러내놓고 있긴 하지만, 선우상사가 작가가 의도하고 애쓴 만큼의 '현실성'을 갖춘 인물인가 하는 점에 대해선 선뜻 긍정하기 어려운 것도 사실이다.

v) 석기: 군에 나갔다가 한쪽 눈을 다쳐가지고 온 석기는 기피자들과 싸우다가 칼에 옆구리를 찔렸고 왼쪽 팔목의 신경이 끊어져 결국 팔 한쪽을 완전히 못쓰는 불구자가 되고 만다.

vi) 윤구: 군에 있었을 때의 윤구는 현태의 그림자라 해도 지나친 말은 아닐 것이다. 그는 현태와 늘 행동을 같이했으며 현태로부터 경제적인 도움도 많이 받았다. 그는 조실부모하고 상과를 지망

154

한 사람답게 현실에 일찍 눈을 떴고 실리에 밝은 편이었다. 그는
재무부 모국장의 딸이며 자신이 가정교사 노릇하던 집의 딸인 미란
과 정략 결혼을 하여 은행가로 크게 출세할 계획을 세웠으나 미란
집안의 반대에 부딪혀, 또 현태의 출현으로 인한 미란의 변심을 돌
리지 못해 꿈과 야망을 내던지고 만다. 미란이 중절수술한 것이 잘
못되어 죽는 바람에 그는 은행으로부터 쫓겨났고 여기에서 궁리해
낸 것이 바로 양계업이었다. 윤구에게 있어 현태는 처음에는 '증여
자 *provider*'였고 '돕는 자'였으나 미란이 죽고 나서부터는 '가해자'로
투영되기 시작하였다.

> 그렇다고 해도 윤구는 또 생각하는 바가 있었다. 죽은 미란은 미란
> 이요, 산 자기는 자기대로 앞으로 살아나갈 방도를 강구해야 한다고.
> 〔……〕 무슨 일이 있든 앞으로 윤구는 자기 손으로 자신을 키워나가
> 는 도리밖에 없다고, 그제나 이제나 한결같이 생각해오는 것이었다. 현
> 태가 술좌석에서 자네 신세두 따분하게 됐지 뭐야. 허구한 날 닭 밑구
> 멍이나 들여다보며 살게 됐으니, 한 말이 취중의 농담이건 비꼬운 말
> 이건 윤구는 별반 개의치 않았다. (『사상계』, 1960. 4, p. 398)

실제로, 윤구는 양계업이 본궤도에 오르면서 조금씩 돈을 벌게
되자 그 동안 현태에게 진 빚을 갚는다는 뜻에서 돈 좀 달라는 현
태의 요구에 늘 순순히 응했다. 그런데 윤구는 현태에게 빚을 갚아
가기 시작하면서 자신에게 현태는 도와주는 자이면서 동시에 가해
자임을 분명하게 깨닫게 된다. 이 소설의 맨 마지막 장면 즉 장숙
이가 임신한 몸을 이끌고 와 윤구에게 거처할 곳이 없으니 신세 좀
지자고 부탁하는 바로 그 장면에서 윤구는 다음과 같은 말로써 완
곡하게 거절의 뜻을 내비친다.

> 솔직히 말씀드리면…… 그 동안 저는 남모를 피해를 받아온 사람입
> 니다. 더 이상 누구 일로 해서 말썽을 내고 싶진 않습니다. (『사상계』,
> 1960. 7, p. 411)

『나무들 비탈에 서다』, 그 외연과 내포   155

　동호와 현태의 죽음에 내재된 의미를 앞서 살펴보는 자리에서 생
산력 혹은 생식력의 개념을 떠올렸거니와, 이 소설 속의 두 군데서
현태가 '과수나무는 열매를 많이 맺기 위해선 전정할 필요가 있다'
는 요지의 생각을 펼친 것과 연결시켜보면 윤구가 양계업을 하게
되었다는 대목은 범상하게 지나칠 수는 없을 것이다. 황순원이 『나
무들 비탈에 서다』의 대단원을 윤구가 경영하는 양계장에서 맞게끔
한 것은 결코 우연이랄 수만은 없다. 황순원은 왜 하필 닭 이야기
로써 이 소설의 끝을 맺으려 한 것일까. 황순원은 닭에 대한 이야
기를 통해서 무엇을 노리는 것일까.

　　윤구는 미리 골라서 가둬두었던 불량한 닭들을 한 마리 한 마리 닭
　장수에게 넘겨주면서 벌써부터 계획해오던 것을 다시 한번 생각했다.
　내년부터는 이쪽에서 종란을 주어 깨워오기로 한 것이다. 부화장에서
　사오는 병아리 속에는 좋지 않은 종자가 이것저것 섞여 있어 그것을
　질좋은 닭만으로 갈아보려는 것이다. 그러기 위해서 볏이 크고 두꺼
　운, 그리고 다리와 주둥이가 노랗고 기름이 흐르는 씨암탉과 수탉을
　가려내어 종란을 받기로 한 것이다. (『사상계』, 1960. 7, p. 408)

　이미 현태는 토요회 회원들 앞에서 「과수나무의 전정과 인류의
장래」라는 논문을 쓸 계획을 밝히면서 토요회 회원들 모두가 "전정
받아야 할 층"이라고 일깨운 바가 있다. 그리고는 "나를 깨버리고
싶다"는 심정을 털어놓기도 했다. 현태가 말한 "진정되어야 할 사
람들"과 위의 인용문에서 윤구가 앞으로 보다 날카롭게 가려내려
하는 '불량한 닭들' '좋지 않은 종자'는 동일한 개념이라 할 수 있다.
결국 현태나 윤구나 다 '생산성' '생식력' '건강' '풍요' 등의 개념을
대명제로 떠올린 것이라 할 수 있다. 이러한 개념들을 현실화하는
문제에 있어서 현태는 이론 제시의 단계에서 끝이 났고, 윤구는 소
시민적인 차원에서 벗어나지 못하긴 하였지만, 이러한 개념들이
『나무들 비탈에 서다』의 서술 의도랄까 주제 의식을 새롭게 풀이할

156

수 있는 바탕을 마련해주는 것임은 의심의 여지가 없다. 만족할 만한 수준은 아니지만 나름대로 생활 철학을 가지고 있는 윤구가 경영하는 '양계장'에 '임신한' 장숙이가 나타난 이 소설의 끝 장면은 고도의 상징성을 지닌 것으로도 볼 수 있다. 생산성·생식력·불모성과 허무성의 극복 등의 상징적 의미가 별 무리없이 받아들여질 수 있다면,『나무들 비탈에 서다』를 패배자에 관한 기록, 상처받은 자들의 병상 일지 정도로 해석해온 이제까지의 견해들은 고쳐질 수밖에 없다. 그러나 소설의 결말은 논문의 결론과는 그 성격을 달리하는 것이라는 점에 상도(想到)하면, 이 소설의 끝 장면에 나타난 상징 가능성은 설사 설득력을 갖춘다 하더라도 그 의미는 축소될 수밖에 없는 일면도 있다.

이상에서 살펴본 것처럼 동호는 자살했고, 현태는 살해되었고, 김하사는 전사했고, 선우상사는 정신병 환자가 되었고, 석기는 불구자가 되어버렸고, 안중사는 신학교를 다니게 되었고, 윤구는 양계업자가 되었다. 이 작품에서 작가가 지면을 할애한 정도로 보면 현태·동호·윤구·선우상사·석기·김하사·안중사의 순서로 배열될 수 있을 것이다. 이러한 순서를 감안하면 작가 황순원은 이 소설에서 현실 극복과 적응의 몸짓보다는 비극적인 삶의 경우에 더 크게 애착한 것으로 또 더 큰 의미를 부여한 것으로 짐작된다.

이 소설 속의 젊은 남자들은 서로 맞부딪치는 경우는 거의 내보이지 않았지만 가진 자/못 가진 자, 가해자/피해자, 패배자/극복한 자, 죽은 자/산 자 등으로 나누어볼 수는 있다. 가령 동호·현태·선우상사는 패배자이며 피해자라는 공통점을 보이고 있으면서 동시에 가해자의 유형에 드는 형태를 드러낸 것도 간과할 수 없다. 동호와 현태 그리고 선우상사는 군인의 신분에 있을 때 분명 적군(敵軍)의 개념에 포함시킬 수 없는 사람을 죽인 경험을 공통적으로 갖고 있기 때문이다. 가해자로서의 체험 내용을 지닌 이들 세 인물은 기묘하게도 모두 비극적인 결말을 맞았다. 현태가 '가진 자'라면 윤구는 '못 가진 자'라 할 수 있으며 현태와 석기 그리고 선우상사가 '외상'을 지닌 자들이라면 윤구와 안중사는 일단은 이 외상을 극복한 자의 범주에 넣을 수 있을 것이다. 만일 『나무들 비탈에 서다』의 총체적 분위기를 '패배자를 위한 기록'이나 '상처받은 자의 병상 일지' 쪽으로 밀고 갈 경우, 윤구나 안중사와 같은 존재는 부정적인 평가를 받을 가능성이 높아지게 된다.

　　『나무들 비탈에 서다』에서 끝까지 무사한 사람이 둘 있다. '윤구'와 '안중사'다.
　　땅에 밀착한 윤구와 하늘에 직결된 안중사. 전란은 아무리 거칠어도, 지상의 식물은 봄이 되면 꽃이 되고, 전운이 뒤덮여도, 가을이 오면 하늘은 푸르게 마련이다. 하늘은 예나 이제나 하늘이요 땅은 예나 이제나 땅이다. 달라진 것은, 달라질 수밖에 없는 것은 인간이다.
　　지상적 상징인 윤구나 신의 상징인 안중사가 다 같이 인간일 수는 없다. 계산과 공리 위에서만 일체의 가치를 산출하는 윤구는, 그것과 밀착되어 있는 비정적 기교(機巧)의 일부분이며, 기도와 영생을 신앙하여 인간적 고뇌를 기피하는 안중사는 천상으로 부유하여 있다.[4]

윤구를 타산적이며 공리주의적인 인간으로 몰고 안중사를 참된 인간적 고뇌에서 기피하려는 인물로 굳히고 있는 위의 견해는 참신하면서도 날카로운 안목의 소산이라 아니 할 수 없다. 그러나 앞서 말한 바 있는 '생산성'이나 '생식력'에의 지향 작용, '현실 극복'의 논리 등을 떠올리게 되면 윤구와 안중사를 향한 마땅치 않다는 투의 시선은 객관적 설득력을 갖추기 어려운 것이 되고 만다. 패배자와 극복한 자라는 대립 관계의 면에서 보면 동호와 현태와 선우상사가 한짝으로 묶이고 윤구와 안중사가 극복한 자의 범주를 마련하는 것이 사실이다. 그렇기는 하나 어느 한쪽을 긍정적인 존재로 보고 또 다른 쪽을 부정적으로 평가하기는 어려울 것이다. 『나무들 비탈에 서다』는 결말에 가서는 동호나 현태에게 초점을 맞추었던 중간 과

---

4) 千二斗, 「『나무들 비탈에 서다』의 基點(上)」, 『현대문학』, 1961. 12, p. 200.

정과는 달리 윤구에게 전후 사회의 뒷모습을 온통 내맡겨버린 듯한 인상을 주고 있기 때문이다.

『나무들 비탈에 서다』를 대상으로 하여 이렇듯 여러 가지 기본 시각이 가능하다 치더라도, 이 작품에 등장하는 젊은 남자들 중 동호와 현태 그리고 이 두 인물의 관계를 가장 주목해야 한다는 점엔 변화가 있을 수 없다.

우선, 현태와 동호는 여러 면에서 공통점을 드러내보이고 있다. 어처구니없는 죽음을 맞았다는 점, 피해자이면서 동시에 어떤 면에서는 가해자였다는 점, 극적인 반전을 보였다는 점, 결국 서로 복수하였다는 점, 그리고 장숙이를 한때나마 소유했다는 점 등이 바로 그것이다. 동호를 향한 현태의 시니시즘은 동호가 결백성과 순수성을 거추장스러운 것으로 생각하면서 일시에 무너져버리는 결과를 유도한 것이 되었고, 반대로 동호의 죽음은 현태를 외향적이고 적극적인 인간형에서 내향적이고 소극적인 삶의 태도로 바구어버리는 결과가 될 수 있었다. 이렇게 보면 동호와 현태는 서로 가해자이면서 동시에 피해자가 된 셈이다. 현태가 동호의 옛 애인 장숙이를 범하여 임신을 시킨 것도 "현태는 동호를 두 번 죽인 것" "현태는 동호에게 이중적으로 피해를 준 것" 하는 식으로만 해석할 필요는 없다. 현태가 장숙이에게 아기를 배게끔 한 것은 동호의 자살에 있어 한 배경 요인인 장숙이게게 동호를 대신하여 복수한 것이라 볼 수도 있고, 장숙이를 향한 동호의 지순한 사랑을 동호를 '대리해서' 실현한 것이라고도 할 수 있다.

이렇듯 동호와 현태는 여러 측면에서 공통점을 지니고 있기는 하나, 어디까지나 동호가 내향적인 성격 유형에서, 현태가 외향적인 인간형에서 출발한 것임은 부정할 수 없다. 이 소설의 앞부분에서 묘사되고 있는 동호와 현태 사이의 미묘한 긴장 관계를 보면 내향형의 인간과 외향형의 인간 사이의 대립 관계를 어렵지 않게 감지할 수 있게 된다. 처음에 동호가 표가 나게 순수성·고답성·결벽성에 매달려 객체와 현실에 아랑곳하지 않은 것을 보면, 또 현태가 전쟁이라는 비정상적인 환경에 과잉으로 적응하여 용맹성·범속성·쾌락성 등의 표징으로 줄달음쳐나간 것을 보면 두 인물은 각각 내향형과 외향형의 모델이라고 해도 틀린 말은 아닐 것이다. 동호는 흔히 내향형의 인간이 그러한 것처럼 자아에 사로잡혀 독선과 자기 중심적인 오만을 내보이게 되었고 객체와의 관련성을 무의식 속으로 잡아넣어버렸다. 동호는 술집 여자 옥주에게 빠지기 시작하면서 자신이 그 동안 '무의식의 유혹'을 잘 뿌리친 것이 아니라 단순히 유보해둔 것에 지나지 않음을 확인하게 된다. 내향적 태도가 극단에 다다르면 행동의 자유분방함은 세평(世評)과 남의 시선에 불안해하고 괴로워하게 되며, 도덕적인 우월성은 비속한 관계의 늪으로 빠져들기 쉬우며, 지배욕은 사랑받고 싶어하는 처량한 몸짓으로 반전하기 쉬운 법이라는 논리[5]는 동호의 급전해버린 행동 방식과 심리 세계를 아주 적절하게 설명해준다. 객체보다는 주체, 사실보다는 관념, 객관적 세계에의 적응 의지보다는 주관적 세계의 강화에 훨씬 더 크게 기울고 있는 내향형의 인간은 한번 사랑에 빠지면 비굴할 정도로 헌신적인 사랑을 하거나 원시적이며 맹목적인 형태가 되기 쉽다는 지적[6]도 동호라는 인물에 대한 해석 과정에 있어 값진 자료가 될 것이다.

외향적인 태도가 극단을 치달릴 경우 '주체'를 소홀히할 가능성이 높다는 논리는 상식적인 이야기다. 그런데 이러한 외향적인 태도가 충격이나 상처를 받을 경우, 그 동안 억압되어 있던 '무의식적 보상 작용(補償作用)'이 불쑥 고개를 내밀게 마련이다. 현태가 동호의 자살을 겪고 후방으로 돌아와서 술과 여자로 소일하면서 무위와 방황, 나태와 허무의 형태를 보인 것은 외향적 사고 방식이나 태도의 파탄에 따른 무의식적 보상 심리의 소산이라 할 수 있다. 외향형이 극단에 빠지게 되면, 항상 남의 관심을 자기에게 끌어모으려는 데 광적으로 집착하고 주변 사람들에게 강한 이상을 심어주려 하는 유

---

5) 李符永,『분석심리학』, 일조각, 1988, pp. 130~31.
6) 위의 책, p. 144.

160

의 히스테리가 생겨나기 쉽다는 융의 지적[7]은 현태의 경우를 설명하는 데 좋은 참고가 될 것이다.

그러나 소설에서 작중인물들을 일정한 심리 유형이나 성격 유형에다 고착시키는 것을 대전제로 하는 것이 곧잘 무익한 결과를 빚어내는 것처럼, 『나무들 비탈에 서다』에서 동호와 현태를 각각 내향형의 인물, 외향형의 인간으로 규정해놓고 그를 계속 고집하는 것은 바람직한 태도라고는 할 수 없다. 작품의 문면에 드러난 행동·말·무의식 등을 끝까지 추적하여 마지막에 그 내용을 종합하여 특정 인물의 성격 유형을 확정짓는 태도가 올바른 것이라 하겠다.

이런 면에서 이 소설의 맨 끝장을 덮으면서 윤구의 성격 유형을 '외향적 직관형 extroverted intuition type'으로 결정짓는 것은 그리 억지스러운 일은 아니라 할 수 있다. 기업가·상인·신문 기자·정치가 등에서 흔히 발견되는 '외향적 직관형'은 '장래성'이나 '대응책' 같은 말에 민감한 반응을 보일 줄 아는 사람들로, 나름대로의 신념이나 도덕을 가지고 있다는 밝은 면이 있는가 하면 다른 사람을 이용하기 좋아하고 비정한 데가 있다는 비난을 받기 쉬운 어두운 면도 뒤따르고 있다. 이 소설에서 윤구는 조실부모하고 상과를 전공한 사람답게 일찍부터 자립 의지를 키워왔고 실리와 생활을 적극적으로 헤아릴 줄 알았다. 군에 있을 때부터 물질적 원조를 아끼지 않았던 현태를 슬머시 부정하는 대목에서 또 임신한 돔으로 오갈 데 없는 장숙이를 거절한 일면을 노출시키고 있다. 사랑보다는 결혼을, 당사자의 조건보다는 집안의 배경을 더 중시하여 미란과의 정략 결혼을 시도한 점도 실리와 장래성에 유달리 밝은 윤구의 성격과 태도를 잘 알려주는 것이라 하겠다.

Ⅲ. 두 가지 관계 논리, 그 의미

『나무들 비탈에 서다』에 등장하는 젊은 남자들은 김하사나 안중

7) 위의 책, p. 124

사의 경우를 제외하고는 모두 '술'이나 '여자'에 크게 의존하는 경향을 분명하게 내보이고 있다. '술'이나 '여자'에게 가장 크게 의존하는 인물은 두말할 것도 없이 현태다. 선우상사처럼 알코올 중독자가 됨으로써 현실적인 고통과 자의식의 수렁에서 잠시라도 도망하고자 하는 경우가 있고, 동호처럼 멀리 떨어져 있는 애인을 그리워하는 가운데 엄격한 자아 정립과 자기 통제를 꾀한 경우도 있기는 하지만, 이 소설에서의 술과 여자는 마니아 혹은 모체 *Matrix*의 품에 안기려는 젊은 남자들이 취한 현실적 존재요 매체라고 정리할 수 있을 것이다.

이 중에서도 술보다는 여자가 젊은 남자들의 삶의 방향과 운명에 직접적으로 또 본질적으로 관여하고 개입한 것이라 할 수 있다. 이 소설에서의 남녀 관계는 동호—장숙이, 동호—옥주, 현태—미란, 현태—장숙이, 현태—계향이, 윤구—미란 등으로 정리된다. 이들 여러 남녀 관계는 각각 다른 성격의 사랑의 관계를 내보인 것이라 할 수 있다.

동호가 "홧김에 성한 발마저 도랑물 속에 넣고 마구 절벅거리고 싶어지는" 심정에서 진행시킨 옥주와의 관계는 외면상 마니아 *Mania*로서의 형태를 지닌 것이라 하겠다. 마니아란 광기를 가리킨다. 동호는 옥주와 관계를 맺으면서 그 동안 소중하게 간직해왔고, 온갖 애를 쓰며 지켜왔던 순수성과 결벽성이 순식간에 무너져 앉게 되자 자포자기나 해버린 듯 옥주와의 관계에 광적으로 집착하는 식으로 돌변하게 된다. 동호와 술집 여자 옥주와의 관계는 동호의 태도 여하에 따라 단순한 실수나 한때의 잘못으로 여겨질 수도 있었다. 그러나 동호는 옥주와의 관계를 마니아의 형태로 굳혀감으로써 한 순간의 실수가 엄청난 비극으로 확대되어간 결과를 낳고 말았다.

동호와 장숙이의 사랑의 관계는 처음에는 에로스의 형식으로 출발한 것이었으나 동호가 군에 들어오고 나서부터는 현실과 객체를 똑바로 보는 대신 관념과 자아에 집착하는 그의 성격으로 인해 두 남녀의 사랑은 다소 아가페적인 색채를 띠게 된다. 시간이 갈수록 동호는 장숙이를 성녀(聖女)로 이끌어올리고 있었던 것이다. 처음부터 동호는 장숙이의 동화적 취미에 짓눌려버린 채 그것에 맹목적으로 자기를 갖다 두드려 맞추는 데 집중했던 것이다. 현태는 동호로 하여금 자연스럽게 한 사내로서 숨쉬게 하지 못한 장숙이도 동호의 죽음에 일단의 책임을 져야 한다고 보았다.

> 굳이 그 친굴 그렇게 만든 또 한 사람을 대라면 난 장숙썰 들겠습니다. 이제 보니 장숙씨의 그 하찮은 꿈의 세계를 헤어나지 못해 그 친군 종내 질식해 죽고 만 것입니다. (『사상계』, 1960. 5, p. 405)

실제로 장숙이는 동호가 아가페로서의 사랑을 보내도 아깝지 않을 만큼의 매력이나 조건을 갖고 있는 것은 아니었다. 어쩌면, 동호는 장숙이 자체를 사랑했다기보다는 장숙이를 일종의 신앙의 대상으로 삼은 자기 자신을 더 사랑한 것인지도 모른다.

현태와 미란의 관계는 처음에는 장난 비슷하게 출발하였다가 즉 루드스 *Ludus* 의 형태로 시작했다가 나중에 가서는 육체와 정신을 다 주고받은 에로스의 형식으로 귀결된 사랑의 관계라 할 수 있다. 그러나 두 남녀는 윤구가 마음에 걸린 탓인지 아니면 상대방에게 단순한 호기심 그 이상의 것을 보여주지 못한 때문인지 오래 가지 않아 결별하고 만다. 두 남녀의 관계의 파탄은 현태의 성실치 못하고 책임감 없는 삶의 태도와 미란의 경박하고 허영기 많은 생활 자세를 잘 입증해주고 있거니와, 결국 '불장난'으로 끝나고 만 이 사랑의 관계는 특히 미란과 윤구에게는 큰 의미가 된 것이라 아니 할 수 없다. 미란은 임신하게 되었고 무허가 병원에서 소파 수술을 받다 그것이 잘못되어 죽고 말았고, 윤구는 현태를 '증여자' '조력자'로 생각해왔던 것을 완전히 바꾸어버리고 만다.

그렇다고 윤구가 미란을 진정으로 사랑한 것은 아니었다. 처음에는 오히려 미란이 적극적으로 윤구와의 관계를 에로스의 상태로 이

끌려고 했으나, 윤구는 미란을 좋아하기는 하면서도 마니아보다는 프라그마 *Pragma* 즉 이해타산의 차원에서 사랑의 관계를 지속시키려 했던 것이다. 윤구는 미란과 결혼하면 재무국 국장의 사위가 되어 은행가로서의 출세가 보장된다는 계산을 하게 된 것이다. 그러나 윤구는 역시 프라그마에 집착하는 미란 부모로부터 거절당하고 말았고 게다가 현태에게 미란이 자석에게 쇠붙이 끌려가듯 함으로써 종내는 사랑을 이루지 못하고 만다.

현태가 계향을 문자 그대로 손쉬운 휴식처로 생각한 그 동안에 계향은 현태를 향해 마니아의 불길을 내밀하게 키우고 있었다. 현태는 백치미의 고깃덩어리인 계향에게서 '막다른 골목'에 서 있다는 절박감을 해소해왔다. 그러다 현태는 마니아의 불길에 우연히 찬물을 끼얹는 말을 뱉고 행동을 한 것이 화근이 되어 비명횡사의 종말을 맞게 된 것이다.

이상에서 본 것처럼 『나무들 비탈에 서다』에 등장하는 남녀 젊은 이들 사이에서는 평범하면서도 정상적이랄 수 있는 사랑의 관계가 단 한 건도 이루어지지 못하였다. 동호—옥주, 현태—계향이의 관계는 아예 처음부터 파국을 예정한 것이라 치고, 현태—미란, 현태—장숙이의 관계도 해피 엔딩으로 끝날 가능성이 희박했던 것이라 아니 할 수 없다. 또 윤구와 미란의 관계도 나중에 가서는 프라그마의 형태로 발전된 것이기에 크게 주목할 것이 되지 못한다.

이 소설에서 이 소설의 기본적인 서술 의도에 대번에 직결시킬 만한, 그래서 가장 큰 의미를 부여할 만한 남녀 관계는 역시 동호—장숙이의 관계에서 찾아야만 한다. 동호의 전락과 자살로 말미암아 동호와 장숙이의 관계가 근본적으로 파괴되고 만 것은 '깨끗한 것'의 파멸, '순수한 것'의 몰락, '고답적인 것'의 파탄 등을 의미하는 것에 다름아니다.

그런데 동호와 장숙이의 관계는 현태와 장숙이가 비록 부자연스러운 방법으로나마 관계를 맺음으로써 다시 시작하는 의미를 갖게 된다. 현태—장숙이의 관계는 동호—장숙이의 관계가 산산조각이

난 그 폐허에서 다시 피어난 꽃과 같은 충격을 안겨준다. 동호—장숙이의 관계가 '출발'과 '파탄'의 형식을 지닌 것이라면 현태—장숙이의 관계는 '마무리'와 '부활'의 의미를 갖는 것이라 하겠다.

앞서, 『나무들 비탈에 서다』의 주제 의식이 일면으로는 '비극'과 '피해자'의 논리에, 일면으로는 '극복'과 '생식력'의 논리에 뿌리를 둔 것임을 암시한 것처럼, 이 소설은 동호—장숙이의 관계가 현태—장숙이의 관계로 이어지는 과정을 메인 플롯의 하나로 삼은 것이라 할 수 있다.

황순원은 지순한 사랑이 전쟁을 만나 일단 파괴되었다가 다시 이어지고 재생되어 내향적인 것과 외향적인 것이 조화를 이룬 씨앗을 품게 되었다는 이야기를 들려주기 위해 『나무들 비탈에 서다』를 쓰게 된 것이라고도 할 수 있다. 깨끗하고 순수한 사랑의 관계가 파국을 맞았다는 이야기를 들려주는 데서 멈추지 않고 한 걸음 더 나아가 미래를 개간하는 힘의 논리와 사랑의 문제를 연결시키고 있는 점에서 황순원은 단순히 보여주는 데 치중한 작가, 현실을 아파하고 괴로워할 뿐 미래 지향적인 타개책을 생각하려 하지 않는 작가라는 과히 유쾌하지 않은 평판을 벗어날 수가 있게 되었다.

『나무들 비탈에 서다』에는 젊은 남녀들만 등장하고 있는 것은 아니다. 비록 이 젊은이들에게 가려 뚜렷한 모습을 나타내고 있지는 않지만, 또 잠깐 비쳤다 사라져버리고 말았지만, 게다가 실물로 나오기보다는 다른 인물의 설명의 형식을 빌어 나타나는 경우가 많기는 하지만 젊은 남녀들의 부모 그 중에서도 특히 '아버지'의 존재에 관심을 가질 필요가 있다. 고등학교 국어 교사인 동호 부친, 사업가인 현태 부친, 농민인 김하사 부친, 목사인 선우상사 부친, 사법서사인 석기 부친 등과 같은 존재들은 비록 단역의 위치에 놓여 있기는 하지만 이들이 각자 자기의 아들과 맺고 있는 기본 관계 그 양상은 『나무들 비탈에 서다』의 주제 의식의 방향을 결정짓는 과정에서 단단히 한몫을 해내고 있기 때문이다. 이들 부친들은 선우상사의 부친을 제외하고는 전쟁을 겪으면서도 삶의 뿌리를 예나 다름없이 굳건하게 내리고 있는 공통점을 보인다. 그들의 아들들이 전쟁으로부터 직접·간접으로 피해자가 되어 자살하고, 전사하고, 살해되고, 미치고 하는 것과는 좋은 대조가 된다고 아니 할 수 없다. 아버지들이 전쟁을 치르면서도 별로 흔들림이 없이 굳세게 버티고 서 있는 것은 범상하게 보아넘길 일은 아니다.

동호가 군에 있을 때 그의 부모는 부산에 피난 가 있는 것으로 그려지고 있다. 그런데 동호는 국어 선생님인 아버지의 뒤를 이어 국문학자 혹은 시인이 되겠다고 자신의 계획을 전우들에게 슬며시 내비친 적이 있다.

수완이 좋은 사업가인 현태 부친은 현태에게 사업체를 물려줄 생각도 없고 현태 자신도 아버지의 사업체에 일체 관심이 없다. 그러나 현태는 아버지의 힘을 오히려 든든하게 생각하고 있을 뿐만 아니라 일면 아버지를 자랑스럽게 여기기까지 한다.

선우상사는 이북에서 목사로 있다가 학살당한 아버지의 원수를 갚기 위해 국군에 자원 입대한 만큼, 아버지에 대해선 거의 절대적인 신망을 갖고 있는 존재라 할 만하다. 복수심, 신에 대한 회의, 죄의식 등이 뒤범벅되어 있는 무의식 세계를 바르게 다스리지 못한 나머지 정신병에 걸리고 만다.

부대내에서 보급 물자를 많이 횡령한 것으로 소문난 김하사는 실은 물자를 팔아 번 돈을 모두 농민인 아버지에게 보냈던 것이다. 김하사는 죽어가면서 유언 대신 한줌의 흙을 집으로 보냈고 이 뜻을 알아차린 아버지는 평소에 김하사가 보내준 돈으로 주위의 땅을 사들이게 된다.

전쟁에 나갔다가 한쪽 눈을 다치고 돌아온 석기는 기피자들과 싸우다 팔 한쪽을 완전히 못쓰는 불구자가 되고 만다. 사법서사인 석기 부친은 석기가 법관이 되기를 바랐으나 석기는 고시 공부에는 전혀 관심이 없고 권투를 배우는 데 열중하였다. 눈 하나와 팔 한쪽이 완전히 병신이 된 석기는 고시 공부도 권투도 다 포기해버린 채 아버지의 곁에서 사법서사 보조원 노릇을 하기로 결심한다.

　이렇듯 이 작품 속의 아들들은 한결같이 아버지를 부정하거나 원망하지 않았다. 설사 아버지들이 아들들의 비극과 외상(外傷)과 고통에 무관심한 것처럼 보였다 하더라도, 이 아들들은 아버지를 경원시하지 않을 것이다. 실제로 이 소설은 아들의 죽음에 대한 아버지의 반응은 단 한줄도 보여준 것이 없다. 동호나 김하사나 현태가 죽었을 때 경악과 슬픔으로 가득차 있을 법한 아버지의 모습에 대해 일언반구도 보여주지 않은 것은 황순원 특유의 소설 미학이 낳은 산물이라 할 수 있거니와, 이는 아버지란 존재를 강건하고, 꿋꿋한 이미지로 고착시키려는 의도를 지닌 것으로 풀어볼 수 있다.

　아버지와의 동일화를 계획했던 동호, 아버지를 돕기 위해 오명을 감수했던 김하사, 기본적으로는 아버지를 자랑스럽게 생각했던 현태, 아버지의 원수를 갚으려다 정신병 환자가 되어버린 선우상사, 결국 아버지에게 속죄하고 있는 석기, 어째서 황순원은 이렇듯 부자의 관계를 일체감의 관계로만 묶으려 한 것일까.

　추측건대 황순원은 아들 세대가 죽고, 병들고, 상처받고 하면서 겪은 비극이 아버지 세대에게 오히려 더욱 크고 굳센 '힘'과 '의지'로 승화되기를 바라고 확신한 것인지도 모른다.

모성으로 감싸기, 그에 안기기
—— 황순원론

진 형 준

작가의 의식은 언제나 깨어 있어야 한다. 무의식의 세
계를 그릴 때도 작가는 그걸 분명히 의식하고 있어야
한다. (황순원, 「말과 삶과 자유」에서)

이 글의 주요 관심 대상이 된 것은 황순원의 단편소설들이다. 그
의 단편소설들을 천이두는, 인간의 숙명적인 고독의 의미 및 인간
관계의 의미를 추구하는 장편소설의 세계와 나란히한, 한국적인 아
름다움을 추구한 세계라 규정한다. 아마도 황순원의 초기 단편들의
토속성을 염두에 둔 듯한 그런 발언이 나름대로의 타당성을 갖지
않는 바는 아니지만, 여기서 내가 황순원의 단편소설들을 주요 관
심 대상으로 삼은 것은, 그러한 한국적 아름다움의 세계를 찾아가
보고 싶어서는 결코 아니다. 가장 솔직하게 말한다면, 그의 시, 장편
소설들, 단편소설들을 한데 묶어서 이야기하기에는 그 분량이 너무
엄청나고 또한 그 작업은 내 능력의 훨씬 밖에 있다고 생각했기 때
문이다. 그래도 조금 위안이 되는 것은 그의 단편소설의 세계와 여
타 쟝르의 세계를 구별지워주는 변별적인 요소는 분명히 존재하겠
지만, 그 변별적 요소 너머 혹은 깊은 곳에서는, 상호 교통이 가능
한 비슷한 의미화의 구조가 자리를 잡고 있으리라는 믿음을 내가

168

갖고 있기 때문이다.

그러나 그렇게 단편소설들로 국한을 시키더라도, 황순원의 세계의 폭은 여전히 넓고도 깊게 남아 어디부터 닻을 내려야 할지 막막해지기 쉽다. 다행히 우리는 그의 초기 단편들 중의 하나인 「허수아비」에서 그의 의식 세계의 비교적 중요한 몇 가지 모티프를 찾을 수 있다. 간단히 살펴보자.

준근은 폐병을 앓고 있다. 그러나, "언젠가 준근씨는 우리 대에서 마지막이 되는 게 옳다구 그랬죠?"라는 그의 애인 남숙의 말을 통해 알 수 있듯이 그가 앓고 있는 병은 몸의 병이라기보다는 차라리 의식의 병이다. 그 의식의 병은, 작품의 끝에서 그 의식의 병을 공유하려고 '피임 조절'을 한 남숙에게 "다시 온전한 여인이 되라고 하리라"는 결정을 하는 사실에서 볼 수 있듯이, 나만이 앓겠다는 혹은 나만이 앓고 있다는 철저한 자폐적인 병이다. 그 병들었다는 의식의 반대편에 있는 건강한 삶이 명주와 극서의, 마치 동물의 세계와 흡사한 자연스런 삶이다. 준근이 그 건강한 삶과 접하면서 받는 첫번째 느낌은 아찔한 현기증이다.

　준근은 명주의 검디검은 머리칼로 눈을 주면서 현기증 비슷한 것을 느꼈다. (Ⅰ, 「허수아비」, pp. 28～29)*

　준근은 명주의 검붉은 얼굴이며 두꺼운 가슴을 가까이 바라보았다. 그리고 그는 현기증이 날 것같이 느껴지며 그곳을 떠났다. (같은 책, p. 43)

눈을 주고 바라보면서, 즉 거리를 두고서 느끼는 그 현기증은 건강한 것을 소유하고 싶다는, 살을 맞대고 싶다는 욕구와 그것의 불가능성, 그 욕구의 터무니없음에 대한 자각 사이에서 이는 현기증

---

* 인용문 다음의 숫자는 문학과지성사 간 『黃順元全集』의 卷號임.

이다. 그 현기증은 그 안에 자의식에서 비롯되는 무력감을 담고 있으며, 곧 무너져버릴 듯함을 예고하는 현기증이지만, 달리 보면 아직은 가능성도 포함하고 있는 현기증이다. 그 가능성이란 염치불구하고 건강함을 소유하고자 하는 욕구를 불러일으킬 수도 있을 가능성이다. 그러나 곧 그 가능성은 사라지고 따라서 현기증도 사라진다.

    준근은 무덤 사이에 선 채 그제야 알 수 있을 만하게 헝클어진 고구마 밭과, 거기 나란히 섰는 명주와 극서에게로 눈을 돌리며 아름다운 풍경이나 대한 듯이 비 머금은 바람을 맞으면서 얼굴 전체에 만족한 웃음을 떠올렸다. (같은 책, p. 53)

명주는 준근의 어머니가 "넌 어떻든?"이라고 물으며 은근히 색시감으로 권하고, 준근 자신도 '속으로는' 자꾸 연정이 가는 "어떻게든 내 걸루 만들고 싶은" 여자이다. 그 여자와 극서 사이의 밀애 장면을 보고 만족한 웃음을 떠올리는 모습은 읽는 이로 하여금 같이 흐뭇하게 웃음짓게 한다기보다는, 오싹하는 느낌을 더 강하게 불러일으킨다. 그 오싹함은 그 흐뭇한 웃음 속에서, 살아 있는 것의 체취가 느껴지지 않기에 일게 되는 오싹함이다. 그 웃음은 흡사 달인의 경지를 연상시키기도 하지만 준근이 아직 젊은 청년이라는 사실을 생각할 때, 그 웃음은 곧 웃는 자아의 생명감의 상실을 의미한다고 볼 수도 있다. 그 웃음은 한편으로는, 세상과의 거리의 확보, 자의식 확보의 결과로 나오는 것이지만, 그래서 아찔한 현기증은 사라지게 해줄지 모르지만 그 아찔한 현기증의 사라짐은 자연스럽다기보다는 의도적이다. 표면상의 그 의도적 거리둠은 깊은 의식 속에서는 자기 혐오와 합쳐져, 뒤에 다시 언급하게 될, 그가 바라보고 추구하는 자연이 건강함·불건강함이, 미·추가 어울린 자연이 아니라, 불건강한 것, 추한 것이 제거된 자연이게 만든다. 그 추한 것의 대표적인 모습이 첫째는 바로 자기 자신의 모습이다.

　새로 김풀을 쥐려던 준근이 놀라 뒤로 물러서고 말았다. 내장을 뒤에 달고 있는 개구리가 김풀 속에서 기어나오고 있었다. 다음 순간 준근은 생에 대한 어떤 더러운 미련을 암시나 받은 듯이 느껴지면서 기어나오는 개구리를 힘껏 풀 속에 차넣었다. (같은 책, p. 46)

　두 다리를 잘리고도 내장을 뒤에 단 채 기어나오는 개구리의 모습은 병든 채, 건강한 삶을 기웃거리며 생에 집착하는 자신의 모습이다. 그 모습은 "생에 대한 어떤 더러운 미련"처럼 보여 역겹다. 그러나 그 병든 집착만이 역겨운 것은 아니다. 「허수아비」에 등장하는 또 하나의 역겨운 삶도 있다. 서울서 법학을 전공하며, 임신한 마누라를 함부로 걷어차고, 이혼 문제로 처가에 갔다가 거기서 묵게 되는 날은 아내와 부부 관계를 한다는, 산에서 준근과 자주 만나 이야기를 나누는 청년에게서 준근은 "두 토막으로 잘려도 하나하나 따로 살아나는 지렁이의 어느 토막 같다"는 느낌을 받는다. 그 느낌은 삶 자체의 끈질김에 대한 경외감보다는 타인을 돌보지 않는, 즉 사랑이 결여된 이기적인 삶에 대한 역겨움 같은 것이다. 그러나 그 역겨움은 아직 개구리라는 대상과 자기를 동일시하고 있고, 청년이라는 대상이 내게 어떤 느낌을 전해주는 한, 그 대상과 완전히 결별한 상태는 아니다. 그 역겨움은 대상과 얼마만큼은 섞여 있다. 그 역겨움에는 아직 현기증이 남아 있다. 그러나 준근은 곧 역겨움조차 사라져버린 자리로 물러나고, 그 자리에서 허수아비가 된다. 그것도 눈보라를 맞고 있는, 철저히 쓸모없는 허수아비. 그 표현이 직설적이지 않고 절묘하게 암시적이다.

　허수아비 어깨에 산에서 날아오기도 하고 마을로 날아가기도 하는 참새와 메뚜기의 그림자가 무성하게 떨어지곤 하였다.
　준근이 햇볕을 안고 눈을 감으면 참새며 메뚜기의 그림자가 자기를 겹겹이 둘러쌈을 느꼈다. 준근이 머리를 흔들었다. 그러니까 참새와 메뚜기의 그림자는 흰 눈이 되어 바람에 날리는 것이었다. 눈보라였다. (같은 책, p. 59)

　그 준근의 의식 세계는 어찌 보면 병든 낭만주의의 의식 세계와 흡사하다. 병든 낭만주의의 의식 세계란, 이 세상은 지겨워 이 세상 밖 어디론가, 그곳이 이 세상만 아니라면 가고 싶은 의식 세계이다. 그 병든 낭만주의 의식 속에 들어 있는 것은 준근과 마찬가지로, 자신이 병들었다는 의식, 세상과 나는 유리되어 있다는 의식이다. 그 병들었다는 의식을 낳는 것은 여린 감수성이다. 그러나 준근이 동경하는 세계는, 이 세상 밖 그 어디가 아니라, 이 세상 안의 건강하고 자연적인 삶이다. 그 점에서 준근의 의식 세계는 병든 낭만주의자의 의식 세계와 구분되지만, 그 구분 너머에는 "추한 것 혐오"와 "여린 감수성"이라는 공통되는 인자를 가지고 있다. 추한 것을 혐오하는 준근의 그 여린 감수성은 이 세상 밖으로 떠나지도 않고, 그에 섞이지도 않으면서, 거리를 유지하고 바라보는 아슬아슬한 곡예를 보여준다. 사실 황순원의 작품 세계의 변모 과정은 우리가 준근에게서 살펴본, 대상과의 거리두기의 변모 과정에 다름아니다. 그 변모는 세 축을 기본으로 하여 행해지며, 세 축간의 변모 과정은 서로 긴밀하게 얽혀져 있다. 편의상 구분할 수 있는 세 축이란 i) 황순원이 바라보면서 그리는 대상으로서의 세계; ii) 그 대상을 바라보고 그리는 황순원 개인의 자아, 혹은 자의식; iii) i)과 ii) 사이의 관계, 즉 i)과　ii) 사이의 거리의 넓혀짐과 좁혀짐이다. 그러나 사실 대상과 자의식은 상호 침투적 연관성이 배제된 채, 순수 개별적으로 존재하기란 불가능하다. 대상으로부터 자의식을 아무리 떼어내려 해도 거기에는 이미 그 떼어내려는 의식이 작용을 하게 마련이며, 즉 대상은 자의식과의 관계하에서만 대상으로서의 의미가 살아날 수 있으며, 자의식은 그것이 제 아무리 완전한 자폐적 공간을 마련했다 하더라도 그것 또한 대상에 대한 어떠한 반응의 모습이지, 대상과 유리된 창백한 순수 의식으로 남아 있을 수는 없다. 그 순수 의식만을 고집하는 일은, 항상 깨어 있으려는 그리하여 자신의 의식만을 순수한 결정으로 잡아보려는 노력은, 그 깨어 있으려는 의식과는 모순되게 한낱 헛된 꿈의, 추상의 영역에서나 가능한 일이다. 따라서 편의상 나눈 위의 세 축은 사실 지나치게 추상적이며 도식적이고, 결국 세번째 축 하나로 모두 수렴된다고 말할 수 있다. 그 대상과 자아의 거리는 상호 관련 속에서 때로는 멀어지기도 하고 때로는 가까워지기도 한다. 서둘러 이야기하는 감이 있지만, 작가의 의식이 깨어 있으려 할 때 그 거리는 멀어져 대상에 대한 객관적 묘사가 가능해지며, 황순원 자신은 세상을 구조적으로 바라보고 묘사하는 흩어지지 않은 단아한 모습으로 남아 있을 수 있다. 그 깨어 있는 의식은, 대상과 유리된 의식은 거짓 의식일 수도 있다는 자각을 낳고 대상과의 합일의 노력으로 기울 수도 있지만, 의식의 노력만으로 그 합일은 이루어지지 않는다. 그 의식은 합일이 이루어지려는 순간, 여전히 합일하려는 의식으로서의 나를 의식하고 있기 때문이다. 대상과 자아의 구분을 완전히 망각하고 서로 감싸며 안기는 행위는 무의식의 작용의 영역으로 넘어간다. 그 넓혀짐 좁혀짐의 관계는 간략히 말한다면, 글을 쓰는 황순원의 의식 속의 의식—무의식의 상호 작용의 관계이다. 글을 쓰는 한, 그 의식은 언제나 살아 있어서 무의식에의 함몰이 이루어질 수 없고 또 그 함몰을 경계하지만 그 무의식을 완전히 배제할 수는 없다. 이 글의 에피그라프로 인용한 황순원 자신의 글에서 그는 "작가의 의식의 깨어 있음"을 강조하고 있지만, 그 깨어 있음의 강조는 뒤집어 생각하면, 황순원 자신이, 자신의 내부에서의 무의식의 작용이 매우 강함을 의식하고 있음에 다름아니다. 내가 이 글에서 살펴보고 싶은 것은, 황순원의 의식이 깨어 있으려는 노력을 잊지 않으면서(쉽지는 않은 일), 준근의 세계에서 볼 수 있는 그 극단의 거리둠이 여린 감수성, 모성(母性) 등과 어우러지면서 어떻게 좁혀지기도 하는가의 과정이다.

반복이 되겠지만, 「허수아비」의 준근은 세상과 거리를 둔, 추한 것에 혐오를 느끼는 여린 감수성의 소유자이다. 그 여린 감수성은 추한 것을 혐오하게는 하지만, 그 추한 것과 대결할 힘을 부여해주지는 못한다. 또한, 아직 닫혀 있는 여린 감수성이라서 그 추한 것을 포용하지도 못한다. 그래서 초기의 황순원은, 그 추한 것, 혐오스러운 것과의 대결에서 슬쩍 비켜난다. 아니 여유 있는 슬쩍 비켜남이라기보다는 차라리 "에그 끔찍해"라고 전율하면서 외면하는 모습이다. 그러나 앞서 보았듯이, 그 외면은 현실 전체와 결별하는 모습은 아니다. 그 결과 눈에 보이는 세계가 현실 속의 환상 같은 세계이다(눈은 현실을 떠나지 않지만, 그 현실은 한쪽을 외면하고 제거해버린 현실이므로 엄밀한 의미에서 현실은 아니다). 그 세계는 「갈대」 「닭제」 「사마귀」 「별」의 순수한 어린아이의 세계이며, 「산골아이」의 설화에 감싸여 있는 세계이며, 「황노인」 「독 짓는 늙은이」 「그늘」의 전통적이고 토속적인 세계이다. 그 세계에서 강인함을 보더라도 그것은 남성적 강인함의 세계가 아니라 「기러기」의 쇳네에게서와 같은 여성적 인고의 강인함의 세계이다. 그 세계는 삶의 추한 때가 끼어 있지 않은 세계, 혹은 현실의 추한 모습을 잊어버릴 수 있게 해주는 세계이다. 설화의 세계, 전통적 토속성의 세계가 현실을 잊게 해줄 수 있다면 어린아이의 세계는, 준근에게 떠올랐던 그 "흐뭇한 웃음"을 가능케 한다. 황순원 자신이 "나만큼 아이들 이야기를 쓴 사람도 드물게다. 아이들 것을 쓸 때는 언제나 즐겁다"(『曲藝師』의 뒤에 붙인 「책 끝에」)라고 썼듯이, 그 세계는 천진성의 세계이고 즐거움의 세계이다. 그 즐거운 세계는 여린 세계여서 부서지기 쉽지만, 상처도 쉽게 입지만(대표적인 경우가 「매」의 경우), 현실이라는 두터운 벽을 뛰어넘는 힘을 지니기도 한다. 가령 「황노인(黃老人)」에서는 황노인의 환갑 잔칫날, 옛날의 친구인 늙은 재니가 "동갑 해금 한번 켜게"라는 황노인의 허심탄회한 권유에 따라 해금을 켜자, 지그시 눈을 감은 그들의 앞에는, 옛날의 개울둑에서 한 소년은 풀피리를 불고 한 소년은 아직 어린 되잖은 청으로 타령을 부르는 모습이 나타난다. 재니에게 '동갑'이라고 부르는 황노인의 심정은 어린아이의 순수한 마음이고, 해금 소리의 매개에 의해 황노인과 재니는, 양반과 상놈이라는 현실의 벽을 뛰어넘어 즐거운

174

유년 시절과 만나는 것이다. 한편 「학(鶴)」에서는 자의와는 관계 없이 서로 적이 되어, 덕재를 처형하게 된 성삼이가 유년기를 회상하고는, 마치 어릴 때 같이 놀던 식으로 덕재를 놓아준다.

그 어린아이의 순수의 세계는, 황순원의 단편에서 자주, 그 지극한 모성 본능과 순수함으로 인해 찬양의 대상이 되는 동물의 세계와 비슷하다. 그 삶은 자족의 삶이고 최소한의 생존에 필요한 이상의 것은 범하지 않는 즐거움의 삶이다. 어린아이의 삶을 순수의 항에 놓고 그 반대편에 타락이라는 단어를 놓을 때, 그런 동물의 삶과의 관련하에 순수/타락의 대립을 약간 풀어서 쓴다면, 즐겁게(어린아이) 남을 돌보며(母性), 최소한의 생존에 만족하며(동물) 사는 삶/타산적이며, 이기적인, 분수 없는 욕심에 넘치는 삶의 대립이라고 이야기할 수 있다. 그러나 그 순수의 세계는 현실과 유리된 지나치게 단순한 세계이다. 또한, 우리가 「허수아비」에서 보았듯이, 현실을 포괄하는 자리에 위치해 있는 게 아니라, 현실의 한쪽이 제외된 세계이다. 그런 이분법내에서는 순수의 반대항에 있는 타락의 구조마저 단순화된다. 그 이분법내의 어린아이에게서 타락한 삶의 때가 완전히 제거된 순수 세계를 보는 것은 우리를 즐거움의 세계로 이끌어줄 수 있을지는 몰라도, 그 타락의 원인 및 실상과 마주하는 데는 무력할 수밖에 없다. 과연 어린아이의 순수는 어른의 타락과 이원적으로 나누어질 수 있는 것일까? 타락은 과연 순진성의 상실에서만 있게 되는 것일까? 어린아이의 세계는 혹시 그가 타락이라고 보았던 이기적인 삶까지 포함한 온갖 삶의 가능한 밑그림이 아닐까? "자연스러운 삶=어린아이의 삶=동물적인 삶"의 등식 속의 자연스러움은 애당초 그가 고개를 돌려 외면한 추한 면까지 포함하는 것은 아닐까?

그 질문은 황순원 자신이 「이리도」의 끝부분에서 "이리도, 이리까지도?"라는 짧은 표현을 통해 이미 던지고 있는 질문이다. 동물의 세계=자연=자족의 세계=순수한 어린아이의 세계/탐욕의 어른 세계의 이분법은, 동물에게도 맹목적 잔인성이 내재되어 있다는 깨

달음으로 와해된다. 그 이분법의 와해는 황순원 자신이 이제까지
외면해오던 추악한 인간과의 마주함과 서로 맞물려 있다. 그 마주
함은 즐거운 세계를 잃어버리게 만들기도 하지만, 그 마주함으로
인해 순수/타락의 이원적 대립을 고집하는 어느 정도 편협한 세계
관은 보다 폭넓어질 기미를 보인다. 그리고 순수/타락의 어느 정도
낭만적인 대립은 현실 속의 강자/약자라는 구체적인 대립의 양상으
로 바뀐다. 그 대립의 변모 속에서 만나게 되는 강자들은 「허수아
비」에서 준근이 외면했던 청년의 삶의 변형들에 다름아니다. 그때
나타나는 현상이 설화의 역전인데 단편 「두꺼비」가 전형적인 예가
된다.

　　두꺼비 같은 것, 두꺼비 같은 것, 장마철에 떡돌 밑에서 기어나온 옴
　두꺼비 같은 것 〔……〕 그놈의 아가리로는 파리 대신 불고기와 소주
　와 마늘 〔……〕 참 그놈의 두꺼비 아가리에서 나오는 냄새란 속이 빈
　사람에겐 영 견딜 수 없더군.
　　문득 어려서 어른들한테 들은 옛이야기의 한토막이 머릿속을 스치
　고 지나갔다. 두꺼비가 자기를 길러준 처녀를 위해, 처녀를 채가려 온
　구렁이에게 훅훅 독기를 내뿜어 대들보 같은 구렁이를 쿵 하고 천정에
　서 떨어뜨려 죽이고 자기도 기진해 죽었다. 두꺼비의 독기가 이만한
　것이다. 지금 자기가 두꺼비 입김에 쫓기어나온 것도 무리가 아니다.
　겨우 다 죽어가는 실뱀 푼수밖에 못 되는 자기쯤은…… 그리고 병든
　구렁이노파도. 참 그 구렁이노파네는 어찌 됐을까? 그 가엾은 구렁이
　노파네는? (Ⅱ,「두꺼비」, pp. 80~81)

위에 인용된 문단을 둘러싸고 있는 실제의 상황은 이런 것이다.
전재민(戰災民)인 현세는, 양복을 팔아 가족의 끼니거리인 감자를
사려고 남대문시장으로 가는 도중에 고향 친구인 '두꺼비'라는 별명
의 두갑이를 만난다. 두꺼비는 현세에게 거처가 어디인지를 묻고,
그에게 권한다.

176

내 그럴 줄 알았네. 듣느라니 그 선교사네 집 자리에 숱한 전재민이
들어 있다두만, 그럼 마침 잘됐네. 내 방 하나 얻어주지. 정말이지 요즘
서울장안에서 방 얻기란 하늘의 별따기보담두 힘드네. 마침 잘 만났
네. 어쩐지 자넬 그냥 지나쳐버리구 싶지 않더니…… 우리가 서루 도
와야지 어떻겠나. 그런데 말야, 내가 말하는 방은 말야, 연극을 한 막
해야 해, 연극이래야 그리 힘든 연극두 아니지만. (같은 책, p. 48)

그 연극의 내용이란 자기가 알고 있는 어떤 집주인이, 셋방 사람
들을 다 내보내고 자기가 그 방을 쓸 일이 있는데 그들이 도통 나
가려 하지 않으니, 현세가 그 집을 사는 것처럼 연극을 해서 그들
을 내보내고 나면, 그 중 방 하나는 그 대가로 현세의 차지로 해줄
수 있다는 것이다. 그 어려운 연극을 해내고 나서 셋방 사람들을
모두 내보낸 후, 두꺼비는 주인이 급히 방을 모두 쓸 일이 생겨서
안됐다며 현세에게 돈 천 원을 내놓는다. 여기서 읽는 이는, 그 집
의 주인이 바로 두꺼비이리라는 사실을 쉽게 짐작할 수 있다. 현세
는 철저히 두꺼비의 연출에 놀아난 것이다. 두꺼비의 입김에 쫓기
듯 다방을 나오면서 현세의 머리에 떠오른 것이 위의 인용문이다.
인용문의 "가엾은 구렁이노파"는 그 집에 세들어 살다 쫓겨난 사람
들 중의 하나이다.
　본래의 설화에서 두꺼비를 통하여 강조되는 것은 물론, 은혜를
갚기 위해 자신의 생명을 아끼지 않는 충직성과 용기이다. 그 설화
속에서는 두꺼비의 충직성이 강조되기 위해 구렁이는 처녀를 채가
는 악의 화신으로 등장한다. 그러나 황순원의 「두꺼비」의 두꺼비에
서는 남을 해칠 수 있는 독기와, 마음먹은 일이면 어떤 수를 써서
라도 이루고야 마는 강한 자의 의지(?)와 책략이 두드러진다. 그리
고 구렁이는 그 독기와 꾀에 애꿎게 희생당하는 제물로 의미가 바
뀐다. 그 설화의 역전은, 황순원이 이제 그 행복한 설화의 세계에서
현실로 내려왔음을 의미한다. 현실은 보은의 용기를 발휘하는 두꺼
비가 있는 곳이 아니라, 자신의 이기심을 채우기 위해 뻔뻔스런 저

돌성과 책략을 발휘하는 두꺼비가 우글대는 곳이다. 그들은 강한 자들이다. 그들이 증오의 대상이 되는 것은, 그들의 행동이 타인에게 위해를 가하기 때문이다. 식민지 시대에 고물상이었다가 해방과 더불어 수완을 발휘하여 지주로 변신한 「집」의 전필수는 두꺼비의 복사판이며, 「황소들」의 김태통 영감, 「목넘이마을의 개」의 박초시를 비롯한 마을의 유지들은 그들이 어떤 수완을 발휘해서 있는 자가 된 것이 아니라 봉건 질서 속의 물려받은 강자라는 점에서 두꺼비나 전필수와는 다른 유형이지만, 그들 역시 약자를 외면한, 자기들만의 닫힌 욕심의 세계에 살고 있기는 마찬가지이다. 한편 「모자」의 사장 및 사장의 동생은 있는 자의 닫힌 마음의 상태를 보여줌과 아울러, 있는 자의 사소한 취미와 장난이, 없는 자에게는 그 얼마나 크나큰 상처를 입히는 행위가 되는가를 씁쓸하게 희화적으로 보여준다. 그리고 황순원 자신의 피난 시절의 실화인 「곡예사(曲藝師)」에서는, 있는 자의 취미나 여유가, 그 여파가, 없는 자에게는 바로 최소한의 생존의 위협으로까지 닥쳐올 수 있음을 씁쓸한 유머로써 보여주기도 한다. 그들의 삶은 자족적인 삶도 아니고, 놀이의 삶도 아니고, 이기심에 닫힌 자폐적인 삶이다. 그 모습은 부드러움을 낳는 게 아니라, 오히려 그 메마름에 혀를 끌끌 차게 한다. 「목넘이마을의 개」의 한 부분은 그 있는 자들만의 탐욕에 대한 하나의 희화이다.

　박초시는 그저 좋은 말들이라고 가만한 웃음을 띄운 채 고개만 끄덕였다. 그러는 박초시의 등에는 땀이 배어 점점 흰 모시적삼을 먹어 들어가고 있었다. 다른 세 사람의 벗은 등과 가슴에서는 개기름땀이 번질거렸으나 모두 차차 저녁그늘 속에 묻히어 들어가고 있었다.
　절가가 남포등을 내다 밤나뭇가지에 걸었다. 남폿불빛 아래서 개기름땀과 괸돌동장의 포마드 바른 머리가 살아나 번질거렸다. 그리고 겔겔이 풀어진 눈들을 하고 둘러앉아 잔을 돌리고 고기를 뜯고 그러다가 모기라도 와 물면 각각 제 목덜미며 가슴패기를 철썩철썩 때리는 폼이란 흡사 무슨 짐승들이 모여앉았는 것 같기도 했다.

권돌동장이 소리를 한번 하자고 하며, 제가 먼저 혀 굳은 소리로 노
랫가락을 꺼냈다. 작은 동장이 그래도 꽤 온전한 목소리로 받았다. 박
초시는 그저 혼자 조용히 무릎장단만 쳤다. 첫 여름밤 희미한 남폿불
밑에서 이러는 것이 또 흡사 무슨 짐승들이 한데 모여앉아 울부짖는
것과도 같았다. (Ⅱ, 「목넘이마을의 개」, pp. 186~87)

한데 모여앉아 개고기를 뜯는 그들의 모습은 그대로 먹이를 앞에
둔 이리떼의 모습을 연상시킨다. 이리떼? 그 육식성. 그렇다. 황순
원이 동경하고 그려오던 순수의 세계는, 그 육식 동물의 공격성으
로부터 벗어난 초식 동물의 세계였다고 해도 무방하다. 그 초식 동
물의 세계는 그것만 따로 떼어놓고 거리를 두고 바라보면, 한없이
깨끗하고 평화로운 풍경을 낳지만, 실제의 초식 동물의 세계는 항
상 육식 동물의 위협하에 놓여 있는 세계이다. 현실로 내려오자 눈
에 보이는 그 탐욕의 육식성에의 자각은,

불안에 허덕이고 먹고 살기에 시달려 아침 저녁 눈살만 찌푸리게 되
는 어제 오늘의 어른들의 세계 한 옆에는 이렇듯 아직 사랑스러운 어
린애들의 구김살 없는 생활도 있기는 한 것이다. (Ⅱ, 「아이들」, p. 232)

에서처럼, 다시 티없는 아이들의 세계를 바라봄으로써 위안을 찾게
도 하지만, 그보다는 그 세계를 보호해야 한다는 자각을 낳는다. 물
론 보호 정도가 아니라 그 육식성과 맞서 싸우는, 그래서 그것을
박멸시키고픈 투지를 불러일으키는 경우도 있다. 황순원의 작품에
서는 드물게 소극적 보호만으로는 어쩔 수 없다는 한계를 느끼고
투지를 세우는 장면이 「청산가리」 끝부분이다.

닭장에서는 지금껏도 남은 닭들이 진정하지 못하고 이리 몰리고 저
리 몰리면서 꾸꾸거리고 있었다. 그것은 자기네의 침입자에 대한 공포
에서 오는 것이겠지만, 내게는 그것이 나에게 대한 어떤 애소와 항의
의 몸짓이요 부르짖음같이만 느껴졌다.

　　밤마다 어둠에 묻혀 쉬지 않고 닭장 주위를 돌아가는 고양이의 그 독살스럽고도 날렵한 모양이 그대로 눈앞에 빤히 나타나 보였다. 그제야 비로소 나도 냉정히 내 마음의 결정을 들을 수 있었다. 한시바삐 이놈의 행동은 정지시켜야 한다는. (Ⅱ, 「청산가리」, p. 81)

　　그러나 그 결심은 결심 이상의 의미는 지니고 있지 못하다. 육식성/초식성의 이분법을 그대로 인정한다 하더라도, 중요한 것은 약자 스스로의 자위 능력을 키워주는 일이지, 그들을 대신해 위협하는 세력을 그들의 밖에서 퇴치시키는 일은 아니기 때문이다. 그 결심이 모순인 것은 육식성/초식성의 이분법에서, 그 잔인한 것을 쳐부수려는 나의 결심은, 초식성의 약자의 편에 서 있으려 하면서도 은연중 나를 육식성의 세계, 강자의 세계 속에 위치시키는 결과를 낳기 때문이다. 그러나 그보다 더 중요한 것은, 동물의 세계를 예로 들었을 때는 가능한 살쾡이/닭이라는 강자/약자, 육식성/초식성의 대립이 인간에게 그대로 확대 적용될 수 있는가의 문제이다. 내식으로 말한다면, 그 육식성과 초식성은 인간 속에는 보편적으로 내재해 있다. 그것은 어린아이 속에도 하나의 밑그림으로 공존해 있다. 그때 육식성의 발현이 악이 되고 초식성의 발현이 선이 되는 게 아니라, 그 선악의 구분은 그 밑그림을 하나의 구체적 양태로 나타나게 만드는, 그 밑그림을 둘러싸고 있는 문화적 분위기에 따라 달라진다. 달리 말하면, 존재론적인 그 선·악의 구분은 별 의미가 없으며, 더구나 육식성/초식성, 강자/약자의 이원론에 입각한 구분은 윤리적으로는 호소력이 있을지는 몰라도 인간 존재의 포괄적 이해의 수준에는 이르지 못한다.

　　그러나 다시 얘기하지만 「청산가리」에서 보이는 '악의 퇴치'의 결심은 황순원에게서는 극히 예외적인 경우에 속한다. 왜? 그는 이 글의 앞부분에서 지적한 대로 여린 감수성의 소유자이지 강자가 아니기 때문이다. 그때 악을 인식했되, 그 악의 퇴치의 결심 대신에 자리잡는 세계가 여성적 감싸기의 세계이다. 그리고 그 여성적 감싸기는 어린아이의 세계와 긴밀하게 맺어져 있다. 그 여성의 변모 과정은 우리가 이 글의 전제로 삼은, 세상과의 거리좁힘의 과정에 다름아니다.

「별」에서의 어머니는 하나의 이상화된 존재로 나타난다.

> 아이는 지금 자기의 오른쪽 눈에 내려온 별이 돌아간 어머니라고 느끼면서, 그럼 왼쪽 눈에 내려온 별은 죽은 누이가 아니냐는 생각에 미치자 아무래도 누이는 어머니와 같은 아름다운 별이 되어서는 안 된다고 머리를 옆으로 저으며…… (I , 「별」, p. 226)

그 어머니는 현실의 여성과 절대로 합쳐질 수 없는, 합쳐져서는 안 되는 꿈속의 어머니이다. 그 어머니를 그리는 모습은 아름다움을 찾아 묘사하는 초기의 황순원의 세계와 겹쳐 있다. 그 어머니가 꿈 밖으로 나왔을 때, 그 모습은 끈질긴 생명력을 지닌 우리의 전통적 여인상, 즉 인고(忍苦)의 모습으로 나타난다. 그들은 약하지만, 약하면서 강하다. 그들은 남편과 달아난 정부의 속곳을 받아 챙기는 「저녁놀」에서의 물지게꾼의 아내이며, 가산을 탕진하고 빚까지 엎혀둔 채 달아난 남편 소식을 듣고는 "아랫목에 애를 재워놓고 어두운 등잔불 아래서 남편이 전에 입던 다 낡은 옷가지들을 꺼내어 여기저기 손질을" 하는, 「기러기」에서의 전통적 아내상의 쇳네이며, 「여인들」에 나오는 이해 타산에서 벗어나 있기에 자신의 희생을 마다 않고, 남자는 도저히 따를 수 없는 순간적인 기지를 발휘하는 여인들이다. 그 여인들의 연약함 가운데 나오는 그 강인함은, 현실적으로 패배의 양상을 띠고 있지만, 남을 향한 열린 마음 덕분에 세상을 살려놓는다.

『별과 같이 살다』의 곰녀는 전통적인 인고에다 기지 대신 자기 희생의 정신을 합해놓은 여인이다. 그 여인들은 강하다. 그때의 여성들의 강인함은 어린아이의 천진성의 세계와 연결되어 있다. 그러나 그들에게서 두드러지는 것은 아직, 능동적 감싸기보다는 수동적

뒤따름이다. 그 능동적 감싸기는 여성이 적극적인 어머니가 되었을 때 나타난다. 그 좋은 예가 『카인의 후예』의 오작녀이다. 오작녀가 박훈에게 이끌리는 것은 젊은 남·녀간의 애정에 의해서가 아니라, 어머니로서의 애정에 의해서이다. 오작녀는 남편에게는 젖가슴 위는 결코 허락하지 않고서, 그녀가 열병에 걸렸을 때 박훈의 앞에서 가슴을 열어 보인다. 그것은 자식에게 가슴을 열어 보이는 행위이지 사랑하는 사내에게 가슴을 열어 보이는 행위는 아니다. 박훈이 오작녀에 대해 꾸는 꿈의 내용을 살펴보자.

　　오작녀는 훈의 얼굴의 생채기를 빨기 시작했다. 목줄기의 생채기도 빨아주었다. 손등이며 팔목의 생채기도 빨아주었다.
　　나중에는 혀로 핥기 시작했다. 이마며 어깨며 가슴이며 모조리 돌아가며 핥아주는 것이었다. 부끄러웠다.
　　그러면서도 오작녀가 하는 대로 내맡겨두었다. 그게 어쩐지 흐뭇하기까지 했다. (Ⅵ, 『카인의 후예』, p. 234)

온몸을 핥아주는 행위는 동물 세계에서 어미가 새끼에게 해주는 행위이다. 그 꿈속에서 박훈은 자식이 되고 오작녀는 어머니가 된다.

여기서 우리는 초기작부터 최근까지, 황순원이 어린아이를 바라보는 시선은, 마음은 바로 어머니의 그것이 아닐까 하는 데 생각이 미친다. 과연 황순원은 자신의 작품 속에서 어린아이들을 모험의 길로 떠나보내는 적이 없다. 자식을 모험의 길로 내보내 단련을 시키는 것은 아버지의 마음이지 어머니의 마음이 아니다. 어린아이들은 항상 그 천진성 속에 갇혀 있다. 「매」에서는 어린아이에게 어른의 추한 세계를 보여주어, 그 동심이 상처받는 모습을 그리기도 하지만, 황순원에게는 그 상처받는 모습이 너무나 애처롭다. 차라리, 「피」에서처럼 어른의 타산성의 세계도 어린아이의 순진성 속에서는 순진한 모습으로 비추이게끔 만들어 가지런히 놓는다. 따라서 그의 작품의 어린아이들이 바깥 세계와 만나더라도, 그 만남은, 「이리도」에서처럼 직접적인 만남이 아니라, 친구 외삼촌의 이야기를 통한 간접 만남이다. 「이리도」에서의 만남은 약간 현실성을 띠고 있기는 하지만 근본적으로는 할머니를 통하여 듣는 설화의 교훈과 다를 바 없다. 그러니 그들은 어찌 보면 항상 모태 안에, 그것도 따뜻한 모태 안에 있다. 그 모태 안의 어둠은 밖으로 나가보지 않은 어둠이기에 무섭지 않고 아늑하다. 그러나 추한 것과 마주한 후의 그 어린아이의 순진성은 애초의 그것과는 사뭇 다르다. 초기에 추한 것을 혐오하는, 거리두는 인식에 의해서 그리로 눈이 끌렸던 어린아이의 세계는, 황순원의 여린 감수성 및 그것이 배태하고 있는 모성적 눈길과 어우러져 아늑한 공간에 갇힌 채 스스로 아늑한 공간을 만들어낸다. 그 세계는 똑같이 아름다운 설화의 세계처럼 보이지만 그 실상은 다르다. 모성의 포용력과 만나기 이전의 설화와 자연은, 이원적 세계관내에서의 배척적인 자연이다. 그 자연은 애써 추한 것을 외면한 후에, 배척한 후에 얻어지는 자연이다. 그때의 설화는 엄밀한 의미에서 현실 저편에 있는 설화이다. 그 설화는 자연이 아름답다는 것을 가르쳐주지만, 추한 것과의 마주침에 의해서는 금방 부서질 수도 있는 약한 교훈이다. 그러나 모성과 어우러진 세계는 열린 순진성의 세계이기 때문에 추한 것 무서운 것은 공포의 대상, 증오의 대상이 되는 게 아니라, 그것마저도 싸잡아 즐거움의 대상이 된다. 그 유년기는 되돌아간 유년기이다. 그 즐거운 유년기 회복의 모습, 그 역설적 뒤집힘의 모습을 한폭의 그림처럼 압축하여 보여주는 것이 「소리 그림자」이다.

 종루에 올라 개들이 흘레하는 것을 구경하면서 즐거워하는 아이들의 천진성은, 그 천진성을 이해 못 하는 교회의 장로에게 노여움을 유발하고, 장로는 종각을 흔들어 아이들을 떨어뜨린다. 그 결과 한 아이는 꼽추가 되어 죽을 때까지 혼자 살면서 그릇만 그린다. 나는 그의 부고장을 받고, 장례식이 지난 뒤에 고인을 찾아가 그가 평생 그린 그림들을 본다.

그림은 목탄지에 연필로 그린 것들이었다. 한장 한장 넘겨가는 동안 나는 단순한 선들 속에 어떤 공통된 요소가 들어 있음을 느꼈다. 무엇인가가 그림 속에서 불타고 있는 것이었다. 얽힌 나무 뿌리에서도 구부러진 곡선마다 불티가 타고 있었다. 찬송가를 부르는 교인들의 수많은 입들도 불을 뿜고 있었다. 헐벗은 산에 박힌 울퉁불퉁한 바위에서도 불길은 일고 있었다. (Ⅴ, 「소리 그림자」, p. 12)

나는 그 불꽃에서 증오의 마음을, 증오 속에 살다 그림에 그 증오를 쏟아놓고 간 한 가엾은 사내의 생애를 보고, 아무 허물도 없는 어린아이의 일생을 망쳐버린 한 중년 사내의 어이없는 징계에 대해 분노를 일으킨다. 그러나 기실은 그 분노도 유년기의 그와 진정으로 만나지 못한, 어찌 보면 장로의 분노와 다를 바 없는 때묻은 의식의 결과이다. 그러는 내 가슴속에 불현듯 옛날의 그 종소리가 울린다.

두 어린이가 종을 치고 있었다. 이제는 종지기인 성일이 아버지는 거기 없고, 단지 두 어린이만이 같이 종줄을 잡고 있었다. 줄을 잡아당겼을 때의 뗑과 강 소리가 되풀이되면서 내는 가락에 어울려 일종 특이한 여운이 울려퍼지고 있었다. 그 여운의 파문이 자꾸만 내 가슴을 채워왔다.
이때 나는 보았던 것이다. 앞에 펴놓은 그림이 이상한 변화를 일으킨 것을. 아니 변화라기보다는 이 그림을 그린 고인의 본뜻을 비로소 알아볼 수 있었다는 게 옳았다. 그림의 붓놀림이 어쩌면 이렇게 즐거울 수 있을까. 불꽃처럼 보였던 선 하나하나가 실상은 어쩔 수 없는 즐거움에서 우러나온 율동이었던 것이다. 킬킬킬 티없는 웃음이 연필 자국마다 스며 있다가 되살아오는 것이었다. 우리는 40여 년 전 웃음을 나눠 가질 수 있었다. (Ⅴ, 「소리 그림자」, p. 15)

우리는 애초에 맞이했던 「허수아비」의 준근의 웃음에서 오싹함을 느꼈지만, 합리적 이해의 수준에서 본다면 그보다 훨씬 역설적인

184

내용을 담고 있는 이 낄낄거림에서는 편안함을 느낀다. 현실적 고통을 회피하지 않고 받아들이면서, 그렇게 즐거움으로 변화시킬 수 있는 능력이 바로 모성을 매개로 한 열린 순진성의 능력이며, 한 걸음 더 나아가 예술 창조가 지닌 마술적 능력, 승화의 힘이기도 하다. 그 능력은 세상에 대한 합리적 이해에 의해 얻어지는 게 아니라 직관적 깨달음에 의해서 얻어진다. 그 직관적 깨달음은, 미추(美醜)를 초월한 생명 자체에 대한, 자연 자체에 대한 경외감을 낳는다. 「닥터 장의 경우(境遇)」에 보여주는 것이 그 깨달음이 있기 이전의 인간 이해에 대한 경고이며 질문이다. 닥터 장은 자신의 어린 시절, 식구가 많아 고생하던 모습과, 날로 늘어만 가는 인간의 모습에 대한 생각이 잠시도 머리를 떠나지 않는다. 그 생각은 어찌 보면, 인구를 줄여서 다 같이 잘살아보자는 합리적이고 인간적인 발상 같아 보이지만 그 발상의 결과 그가 내리는 결단은, 산모가 건강하다면 언제고 낙태 수술에 응해준다는 것이다. 그 결단은 "산모가 건강하다면"이라는 단서까지 달고 있어, 윤리적으로도 온건해 보이고 적극적인 것 같기도 하다. 그러나 "이처럼 인간이 남아돌아가 천대를 받아도 좋은 것인가?"라는 그의 인도주의적인 것 같은 발상 속의 인간에 대한, 생명에 대한 천대는 이미 낙태 수술을 통하여, 자신이 행하고 있다는 사실을 그는 깨닫지 못한다. 그런 그에게 과잉으로 넘쳐흐르는 인간은 '송장처럼' 보일 따름이다. 그에게 황순원은 다음과 같은 질문을 던짐으로써 작품을 맺는다.

> 세발자전거를 탄 사내애는 어머니의 외치는 소리는 아랑곳도 하지 않고 그냥 페달을 밟고 있었다. 그리고 세발 자전거는 닥터 장의 우산에서 떨어진 빗방울이 번진 곳을 지나 거의 계단에 다다라 있었다. 〔……〕
> 이제 계단 밑으로 굴러떨어지기 직전의 이 세발자전거를 그래도 붙들 수 있는 거리에 있는 사람은 오직 닥터 장밖에 없었다. (V, 「닥터 장의 境遇」, p. 146)

미(美)·추(醜)를 초월한 생명의 경이에 대한 깨달음은 「원색 오뚜기」에서는 "살아야 한다는 것이 얼마나 잔인하고 추한가를 뼈저리게 맞보고 나서야 오늘의 평정을 차지할 수 있었던 것이다"와 같은 직접적 발언으로 나오기도 하고,「자연」에서는 대상에 대한 증오의 결과 일으키는 천식증의 극복, 즉 상대방의 역겨운 것도 함께 껴안는 것이 진정한 사랑이라는 깨달음의 모습으로 나타나기도 하며,「나무와 돌 그리고」에서는 사물의 외모만 보고 그 추한 것을 혐오했던 사실, 그 혐오를 낳게 한 자신은 깨끗하다는 인식, 그 인식에 의한 몸사림의 결과 행하지 못했던 일 등에 대한 뼈저린 후회의 모습으로 나타나기도 한다.

그 깨달음은 세상 전체에 모성적 감싸기에 의해 가능해지는 것이지만, 세상을 모성적 부드러움으로 바라보는 시선은, 그 주고받기에 의해서 이번에는 세상 전체가 나를 부드러운 모성으로 감싼다. 그것은 순진성과 모성이 하나로 합해지면서 서로 넘나드는 결과이다. 그때 황순원은 나이를 먹으면서 다시 어린아이가 되어 어머니의 품에 안기길, 어머니의 자궁 속에서 편히 쉬길 기원한다. 자신이 어머니가 되고, 자식이 되고, 세상 전체가, 생명 전체가 자식이 되고, 어머니가 되는 신비스럽고 황홀한 반죽이다. 그 뒤섞임 속에서 세상은 나를 핥아주고, 나는 세상의 젖을 빤다. 그 관계는「겨울개나리」의 간호보조원 아줌마와 환자인 처제와의 관계처럼 상식을 초월한 신비의 관계이고, 환상으로나마 자기 아들을 품고서 죽고 싶어하는, 그런 모습으로 죽음을 맞은「뿌리」의 성당 청소부 아줌마의 염원 속의 관계이다. 어머니의 젖을 빨면서 잠자고 싶은, 그리하여 시원으로 돌아가고픈 그 염원 속에서, 죽음은 종말이나 불행이 아니라 되돌아감이고 시작이다. 그것은, 인생의 막은 내렸어도 계속되는 신비스런 변화의 세계이다. 그것은「막은 내렸는데」에서 자살을 결심한 사내가 자살을 행하기 전에, 마지막으로 잠자리를 같이하게 된 여자의 퉁퉁 불은 젖을 빨면서 겪게 되는 신비스런 변화이다.

지금 나는 나 자신 예기치 않았던, 거기가 표현하려는 한계 밖에 있는걸. 사실 남자는 조금 전까지의 자기와 지금의 자기는 분명 달라져 있다는 걸 느낀다. 그러나 말로는 그게 어떠한 것이라는 걸 나타낼 수가 없었다. 다만 이 변화가 조금도 부끄럽지도 않다는 것만을 은밀한 가운데 느낄 따름이다. 〔……〕

　남자는 어느새 캄캄한 어둠 속 깊이 잠겨 들어가 있다. 둘레가 아주 좁다랗다. 그 둘레만큼 자기의 몸뚱이도 조그맣다. 연약한 팔다리를 놀려본다. 갑자기 어떤 자극물이 자기를 이 둘레 밖으로 내몰려 한다. 기를 쓰고 버틴다. 몇 번이고 같은 일이 거듭된다. 기진맥진되어서도 끝내 밖으로 몰려나지 않는다. 그리고는 유약한 몸을 움직거려 어두운 둘레 속을 유유히 돌기 시작한다. 남자는 이 태 속의 조고만 자신의 움직임을 안온한 마음으로 지켜보고 있다. (V, 「막은 내렸는데」, p. 212)

시원으로 돌아간 그 안고 안기는 행위에는 대상과 주체는 하나가 되어 서로 껴안고 뒹굴 뿐 둘 사이의 거리는 무화된다. 앞에서 말했듯이 그 거리를 무화시키는 힘은, 의식으로부터 나오는 게 아니라, "표현하려는 한계 밖"의 초논리의 영역으로부터 온다. 달리 말하면 무의식의 영역이다. 그때 껴안고 뒹구는 행위가 부끄럽지 않은 것은 당연한 일이다. 부끄러움은, 논리라는 옷, 일상이라는 옷, 윤리라는 옷을 입었을 때, 그 옷이 벗겨질 때 오는 것이지, 그 초논리의 영역엔 끼어들 수 없는 일상의 느낌이기 때문이다. 그 초논리의 영역에서는 현실의 구조 자체가 뒤바뀐다. 그 뒤바뀐 구조 속에서, 현실적 분노, 증오, 혹은 진지함은 모두 낄낄낄 하는 웃음의 대상이 되어버린다. 그 초논리의 세계는 달리 말하면 몽상의 영역이다.

그러나 황순원은 그 몽상의 세계에 푹 잠겨 있지만은 않는다. 「막은 내렸는데」의 옆에는, 자신의 이 세상내에서의 존재 의미를, 혹은 남과 어울린 자아의 모습을 확인하려 애쓰는, 그리고 "사랑과 희생"을 역설하는 「어머니가 있는 유월의 대화」 「원색 오뚜기」 「우산을 접으며」 「주검의 장소」 그리고 「그림자 풀이」의 세계가 나란히 놓여 있다. 희생과 사랑으로 세상에 의미를 주고 싶어하는 마음은 철저한 몽상의 세계로부터 바라본다면 하나의 불순한 자아의 찌꺼기일 수 있다. 그렇더라도 그는 그 불순한 자리에 남아 있는다. 아니 남아 있을 수밖에 없다. 왜? 그는 글을 쓰고 있고 글쓰기란 무엇보다 의식화 작업이므로 그 남아 있는 모습은「모든 영광은」에서 보듯 술을 즐기지만, 그 술이 가져다주는 신비스런 힘을 찬양하지만, 그에 흠뻑 취해 자신을 잃지 않고 단정하게 홀로 술을 즐기는 모습과 비슷하다. 그때 내게는 황순원이 보여준 따뜻한 모성이 감싸는 그 초논리의 영역조차도, 황순원 자신이 그에 푹 잠겨 있는 세계라기보다는 삶의 가능한 한 부분으로서 의식적으로 던져놓은 세계가 아닐까 하는 생각까지 슬며시 고개를 든다. 그 생각은 그의 확고부동한 단아함, 치밀함과 당연스레 연결되기도 하지만, 내가 여기서 편의상 선조적으로 살펴본 세상과의 거리 좁힘의 과정은 문자 그대로 단순 명료한 선조성으로 진행되지는 않았으리라는 생각도 낳는다. 정과리의 훌륭한 해설문인「사랑으로 감싸는 의식의 외로움」이라는 제목하에 보여준『탈/기타』의 복합적 구조는『늪/기러기』의 해설문에서 "황순원은 그의 초기 소설들을 통해 사람이란 현재와 과거의 복합체이며, 더 나아가서 현실과 꿈—전설의 복합체이며, 안과 밖이 밀접하게 관련되어 있는 유기체라는 것을 가르쳐준다"라고 김현이 지적한 초기 소설의 복합적 구조와 동일한 것인지도 모른다. 그 복합적 구조 사이를 왔다갔다하는 것은, 어찌 보면 불안한 모습인지도 모르지만, 내가 이 글에서 살펴본 모성에 휩싸여 편안히 잠기는 모습보다는 내게도 아직 훨씬 소중해 보인다. 그가 보여준 그 폭넓은 감쌈의 세계에, 즐거움의 세계에 나도 같이 뛰어들어 안기고 싶지만 아직은 그 모성으로 감싸는 세계, 낄낄거리는 즐거움의 세계가 이 세계와 어떠한 관련을 맺고 있는지, 혹은 한걸음 더 나아가 이 세계의 변혁에 어떻게 작용할 수 있는가를, 그 잠김 밖에서 찬찬히 따져보고 싶은 욕망이 더 크기 때문이다. 그리고 내게 있어서도, 글쓰기란 언제나 깨어 있는 의식의 작업처럼 보이기 때문이다.

황순원, '민족 현실과 이상과의 괴리'*
── 단편집 『기러기』를 중심으로

장   현   숙

Ⅰ. 머리말

　단편집 『기러기』(1951년 간행)는 황순원의 최초의 단편집 『늪』과 함께 해방 전에 창작된 두번째의 단편집이다. 단편집 『기러기』는 단편집 『늪』 간행 이후, 단편 「별」(1940)을 포함하여, 「눈」(1944)에 이르기까지의 약 5년간에 걸쳐 씌어진 단편들로서 모두 15편에 이르지만, 「별」과 「그늘」을 제외하고는 일제의 한글 말살 정책으로 인하여 활자화되지 못하고, 해방 후에야 비로소 간행되었다.

　따라서 단편집 『기러기』는 우리 글을 발표할 수 없었던 일제하의 질곡 속에서, 작가가 명멸하는 그 자신의 생명의 불씨를 일구며, 그 어두운 시기를 견뎌낸 투지의 결실이라 볼 수 있다. 그런 만큼 이 단편집 속에는 삶의 어두운 양상을 드러낸 일련의 단편들을 중심으로 하여 이상과 현실의 괴리가 빚어내는 갈등의 양상들이 내재되어 있다. 동시에 어머니에 대한 그리움과 잃어져가는 우리 고유의 전통에 대한 안타까움 같은 것들이 조국애와 상징적으로 연결되어지고 있음을 고찰할 수 있다.

　따라서 본고에서는 우선 단편 「별」 「기러기」 「머리」 「세레나데」 「노새」 「그늘」을 중심으로 우선 작품 자체의 미적 구조와 의미를

---

* 경원전문대학 논문 제13집, 1991.

파악하고, 작품 속에 내재해 있는 갈등의 양상을 살펴보고자 한다. 또 그러한 갈등의 양상들이 어떻게 전개되고 있으며, 나아가 어떠한 양상으로 극복되고 있는가에 초점을 맞추면서, 이들 작품 속에 투영된 작가의 내면 의식을 함께 고찰하고자 한다.

특히 단편집 『기러기』에 수록된 단편들이 일제하의 밀폐된 현실 속에서 작가가 어떻게 그 시대를 인식하고 갈등했으며 고뇌했는가에 대한 실질적인 집적물임을 상기할 때, 이들 작품들에 대한 올바른 평가는 황순원 문학의 흐름과 본질을 파악하는 데 일익을 담당하리라 본다.

Ⅱ. 명멸하는 그리움의 불꽃, 어머니: 「별」「기러기」

단편 「별」(1940년 가을 제작)은 '아이'의 시선을 통하여, 어둠 속에 빛나는 '별'의 이미지를 아름답고 절대적인 어머니의 이미지와 접맥시킨 작품으로서, 우리의 감성에 빈틈없이 어필하는 서정을 포착한 매우 아름다운 작품이다. 여기서의 '빛' 곧 '별'은 '이상'을 상징하며, '어둠'은 곧 '현실'을 상징한다고 볼 수 있다.

이 작품에서 '누이'는, 죽은 어머니와 같은 애정으로 아이에게 사랑을 베푼다. 그런데 밉게 생긴 누이가 '어머니'와 닮았다는 말을 듣는 순간부터, 아이는 '누이'를 강하게 거부하기 시작한다. 왜냐하면, 아이에게 있어서 '어머니'의 존재는, 이 세상에서 가장 예쁘고 '별'처럼 아름다운 절대적인 존재로 인식되었기 때문이다. 그리하여 아이는, 누이가 아이에게 준 애정의 상징물인 '예쁜 각시 인형'을 땅에 묻으며, "인형인가 누이인가 분간 못 할 서로 얽힌 손들이 매달리는 것 같음"을 느끼지만, 아이는 "어머니와는 다른 그 손들을 쉽사리 뿌리칠 수 있었던 것"[1]에서 보여지듯, 누이가 베푸는 애정을 강하게 거부한다. 이렇게 아이가 누이를 거부하는 양상은 다음과 같이 지문에서 드러나고 있다.

---

1) 황순원, 「별」, 『늪/기러기』, 황순원전집 제 1 권, 문학과지성사, 1980, p. 215.

누이는 금방 뜯어낸 쌍둥이를 아이에게 내주었다. 그러나 아이는 거칠게 싫어! 하고 머리를 도리질하고 말았다. 누이가 새로 더 긴 쌍둥이를 뜯어내서는 다시 아이에게 내밀었다. 그러나 누이가 마치 어머니처럼 굴 적마다 도리어 돌아간 어머니가 누이와 같지 않다는 생각으로 해서 더 누이에게 냉정할 수 있는 아이는, 내민 누이의 손을 쳐 쌍둥이를 떨쳐버리고 말았다.[2] (윗점: 필자)

즉 아이가 절대적으로 아름답다고 인식하는 ‘어머니’의 존재는, 관념적인 이미지로서가 아니라, 아이의 내면에서 항상 살아 숨쉬는 실재하는 ‘어머니’로 존재하는 것이다. 이렇게 아름다운 어머니의 이미지에 집착하고 있는 아이의 모습은, 땅따먹기 놀이에서 "반달 끝에다 한뼘 맘껏 둘러대어 동그라미를 그어놓았으면 얼마나 아름다울지 모르겠다는 계획"을 하는 것에서도 단적으로 드러난다. 이것은 아이에게 있어서 어머니의 존재는, 끝없는 꿈과 희망과 아름다움과 구원을 표상하는 이상화된 존재임과 더불어, 현실 속에서 그의 삶 속에서, 같이 호흡하고 살아 숨쉬는 구체화된 실체로서 존재하는 아름다운 어머니인 것이다. 곧 아름다운 어머니에의 이미지에 대한 추구는 곧바로 현실의 일상 속에서 살아 숨쉬는 구체적인 존재로서, 아이의 내면 속에서 함께 동거하고 있다.

따라서 아이는 어떠한 회의나 갈등도 없이 "밉게 생긴 누이"를 거부할 수 있었던 것이다. 아이는 "자기를 감싸주는 누이에게서 어머니의 애정 같은 것"을 느끼면서, 더욱 강하게 누이를 거부한다. 이것은 어쩌면 아이의 자의식이 미성숙한 단계에 머물러 있기 때문이라고 생각되어질 수도 있으나, 아이의 자의식이 완전히 성장한 후에까지도, 아름다운 어머니에 대한 절대적인 믿음은 변치 않고 드러난다. 종국엔 누이의 죽음으로까지도 아름다운 어머니의 이미지와 상쇄할 수 없는 것으로 인식한 아이는 "절대적으로 아름다운 어머니"의 이미지에 집착한다. 이것은 바로 아름다운 어머니에의 그

---

2) 위의 책, p. 218.

리움과 절대적인 어머니에 대한 애정의 극치에 다름아니다.

자의식이 싹트는 열네 살 때, 소녀가 입술을 요구할 때, 아이는 "이 소녀도 어머니가 아니라는 생각"을 하며 돌아선다. 또 두려웠던 의붓어머니에 대한 감정도 바뀌어 "진정으로 자기네를 골고루 위해주고 있다"는 것을 깨닫게 될 정도로 아이는 이미 성숙되었는데도 불구하고, 누이가 연애 사건으로 "돌아간 어머니까지 들추어내게 하는 일을 저질렀다가는 용서"하지 않겠다고 주먹을 쥔다. 그리하여 결국 누이가 "돌아간 어머니"까지 더럽히게 한다고 생각하여 누이를, 아버지의 말처럼 초매(치마)로 묶어 강물에 집어넣으려고 의도한다. 그러나 아이는 "누이가 죽는 한이 있더라도 아무 항거 없이 도리어 어머니다운 애청으로 따라 할 것만 같은 생각이 들며, 누이가 돌아간 어머니와 같은 애청을 베풀어서는 안 된다고" 생각하게까지 되는 것이다. 자의식이 성숙한 아이가, 믿게 생긴 누이로 하여금, 어머니와 같은 애청을 베풀게 해서는 안 된다는 것, 그것은 달리 말하면 어머니에 대한 그리움의 극치라고 설명되어질 수 있다. 어느 누구도 손상시킬 수 없고, 침해할 수 없는 신성하고 절대적인 존재가 바로 아이가 인식하는 어머니의 존재인 것이다.

아이가 가지는 절대적인 어머니에의 그리움은, 믿게 생긴 누이에 대한 강한 거부와 반발로 연계적으로 이어지면서 나타나고, 결혼한 누이의 부고장을 받고야 비로소 아이는 눈물을 흘리며 "우리 널 왜 쥑엔!" 하고 소리지른다. 그러나 항상 "어머니와 같은 애정"으로 아이를 돌보아준 누이의 죽음에 직면해서까지도, 아이는 "아무래도 어머니와 같은 아름다운 별이 되어서는 안 된다고 머리를 옆으로 저으며 눈을 감아 눈 속의 별"을 내모는 것이다. "누이의 죽음"으로까지도 상쇄되어질 수 없는 아름다운 '별,' 그것은 곧 아름다운 어머니에의 절대적 표상이며, 아름다운 어머니에의 그리움, 애정의 극치를 표백한 것이라 볼 수 있다.

그리고 아이는 당나귀에게나처럼, 우리 널 왜 쥑엔! 왜 쥑엔! 하고 소리질렀다. 당나귀가 더 날뛰었다. 당나귀가 더 날뛸수록 아이의, 왜 쬑엔! 왜 쬑엔! 하는 지름소리가 더 커갔다. 그러다가 아이는 문득 골목 밖에서 누이의, 데런! 하는 부르짖음을 들은 거로 착각하면서, 부러 당나귀 등에서 떨어져 굴렀다. 이번에는 어느 쪽 다리도 삐지 않았다. 그러나 아이의 눈에는 그제야 눈물이 괴었다. 어느새 어두워지는 하늘에 별이 돋아났다가 눈물 괸 아이의 눈에 내려왔다. 아이는 지금 자기의 오른쪽 눈에 내려온 별이 돌아간 어머니라고 느끼면서, 그럼 왼쪽 눈에 내려온 별은 죽은 누이가 아니냐는 생각에 미치자 아무래도 누이는 어머니와 같은 아름다운 별이 되어서는 안 된다고 머리를 옆으로 처으며 눈을 감아 눈 속의 별을 내몰았다.[3] (윗점: 필자)

이것은 곧 사랑하는 누이의 죽음으로도 따라갈 수 없는, 어머니에 대한 애정의 절대성을 드러내는 것으로서, 아름다운 어머니에 대한 절대적 믿음과 그리움의 한 정점을 표출시킨 것이다. 누이의 죽음으로 인한 아이의 눈물과 그 눈물 속에 빛나는 눈 속의 별이, 어두워가는 하늘에 빛나는 별과 교합되면서, 어머니의 이미지와 환치되는 것이다. 이 작품의 미적 리얼리티는, 이 결미 부분에 이르러, 극에 달한다고 볼 수 있다. 아이의 눈 속으로 내려오는 하강하는 누이의 별과, 그 별을 다시 몰아내는 상승감은, 이 작품 전체를 더욱더 돋보이게 하며 미적 리얼리티를 야기한다. 동시에 "절대적으로 아름다운 어머니에의 그리움"이라는 이 작품의 주제를, 반어적으로 '어둠' 속에 빛나는 '별'의 이미지와 함께 현현시키고 있다.

현실(어둠, 누이와 닮은 밉게 생긴 어머니)과 이상(밝음, 별, 아름다운 어머니)과의 괴리 사이에서, 아이는 아름다운 어머니라는 절대적인 믿음을 가지고, 현실 즉 밉게 생긴 누이를 망설임없이 거부한다. 밤하늘에 명멸하는 아름다운 별 그것은 절대적으로 아름다운 어머니의 이미지이기 때문에, 결코 누이의 죽음으로까지도 획득되어질 수 없는 표상으로 아이에게는 존재했던 것이다.

---

3) 황순원, 「별」, p. 226.

그렇다면 이렇게 누이의 죽음으로까지도 획득되어질 수 없었던 '별' 곧 "절대적인 어머니"의 모습이, 황순원의 단편 「왕모래」(1953년 시월)에서는 어떻게 드러나고 있는가, 그토록 아름다운 절대적인 어머니를 그리는 「별」에서의 '아이'는, 「왕모래」에서 '돌이'로 변신하여 나타난다.[4] 돌이의 어머니는 돌이를 버리고 정염을 찾아 떠나간다. 그런 어머니를 돌이는 못내 그리워하면서 애타게 기다린다. 그러나 「별」에서의 '아이'가 아름다운 '별'로서, 그토록 그리워하던 어머니는, 「왕모래」에서, 아름다운 모습으로서가 아니라, 추한 모습 곧 아편쟁이가 되어 돌아오는 것이다. 그러면서도 자식에 대한 애정 때문이 아니라, 결국 '아편' 때문에 돌아오는 타락한 어머니로 돌아오는 것이다. 이럴 때 돌이는 아름다운 절대적인 어머니에 대한 아이덴티티를 상실하면서, 어머니의 목에 힘을 주는 것이다. 곧 죽은 어머니를 아름다운 별로서 미화시키던 「별」의 아이가, 작품 「왕모래」에 와서, 그렇게도 그리워하던 어머니가 아름다운 모습이 아닌, 추한 아편쟁이로 돌아왔을 때, 돌이로 변신하여, 어머니를 살인할 수밖에 없는 것이다. 즉 「별」에서의 아이가, 누이의 죽음으로까지도 용납하지 않았던, 절대적으로 아름다운 어머니의 이미지에 대한 추구—'이상'의 세계가, 「왕모래」에 와서 추한 '현실'로 돌아왔을 때, 오히려 작가는 '돌이'로 변신하여, 추한 모습으로 돌아온 어머니를 살해할 수밖에 없었던 것이다. '이상'과 '현실'의 세계가 괴리되어질 수밖에 없었을 때, 돌이는 슬프면서도 결연히 어머니를 살해하게 된다. 이것은 바로 「별」의 아이가, 「왕모래」에서 끝까지 추한 모습으로 돌아온 어머니 곧 현실을 수용하지 않으려는 강한 거부의 몸짓이면서 각오에 다름아니다. 이것은 달리 말하면, 현실을 강하게 부정하는 것만큼의 커다란 어머니에 대한 애정의 깊이 곧 애정의 극치라 할 수 있다.

이 작품을 달리 시대적 상황과 연결시켜서, 우리 민족이나 작가

---

4) 장현숙, 「황순원 작품 연구」, 경희대학교 대학원 석사 논문(1982. 2), pp. 92~94, 102~03 참조.

와 연관시켜볼 때, 무엇을 의미하는 것일까. 「별」에서의 아이가 그
토록 그리워했던 절대적으로 아름다운 어머니의 모습은, 일제하에
서 우리 민족 또는 작가가 그토록 그리워하던 해방된 우리 조국의
모습이기도 하다. 그러나 그토록 절실하게 해방을 그리워하던 우리
민족 또는 작가에게로 돌아온 조국의 모습은, 아름다운 조국이 아
닌 실망과 기만을 함께 가져다준 조국의 모습으로 돌아온 것이다.
곧 우리 민족에게로 돌아온 조국이 6·25를 거쳐 남·북의 분단이라
는 돌이킬 수 없는 실망을 안겨주었을 때, 작가는 「왕모래」의 돌이
로 변신하여, 아편쟁이로 돌아온 어머니를 살해할 수밖에 없었던
것이다. 곧 「별」(1940년 가을 제작)에서의 아이가 그토록 그리워하던
'어머니' 곧 '모국(母國)'이 6·25를 거치면서, 「왕모래」(1953년 제작)에
서 볼 수 있듯이, 추한 '어머니' 곧 남·북의 분단이라는, 우리가 기
대하지 않았던 '모국'으로 변질되어 돌아왔을 때, 이 '어머니' 곧 '모
국'을 죽일 수밖에 없었던 것은, 역설적으로 작가의 지극한 '조국애'
의 발로라 볼 수 있다. 따라서 단편 「별」과 「왕모래」는 므성 의식뿐
만 아니라 작가의 민족 의식과도 연결시켜볼 수 있는 좋은 작품들
이라 볼 수 있다.
　한편 단편 「기러기」에서도 '모성 의식'뿐 아니라 작가의 '민족 의
식'을 함께 유추해볼 수 있는 작품이라 보여진다.

　단편 「기러기」(1942년 봄 제작)는 일제하의 암울한 시대를 배경으
로, 이면적으로는, 잃어가는 조국에 대한 안타까움과 상당수의 농민
들이 이농을 하지 않으면 안 되는 시대상을 보여주면서, 한편으로
는 자식을 위해 "무섭고 싫은" 남편을 찾아나서는, 모성상을 보여
준 작품이다.[5] 사랑하는 아버지를 잃고, 남편이 만주로 떠나간 "그
날 밤부터 이상히도 마음이 놓여지는" 쇳네였지만, "애에게만은 아
비 없는 자식을 만들어서는 안 될 것" 같은 마음으로, 남편을 찾아
나서기로 결심하는 것이다.

5) 장현숙, 「황순원 작품 연구」, pp. 83～85 참조.

그날 밤 쇳네는 아랫목에 애를 재워놓고 어두운 등잔불 아래서 남편이 전에 입던 다 낡은 옷가지를 꺼내어 여기저기 손질하기 시작했다. 좀만에 한번씩 생각난 듯이 바늘 든 손을 멈추고 잠든 애를 바라보고 나서는, 어서어서 하는 듯 다시 재게 손을 놀리는 것이었다.

이 밤은 얼마나 깊었는지, 어디서 봄기러기 날아가는 소리가 들려왔다.[6]

우리 글을 발표할 수 없었던 일제하에서, 작가는 어둠 속에서 언제 빛을 볼지 모르는 작품을 쓰면서, "이 밤은 얼마나 깊었는지, 어디서 봄기러기 날아가는 소리가 들려왔다"로 표현하고 있다. 아이 때문에 남편을 찾으러 떠나기로 결심한 쇳네가 "어서어서 하는 듯" 바늘 든 손을 재게 놀리는 모습은, 어쩌면 절박한 현실 속에서나마 희망을 버리지 않고, 조국의 광복을 애타게 열망하는 작가의 모습을 반영한다고도 볼 수 있을 것이다.

Ⅲ. 민족 현실과 이상과의 괴리: 「머리」「세레나데」「노새」

단편 「머리」(1942년 가을 제작)는, 식민지 한국이라는 불안하고 우울한 시대 상황 속에서 파행적인 삶을 살아가는 지식인의 삶의 무위와 폐쇄된 지식인의 내면적 존재를 묘파한 일종의 상황소설이다.

작중인물 '그'는 일제하라는 탈출구가 없는 밀폐된 현실 속에서, 항상 뭔가 욕구불만에 차 있는 자기 자신의 내면을 들여다보며 더욱 못마땅해하고 불쾌해하는 인물로서, 이는 1940년대를 살아가는 한국인들의 폐쇄된 자아의 존재를 대표한다고 볼 수 있다.

이 작품에서 '그'가 처해 있는 현실 세계란, 항상 "어지러운 꿈의 계속인 듯 그냥 이마며 머리 전체가 무거운" 그러한 폐쇄된 세계이다. 자유롭게 비약하고 싶은 이상의 세계와 탈출하고 싶지만 탈출구가 없는 닫혀진 현실 세계와의 괴리 속에서, 공연히 '그'는 가족들

---

6) 황순원, 「기러기」, 『늪/기러기』, p. 273.

에게 그의 불쾌한 감정을 표출시키고, 그런 자신의 모습에 더욱더 불쾌할 수밖에 없는 인물로 설정되고 있다. 이러한 그의 불쾌감은, 그의 '꿈'에서까지도 더욱 '불쾌하게' 되풀이되곤 하는데, "하기는 그가 잠이라고 자는 그 자체가 불쾌스런 꿈의 연속 같은 것이었지만" 이라고 지문에 보여지고 있다. 이는 곧 그의 삶 자체의 구위와 불쾌 그것임을 상징한다고 볼 수 있다. 더욱 불쾌한 것은 그가 꾸는 "방아깨비의 꿈"으로, 깨고 나서까지도 시원한 것이 아니라 불쾌하기만 하다는 점이다.

나무 밑에 검은 안경을 쓴 사내가 궐련을 물고 앉아서 방아깨비의 머리에 돋아난 촉수를 담뱃불로 지져낸다. 궐련 끝에 재가 앉으면 빨아 빨간 불꽃을 살려가지고 지져댄다. 한쪽 촉수가 다 타 없어졌다. 검은 안경잡이 사내는 담배를 다시 빨아가지고 다른 한쪽 촉수에 갖다대는데, 그것은 방아깨비의 촉수가 아니고 자기의 이마다. 아, 따갑다. 불꽃 닿은 자리만이 아니고 온 머리가 따갑다. 그러나 손발을 움직여 이 불꽃을 털어버리려 해도 자기에게는 이미 손발이 없다. 이러다가는 머리가 온통 불에 데어 죽고 말리라. 누구 좀 구원해줄 사람은 없나? 있다. 바로 앞에 서 있다. 그런데 그게 다른 뉘가 아니고 자기다. 아직 열안팎의 어린 몸인데도 오늘의 수염나고 주름잡힌 자기다. 이 자기보고 정말 데어 죽겠으니 사람 좀 살리라고 애원한다. 그러나 서서 보고 있는 자기는 이편을 구해주고 싶다는 생각은 하면서도 오금이 말을 듣지 않는다. 그러는데 검정 안경잡이 사내가 다시 담배를 빨아 불꽃을 살린다. 정 따가워 죽겠구나! 서서 보고 있던 자기가 차마 보다 못해 달아나고 만다. 그러면서 잠이 깬다. 잠이 깨고도 지금 꾸다 깬 꿈의 계속인 듯 그냥 이마와 머리 전체가 무겁고 불쾌하다.[7]

방아깨비의 촉수를 담뱃불로 지져대는 '검은 안경잡이 사내'는 항시 자신의 실체를 드러내지 않으면서, 타인을 구속하는 자, 자유를 박탈해가는 자, 약자의 생명을 죽이고, 기만하는 자를 상징한다고

---

7) 황순원, 「머리」, 『늪/기러기』, p. 314.

볼 수 있다. 곧 사내는 선한 자와 약자를 죽이고 횡포를 일삼는 강자이며 침입자이다. 그리하여 검은 안경잡이 사내가 지지는 것은, "방아깨비의 촉수"가 아닌, 약자인 "자기의 이마" 곧 그의 이마로 인식된다. 강자에 의해 불의의 습격을 당한 그는, 사내에게 항거할 '손발'이 이미 자기에게는 없다. 그래서 그는 "누가 좀 구원해줄 사람"이 없느냐고 외친다. "머리가 온통 불에 데어 죽고 말리라"는 절박함 속에서, 구원을 요청할 때, 그가 발견한 사람은 "그게 다른 뉘가 아니고 자기"임을 발견한다. "그러나 서서 보고 있는 자기는 이편을 구해주고 싶다는 생각은 하면서도 오금이 말을 듣지 않는다." 그리고 사내의 횡포를 또다시 보며 차마 보다 못해 달아나고 만다. 탈출구가 막혀버린 절박한 삶 속에서, 탈출을 시도하고 싶지만, 이미 그에게는 현실적으로 항거할 힘이 없다. 그리하여 자기를 구원해달라고 외치며 발견한 사람은 바로 "또 하나의 자기" 곧 "자기의 또 다른 분신"이다. 즉 대항할 실제적인 힘과 능력을 가진 "이상적인 자기"인 것이다. 그러나 "또 하나의 자기" 역시도 사내의 무력적인 횡포와 악마성 앞에 항거하지 못하고 달아나버릴 때, 그는 "그냥 이마와 머리 전체가 무겁고 불쾌"할밖에 없는 것이다. 폐쇄된 시공에서 개방된 시공으로 자유롭게 탈출하고 싶지만, 현실적으로 불가능할 때, 그는 그런 자신이 한껏 불쾌할 수밖에 없는 것이다.

이 작품에서 '사내'는, 일방적인 횡포와 독단과 폭력으로 정상적인 삶을 살 수 없게 만드는 일본을 표상한다고 생각해볼 수도 있다. 진정한 자유를 빼앗겨버린 어두운 시대 상황 속에서, 건강한 삶과 생명력이 말살되어가는 데 대한 안타까움과 불안 속에서, 그가 현실적으로 이 어둠을 탈출할 수 없을 때, '이상'과 '현실'과의 괴리 속에서, '자기'와 '또 하나의 자기'는 분열될 수밖에 없고, 여기에 짙은 '무력감'과 '불쾌감'이 내재할 수밖에 없는 내면 상황을 이 소설은 보여주고 있다.

이 '방아깨비의 꿈'은, 그가 어렸을 때의 경험이 투영된 것으로서, '검은 안경잡이 사내'는 악의 세계를 표상하고, 일방적으로 피해를 당하기만 하는 어렸을 때의 '그'는 선의 세계를 표상한다고 볼 수 있다. 나아가 악이 존재하는 '어른'의 세계와 선성으로만 존재하는 '아이'의 세계와의 대립 또는 단절을 상징한다고도 볼 수 있다.

그는 피곤하고 무거운 '머리'를 낫게 하기 위해 '돼지고기'를 구해 오라고 성화하고, 이것이 여의치 않자 그것이 "꼭 아내의 탓인 듯이 불쾌"함을 느낀다. 이러한 파행적인 삶 속에서의 불쾌감은, 일상에서 부딪치는 빈곤을 접할 때, 더욱 우울할 수밖에 없다. 배고파 훌쩍이며 우는 이웃집 아이들에게 "뭐든 먹을 것을 줘야만 한다는 생각"이 든 그는, 아내에게 '볶은 콩'을 갖다주라 하나 '비' 때문에 갖다주지 못한 그 자신을 발견하게 된다. 그러나 "그 집 앞을 지나면서 닫힌 문 가득히 따뜻한 불빛이 비친 걸 보고" 어떤 '안도감까지' 느끼는 감상적인 그와 "아무 일 없는 듯 그곳을 지나쳐버린" 그 자신을 발견하고, 또다시 그런 자신에게 '한없이 불쾌'를 느낀다. "그것은 어제오늘 꿈속에서 보는 검정 안경잡이 사내의 손에 발이 떨어지고 촉수가 타는 방아깨비를 보고 달아나는 것만도 못한 감상을 자신에게서 본 때문"이었다. 이러한 그의 내면 상황은, 실제로 행동하지 못하는 자기 자신의 무력감에 대한 분노이면서, 그런 자기 자신에 대한 거부와 조소이기도 한 것이다. 또 실제로 행동하지도 못하면서, 타인의 불행에서 느끼는 한 순간의 감상조차도 용인하지 못할 정도의 결벽성과 비꼬인 그의 내면 세계를 표출시킨 부분이기도 한 것이다. 이러한 그의 심리 상황은 "어느 집 광 안에 가득히 매달려 있는 돼지 다리를 아무리 세어도 끝이 안 나 쩔쩔매는 꿈"을 꾸고는 더욱 "머리가 무겁고 불쾌"했다는 지문을 통해서 또다시 보여진다.

이 밤은 몇 시나 됐을까. 그는 그저 이 밤이 다음날이 아니고 낮과 같은 오늘밤이기만 바랐다. 그리고 이것으로 오늘의 악마의 날은 아주 끝나주기를 바랐다. (윗점: 필자)[8]

8) 황순원, 「머리」, 『늪/기러기』, p. 321.

끝없는 무위와 어둠과 절망과 불쾌감만이 있는 오늘 현재의 악마의 날이 아주 끝나고, '다음날'이 아닌 '오늘밤'으로 고통이 영원히 끝나주기를 바라는 것이다. 이러한 그의 내면적 상황은, 오늘의 현실 세계에 대한 강한 거부에서 비롯되며, 오늘의 현실에 대한 고통과 절망과 불쾌감은 극도에 달해서, 더 이상의 어떤 고통도 용인할 수 없을 정도로 지쳐버린 절박함 그것이다. 곧 이상적인 삶과 죽음의 현실이 파행적으로 맞물려 돌아갈 때, 그는 죽음의 현실 속에서의 탈출을 시도하려 하지만, 탈출구가 없을 때, 그의 삶은 균열될 수밖에 없고 폐쇄적일 수밖에 없고 그리하여 내내 '불쾌'할 수밖에 없는 것이다. 그리하여 그는 차라리 고통이 있는 내일이기보다는, 차라리 오늘로서 이 고통의 세계가 아주 끝나주기를 바라는 것이다. 곧 그의 삶은, 열려진 삶이 아니라, 밀폐된 삶, 폐쇄된 삶을 상징한다고 볼 수 있다.

단편 「머리」는 이러한 폐쇄된 삶 속에서 늘 심신이 피곤해 있고 한없이 불쾌할 수밖에 없는 지식인의 내면적 의식의 흐름을 모던한 감각으로 예리하게 포착한 일종의 심리소설이라 볼 수 있다.

단편 「세레나데」(1943년 봄 제작)는, 음악에 있어서의 '세레나데'가 소규모의 조곡(組曲)으로 이루어졌듯이, '무당'에 관한 몇 토막의 이야기를 연결시켜 어두운 현실 속에서 필연적으로 겪어야만 하는 작중인물 '그'의 내면 풍경과 지향점을 리얼하게 보여주고 있다.

이 작품은 무당 시늉을 하는 계집애의 이야기, 대동강에 빠져죽은 어린애의 넋을 위로하기 위해, 굿을 하는 젊은 무당의 애처러운 모습, 무당이 내리면서 눈이 먼 소경 처녀애의 죽음, 그리고 중년 여인의 푸닥거리, 작두타는 색시 무당의 이야기가 연계적으로 보여진다. 이어서 작중 화자 '그'가 만주로 가는 친구에게 끌려 손금쟁이 한테로 가고 이것을 계기로 까마득히 잊었던 '소경 처녀애'의 일에 생각이 미치면서, 그가 느끼는 오늘날의 심리 상황이 표출된다.

따라서 이 작품에서 보여지는 단편적인 무당의 이야기는, 작가가 오늘 '그'가 처해 있는 현실 속에서의 내면적 고통과 아픔 그리고 의지를 효과적으로 부각시키기 위한 의도적인 장치이다. 왜냐하면 무당에게 있어서는, 내면적인 고통을 겪은 뒤에 신이 내리기 때문이며, 그 내면적 고통은, 현실적으로 작중인물 '그'가 잃어버린 조국에서 느끼는 현실적 고통과 대응하기 때문이다. 따라서 '무당'의 이야기의 도입은 작중인물의 현실적 고통에 더욱 리얼리티를 부여하고자 한 의도이며, 잃어져가는 한국적 모습을 작품 속에 반영시키기 위한 작가의 세심한 배려이다.

'그'는 소경 처녀애를 흉내내려다 생겼던 '상처'를 생각해내고 절로 가슴이 두근거림을 느낀다. 그리고 "그저 지금 그의 가슴이 두근거려짐은 그 애처로웠던 소경 처녀애의 생명이 새삼스레 가슴속에 살아올라옴으로였다. 그리고 이 애처로운 생명이 곧 오늘날의 그의 생명으로 느껴졌기 때문이었다"에서 볼 수 있듯이, 무당이 내리면서 눈이 멀었다는 소경의 절망적인 고통과 아픔은, 그대로 일제하의 절망적인 어둠의 시대를 살아가고 있는 오늘날의 그의 아픔으로 대응되는 것이다. 무당이라는 운명을 거부할래야 거부할 수 없는 소경 처녀애의 애처로운 생명은, 바로 오늘날 절망적인 현실 속에 서 있는 그의 애처로운 생명과 동일시되는 것이다. 그리고 이것은 또 그대로 "이제 만주로 떠난다는 친구"에게로 연결된다. 곧 소경의 애처로운 생명과 고통과 아픔은 '그'의 애처로운 생명과도 동일시되어지고 나아가 그대로 가난과 절박한 어둠만이 있는 조국을 등지고 만주로 떠나야만 하는 친구의 아픔과도 동일시되어 확대되는 것이다. 어쩌면 이러한 아픔은 우리 민족 전체에 해당되는 것일 것이다.

그는 눈을 감았다. 어쩌면 지난날 옆집 계집애의 오오늘날이야! 하며 치뜨던 때의 눈보다도 더 보기 흉할 오늘의 자기의 눈을 감았다. 그리고는 걸었다. 도시 지난날 그 소경 처녀애를 본떠 걸을 때만큼도 잘 걸어지지 않았다. 술 때문만이 아니었다. 앞에 놓인 길이 지난날 젊은 여인의 가느다란 가슴이 갈라내던 베필처럼 펼쳐져 있는 때문이었다. 그리고 얼마 전 색시무당이 탔던 작두날인 양 놓여 있는 때문이었다. 그러나 그렇다고 버릴 수는 없는 길이었다. 어떻게 해서든지 걸어가야만 할 길이었다. 눈물도 없이, 이런 그의 귓전을 어둠 속으로부터, 우리 술 한잔 더 하자는 친구의 말소리가 머언 바람 소리처럼 스치고 지나갔다.[9] (윗점 : 필자)

그는 "어쩌면 지난날 옆집 계집애의, 오오늘날이야! 하며 치뜨던 때의 눈보다도 더 보기 흉할 오늘의 자기의 눈"을 감는다. "오늘의 자기의 눈"은 '고통의 눈'을 표상한다. 이는 어두운 현실 속에서 절망과 고통으로 일그러뜨리며 비틀거리며 살아가는 자기 자신의 삶의 모습의 반영에 다름아니며, '그'의 현실에 대한 강한 부정 의식이 표출된 것이라 볼 수 있다. 그리하여 그는 '술' 때문만이 아닌 '비틀걸음'으로 걷게 된다. 그것은 그의 앞에 놓인 현실이, 젊은 여인의 가느다란 가슴이 갈라내야만 했던 베필처럼 힘겨운 고통의 길이 펼쳐져 있기 때문이요, 색시무당이 아슬아슬하게 타야만 했던 작두날인 양 위태롭게 조국의 앞날이 놓여 있기 때문인 것이다. 분명 1943년 봄의 우리 조국의 상황은, 일본이 제2차 세계 대전에 뛰어들어 (1941) 거칠고 예측할 수 없는 절박한 상황이었다. 그런 현실 상황 속에서 헤쳐나가야 할 '그' 아니 우리 민족의 삶은, 소경 처녀애나 색시무당이 타야 할 '작두날'과 같은 것일 것이다. 그러나 '그'는 이러한 암담한 상황 속에서, 절망의 늪 속에서 그의 삶을 포기하지 않고, 필연적으로 걸어가야만 하는 길로서, 의연히 그 고통의 길을 헤쳐나아갈 것을 결심한다. 이러한 그의 의지는 "그러나 그렇다고 버릴 수는 없는 길이었다. 어떻게 해서든지 걸어가야만 할 길이었다. 눈물도 없이"라는 지문에서 잘 드러나고 있다. 이 작품에서 '그'는 억압된 현실, 절박한 어둠의 현실에서 필연적으로 겪어야만 하는

---

9) 황순원, 「세레나데」, 『늪/기러기』, p. 329.

아픔과 고통의 내면을 들여다보면서 갈등한다. 그것은 곧 현실과 이상과의 괴리가 빚어내는 갈등에 다름아니다. 나라를 잃어버린 암담한 현실 속에서의 비참한 삶과 그러나 그러한 비참한 삶이라도 영위해야만 한다는 것에 대한 고통인 것이다. 그러나 '그'는 결코 어둡고 절망적이지만 삶 자체를 포기하지는 않는다. 왜냐하면 '그'의 삶은 '버릴 수 없는 길'이며, '어떻게 해서든지 걸어가야만 할 길,' 당위적인 '길'이기 때문이다.

이 작품의 결미에서, '그'를 통하여 작가의 민족 의식이 표출되었다고 보여진다. 절망적으로 치닫는 현실의 상황을 어떻게든 의지로써 감내하고 걸어가야만 하는 길로서 의식한 그의 결연한 의지는, 조국의 광복을 맞기 위하여 어떻게든 이 위기의 상황을 헤쳐나가야만 한다는, 작가의 결연한 의지가 표출된 것이라 보여지며, 이는 곧 작가의 조국애의 투영에 다름아니라 본다. 즉 일제하의 식민지하에서 파행적인 삶을 살 수밖에 없는 우리 민족의 현실적 삶과 이상적 삶이 괴리될 수밖에 없을 때, 작가는 갈등할 수밖에 없지만, "그러나 그렇다고 버릴 수는 없는 길" "어떻게 해서든지 걸어가야만 할 길"로써 인식한 것은, 작가의 투철한 민족 의식의 반영이다. 이러한 투지와 민족 의식이 일제하의 절박한 시대를 훼절하지 않고 끝까지 견뎌내게 했던 원동력이 되었다고 생각된다.

단편 「노새」(1943년 늦봄 제작)는 '가난'으로 인하여 빚어지는 울분에 찬 사람들의 생활을 긴박한 구성과 짧은 대화로써, 예리하게 보여준 매우 짜임새 있는 단편이다. 이 단편은, '노새'를 중심 모티프로 하여 빚어지는데, '노새 주인'과 '유청년'과 '영감'의 제각기 다른 내면의 심리 상황이 섬세하게 묘사되고 있다. 또한 단절되어 있고, 이해 타산만이 현실에서 팽배하는 어른들의 내면적 세계를 아이러니하게 보여주면서, 작가는 '가난'이 빚어놓은 그 시대의 보편적 삶의 모습을 사실적으로 리얼하게 묘파하고 있다.

이 작품의 작중인물인 '유청년'은, 영악한 '노새 주인'의 계략으로 인해, '누이동생'을 술집에 판 돈으로, 비싸게 '노새'를 사게 된다. 곧

'가난' 때문에 '누이동생'과 '노새'를 바꾸게 된 것이다. 그러나 '누이동생'을 술집에 판 돈으로 산 '노새'가, 제대로 제몫을 다하지 못하고 힘겨워할 때, '유청년'은 "자기가 직접 당하는 일이나처럼" 느끼며 고통스러워한다. 곧 '유청년'에게 있어서 '노새'의 존재는, '유청년'의 존재와 동일시되어지고, '누이동생'의 삶과 '유청년 가족' 모두의 삶 그 자체를 표상한다고 볼 수 있다.

> 가루갯고개에 다다랐을 적에는 이미 노새는 온몸에 흠뻑 땀이 내배고 걸음걸이도 힘들어 보였다. 유청년은 그것이 자기가 직접 당하는 일이나처럼 느껴졌다. 비석 주인이, 고놈의 노새 새끼가 꾀를 부리느라고 고런다고, 한 번 매질을 하라고 했으나 유청년은 아무리 길이 더디더라도 차마 노새 등에다 채찍을 내릴 마음은 일치 않았다.[10] (윗점: 필자)

'노새'의 고통은 '유청년' 자신의 고통에 다름아니기 때문에, 차마 '노새' 등에다 채찍을 내릴 수는 없었던 것이다. 그러나 '누이동생'의 삶과 바꾼 사랑하는 '노새'가 과도한 짐과 사고로 다리에 부상을 입게 되고, '노새' 여물값만이라도 벌어야만 하는 '가난' 때문에, '노새'를 제대로 쉬게 하지 못하는, '유청년'의 마음은 안타깝기만 하다. 그러나 이런 '유청년'의 슬픔과 안타까움은 급기야 '노새'가 짐을 끌고 가다가 절던 앞다리를 꿇고 말자, '채찍질'을 가하게까지 되는 것이다.

> 그러나 유청년의 노새는 그만 몇 발자국 못 가 절던 앞다리를 꿇고 말았다. 잡아일으키려 했으나 노새는 도시 일어설 기색조차 뵈지 않았다. 요놈의 노새 새끼가 꾀를 부리는구나. 채찍질을 했다. 그러나 노새는 처음 몇 번은 움직거렸으나 나중에는 내리는 채찍 속에서 맞는 자리만 경련을 일으킬 뿐 움쭉도 하지 않았다. 이게 그냥 꾀를 부리는 것이 아닌 줄 알면서도 처음으로 노새에게 매운 채찍을 내렸다. 그러면

---

10) 황순원, 「노새」, 『늪/기러기』, p. 345.

서 유청년은 이 매질이 노새 아닌 곧 자기 차신에게다 하는 거로 착각
도 하며 속으로 몇 번이고, 이 노새가 얼마 전에 발통이 브러쳐 죽은
말처럼 죽는 한이 있더라도 한 번 그렇게 시원히 뛰어라도 췄으면 했
는지 몰랐다.[11] (윗점: 필자)

'유청년'은, 자기네 식구의 생존의 도구이며, 누이동생의 삶과 바
꾼 '노새'에게 드디어 채찍을 내리기 시작한다. 그것은 '가난'의 현실
에 대한 '울분에 찬 분노'의 표출이면서, 누이동생을 술집에 팔아 산
'노새'에 대한 기대가 좌절된 절망이기도 한 것이다. 또한 절박한 가
난 속에서 누이동생을 술집에 팔 수밖에 없었던 자기 자신에 대한
분노와 절망의 표출에 다름아니다. 따라서 노새에게 가한 채찍질은,
자기 자신에게 한 채찍질에 다름아닌 것이다. 그리하여 '유청년'은,
"자기가 채찍질한 노새 잔등을 바라보지도 못하면서 흔자 속으로
울고" 있는 것이다.
'가난'의 현실이 빚어놓은 슬픔은, 이 작품의 결말에 접어들면서,
가속화되어 극적 긴박감을 상승시키고 있다.

집에서는 또 그날따라 술집에 팔려간 누이동생이 병이 나 드러누웠
다는 소식을 들었다고 하며 어머니가 울고 있었다.
어떤 형용할 수 없는 노여움이 유청년의 가슴을 엄습했다. 들어오던
맡에 밖으로 뛰어나갔다. 한참은 거기 정신없는 사람처럼 서 있었다.
그러다가 퍼뜩 무슨 생각이 들어 몽둥이를 들었다. 그리고는 노새께로
달려갔다. 뒤이어 노새 잔등에다 몽둥이를 내리치기 시츠했다. 너부터
척이구야 말았다. 너부터 척이구야 말았다는 부르짖음이 그러나 흡사
무슨 신음 소리처럼 연신 유청년의 입에서 새어나왔다.[12]

즉 '노새'와 바꾼 '누이동생'의 삶마저도 온전하지 못하고, 누이동
생이 병들어 누워 있다는 소식을 들었을 때, "어떤 형용할 수 없는

---

11) 위의 책, p. 348.
12) 위의 책, p. 349.

노여움”과 분노로 유청년은 “노새 잔등에다 몽둥이를 내리칠” 수밖에 없는 것이다. 이런 유청년의 몽둥이 든 팔을 전 노새 주인이 붙잡으면서, 두 사람의 싸움은 시작된다. ‘노새’를 판 돈으로 ‘리어카’를 사 밥벌이를 시작하려 했던 전 노새 주인도 사실 머칠째 밥벌이를 제대로 하지 못하고, “알지 못할 울분에 가슴을 썩이며” 집으로 돌아오던 참에, 유청년이 ‘노새’에게 몽둥이질을 하는 것을 목격하고, 제가끔의 울분에 서로 싸움이 붙은 것이다. 그리하여 ‘노새’를 사이에 두고 ‘유청년’과 ‘전 노새 주인’과 이들의 싸움을 말리는 ‘영감’이 맴을 돌기 시작한다.

‘가난’으로 야기된 사건의 전개가 점차로 확대 지속되면서, 이 작품의 결미에 가서, 절정에 달하고 있는 것이다. ‘유청년’과 ‘전 노새 주인’의 제 나름대로의 울분에 찬 감정이 서로 마찰하면서 폭발하여 터져버릴 때, 소설이 가지는 극적 긴박감과 리얼리티가 야기되는 것이다. 동시에 “——이 사람들, 말루 하라구 응? 말루들 하라구!”라는 영감의 말로써, 상승하고 있던 작품의 호흡을, 다시 급격히 하강시키면서, 소설이 가질 수 있는 여운과 미적 리얼리티를 획득하고 있다.

특히 이 단편에 도입되고 있는 다음과 같은 에피소드는, 그 어려운 시대의 현실을 살아가는 우리 민족의 삶을 표상한 점에서 매우 상징적이다.

낮이 기울어 대동강 다리 아래에 자그마한 짐을 하나 실어다 부리고 돌아오다였다. 무심코 다리 쪽으로 고개를 돌린 유청년의 눈에 거기 다리 한가운데를 이리로 질주해오는 한 마리의 말이 보였다. 말은 뒤에다 짐 실은 네 통 달구지를 단 채였다. 갈기를 곤두세우고 흰 이빨을 시리물고 달려오는 품이 아무래도 예사롭지가 않았다. 달구지에 실었던 짐짝이 다리 위에 내동댕이쳐졌다. 말은 자기를 해치려고 뒤쫓아오는 적에게나 대하듯 뒷발로 달구지 바짓살을 걸어찼다. 그리고는 발에 채는 달구치가 성가신 듯 다시 차고 또 차면서 달렸다. 말이 조선은행 앞을 지나 평양역 쪽으로 꺾이는데 달구지 뒷바퀴가 제가끔 떨어져 옆 상점으로 굴러 들어갔다.

다음날 아침 서평양역에 모인 말꾼들의 이야기로는 그 말이 처음부터 힘에 부친 짐을 실었다가 선교리 쪽 다릿목 비탈에 와서는 움직이지 않게 되자 말 주인과 짐 주인은 말이 꾀를 부리는 거라고 매질을 해 가까스로 고비를 넘기긴 했으나 웬일인지 거기서 말은 화닥닥 내달리기 시작한 게 달리면서 달구지 바칫살을 차 그만 뒷발통 호목 하나가 부러쳐나갔는데도 그냥 달리며 차꾸 뒤의 바칫살을 차서 나충엔 남은 발통마저 부러쳐나갔치만 말은 그렇게 뒷발통 둘이 없이도 얼마큼을 더 달려 법원 앞에까지 가서야 그만 쓰러쳐 죽고 말았다는 것이다. (윗점: 필자)[13]

과도한 짐에 견디지 못한 '말'이, 달구지 바짓살을 차 발목이 부러져나갔으면서도, 질주해가다 죽음에 이른 것은 무엇을 상징하는 것일까. 그것은 바로 구속에서 벗어나고 싶은 '자유'에의 갈망인 것이다. 말은 과도한 짐과 매질에서 벗어나고자, 바짓살을 차서 발통마저 부러져나갔지만 '죽음'으로써 저항하여 자유로워지고 싶어한 것이다. 이것은 어쩌면 가혹한 일제하의 죽음의 현실에서 벗어나고자 갈망하는 우리 민족 또는 작가 자신의 '자유에의 갈망'을 표상한다고 보아도 될 것 같다. 곧 작가가 일제하의 절망적인 현실, 구속적인 현실 속에서 탈출하고픈 열망과 자유에의 갈망이 이렇게 '말'로써, 형상화되어진 것인지 모른다.

단편 「노새」에서의 '유청년'과 '노새 주인'은, 생존하기 위해 어떻게든 가난한 현실을 이겨내려 하지만, 그것조차도 여의치 않게 될 때, 이상과 현실과의 괴리 사이에서 갈등할 수밖에 없는 인물들이다. 특히 작가는 이 작품을 통하여 인류의 보편적인 문제라 할 수 있는 '가난'의 문제를 간결하면서도 긴박한 구성을 통하여 극적으로 묘파하고 있다. 이런 점에서 단편 「노새」는 황순원 문학에서 이룩한 리얼리즘의 한 대표적 작품으로 간주된다.

---

13) 위의 책, p. 347.

Ⅳ. 새로운 문물과 대응하는 전통에의 향수:「그늘」

단편「그늘」(1941년 여름 제작)은 밀려드는 새로운 문물 속에서, 잃어져가고 있는 한국적인 것들에 대한 그리움과 함께 전체적으로 흘러간 질서 곧 재래적인 관습과 전통 사이에서 갈등하는 '청년'의 내면 심리를 감각적이며 서정적인 언어로써 묘파한 매우 상징적이고 복합적인 아름다운 작품이다.

떨쳐버려야만 할 재래적인 습성이나 관습을 이성적으로는 거부하면서도, 자기 내면의 한 부분에서는, 사실상 흘러간 토속적인 것 내지는 전통이나 한국적인 것에 대한 향수를 가질 수밖에 없는 모순된 심리 상황 속에서, 이 작품은, 거부와 긍정을 통하여 무수히 갈등하고 분열하는 자의식의 내면 세계를 상징적으로 표출시킨 일종의 심리소설인 것이다.

이 작품의 주무대는 항상 구석구석 '그늘'이 깃들여 있는 선술집을 배경으로 한다.

> 언제나 여인이 앉아 있는 목로상 안쪽하며, 갖가지 안주감이 들어 있는 진열장하며, 구석구석 그늘이 깃들여 있었다. 한가운데 늘이운 십육촉짜리 천등불 하나로는 어쩌치 못할 그늘이었다. 숯불을 피워놓은 큰 화로가 불거우리해 있으나, 이 숯불 역시 그늘을 태운다기보다는 그늘을 피워놓기나 하듯이 화롯가 둘레에는 도리어 짙은 그늘이 서리어 있었다.[14]

여기서의 '그늘'은 무엇을 상징하는 것일까. 그것은 빛으로 인해 그늘지워지는 '어둠'을 상징한다고 볼 수 있다. 이 '어둠'은 1941년의 우리 민족의 현실 상황이라고 보아도 좋을 것이고, '그늘' 속에 묻혀 있는 우리 민족의 삶이라 볼 수도 있을 것이다. 또는 인간의 실존적 고독이라 보아도 좋을 것이다.

이 '그늘'에서 '청년'은 술냄새가 아닌 '할아버지의 냄새'를 맡는다.

---

14) 황순원,「그늘」, 위의 책, p. 241.

이 작품에서 '할아버지'는 아들을 먼저 잃고 손주인 '청년'에게 잔을 붓게 하던 고독한 실존적 인간을 표상한다고 볼 수 있다. 동시에 '상투'를 자른 아들을 내 자식이 아니라고 노하기만 하시던 할아버지는, 전통이나 재래적 인습 또는 관습을 표상하고 있다. 이에 반해 상투를 자르고 서울로 도망간 '아버지'는 '서구의 문물' 또는 '진보'를 표상한다고 볼 수 있을 것이다. 그러나 '진보'를 표상하던 '아버지'의 죽음 후에, 손수 손주인 '청년'의 머리채를 잘라주면서, '네 아비'가 장하다고 하는 할아버지의 모습에서 점차로 시대의 흐름에 변모하여 대응해가는 인간의 고독한 모습을 발견할 수 있다.

지금 목로상 바깥 '그늘' 속에서 '할아버지의 냄새'를 그리워하며 술을 마시는 청년의 고독은, 아들을 잃고 어두운 그늘이 깃든 저녁에 손자인 청년에게 잔을 붓게 하던 할아버지의 고독과 동일시되어진다. 고독한 실존적 인간의 모습은, 이 작품에서 '청년'과 '할아버지'에 이어 '남도 사내'의 등장으로 확대되면서 동일 범주에 놓이게 된다. 이들은 모두 잃어져가는 한국적인 것, 전통적인 것 또는 재래적인 인습을 고수하려고 몸부림치거나 마음 한구석에서 그리워하는 인물들이기 때문이다. 한국적인 전통을 상징하는 '상투'를 자른 아들의 죽음 앞에서 노하기만 하시던 '할아버지'는, 재래적인 전통을 고수하려고 몸부림쳤던 인물에 다름아니며, 그런 할아버지의 외로운 모습을 '그늘'과 함께 그리워하는 '청년'의 모습은, 잃어져가는 한국적인 것, 전통적인 것을 그리워하는 것과 다름아니기 때문이다. 또한 몰락한 양반의 후예인 듯한 '남도 사내'가 '전통'과 '관습'과 '한국적인 것'을 표상하는 '주영구슬'을 받아들고 감격의 눈물을 흘리는 행위 역시 전통에의 그리움과 잃어져가는 한국적인 것들에 대한 향수에 기인한 것이라 할 수 있다.

선술집의 어두운 그늘 속에서 돌아가신 할아버지의 냄새를 생각해내곤 하던 청년은, 어느덧 선술집 단골이 되고, 여기서 '남도 사내'를 발견하게 되면서, 청년은 남도 사내에게 묘한 이끌림을 갖게 된다. 청년은 남도 사내를 보면서, "아버지의 상투 자른 머리 둘레"

를 연상하게 되고, 이런 아버지를 쫓던 할아버지를 또다시 연상하고 나아가 손자인 자기의 머리채를 잘라주던 할아버지와 함께 머리채를 잘릴 때의 섬뜩함과 함께 이런 청년에게 "네 애비가 장하다" 하시던 할아버지의 모습을 연상하는 것이다.

이 작품에서 남도 사내는 인간의 실존적 고독을 표상하는 인물임과 동시에 '전통'이나 '한국적인 것'을 상징하는 인물이다. 남도 사내에게서 발견할 수 있는 고독한 모습은, 아래의 인용에서 잘 드러나고 있다.

> 다음부터 남도 사내가 조용히 들어왔을 때엔 여인은 어김없이 꼭꼭 막걸리를 부어주었다. 막걸리 사발을 들고 한 모금 마시고 나서는 가만히 지금 마신 막걸리의 맛을 음미하는 듯한 자세. 그러나 남도 사내는 한번도 낯에 그 음미한 결과 같은 것을 나타내본 적이 없었다. 그것은 도리어 막걸리의 맛이 그저 평범하다든지 해서가 아니고, 전에 자기가 마셔온 것보다 분명히 못한 경우일지라도 단념하고 마는 듯한 그런 음미였다. 남도 사내의 기름한 얼굴에 그다지 고생으로 해 생긴 주름살 같지 않은 잔주름이 몇 개 가로 건너간 이마와, 노르께한 수염발이 잡힌 코밑과, 어딘가 전날에 소홀하지 않은 지체 속에서 생활해 왔다는 위엄을 발산하는 듯한 턱. 그것은 곁에서 보기에 고독하고 쓰라리기까지 한 위엄이었다. 그러고 보면 이 남도 사내는 남도의 어떤 몰락한 양반의 후예의 하나인 것만 같았다.[15]

이런 남도 사내의 모습을 통하여, 청년은 옛날 곤전에서 하사가 있었다는, 지금은 퇴색했을 '주영구슬'과 함께 '갓끈'을 떠올리게 되면서, 그에게 묘한 관심을 갖게 된다. 청년이 남도 사내에게 관심이 가는 이유는 무엇일까. 그것은 시대의 진보와 함께 점차로 사라져가고 있는, 퇴색되어져가는 것들에 대한 향수를 '남도 사내'를 통해 느끼기 때문일 것이다. 곧 '할아버지'나 '갓끈' '주영구슬' 등이 표상하는 '전통' '한국적인 것'은, 이미 시대의 진보와 함께 배면으로 사

---

15) 황순원, 「그늘」, p. 243.

210

라져가는 퇴색되어져가는 '전통'일 뿐이다. 이런 것들에 대한 향수를, 퇴색한 듯한 남도 사내의 귓속과 얼굴, 걸음걸이에서 문득 느꼈기 때문일 것이다. 한때는 지체 높은 위엄을 갖춘 양반의 후예였을 '남도 사내'의 모습에서, 청년은 시대의 배면으로 밀려난 고독하고 쓰라리기까지 한 위엄을 발견한다. 그리고 이것들은 이미 시대의 배면으로 밀려나고 있는 전통적인 것들로서, 퇴색된 것으로 청년이 인식했기 때문이다. 다시 말하면 점차로 잃어져가는 한국적인 것, 전통적인 것에 대한 안타까움과 그리움이 '남도 사내'를 보면서 되살아나기 때문일 것이다. 동시에 막걸리의 맛을 음미하는 '남도 사내'가 "음미한 결과 같은 것을 나타내지 않고, 전에 자기가 마셔온 것보다 분명히 못한 경우일지라도 단념하고 마는 듯한 그런 음미"를 하는 일종의 어떤 체념 같은 것에서, 청년은 어쩔 수 없이 배면으로 사라져가는 전통에의 그리움·향수를 지니면서도, 한편으로 이것들을 체념하는 자신의 또 하나의 분신을 '남도 사내'의 모습을 통하여 느끼기 때문일 것이다. 이것은 곧 사라져가는 전통적인 것, 한국적인 것에 끝없는 향수와 그리움이 청년의 내면에 있다는 말과 다름아니다. 그리하여 남도 사내가 선술집에서 보이지 않자, 청년은 "자기의 그림자 같은 것을 잃고서" 느끼는 그런 '서운함'을 느끼게 되는 것이다. 곧 청년에게 있어 '남도 사내'는, '청년' 안에 내재해 있는 자신의 모습의 투영에 다름아니다. 바꾸어 말하면, 청년에게 있어 '남도 사내'는, 청년의 그림자이면서, 이는 곧 자기 자신의 분신이라 볼 수 있는 것이다.

이렇게 '할아버지'나 '남도 사내'를 그리워하면서 즉 전통적인 것 또는 한국적인 것에 대한 향수를 느끼면서도, 한편으로 청년은, 시대에 밀려나고 있는 전통 또는 과거의 습성에 매달려 있는 초라한 자신의 모습을 발견하면서, 오히려 그런 자신의 모습을 거부하게 된다. 즉 전통에의 그리움과 함께 퇴색해가는 오랜 습성에 매달려 있는 '또 하나의 자기'를 발견할 때, 이를 부정하면서 갈등하게 되는 것이다. "남도 사내의 귓속과 걸음걸이처럼 퇴색한 이런 습성 역시 자기의 어느 한 구석에도 물림받았다는 것"을 느낄 때, 청년은 '남도 사내'를 그림자라고 느끼며, 그리워했던 감정이, 오히려 '불쾌감'으로 전환되는 심정적 갈등을 겪게 되는 것이다.

> 남도 사내가 남기고 간 접시의 멸치 한 마리를 내려다보다가 남도 사내의 귓속과 걸음걸이처럼 퇴색한 이런 습성 역시 자기의 어느 한구석에도 물림받아 있다는 것을 느끼자. 어느새 가슴의 울렁거림도 멎은 청년은 얼마 동안 남도 사내가 뵈치 않을 때마다 느끼던 서운함이 갑자기 어떤 불쾌감으로 바뀌는 것이었다. 그것은 자신의 오랜 습성의 초라한 모습을 깨달았을 때에 느껴지는 그런 불쾌감이었다. 그러자 청년은 다급하게, 술! 하고 부르짖었다. (윗점: 필자)[16]

이러한 청년의 내면적 갈등은, 점차로 잃어져가는 한국적인 것, 전통적인 것에 대해 떨칠 수 없는 애착을 느끼는 자기와, 한편으로는 서구화되어가는 문물 속에서 이제는 오랜 습성에서 벗어나려는 상반된 또 다른 자기를 인식하는 과정에서 필연적으로 겪게 되는 양상이다. 이렇게 분열되어져 서로 상충하고 있는 자아의 심층 세계는, '할아버지'의 환영을 그리움과 함께 회상하기도 하고, 때로는 떨쳐내야만 하는 퇴색한 습성, 재래적인 습성으로서 '할아버지'의 환영을 거부하는 청년의 모습을 통하여 이면적으로 보여지기도 한다.

> 입 속으로, 할아버지 할아버지, 하고 중얼거리며 고개를 떨구다가 무심코 지금 스케치북 속에 그려져 있는 데생에 눈이 가자 새삼스레 놀라고 말았다. 거기에는 어떤 여인의 초상이 그려져 있는 것이었다. 어딘가 선술집 여인과 닮은 데가 있었다. 그러면서도 선술집 여인의 생기는 도무지 나타나 있지가 않았다. 어떻게 보면 지금 바로 앞벽에 붙어 있는 할아버지의 얼굴 모습이 들어 있는 것 같이도 보였다. 청년은 스케치북을 탁 덮어버렸다.[17]

---

16) 황순원, 「그늘」, p. 247.
17) 위의 책, p. 248.

곧 청년이 그리고자 하는 선술집 여인의 '생기'는, 퇴색한 오랜 습성을 가진 '할아버지'나 '남도 사내'의 모습이 아닌, 원시인과 같은 문명에 물들지 않은 '원초적 생명감' 또는 '건강한 생명력'을 상징한다. 청년은 "붉게 숯불이 비친 여인의 얼굴"과 "원시인들이 자기네가 사냥해온 짐승을 불에 굽느라고 불 앞에 섰는 환영과를 착각"하며, 절로 가슴을 울렁거리면서, "이런 환영과 여인의 육체"를 그려보려고 결심한다. "붉게 숯불이 비친 여인의 얼굴"과 '원시인'과 '짐승' 등의 일련의 이미지들은, 원초적이고 근원적인 생명감을 표상한다. 그리하여 원시적인 생명력으로 충일한 이미지들을 연상할 때, 청년은 절로 가슴이 울렁거려지는 것이다. 그것은 원초적인 생명력에 대한 끝없는 동경을 말한다. 이런 청년이 퇴색한 재래적인 인습과 전통을 표상하는 할아버지의 '담뱃대' 그림을 대할 때, 이 그림을 찢을 수밖에 없는 것이다. 그러면서도 청년의 얼굴은 "목탄지처럼 창백해져 있을밖에 없다." 이러한 청년의 자아의 갈등은, 이 작품 전반에 걸쳐 지속적으로 드러나고 있다. 청년은 찢어버린 할아버지의 퇴색한 담뱃대 그림 대신에, 생기 있는 "선술집 여인의 화롯불을 부는 그림"을 붙이리라 생각하지만, 뜻밖에 '남도 사내'의 모습이 떠오르자, "아니다 아니다" 하고 외치는 것이다. 그것은 곧 재래적인 오랜 습성에 머물러 있는 '남도 사내' 또는 "청년의 또 다른 분신"을 힘껏 외면하려 하지만, 아직도 청년의 내면 깊숙이에서 잔존하고 있는 재래적인 습성을 떨쳐내지 못하고 있는 자신을 발견할 때, 지르는 반어적인 부르짖음에 다름아니다. "그러는 청년의 눈에는 어느새 눈물이 괴어 넘쳐 뺨을 흘러내리는 것이다."

이렇게 '할아버지'와 '남도 사내'를 연상하면서, 전통적인 것, 한국적인 것을 그리워하는 심정과 함께, 재래적인 것, 전통적인 것을 "떨쳐버려야 할 습성"으로 인식하면서, 자신의 내면 속에서 긍정과 부정을 되풀이하는 일련의 양상은, 이 작품 속에서 반복적으로 나타난다. 곧 전통이나 한국적인 것에 대해 그리움을 느끼는 청년은,

'할아버지'와 '남도 사내'를 중심으로 하여 동일 계열에 서 있다. 반면, 서구의 문물과 함께 새로운 것을 받아들이려는 청년의 또 다른 자아는, 할아버지의 허락 없이 상투를 자른 '아버지'와 동일 계열에 서 있다고 볼 수 있을 것이다. 그리하여 청년은, '아버지'처럼 오랜 습속이나 관습을 버리려는 자아와, 이와는 반대로 전통이나 한국적인 것을 그리워하는 또 다른 자아로 분열되어져 갈등하게 되는 것이다. 이리하여 자아는 분열된 채 충돌하면서, 이 작품 전체를 이끌어가지만, 결국 청년은 썩은 금붕어들의 역한 냄새를 "할아버지의 담뱃내"로 채우리라 결정한다. 곧 그것은 자신의 내면에 잔존해 있는 전통에 대한 그리움, 지나가버린 것들에 대해 연연해하는 자기 자신의 한 부분을 긍정하고 수용한 것이라 볼 수 있다.

그리하여 그는 '낡은 함'에서 '할아버지의 담뱃대'를 꺼내려다 문득 '주영구슬'과 '청사단령'을 발견한다. 그리고 할아버지가 쓰시던 큰 붓을 발견하고 할아버지의 상투로 착각하면서, 할아버지를 그리움과 함께 회상하는 것이다. "그리고 저녁 그늘 속에서 어두워가는 청사단령의 조각과 희미한 주영구슬 알들과 담뱃대를 내려다보았다. 그러나 오늘은 청년의 눈에 눈물이 어리치는 않았다"라는 지문은, 전통에 대한 그리움과 이와는 반대로 오랜 습성에서 벗어나고픈 자기 자신의 내면의 갈등 사이에서, 무수히 분열하던 청년이, 이제 전통에 대한 향수를 긍정하면서 안정을 되찾을 때, 오는 평온한 마음의 상태를 이 지문은 표현하고 있다. 이는 곧 떨칠 수 없는 전통에의 그리움과 함께 퇴색한 오랜 습성에 젖어 있는 양면적인 자신의 모습을 수용한 것에 다름아니다. 따라서 지난번과는 달리 "오늘은 청년의 눈에 눈물이 어리지 않았던 것"이다.

이런 청년이 대동강가에서 '남도 사내'를 발견하게 된다.

틀림없는 남도 사내인 것이다. 노르께한 수염발이 잡힌, 천날의 양반다운 치체 속에서 생활해온 듯한 얼굴에는 지금 하수관 아가리에서 쏟아져나오는 검은 물방울이 여기처기 튀어 맺혔다. 그러나 남도 사내는 얼굴을 닦을 생각을 않는 것이었다. 그것은 남도 사내가 막걸리를 음미하고도 그 음미한 결과 같은 것을 얼굴에 나타내지 않는 그런 단념 비슷한 것임에 틀림없어 보였다. 그리고 이것도 하수관 아가리 밑에서 파냈을 백통전 한닢이 끼어 있는 귀. 청년은 문득 먼지가 앉은 남도 사내의 귓속이 생각나면서 갑자기 터쳐나오려는 웃음을 느꼈으나, 어쩐지 웃을 수가 없었고, 청년은 곧 그곳을 떠났다.[18] (윗점: 필자)

과거라면 지체 높았을 양반의 후예에 걸맞지 않게, 오늘의 현실 속에서는 더러운 하수구 앞에서, 못이며 깡통을 주워 생존해야만 하는 '남도 사내'의 모습을 보면서, 문득 "먼지가 앉은 남도 사내의 귓속"이 생각나 청년은 "갑자기 터져나오려는 웃음"을 느낀다. 그것은 남도 사내가 현실에서 살아가는 모습이, 너무나 양반의 후예다운 얼굴과 태도에 걸맞지 않았기 때문에 나오는 돌발적인 웃음일 것이다. 즉 지나온 과거의 지체와 오늘의 생존의 모습이 불균형할 때, 야기되는 아이러니컬한 웃음인 것이다. 그러나 청년은 "어쩐지 웃을 수가 없었고" 그리하여 그곳을 떠나고 마는 것이다. 이상과 현실과의 괴리 사이에서, 바꾸어 말하면, 양반이라는 전통이나 인습, 권위를 상징하는 세계와 생존을 해야만 하는 현실의 세계와의 괴리 사이에서, 단념 비슷한 표정을 어리운 채 고독하게 서 있는 남도 사내의 모습은, 곧바로 청년에게 어떤 아픔으로 다가왔기 때문이다.

그것은 1940년대초의 현실 상황에 대응하는, 자기 실존에 대한 일종의 '체념'이나 '단념' 같은 것이라 볼 수 있을 것이다. '남도 사내'의 고독은 곧바로 이상과 현실의 괴리 사이에서 빚어지는 서글픔과 아픔에 기인되는 것이며, 이는 1940년대를 살아가는 청년의 아픔과 고독에 다름아니다. 이럴 때 청년은 곧 그곳을 떠날 수밖에 없는 것이다.

그리하여 청년은 선술집으로 가, 전통과 한국적인 관습을 상징하는 '주영구슬'을 내미는 것이다.

---

18) 위의 책, p. 253.

　　그러나 다음 순간 남도 사내의 손이 가늘게 떨렸는가 하자 그만 구슬
꿰미를 떨어뜨리고 말았다. 구슬꿰미는 시멘트 바닥에 떨어지면서 끈
이 끊어져 구슬알들이 사면으로 흩어졌다. 남도 사내가 허리를 굽히고
돌아가며 구슬알을 줍기 시작했다. 같이 허리를 구부리고 남도 사내가
줍는 구슬알을 받아드는 청년은 구슬알들이 깨치지 않고 그냥 온천함
에 그만 소리를 내어 웃기 시작했다. 그리고 청년은 웃음 사이 사이,
아 너무 웃었드니 눈물이 다 난다, 눈물이 다 난다, 하고 혼차 충얼거
렸다. 사실 청년의 눈에는 눈물이 괴어 있었다. 그러다가 청년은 무심
코 구슬을 주워주는 남도 사내를 보고, 노형은 웃지두 않았는데 웬 눈
물이요? 했다. 남도 사내의 눈에도 어느새 물기가 어려 있었다. 청년은
그늘 속에 희미하게 빛나는 온천한 구슬알들을 남도 사내에게서 받아
들고는 그냥 눈물 섞인 웃음을 웃곤웃곤 하였다.[19] (윗점: 필자)

　‘주영구슬’의 ‘온전함’에 소리를 내어 웃으며 눈물을 맺는 청년과
남도 사내의 모습은, 바로 한국적인 것 또는 전통적인 고유함을 대
했을 때의 반가움과 그리움을 반영한 것이라 할 수 있다. 동시에
점차로 소멸해가는 한국적인 전통에 대한 사무친 안타까움이 표백
된 것이라 볼 수도 있다. 특히 “그늘 속에 희미하게 빛나는 온전한
구슬알들”이 표상하는 것은 무엇일까. 그것은 바로 일제하의 어두
운 ‘그늘’ 속에서나마 꺼지지 않고 빛나는 우리 민족의 얼이며 우리
의 온전한 조국을 표상하는 것일 것이다. 이것은 달리 말하면, 현재
는 나라를 잃어버린 일제하의 암울한 시대 상황에 있지만, 결코 우
리 민족의 얼과 조국은 잃어지지 않을 것이고, 잃어버려서는 안 될
것이라는 갈망과 작가의 민족 의식이 표출된 것이라 볼 수 있다.
　특히 깨어지지 않고 ‘그냥 온전’한 ‘구슬알’을 줍는 남도 사내와
청년의 눈물 섞인 웃음에는, 잃어져가는 전통에 대한 향수와 더불
어 한국적인 것 또는 전통 또는 조국을 지키려는 안타까운 몸부림
같은 것이 표백되어 있다.

---

19) 위의 책, pp. 255～56.

작품 「그늘」은 밝음과 어둠의 음영이 교차하는 '그늘' 속에서, 암울한 시대를 살아가는 지식인의 섬세한 내면의 심층 세계를 매우 모던한 감각으로 상징적이며 복합적인 구조로써 묘파하고 있다. 동시에 배면으로 사라져가는 전통에 대한 그리움 또는 낡은 한국에 집착하려는 보수주의와 그와 상응해서 부정할 수만은 없는 서구 사조와의 대립에서 오는 갈등의 문제를 보여준다. 즉 이 작품은 이상과 현실 사이에서 빚어지는 괴리 속에서, 현실이나 시대에 일치하지 못하는 자아의 내향적 의식을 표현하고 있는데, 이러한 자아의 내향적 의식이, '어둠' '고독'의 이미지를 표상하는, 시대의 배면인 어둠 속에 있는 '그늘'을 배경으로 펼쳐지고 있다. 반면 '선술집 여인의 얼굴' '원시인'의 이미지를 중심으로 한 '빛' '밝음' '생명력'이 표상하는 것은, '이상'이나 '동경'을 상징한다고 볼 수 있다. 동시에 이 작품에서의 '그늘'은, 점차로 밀려나고 있는 과거 한국인의 인습적인 삶 또는 '그늘' 속에 묻혀 있을 수밖에 없는 일제하에서의 우리 민족의 삶을 표상한다고도 볼 수 있다.

'남도 사내' '할아버지'를 매개로 한, 과거로 지향하는 '자아'와, '아버지'를 중심으로 하는 서구 문물에 나름대로 대응할 수밖에 없는 '또 다른 자아' 사이에서 빚어지는, 청년의 내면 풍경을 '거부'와 '긍정'의 끊임없는 갈등을 통하여 작가는 보여주고 있다. 작가는 이 갈등의 양상을, '밝음' '빛'과 '어둠' '그늘'을 배경으로 하여 묘파해주면서, 궁극적으로 잃어져가는 한국적인 것, 전통적인 것에 대한 안타까움과 향수를, 상징적이며 복합적인 구조 체계 속에서, 매우 특이하면서도 개성적인 아름다운 작품으로 완성시키고 있다.

V. 맺음말

단편집 「기러기」에서 보여지는 특질은, '현실'과 '이상'과의 괴리 사이에서 보여지는 갈등의 양상이다. 이러한 갈등의 양상은, 「별」 「머리」 「세레나데」 「노새」 「그늘」 「병든 나비」 「애」 「독 짓는 늙은이」 등을 통해서 지속적으로 드러나고 있다.

「별」에서의 아이가 갈망하는 '아름다운 어머니'에의 꿈은, 궁극적으로 '현실'과 '이상'과의 괴리에서 기인된다. 또 식민지 한국이라는 불안하고 우울한 시대 상황 속에서, 파행적인 삶을 살아가는 지식인의 무위와 폐쇄된 내면 세계를 묘파한 「머리」에서도, 밀폐된 삶 속에서 파열하는 자의식의 갈등 양상을 보여준다. 가난으로 인하여 빚어지는 울분에 찬 사람들의 생활을 긴박한 구성으로 보여주고 있는 「노새」에서는, 가난의 상황이 빚어놓은 갈등의 양상이 묘파되고 있다. 한편 「그늘」에서는, 새로운 문물의 수용과 전통적인 것들에 대한 향수 사이에서, 갈등하는 자의식의 내면 풍경을 복합적이며 상징적인 구조로써 보여준다.

그렇다면 이렇게 '이상'과 '현실'과의 괴리 사이에서 빚어지는 '갈등'의 양상은, 어떻게 작가에게서 극복되고 있는가.

죽음의 현실과 삶의 파행적인 악순환 속에서, 작가는 「기러기」 「세레나데」 속의 작중인물을 통하여, 어떠한 정신 자세로 일제하의 절망적인 삶을 극복해나아가야 할지를 보여주고 있다.

「기러기」에서 '애'를 위하여 "어서어서 하는 듯" 바느질하는 손을 재게 놀리며, 남편을 찾아 떠나리라고 결심하는 '쇳네'의 모습은, 어쩌면 절박한 현실 속에서나마 희망을 버리지 않고 조국의 광복을 기원하는 작가의 모습과 대응한다고 볼 수 있다.

또 「세레나데」에서는, 비록 앞에 놓인 미래의 삶이 험난하고 고독한 길일지라도, 결코 "버릴 수는 없는 길"로서 "어떻게 해서든지 걸어가야만 할 길" 즉 당위적인 '길'로서 인식하는 주인공의 시선을 통하여 작가의 모습을 조망해볼 수 있다. 이것은 곧 작가의 정신적 자세의 반영인 것으로서, 여기에 그의 민족 의식이 표출되고 있는 것이다. 이것은 또한 일제하의 험난한 시대를 어떻게든 극복하고 우리의 조국을 되찾아야 한다는 작가의 결연한 의지에 다름아니다.

특히 이 단편집 『기러기』에는, 황순원 문학의 기저에 자리하고 있는 '모성 의식'이 '민족 의식'과 연결되고 있음을 주목할 수 있다.

단편 「별」(1940년 가을)에서 '누이의 죽음'으로까지도 상쇄되어질 수 없었던 아름다운 '별'로서의 어머니가, 단편 「왕모래」(1953년 제작)에서 추한 어머니, 타락한 어머니로 돌아왔을 때, 아름다운 절대적인 어머니에 대한 아이덴티티를 상실하면서, 어머니의 목에 힘을 주는 돌이의 모습은, 오히려 그만큼의 강한 어머니에 대한 애정에 다름아닌 것이다.

즉 죽은 어머니의 아름다운 이미지를 찾아 방황하는 「별」의 아이는, 일제하에서 자꾸만 말살되어가는 우리 조국을 찾아헤매는, 작가 자신과 대응시켜볼 수 있다. 이렇게 볼 때, 「별」의 아이가 그리워하는 '어머니'는 작가 자신에게는 바로 '모국' '조국'일 것이다. 「별」에서 그리도 그리워하던 '어머니' 곧 '모국'이, 6·25를 거치면서, 전혀 우리가 기대하지 않았던 '모국'으로 변질되어 돌아왔을 때, 이 '어머니' 곧 '모국'을 죽일 수밖에 없었던 것은, 역설적으로 말한다면 지극한 '조국애'의 발로인 것이다.

이렇게 「별」에서 보여지는 '모성 의식'은, 작가의 '민족 의식'과 대응하고 있다. 그리하여 작가는 그의 단편집 안에서는 우일하게 붙인 「책머리에」에서 다음과 같이 술회하고 있다.

해방 전 한 이태 동안을 나는 시골(본고향) 가서 산 일이 있습니다. 그때 고향에서는 예전과 마찬가지로 가을철에서 겨울에 걸쳐 타작마당질 끝에는 으레 모닥불을 피우는 것이었습니다. 나는 이 모닥불 곁에서 고향 사람들이 다 스러진 재를 뒤치어 그 속에서 새로운 불씨를 일궈놓는 것을 마치 처음 보는 일이나처럼 취해 바라보곤 한 적이 있습니다. 그리고 밤에는 마을을 가, 질화로의 다 꺼진 재를 내 스스로 소나무 판대기 부손으로 돋우고 헤집어가며, 그 속에 그냥 반짝이는 불씨를 발견하고 시간 가는 줄을 모른 적도 있습니다. 말하자면 이 모닥불과 질화로의 반짝이는 불씨 같다고나 할까, 그렇게 명멸하는 내 생명의 불씨가 그 어두운 시기에 이런 글들을 적지 아니치 못하게 했다고 보는 게 옳을 것 같습니다. 그리고 그것은 곧 내가 이런 글들이나마 적음으로써 다름아닌 내 명멸하는 생명의 불씨까지를 아주 스러

뜨리지는 않을 수 있었다는 걸 여기 말해둡니다.[20]

"이런 글들이나마 적음으로써 다름아닌 내 명멸하는 생명의 불씨까지를 아주 스러뜨리지는 않을 수 있었다"는 작가의 술회는, 바로 일제하에서 그 어둠의 시기를 견디려고 했던 작가 정신의 자세를 감지해볼 수 있게 한다. 이러한 작가의 정신 자세는, 그의 민족 의식과 조국애와 직결하는 것일 것이다.

이와 같은 작가의 정신적 자세는 단편 「애」「독 짓는 늙은이」「황노인」 등의 작품을 통해서 지속적으로 드러나고 있다.

이들 작품에 대한 고찰은, 「황순원 소설에 나타난 현실 인식과 지향성」에서 계속적으로 다루어질 것이다.

참 고 문 헌

황순원, 『늪/기러기』, 황순원전집 제 1 권, 서울: 문학과지성사, 1980.

장현숙, 「황순원 작품 연구」, 경희대학교 대학원, 석사 논문, 1982. 2.

______, 「황순원 초기 작품 연구——단편집 『늪』을 중심으로」, 경원공업전문대학 논문집 제 8 집, 1986.

千二斗, 「人間屬性과 모랄」, 『현대문학』, 1958. 11.

______, 「시와 산문」, 『韓國代表文學全集』 제 6 권, 서울: 三中堂, 1970.

______, 『韓國小說의 觀點』, 서울: 문학과지성사, 1985

柳宗鎬, 「겨레의 記憶」, 『黃順元全集』 제 2 권, 서울: 문학과지성사, 1981.

정과리, 「사랑으로 감싸는 意識의 외로움」, 『黃順元全集』 제 5 권, 서울: 문학과지성사, 1984.

吳生根 編, 『黃順元 硏究』, 서울: 문학과지성사, 1985.

---

20) 황순원, 「책머리에」, 『늪/기러기』, pp. 211~12.

동경의 꿈에서 피사의 사탑까지*
——황순원의 시세계

최　　동　　호

① 평범하게 지나갈 일이라도 우연이라고 생각하고 지나칠 수 없는 경우가 있다. 일상적인 삶 속에 묻혀서 사라져버릴 일이 자꾸 떠오르게 될 때 그러하다. 황순원의 시를 통독하는 동안 내내 하나의 얼굴이 필자의 머리에서 떠나지 않았다.

지난 가을 두 달여의 해외 여행을 마치고 귀국한 그와의 첫 대면에서 받은 인상이 그것이다. 장기간 해외 여행의 피로감을 그에게서 전혀 찾아볼 수 없었다. 오히려 신선한 힘과 같은 것이 솟아오르고 있다고 느껴졌다. 고희를 눈앞에 둔 연령에도 불구하고 오랜 여행의 흔적이 그의 얼굴에서 느껴지지 않았다는 것은 필자에게 이상한 여운을 남겼다. 거기에는 숨겨져 있기는 하지만 새롭게 샘솟는 자신감까지도 깃들여 있다는 느낌을 떨쳐버릴 수가 없었다.

이때 필자가 읽은 시가 바로 『문학사상』 10월호에 발표된 「기운다는 것」이었다.

> 피사의 사탑이 기울어졌지만
> 바라보는 각도에 따라

---

* 『말과 삶과 自由』, 문학과지성사, 1985.

별로 기운 것 같지 않기도 하고
아주 기울어 금방이라도 쓰러질 것만 같기도 하다
내 시각에 의하면
피사의 사탑을 보기 전 이미 거쳐온 밀라노도 기울었고
피사의 사탑을 보고 난 뒤 거친
로마도 플로렌스도 베니스도 다 기울어 있었다.
——「기운다는 것」, 제1~9행

　이 시에서 두드러지는 것은 사물을 바라보는 시각의 다면성이다.
기울어져 있는 피사의 사탑을 보면서 화자는 기운다는 것을 바라보
는 자신의 시각을 말한다. 로마, 플로렌스, 베니스, 밀라노 등 여정
의 발길이 향한 곳곳에서 그는 기운다는 것은 물론 이를 버틴다는
것이 무엇인가에 관해서도 새로이 인식하였음을 짐작할 수 있다.
밀라노는 스칼라 오페라하우스가, 로마는 바티칸의 베드로 성당이,
플로렌스는 미켈란젤로의 다비드상이 버티고 있는데, 베니스만이
버티고 있는 것이 없다는 이 시기의 화자의 계속된 진술은 기운다
는 것과 버틴다는 것의 의미가 무엇인가를 시사해준다. 화려했던
궁전도, 거기에 붙어 있는 마르크 성당도 베니스의 기울어짐을 버
텨줄 힘이 되지 못한다는 화자의 시각은 예술과 문명, 역사와 삶
사이의 상관성에 대한 깊은 통찰을 담고 있다. 화자의 관점이 보다
명백히 드러나는 것은 독백체로 계속되던 이 시의 어법이 대화체로
바뀌는 제17행에 이르러서이다.

그대여
그대의 시각에
나는 얼마나 기울어져 있는가
아무리 위태롭게 기울었다 해도
버텨줄 생각일랑 제발 말아다오
쓰러질 것은 쓰러져야 하는 것
그저 보아다오

언제고 내 몸짓으로 쓰러지는 걸
——「기운다는 것」, 끝 제17~24행

　쓰러질 것은 쓰러져야 하는 것이지만 언제고 자신의 몸짓으로 쓰
러질 것을 그저 그대로 보아달라고 말하는 화자의 어조에는 기운다
는 것 이상의 어떤 넉넉한 자신감이 배어 있다. 남의 도움을 빌어
서 억지로 버틸 것이 아니라 쓰러져야 할 때는 자신의 몸짓으로 쓰
러지겠다는 강한 의지도 함축된다. 남들이 그들의 시각에 따라 위
태롭게 기울어져 있는 것처럼 자신을 바라본다고 할지라도 그것은
시각의 차이일 뿐이라는 것이다. 나아가 쓰러져야 할 때는 자신의
몸짓으로 쓰러지겠다는 예술가적 결의를 이 시는 드러내준다.
　이 결의에는 자신의 생애를 걸어 쓰러지는 것을 생각하는 지점까
지 축적된 삶의 슬기로움이 내포되어 있으며, 앞에서 말한 여행 후
의 그에게서 발견할 수 있었던 신선한 힘도 아울러 함축되어 있다.
그것은 내적으로는 강한 의지를 집약하고 있지만 외적으로는 담담
하게 서술된다. 평범하지만 지나칠 수 없는 시적 고백이란 점에서
시「기운다는 것」은 독자에게 상징적인 여운을 남긴다.

　② 1931년 7월 『동광(東光)』에 「나의 꿈」이란 시를 발표한 이후
시에서 단편소설로 다시 단편소설에서 장편소설로 자신의 문학적
영역을 확대시켜온 황순원은 이제 50여 년을 넘기면서 창작 활동을
계속하고 있는 한국의 대표적인 작가 중의 한 사람이다. 대표적이
란 말 속에는 질과 양이 동시에 포함된다. 이런 예는 우리 문학사
에서 유례를 찾기 힘들다. 그는 거대한 나무와 같다. 풍요로움과 노
성함을 아울러 지녔다는 점에서 그는 행복한 문인이기도 하다.
　이 반세기를 넘는 그의 문학적 역정에서 최근에 눈여겨보아야 할
특색 가운데 하나가 그가 다시 여러 편의 시를 발표하고 있다는 사
실이다. 시로 출발한 그가 다시 시로 복귀한다고 말할 수 있다. 원
점에의 회귀이다. 최근에 발표된 시를 읽으면서 우리는 그의 인간

적 원숙성을 만난다. 그리고 삶의 깊이를 다시 음미하게 된다. 뿐만 아니라 우리가 그 동안 그의 시에 깊은 관심을 표명하지 못했었다는 사실도 발견하게 된다. 소설가 황순원에 너무 깊이 경사된 탓이다. 그는 결코 시를 젊은 시절의 일시적인 열정의 방출이나 지나쳐가는 문학적 여기로 생각하지 않았다. 그의 시적 이력을 추적해보면, 그가 지속적으로 그리고 끊임없이 시를 써왔다는 사실을 알게 된다. 황순원 문학의 전체성을 파악하기 위해서는 그의 시에 대한 집중적인 탐색이 필요하다. 이는 자주 지적되어온 것처럼 그의 소설에서 드러나는 시적 서정성이나 시적 분위기를 규명하는 기본적 전제이기도 하다. 뿐만 아니라 최근에 볼 수 있는 원점 회귀 현상은 일면 작가 황순원이 본질적으로 시인이 아닌가 하는 예감에도 사로잡히게 된다.

  황순원의 시는 자신에 의하여 『방가(放歌)』(1934), 『골동품(骨董品)』(1936), 『공간(空間)』, 『목탄화(木炭畵)』 그리고 『세월(歲月)』 등 다섯 묶음으로 구분된다. 『방가』와 『골동품』은 독자적으로 간행된 시집이며, 『공간』은 지금까지 그의 전집에서 제외되었던 것으로 『골동품』과 『목탄화』 사이를 이어주는 시편이며, 『목탄화』는 해방 이후 1960년까지의 시들을, 『세월』은 74년 이후 최근 「기운다는 것」까지의 시편들이다. 작품 수는 『방가』 15편, 『골동품』 22편, 『공간』 13편, 『목탄화』 10편, 『세월』 24편 등 모두 84편이다. 이 시들을 통독하면서 필자가 느낀 점을 한마디로 요약한다면 동경(憧憬)의 꿈에서 피사의 사탑(斜塔)에 이르는 예술가적 고뇌와 집념의 표현이라는 점이다. 그의 예술적 고뇌에는 인간적 번민도 담기지만 시대나 역사에의 지향도 빼놓을 수 없다. 황순원의 소설에서 역사성이나 사회성을 찾기 어렵다는 지적도 사실은 일면적인 지적일 뿐이다. 그의 문학적 전체성을 규명하기 위해서는 쟝르적 다양성을 거시적으로 통합하면서 그의 문학을 관통하는 지속적 의미망을 포착해야 할 것이다.

  우선 『방가』의 모두에 실린 「나의 꿈」을 인용해보자.

꿈, 어젯밤 나의 꿈.
이상한 꿈을 꾸었노라.
세계를 짓밟아 문지른 후
생명의 꽃을 가득히 심고
그 속에서 마음껏 노래를 불렀노라.

언제고 잊지 못할 이 꿈은
깨져 흩어진 이 내 머릿속에도
굳게 못박혔도다.
다른 모든 것은 세파에 스치어 사라져도
나의 이 동경의 꿈만은 길이 존재하니.   ──「나의 꿈」 전문

  기존의 세계를 짓밟아 무너뜨리고 새 생명의 꽃을 가득 심고 마음껏 노래를 불렀다는 이 시는 단순한 꿈 이야기가 아니다. 연령적으로 보아 16세 소년의 작품이라기에는 벅찰 정도로 야심적인 꿈이다. 가득한 생명의 꽃 속에서 마음껏 노래부른 소년에게 이 꿈은 영원한 것이며, 이 이상한 꿈은 그의 예술적 문학적 미래를 예시하는 이정표와 같은 것이라 하지 않을 수 없다.
  이 지울 수 없는 꿈을 가슴속에 뜨겁게 지니고 있음에도 그가 처한 당시의 상황은 암울한 세계사적 조류에 휘말려 있었다.

별 없는 하늘에 번개가 칠 때
고운 달빛이 잔물결 위로 미끄러질 때
한결같이 길잡이를 해주던 등대
지금은 포탄 맞은 성벽마냥 힘을 잃었도다
무너진 벽이며 깨어진 유리창이며 부서진 등알이며.
                            ──「꺼진 등대」, 제1련

  모든 것을 뒤엎으려는 거센 바람과 물결 몰아치는 어둠 속에서 항해자는 무엇을 바라보고 키를 잡을 것인가. 모든 것이 좌절이며

파탄이다. 그러나, 그는 좀먹은 현실을 슬퍼만 하고 있는 것은 아
니다.

> 뜻 있는 친구여 억함에 가슴 뜯는 젊은이여
> 좀먹은 현실을 보고 슬퍼만 할 텐가
> 우리들 참 사내는 다시 등대의 불을 켜놓아
> 훗날 이곳을 지나는 사람들의 기꺼워함을
> 가슴 깊이 안아야 하지 않는가, 안아야 하지 않는가
>
> ——「꺼진 등대」, 끝 제 4 련

참 사내는 시대의 등불을 밝혀야 한다고 화자는 말한다. 잔악한
적의 승리를 격파하기 위해서는 떨어진 역사의 한 구절을 조상하고
있을 수만은 없다. 등대에 불을 켜 폭풍우에 휩쓸린 어둔 항로를
밝혀야 할 것이다. 역사에의 적극적 참여자가 되자는 것이다. 이 괴
로운 역경을 극복해나가기 위해서는 세기의 지침을 직시해야 한다
는 것이 화자의 관점이다.

> 비냐 바람이냐
> 그렇지 않으면 벼락이냐 지진이냐
> 불안한 흑운이 떠도는 1933년의 우주.
>
> 무에서 유로, 삶에서 죽음으로
> 그리고 개인에서 군중으로, 평화에서 전쟁으로
> 20세기의 수레는 광란한 궤도를 달리고 있다.
> 이 한 해의 궤적은 또 무엇을 그릴 것인가.
>
> ——「1933년 수레바퀴」, 제1~2련

일본이 국제연맹을 탈퇴하고, 독일에서는 히틀러의 나치 정권이
수립되어 세계 전쟁 일보 직전에 돌입한 해가 1933년이다. 20세기
의 수레가 평화에서 전쟁의 광란의 궤도를 달리고 있었으며, 일본

226

인 식민지하에 놓여 있던 당시의 조선인 젊은이로서 그는 이 난관
을 어떻게 대처해나가야 할 것인가 하는 선택의 기로에 서지 않을
수 없었을 것이다.

> 그래 1933년의 수레바퀴가 험악한 행진곡을 울린다고
> 젊은 우리는 마지막 퇴폐한 노래만 부르다가 길가에 쓰러져야 옳
> 은가
> 이것으로 젊은이의 종막을 내려야 되는가
> 아 가슴 아파라 핏물이 괴는구나
> 울고 울어도 슬픔을 다 못 풀 이날의 현상.
>
> 그러나 젊은이여 세기의 지침을 똑바로 볼 남아여
> 화장터에 솟는 노오란 연기를 무서워할 텐가
> 오늘 우리의 고통을 보다 더 빛나고 줄기찬 기상을 보일 시련인
> 것을
> 자 어서 젊은 우리의 손으로 1933년의 수레바퀴를 힘껏 돌리자
> 괴로운 역경을 밟고 넘어가
> 억센 자취를 뒤에 남기도록
>
> ──「1933년의 수레바퀴」, 끝 제3~4련

시대의 수레바퀴가 아무리 험악한 행진곡을 울린다고 해도 세기
의 지침을 똑바로 직시할 젊은 남아는 퇴폐의 노래를 부르며 길가
에 쓰러질 수 없다. 아무리 울어도 슬픔을 다 풀지 못할 이날의 고
통스러움은 시련을 극복할 줄기찬 기상을 보일 수 있는 계기이며,
그런 뜻에서 1933년의 수레바퀴를 힘껏 돌리자고 화자는 말한다.
이와 같은 권면은 자신과 동년배의 젊은이들에게 말하는 대화체인
동시에 자신의 결의를 다짐하는 내적 독백이기도 하다. 죽음을 두
려워하지 말자. 가슴에 핏물이 괼 만큼 현실이 슬픔에 가득차 있다
고 하더라도 이날의 현상을 직시하자. 고통은 빛나고 줄기찬 기상
을 드러내보일 시련일 뿐이다. 전진하는 역사의 수레바퀴에 억센

자취를 남기자.

그의 이 외침은 시집 『방가』의, 제목 자체가 외침의 노래임은 물론, 서문인 「방가를 내놓으며」의 "이 시집은 나의 세상을 향한 첫 부르짖음이다. 나는 이 부르짖음을 보다 더 크게, 힘차게, 또한 깊게 울리게 할 앞날을 가져야 하겠다"에서도 분명히 드러난다. 그러나 그의 이 부르짖음의 앞날은 일제의 압력에 의해 굴절된다. 일제의 검열 당국의 탄압을 피하기 위해 동경에서 『방가』를 출간한 황순원이 방학이 되어 고향에 돌아오자 그는 시집을 출간했다는 이유로 평양 경찰서에 붙들려가 29일간의 구류 생활을 겪게 된다. 일제의 직접적인 비판은 없었다고 할지라도 세기의 수레바퀴를 똑바로 직시하자는 그의 발언들은 저들의 귀에 충분히 거슬릴 만한 구절들이었던 것이다.

이 유치장 생활 이후 그는 『삼사문학(三四文學)』의 동인이 되어 시와 소설을 발표하며, 1936년에는 제2시집 『골동품』을 상재하게 된다. 『골동품』에 수록된 시들은 『방가』와는 달리 세상을 향한 부르짖음이 아니다. 상상력의 단련이며 실험이다. 그 자신이 시집의 서두에서 "나는 다른 하나의 실험관이다"라고 한 간명한 진술 속에서도 이 시집에 수록된 시들의 특색을 알 수 있다.

'동물초' '식물초' '정물초' 등 세 부분으로 구성된 『골동품』에서 우리는 사물을 극도로 축약시켜 순간의 기지로 포착하는 시적 통찰의 예각성을 만난다.

> 날개만
> 하늘이는 게
> 꽃에게
> 수염 붙잡힌
> 모양이야
>
> ───「나비」 전문

> 닭인 양
> 모가지를

228

비트니
푸덕이는 대신에
밑동까지 피 뭉친다.   ──「맨드라기」전문

슬픈 일을 태우려
담배를 뻐금여 온 때문에
인제는 대만 물면
슬픈 일이 날아와 빠작인다   ──「담뱃대」전문

　위의 세 편은 각기 동물·식물·정물에서 한 편씩 뽑아본 것이다. 「나비」는 꽃에 앉아 꿀을 빨고 있는 나비의 모습을, 「맨드라미」는 닭벼슬 같은 붉은 맨드라미꽃을, 「담뱃대」는 슬픈 일과 담뱃대와의 전도를 순간적으로 인식한 기지에 찬 작품들이다. 『골동품』을 읽으면 금방 생각나는 작품이 프랑스 작가 르나르의 『박물지(博物誌)』이다. 물론 단순한 모방은 아니다. 그 나름의 필연성이 개재된다. 『방가』에서 말한 그의 부르짖음이 크게, 힘차게 울려나가지 못한 것은 외적 제약으로 인해 그의 상상력이 응축되었기 때문이다. 이 확대로부터 응축으로의 과정에서 그는 고통스러운 회의와 방황에 직면한다. 그 동안 그의 전집에 수록되지 않았던 『공간』에 수록된 13편의 시들에 드러나는 번민에서 우리는 그 편린을 엿볼 수 있다.

내 어느 초봄
마른 풀잎에 불질러놓던 논두렁 여기 있고
내 어느 여름날
멧새알 내리러 오르내리던 뒷산의 상수리나무 저기 있으리.

한데, 검붉게 얼어터진 사내들의 손잔등은 어쩐 일이고,
여인들의 졸아든 젖가슴은 어인 일인가
논밭 갈아 먹고 사는 사람들의 한해 동안의 보람이던가

삶을 위해 팔딱이는 심장의 고동이여.
이날의 귀향자——나는 고향의 고르지 못한 맥박을 짚어본다.
——「귀향자의 노래」, 끝 3~4련

이역의 하늘에서 망향가를 부르며 고향을 그리워하던 화자는 겨울날 향리에 돌아온다. 그러나 그가 목격한 것은 고향의 궁핍상이다. 피폐한 고향에 돌아온 귀향자가 짚어보는 고르지 못한 고향의 맥박은 간접적이기는 하지만 억눌린 현실에 대한 비판을 시사하는 것임이 분명하다. 여기서 우리는 『방가』와 『골동품』 사이에 서 있는 내성적인 인간을 발견하게 된다.

날마다 가슴에 새겨지는 일기——
조선사람, 서러움, 서러움, 조선사람
가난한 살림을 싣고 흐르는 강물이건만
고국 대동강의 푸르른 물줄기가 그립다.
——「오후의 한 조각」, 제3련

알코올병에 담뿍 잠기고 싶은 유월의 오후 햇빛을 등뒤로 하고 앉아 화자는 검은 개울을 바라보며 자신의 그림자를 개울 위에 띄워본다. 검은 개울 속의 자신의 영상이 마음속의 애수를 대신한다고 연상한다. 상대적으로 고국 대동강의 푸른 물줄기가 그리워진다. 현재의 애수를 씻어줄 수 있기 때문이다. 조선 사람이란 낙인이 화자를 괴롭힌다. 그럴수록 고향의 푸른 강물이 그립다. 가슴에 새겨지는 마음의 일기에 그는 자신이 처한 민족적 서러움을 고향에 대한 향수로 채워본다. 넓은 하수구 둑에 앉아 흘러가는 검은 개울물에 돌을 던지며 사실은 자신의 가슴에 돌을 던진 것이라고 생각한다. 이와 같은 울분은 동경 유학 시절 황순원이 겪었던 숨김없는 사실이었을 것이다. 젊은 날의 외로움과 민족적 울분 등이 이 시기 그의 시를 지배하는 중심적 문제였다.

230

이역의 하늘 밑,
이날의 고독아, 저녁 안개에 싸여가는 묘비 같은 외로움아.
너는 나를 빻아 없앨 것만 같구나
가슴이 후련하도록 울어나볼까,
별 없는 하늘 저쪽 고향을 향해.
——「고향을 향해」, 제 3 련

묘비 같은 외로움이 화자를 빻아 없앨 것만 같다. 묘비와 외로움의 병치에서 우리는 이 시의 화자가 말하는 고독의 강도를 느낄 수 있다. 저녁 안개에 싸여가는 묘비는 화자의 죽음과 같은 외로움을 표상한다. 별 없는 하늘 저쪽에 있는 고향을 향해 가슴 후련하도록 울어본다고 해결될 일이 아니다. 이는 단순한 감상 때문이 아닌 까닭이다. 그의 고민은 좀더 깊은 곳에 있다.

향수를 싹트이게 하는 밤비,
깃 잃은 새들의 목갈린 부름이여,
차라리 모자를 벗어들고 거리를 거닐었으면,
생각은 문득 비오는 거리로 날갯짓하건만
근심 많은 고향에로의 마음은 바위같이 무겁기만 하구나.

이 밤엔 어떤 험악한 손길이 고향을 덮고 있을까,
깊은 고독은 나를 붙들고 놓아주지 않을 때
다시 빗방울 듣는 창문가에서 고향을 향해
담담한 앞가슴을 지그시 눌러본다.
——「고향을 향해」, 끝 4~5 련

밤비가 향수를 싹트게 하는데, 그 고향을 생각할 때 화자의 마음은 바위와 같이 무겁다. 어떤 험악한 손길이 고향을 덮고 있기 때문이다. 그로 인해 화자는 깊은 고독에 빠진다. 담담한 앞가슴을 지그시 누르며 저녁 안개에 싸여 있는 묘비 같은 외로움을 느낀다.

동경의 꿈에서 피사의 사탑까지 231

그것은 깃 잃은 새들의 목갈린 부름으로 비유된다.

　황순원의 이와 같은 시적 울한은 1930년대 중반에 그가 현실적으로 겪었던 자전적 체험에 근거하였을 것이다. 시기적으로 보면 시집『골동품』발간을 전후한 시기다. 이와 같은 현실적 속박 속에서 그가 골동품적 세계로 접근해갔다는 것은 흥미로운 일이다.『방가』와『공간』의 시적 세계는 깊은 상호 관련이 있으며, 그 양자 사이에 존재하는 것이『골동품』의 세계다. 그것은 세상을 향한 부르짖음의 변용 과정을 드러내준다. 이 점에서 황순원은 내성적 인간이다. 고향을 그리워하는 여러 시편에서 읽을 수 있는 향수는 윤동주의 어떤 면을 연상시킨다. 그러나 황순원의 내성적인 열정은 문학적 자기 승화로 집중된다. 외유내강에의 문학적 변신은 서정적 부드러움 밑에 굳고 단단함으로 응결된다. 뜨거운 부르짖음이 시의 표면에서 사라졌다고 해도 열정 그 자체가 식어버린 것은 아니다. 오히려 내면에서 뜨겁게 가열된다. 소설로의 방향 전환이 그것이다. 소설로의 전환 이후 그의 작품 표면에서 가열한 현실 의식은 제거된다. 감정의 직설적인 토로보다는 문학으로서의 예술성에 심혈을 기울인다. 여기에 예술과 행동 사이의 심연이 도사리고 있었을 것이리라. 그리고 반세기가 넘도록 지속적으로 축적시켜 이룩한 황순원 문학의 거대한 열정의 비밀이 여기에 숨겨져 있으리라.

　1940년 황순원은『황순원단편집』(후에『늪』으로 개제)을 간행하면서 소설가로의 변신을 구체적으로 보여준다. 그렇다고 그가 완전히 시작을 중단한 것은 아니다. 단속적으로 시를 발표하면서 그의 문학적 열정은 소설 속에 용해된다. 1941년 2월 그의 초기의 대표작「별」을, 1942년 3월에는「그늘」을 발표한다. 그러나, 태평양 전쟁의 발발(1941. 12)과 더불어 일제의 식민지 정책은 극도로 강화된다.「그늘」이후 한글 말살 정책에 의하여 작품을 발표할 길이 막힌다. 일본어가 국어가 된 것이다. 모국어마저 강탈당한 어려운 현실에서도 그는 발표할 길이 없는 작품들을 쓴다. 1943년 9월에는 평양에서 향리인 빙장리(氷庄里)로 소개한다. 이 시기의 작품들이「기러기」 「병든 나비」 「황노인」 「노새」 「독 짓는 늙은이」 등의 단편들이다.

　강제 징용을 피하는 것은 물론이거니와 당시 금지된 조선말로 작품을 쓴다는 것 자체만으로도 신변의 위험을 느껴야 했던 시절 그의 이와 같은 작가적 자세는 그의 문학을 가늠하는 데 있어서 깊이 음미되어야 할 가려진 부분이다. 친일과 변절의 시대를 산다는 것은 고통스러운 일이다. 더욱 고통스러운 일은 시인이나 작가가 그의 모국어를 빼앗긴다는 것이며, 한층 더 고통스러운 일은 이 고통스러운 시대를 살면서 발표할 길 없는 작품을 글로 써서 모국어를 지킨다는 것일 터이다.

　해방 이후 「문학자의 자기 비판」(『우리문학』, 1946. 2)에서 이태준(李泰俊)의 "내가 8·15 이전에 가장 위협을 느낀 것은 문학보다 문화요, 문화보다 언어였습니다. 작품이니 내용이니는 둘째 셋째가는 문제고, 말이 없어지는 위기가 아니었습니까?"라는 발언과 김사량(金史良)의 "만약 붓을 표면에서는 꺾었으나 그래도 골방 속으로 책상을 가지고 들어가 그냥 끊임없이 창작의 붓을 들었던 이가 있다면 우리는 그 앞에 모자를 벗지 않을 수가 없습니다"라는 발언을 고통스럽게 천착해야 할 것이다. 모국어를 지킨다는 것과 발표할 길 없는 작품들을 골방 속에서 쓴다는 것은 식민지 시대 말기의 어두운 정신사적 아픔을 새롭게 도출시키는 명제일 것이다.

　1945년 8월 해방의 그날을 맞이하자 황순원의 시는 세번째 단계인 『목탄화』 시대에 돌입한다. 짓눌렸던 일제의 질곡으로부터 벗어난 그날 의외로 황순원의 문학은 감격 시대로 돌입하지 않는다. 민족 모두가 환희와 흥분에 젖어 있는 시기에 골방 속에서 모국어로 작품을 비밀리에 써왔던 그이기에 결코 이 엄청난 시대사적 격랑에 휩쓸리지 않는다.

　　부르는 이 없어도
　　찾아나서면

　　모두 내 사람뿐이오

　　예와 다름없는 거리의 얼굴들이
　　왜 이다지 반가웁겠소
　　어느 유순한 짐승처럼
　　비릿하고 찝찔한 거리의 몸내음이
　　왜 이처럼 그리웁겠소

──「그날」, 제1~2련

　　이 담담한 시가 해방의 그날을 노래했다고는 믿기지 않는다. 모두가 소리높여 해방의 기쁨을 노래하지 않았던가. 화자가 비릿하고 찝찔한 거리의 몸내음을 느낀다는 것 외에 이 시의 표면에서 우리는 해방의 기쁨을 말한 구체적 표현을 찾을 수 없다. 예와 다름없지만 반가운 거리의 얼굴들 그리고 그리운 몸내음 등은 감격을 노래한 것이라 보기 어렵다. 그러나, 우리가 눈여겨보아야 할 것은 시의 표면에 나타나지 않은 절제력이다. 덤덤하고 무심해 보이는 시적 진술에서 우리는 흥분을 억제하는 화자의 견인력을 볼 수 있다. 거리의 얼굴들, 거리의 몸내음들이 모두 내 사람뿐이라는 시적 진술에서 우리는 다시 한번 해방의 감격을 마음속으로 다져보는 내면적 인간을 발견하게 된다. 이것은 소극적이고 회피적인 자세가 아니다. 격동하는 한국 현대사를 지혜롭게 통찰하는 황순원적 혜안이 숨겨져 있는지도 모른다. 쉽게 흥분하고 쉽게 잊어버리는 시대사적 전개의 악순환을 그는 이미 깊이 간파하였던 것이다.

　　호박 광주릴 인 촌아주머니는
　　호박처럼 복스런
　　막내딸이라도 낳게 해줍쇼
　　무 지겔 진 촌아주버니는
　　무밑처럼 시원한
　　만득자라도 보게 해줍쇼.

우리 말과 웃음이 없이도
서로 지나치고 만나느라면
몸내음처럼 체온도 합치는구료
여보시오 국수를 먹고 국수처럼
다 같이 명길일 합시다.

부르는 이 없어도
찾아나서면
모두 잊을 뻔한 내 사람뿐이오.

──「그날」, 끝 3∼5련

　촌아주머니와 촌아주버니의 소박한 소망을 함께하면서 친근한 몸
내음을 나누며 체온을 합치시킨 화자는 국수를 먹고 국수처럼 명길
일 하자고 한다. 질곡의 시대를 보내고 해방의 그날을 맞이한 것처
럼 진정한 기쁨의 날을 누리기 위하여, 마지막 시행에서 이 모두가
잊을 뻔한 내 사람뿐이란 맺음은 해방의 기쁨을 우회적으로 표현한
것이다. 복스런 막내딸이나 시원한 만득자를 바라는 평범한 사람들
의 평범한 희망이야말로 최소한의 것이며 최대한의 것이다. 모국어
는 물론 생존권까지 빼앗겨 하마터면 모두 잊을 뻔한 사람들이 아
닌가. 황순원이 이처럼 본질적이기는 하지만 최소한의 희망과 기쁨
으로 감격의 시대인 해방의 기쁨을 노래하고 있다는 것은 단순히
지나쳐갈 일이 아니다. 세상을 향한 부르짖음을 제어하는 극도의
절제력이 배어 있다는 점은 그의 앞으로 나아가는 츠진력과 함께
다시 확인해둘 필요가 있다. 고조되었을 때에도 그가 토로한 해방
의 기쁨은 다음과 같은 정도일 뿐이다.

　아이들이 아침 서리를 밟고
　골목 골목의 문을 열어젖히듯
　골목을 골목을 뛰쳐나가네.

이제 너희들이 열어놓은 골목 문으로
너희 어버이들은 다시
거리로 거리로 통하여 나가리.

이게 그냥 반가웁고 그리운 탓인가
거리 거리에서 남도 친구를 붙잡고
자꾸만 자꾸만 울고픈 동안
너희들은 그저 조선 꽃으로 웃으며
조선 종달새로 노래 부르고
조선 호랑이로 내닫겠구나.
너희들은 또 날이 저물기 전에
골목 골목의 문을 닫듯이
골목을 골목을 뛰쳐들어오네.

—「골목」, 제1~3련

이와 같이 울고 싶을 정도의 격앙된 반가움이나 그리움도 아침에 골목을 뛰쳐나가 놀다가 저녁에 골목을 뛰쳐들어오는 아이들을 빌어서 표현된다. 이것은 지극히 소극적이라 말할 만하다. 그러나 한편으로는 신중하고 조심스럽다고도 할 수 있다.

급변하는 시대적 과도기에 잘못된 판단이나 서툰 행동은 자신의 의지와는 전혀 다른 곳으로 삶의 행로를 이끌어갈 수도 있기 때문이다.

1946년 5월 황순원은 월남을 단행한다. 이것은 그의 인생에서 결정적인 분계선이 되었으리라. 월남 이후 황순원은 본격적으로 소설에 전념한다. 자신의 모든 열정을 창작에 불어넣는 것처럼 1947년부터 다수의 단편을 왕성하게 발표하기 시작하면서, 장편『별과 같이 살다』도 부분적으로 선보이기 시작한다. 물론 시작이 완전히 중단된 것은 아니지만, 산발적으로 발표된다. 저간의 사정이 구체적으로 드러난 바는 없지만, 적어도 작품의 질이나 양에 있어서 그가 압도적으로 소설로 기울어졌다는 사실은 확실하다.

6·25 동란이 발발하고 부산 피난 생활을 겪은 다음 53년 8월 환도 후 『카인의 후예』『인간접목』 등의 장편소설을 발표하여 황순원은 장편 작가로서 자신의 위치를 확고하게 한다. 해방 이후 1960년의 장편소설 『나무들 비탈에 서다』에 이르기까지 그의 문학적 세계는 청교도적인 금욕주의와 예술적 자기 완성이란 명제로 집약시킬 수 있을 것 같다. 감격의 시대에 격정을 겉으로 드러내지 않으면서 엄한 절제력으로 이 시대를 넘어설 수 있었다는 것은 식민지 시대에 금지된 모국어로 발표할 길 없는 작품들을 썼다는 사실과 깊은 관계를 지닌 것이라 할 수 있다. 고향을 버리고 월남한 그가 「향수」란 표제의 시를 다음과 같이 쓸 수 있었다는 것은 흥미로운 사실이다.

밀밭 속엔
네 옷고름이 있다네

밀밭 속엔
네 몸내음이 있다네

까투리마냥
기쟈 기쟈

밀밭 속
종다리 집이
새끼를 쳐 날던 날

밀밭 속엔
우리의 이별이 있었다네

밀밭 속엔
밀밭 속엔.

——「향수」 전문

이 시에서 말하는 향수는 구체적인 대상을 향하는 것이 아니다. 『공간』 시편에서처럼 이역의 하늘 아래서 고향을 그리워하는 것이 아니다. 밀밭의 무성함을 보면서 느끼는 형언 못 할 그리움이다. 아련한 기억의 파편들이 기저를 이루고 있겠지만, 이 시의 그리움은 명시적인 대상을 향하고 있지 않다. 이 시의 그리움에 필자가 주목하는 이유는 그가 향리를 떠나 월남했다는 개인적 사실과 향수를 관련시켜보기 때문이다. 으레 북에 두고 온 고향을 그리워하게 마련일 터인데 그의 시에서 이런 흔적을 구체적으로 찾기 어렵다는 사실에 이 시의 묘미가 있다. 이 시와 같은 시기에 씌어진 「제주돗말」과 같은 작품에서는 『골동품』과 유사한 시적 기지를 볼 수 있는데, 이 『목탄화』의 시편들이 은연중에 『골동품』과 유사할 뿐 아니라 그 연장선에 놓인다는 점에서 우리는 황순원 문학의 극기적 지층을 읽을 수 있을 것이다. 현실의 압력이 가중될수록 시대의 파도가 거세질수록 그는 문학 본질에의 침잠 속에서 자기 완성을 추구하는 구도적 길을 전진시켜왔다고 하겠다.

1960년 『나무들 비탈에 서다』를 시발로 하여 1960년대 이후 황순원 문학은 본격적인 장편소설의 시대를 맞이한다. 그의 대표적인 작품으로 지칭되는 『일월』과 『움직이는 성』이 씌어진 것이 1960년대이며 1970년대에 들어서 『신들의 주사위』가 계속된다. 장편이 이어지는 사이사이에 다수의 단편들이 발표되며, 그의 시작 활동은 극도로 위축된다. 60년대를 지나 70년대에 이르면서 황순원의 소설은 한국 문단 정상에 독보적 위치를 차지하였으며, 『신들의 주사위』가 완간된 80년대초에 이르러 그의 소설에는 커다란 단락이 마련된다. 이것은 그의 소설이 완료되었다는 것과는 다르다. 그의 문학이 마무리되었다는 말은 더욱 아니다. 60년대를 거의 빈 공간으로 남겨두고 지나온 그의 시적 역정은 80년대초에 들어서서 깊은 원숙성으로 왕성하게 뻗어나간다.

『세월』이라 제한 다섯번째 묶음이 『목탄화』 이후 84년 10월 「기은다는 것」까지의 시편들이다. 60년부터 74년까지 약 15년여의 공

백을 딛고 씌어진 것 중의 하나가 1974년 3월 『현대문학』에 발표된
「초상화(肖像畵)」이다.

　　45도쯤 옆얼굴로 하여 한쪽 귀는 드러나지 않아도 무방할 거야,
한 귀로도 아직은 넉넉히 온갖 소리 가려듣기에 별 불편 없을 거야.

　　눈에다는 어떠한 종류의 안경도 끼워선 안 되지, 이제는 무딘 안
정 아주 침침해졌지만 진정 봐야 할 것은 어차피 육안만으론 대중
안 되는 것.

　　좀더 얇아져라 입술은 차라리 꽃이파리처럼, 그만큼 차갑게.

　　코허리에 지어진 턱, 젊은날 자랑스런 혈기가 남긴 기념물.

　　흉헙게 골 패인 이마와 덧없이 수염발 희끗거리는 하관의 흔적들
은 설움처럼 평생을 벗해온 술의 장난.

　　이 어줍잖은 얼굴을 기우뚱 받쳐든 가난한 목이건만, 어떠랴 어떠
랴, 목밑 갈빗대 사이에 끼는 때를 가리기 위해 옷 따위를 걸치게
해서는 안 될 거야.　　　　　　　　　　　　　　　——「초상화」 전문

　이 사실적인 소묘시에서 우리는 지나간 삶을 반추해보는 노년의
화자를 만날 수 있다. 「초상화」를 쓴 시기가 우연히도 황순원의 갑
년이다. 이 시는 외적인 묘사로 일관하지만 갑년을 맞이한 그의 내
심의 목소리도 전하고 있다. 귀·눈·입·코로 시작하여 이마와 하
관의 모습과 이 모두를 받쳐든 목까지 그리고 있는 이 시는 육안으
로 대중 안 되는 진정 보아야 할 것을 보려 하고, 목밑 갈빗대 사이
에 끼는 때를 가리기 위해 옷 따위를 걸치지 않을 노년의 성숙과
패기가 함께하고 있다.
　다시 이 시로부터 3년여의 시간이 지난 다음「돌」「늙는다는 것」

「고열(高熱)로 앓으며」「겨울 풍경」 등 4편이 1977년 3월 『한국문학』에 발표된다. 이 시편들 모두 늙는다는 것에 두터운 관심을 보여준다.

<blockquote>

눈은 내리고
해거름에서 담배 한대 참은 족히 지나간 시각
철부지 아이들의 떠드는 모양 멀리 물러나고
팔낀 연인들 어룽히 드러났다 그냥 풀리어드는
뭉크보다 조금은 더 어둑신한 속에
노인이 하나 서 있다
눈은 내리고   ——「겨울 風景」 전문

</blockquote>

눈이 내리고 있는 저녁 해거름의 어둠 속에 서 있는 노인은 화자 자신의 모습이다. 해거름에서 담배 한대 참이 족히 지난 시간 어둠이 짙게 물들어오는 배경 속에 서 있는 노인은 그 어둠과 일체화된다. 뭉크의 그림처럼 약간 흐릿한 경계선으로 해체된 구도이다. 이 시는 배경이 시사하는 것처럼 어둡다. 철부지 아이들의 모양도 물러나고 팔낀 연인들의 모습도 풀려져 노인 한 사람만 서 있는 겨울 풍경화이다. 그것은 한쪽으로는 죽음의 어둠이 가까이 다가오는 것을 반영하는 황순원 자신이 지닌 내면 의식의 그림자이기도 하다. 이 시에 뒤이어 『현대문학』 4월호에 황순원은 「링컨이 숨진 집을 나와」란 시를 발표한다.

<blockquote>

여윈 구레나룻의 링컨이
흰 칠판에다 흰 분필로 무엇인가 썼다
나에겐 글자가 보이지 않았다
그는 나를 향해 조용히
아주 조용히 슬픈 빛을 떠었다
여윈 구레나룻의 링컨이
검은 칠판에다 검은 분필로 무엇인가 썼다

</blockquote>

나는 여전히 판독할 수 없었다
그는 나를 향해 조용히
아주 조용히 슬픈 빛을 띠었다
그 슬픈 빛이 자꾸만 나를 따라왔다
내 나라로 따라오고 내 안방까지 따라왔다
　　　　　　　　　——「링컨이 숨진 집을 나와」 전문

　링컨이 쓴 해독할 수 없는 글자가 과연 무엇일까. 그것은 알 수
없는 꿈속에서의 전언일 것이다. 이 시의 화자가 링컨이 숨진 집에
서 받은 강한 충격 때문에 꿈속에서 보이지 않는 글자를 보았을 것
이다. 흰 칠판에 쓴 흰 글씨나 검은 칠판에 쓴 검은 글씨 모두를 화
자는 해독할 수 없다. 그것은 살아 있는 자의 글씨이며 동시에 죽
어 있는 자의 글씨이다. 링컨이 목숨을 걸어서 지키고자 하였던 것
을 쓴 글씨일 것이다. 글씨를 알아보지 못하는 화자의 안방에까지
따라온 링컨의 슬픈 얼굴빛은 화자가 처한 현실적 상황의 부조리로
인해 일어나는 공감이다. 시의 문면에서는 판독할 수 없다고 하였
지만 이 시의 화자가 그것을 전혀 알지 못하는 것은 아니다. 그가
판독할 수 없는 글씨야말로 링컨이 그의 나라 그의 안방에까지 따
라와 전하는 그 혼자만 아는 내밀한 진실일 것이다. 링컨이 숨진
집에서 화자는 왜 그와 같이 강한 인상을 받았을까. 우리는 인종적
평등을 구현시킨 노예 해방이나 민주주의의 이념을 드높인 링컨의
게티즈버그 연설을 연상할 수 있다. 화자가 판독할 수 없는 글씨는
바로 그런 내용일 것이라 믿어진다. 그런데, 화자는 현실적으로 링
컨과 같은 결단을 취할 수 없다. 그러므로 내 나라, 내 안방에까지
따라오는 슬픈 빛을 마음 깊이 받아들이게 된다. 여기서 우리는 첫
시집 『방가』의 격정적인 부르짖음을 다시 생각하게 된다. 「1933년의
수레바퀴」와 같은 시에서 읽을 수 있었던 고조된 음성이 순화되어
가라앉아 있음을 듣게 된다. 이와 같은 현실 대응 방법은 시집 『골
동품』 이후 50년 동안 그가 일관하여 지켜온 삶의 자세였으며, 우

리가 이것을 결코 소극적 순응주의나 현실 도피라고 말할 수 없는
것은 이 전기간을 통하여 그가 이룩한 거대한 황순원 문학의 총체
성이 지니는 문학적 긴장감 때문일 것이다.

겉으로 드러나는 격한 감정이 문제가 아니다. 우리 근대사의 주
류처럼 되어버린 서투른 행동주의가 빚어낸 우발적인 자가 당착을
돌이켜 생각해보자. 황순원의 시적 전개 과정을 열정에서 원숙에로
향하는 자기 완성이라고 할 때 격한 정서의 심화는 필연적으로 요
청되는 명제일 것이다. 시집 『방가』로부터 『세월』 시편에 속하는
「링컨이 숨진 집을 나와」와 같은 시로 연결되는 그의 문학적 흐름
은 일관된 방향성을 대변하는 것이라 해도 과언이 아니다.

이 시를 발표한 다음 다시 7년간의 시적 침묵이 계속된다. 그러
다가 그의 한층 깊은 시적 진수를 드러내보이는 작품이 발표된 것
은 84년 3월부터이다. 『신들의 주사위』를 완료한 다음 계속되는 집
중적 시 발표이다. 이를 두고 우리는 그의 문학의 원점 회귀를 말
할 수 있으나 중요한 것은 양식상의 문제가 아니다. 그의 시는 앞
의 시들과 연속성을 지니면서 원숙성이나 깊이에서 더 높은 차원에
도달한다.

어머니가 김을 매는 조밭머리 긴긴 한여름의 뙤약볕 속에 혼자 메뚜
기와 놀던 다섯 살짜리 아이가, 눈이 좀 어두운 어머니의 길잡이로 말
승냥이 늘쌍 떠나지 않는다는 함박골을 앞장서 외가에 오가던 다섯 살
짜리 아이가, 장차 어떻게 살아가나 어머니가 짐짓 걱정할라치면 나귀
로 장사해서 돈을 많이 벌겠다던 다섯 살짜리 아이가, 기미 운동으로
옥살이하는 아버지를 힘들여 면회가선 내내 어머니 젖가슴만 더듬었
네. 불도 켜 있지 않은데 눈이 부셔 부셔 아버지가 눈부셔 바로 쳐다
볼 수가 없었네. 지금은 일흔 살짜리 아이가 되어 추운 거리 다시 한
번 아버지를 면회가서 당신의 젖가슴을 더듬어봤으면, 어머님이여 나
의 어머님이여.

——「우리들의 세월」 전문

다섯 살짜리 아이와 일흔 살짜리 아이의 대비에는 65년간의 지나
간 우리들의 삶이 담겨 있다. 그것은 지극히 개인적인 일일 수 있
다. 좀 확대하더라도 한 가족의 이야기일 뿐이다. 황순원의 연보를
읽어보면, 이 일이 거의 그대로 자신이 실제로 겪었던 이야기임을
알 수 있다. 그럼에도 시인은 표나게 「우리들의 세월」이라고 했다.
그것은 한 단위의 가족이나 한 개인만의 일이 아니라는 뜻이다. 이
시를 정신분석학적으로 읽자면, 시인이 어렸을 때 어머니와 평화롭
게 지낸 것은 아버지가 감옥에 가 어머니를 혼자 독점할 수 있었기
때문이라고 한 김현의 해석은 지나치게 일면적이다. 물론 화자는
따뜻함과 부드러움을 갈구한다. 그러나, 그것은 어머니를 독점할 수
있었기 때문이 아니다.

　필자가 주목하고자 하는 시행은 "불도 켜 있지 않은데 눈이 부셔
부셔 아버지가 눈부셔 바로 쳐다볼 수 없었네"이다. 왜 아버지가
그토록 눈부셨을까. 그것은 기미 운동으로 옥살이를 하고 있었기
때문이다. 다섯 살짜리 아이가 이제 일흔 살짜리 아이가 되어 어머
니의 젖가슴을 만지고 싶다고 하여, 그 젖가슴을 만지는 손끝이 죽
음의 한 끝을 만지는 의식의 일단을 드러낸 것으로 인식될 수도 있
다고 하여 눈부신 아버지의 휘황한 심상을 간과할 수는 없다. 세상
에서의 고통스러움이 거리의 추위로 표현된다. 이 거리의 추위는
오직 일흔 살짜리 아이만의 것이 아니다. 그것은 우리 모두의 것이
며, 일흔 살짜리 아이가 살아온 지나간 시간들이 우리들의 세월이
된다. 이 시는 「링컨이 숨진 집을 나와」와 깊은 상관성을 갖는다.
『방가』로부터 『세월』 시편으로 이어지는 황순원 시의 도도한 저류
를 우리는 링컨과 감옥살이하던 아버지의 심상에서 확인해볼 수 있
을 것이다. 달리 표명하자면 그것은 조국과 민족의 진로를 비추는
신성한 힘에 대한 역사 의식이 그의 문학적 심층에 흐르고 있다는
것이다. 『세월』 이후 쉽게 표면에 드러나지 않았던 그의 문학적 추
진력의 비의가 이 신성한 힘에 대응하는 역사 의식에 잠복되어 있
으리라 필자는 믿는다. 그가 이 흐름에서 더 멀리 나아갈 때 그는

인간 존재의 궁극적인 문제인 죽음의 문제와 부딪친다.

> 간밤에 나는 밤새도록 꼬박
> 얼굴이 없는 사나이와 노름을 했다　　　　　——「도박」, 제1~2행

　이 시의 화자는 인생을 도박에 비유한다. 얼굴이 없는 사나이는 자신의 인생 전체를 반영하는 의식의 그림자이다. 이 시에는 삶과 죽음이 함께 있다.
　예전에 도스토예프스키가 밑천이 떨어지자 갓 결혼한 아내의 패물을 처분했던 것을 예로 들면서 화자도 어렵지 않게 정년 퇴직금을 들이대어 도박을 하였으나 그 역시 새벽녘이 되자 깡그리 날려 버린다.

> 얼굴이 없는 사나이와 나는 쉬 다시 만나
> 한판 또 붙자고 악수를 나눈 뒤 헤어졌다
> 다음 밑천으로 내 아직 연연해 있는
> 마지막 세상적인 것을 몽땅 디밀 참이다
> 얼굴이 없는 사나이가 앉았던 자리에
> 내 데드마스크가 빙긋이 웃고 있었다.　　——「도박」, 끝 제12~17행

　화자가 아직도 연연해 있는 마지막 세상적인 것이란 자신의 생명일 터이다. 자신의 목숨마저 디밀려 하는 화자가 마주친 데드마스크의 웃음은 이제 황순원의 시가 드러내주는 아득한 끝이다. 도박에 은유된 그의 문자 행위 전체는 물론이요 생명까지도 디밀 찰나에 만나는 데드마스크인 것이다. 아마도 그것은 그의 소설로 도달하기에는 불가능한 지점일지도 모른다. 이 점에서 본다면 그가 본질적으로 시인이라는 명제를 다시 한번 되새겨볼 필요가 있다. 격정적인 부르짖음에서 출발한 그의 문학이 그렇고, 이제 80년대에 들어서서 왕성하게 발표되는 시편들이 그러하며, 나아가서는 개결

(介潔)한 자세로 문학적 생애를 일관할 수 있었다는 점에서도 그렇다. 작가는 그럴 수 없다는 말이 아니다. 서정 양식이 본질적으로 지닌 주관성과 완결성이란 점에서 그의 삶과 문학은 표리 일체가 되어 커다란 통일성을 지닌다는 뜻이다.

「도박」 이후에 발표된 그의 시 「고백」을 읽어보면 이 점은 더욱 명백해진다. 남들이 자기 보고 애주가라는 것은 가당찮은 말이고, 자신이 술을 마시는 이유는 네 이웃을 네 몸과 같이 사랑하라는 처음부터 두렵고 고통스러운 말을 피해가기 위해서 술을 마신다는 것이다.

> 아니 이참에 내 그대한테만 마저 다 고백함세
> 실은 그 말이 나를 붙들고 있는 게 아니라
> 정말 이건 비밀일세
> 되레 내가 그 말을 놓칠까 겁이 나서
> 그래서 술을 이제까지 마셔오고 있는 걸세
> 이런 나더러 애주가라니!　　　　　　　——「고백」, 끝 18~23행

이 고백에는 약간의 자기 변명이 들어 있다. 그러나 이와 같은 방식으로 고백하는 그의 어법에서 느낄 수 있는 것은 이 시의 서두에서 스스로 심약한 위인이라 자칭한 화자가 서정적 인간이란 점이다.

그렇다고 해서 우리는 그의 고백을 그대로 다 받아들일 수 없다. 이 글의 서두에서 인용한 시 「기운다는 것」에서 읽을 수 있는 것처럼 그는 아직도 쓰러져야 할 때는 자신의 몸짓으로 쓰러지겠다고 말할 만큼, 말을 바꾸면 더 크고 노성함을 이루어내겠다는 열정을 갖고 있다는 사실을 간과할 수 없다. 지난 가을 두 달여의 해외 여행에서 돌아온 그에게서 피로감이 아니라 오히려 신선한 힘을 느낄 수 있었던 것처럼 앞으로의 문학적 전진에 대해 그는 아직도 여유와 자신감에 넘쳐 있다고 하겠다.

③ 황순원의 문학 전체를 상량해볼 때 그의 서정 시편들은 매우 미미한 것처럼 보인다. 소설에 곁붙어 있는 것이 그의 시일 것이라 지레 짐작하기 쉽다. 그러나, 위에서 검토한 것처럼 50여 년에 걸친 그의 문학적 변모와 완숙의 과정을 그의 시들처럼 잘 드러낸 예는 없다.

> 내 가슴속은 묘지
> 묘지기는 나.
>
> 내게 한끝 줄을 남기고 간 이들을
> 나는 내 가슴속 묘지 안에
> 부활시켜놓는다.
> 나는 죽음에 대한 얘기가 듣고 싶은데
> 그들은 자꾸 어떻게 사느냐는 얘기만 한다.　　　──「密語」 전문

이 시의 화자가 그의 가슴속에 부활시켜놓은 죽은 이들처럼 우리도 이 시인에게 어떻게 사느냐는 얘기만 듣고 싶어하는지 모른다. 죽은 사람들을 부활시켜놓고 있는 가슴속에서 들려오는 그의 시들은 그가 우리에게 전하는 뜻깊은 밀어일 것이다. 필자는 황순원의 시들이 바로 이 밀어일 것이라고 생각한다. 그가 조선어 말살의 시대에 발표할 길 없는 작품을 썼던 것처럼 그의 가슴속에서 들려오는 밀어 그대로가 그의 시라는 것이다.

격동하는 시대사의 소용돌이 속에서도 흔들림 없이 거대한 황순원 문학의 총체성을 이룩한 것도 그의 가슴속에 뜨거운 밀어가 살아 있었기 때문일 것이다. 시대의 전면으로 뛰어나가는 겉으로 드러난 과격함이란 그의 높은 문학적 산맥에 비교해본다면 벌거벗은 민둥산과 같은 것이리라.

황순원이 일생 동안 지켜온 청교도적 금욕주의는 세상을 향한 뜨

246

거운 부르짖음을 순화시켜 고착적인 문학에 도달하게 하였으며, 그의 문학을 관통하는 저류로서 신성하고 휘황한 아버지에 대한 심상은 그의 문학을 의연하고 당당한 것으로 만들었다고 여겨진다. 엘리어트는 어디에선가 일류 시인과 이류 시인을 구분하는 기준으로 지속성과 일관성을 논한 바 있다. 소설과 시 전체를 통괄하여 흘러오는 도도한 문학적 일관성이야말로 황순원이 한국 문단 중상에 위치한 일류 문인임을 입증하는 증거일 것이다.

다섯 살짜리 아이가 감옥살이하는 아버지를 어머니와 면회가서 보았던 휘황한 빛은 식민지 시대를 넘어서 그리고 해방 이후의 격동하는 시대를 넘어서 일흔 살짜리 아이가 되어 우리들의 세월을 말하는 노대가의 목소리로 내밀하게 울려온다. 모국어를 버렸던 김사량이 골방 속에서 창작의 붓을 든 이에게 모자를 벗지 않을 수 없다고 했던 고통스러운 시대를 살아온 우리들의 세월을 황순원의 시는 든든하게 지켜주었다.

피사의 사탑이 쓰러지더라도 그의 문학은 쓰러지지 않는 거목처럼 자신을 지킬 것이다. 다른 모든 것이 세파에 스쳐 사라질지라도 언제고 잊지 못할 영원한 꿈처럼.

Ⅲ. 그의 인간과 문학

그의 인간과 단편집 『기러기』*

원   응   서

　잠시 내 기억의 흐름은 1940년 초기의 평양 기림리 모래터로 거슬러가야 한다. 이곳이 황형과 나와의 첫대면의 장소였그, 작품집 『기러기』의 간접적 배경이 되기도 하기 때문이다.

　기림리 모래터란, 서울로 치면 갈현동, 서교동과 비슷한 신흥 주택 지대로 내가 거기로 이사를 갔을 때는 아직도 여기저기에 한창 기와집들이 들어서고 있었다. 거의가 한국 집 전형인 ㄷ자형으로 지어지는 집들이었는데 가다가는 ㄱ자 집들도 있었다. 황형네 댁은 이 ㄱ자 집이 두 채가 한데 묶이어 이 두 채 사이에 출입문이 있는 남향집이었다. ㄱ자 앞채에는 황형네 양친께서 거처하시고 뒤채에 황형네 식솔이 살고 있었다.

　이 모래터에서 황영은 1943년 가을까지 기거한 것으로 안다. 왜정 말기라 황형은 고향인 평남 대동군 빙장리로 소개해나갔고, 나는 나대로 징용을 피하여 평북 정주군에 있는 광산으로 들어가 있다가 해방된 45년 9월에야 서로 다시 만나게 되었다.

　내가 황형을 처음 만난 것은 바로 40년 여름, 모래터의 ㄱ자 집 뒤채의 그의 서재에서였다. 심(沈)이라는 무척 사람을 그리워하던, 시를 쓴다는 청년이 나를 이 서재에서 황형과 만나게 해주었다.

　＊ 삼중당 판 『황순원 전집』(1973. 12) 제 3 권.

　첫대면에서는 별로 긴 이야기가 오간 것이 없고, 예술은 감동이
라는 등 그저 추상적인 말만 몇 마디 한 걸로 기억된다. 그 후 실로
나는 황형의 작품에서 감동을 찾았고, 산문의 예술을 안 느낌이었
다. 한국 문학에서 문장은 작품집 『기러기』에 이르러 확립을 보게
되지 않았나 하는 생각이 곧 그것이다.
　『기러기』가 출판되기는 51년이지만, 거기 수록된 작품들이 씌어
지기는 40년에서 해방 직전까지의 기간이다. 그 어려운 시기에 황
형은 언제 햇빛을 볼는지 모를 작품들을 썼던 것이다. 『기러기』서
문에서 저자가 말했듯이, 이 작품집에 들어 있는 「별」과 「그늘」만은
그런대로 해방 전에 햇빛을 볼 수 있었지만, 나머지 열세 편은 "그
냥 되는 대로 석유 상자 밑이나 다락 구석에 틀어박혀 있을 수밖에
없었던" 것이다. 이렇게 다락방이나 석유 상자 속에 틀어박혀 있어
야 할 만큼 당시에 글을 쓴다는 것은 다시 없는 어려움이었건만,
최대한으로 당겨진 시울처럼 팽팽하고도 햇빛에 찬란히 빛나는, 고
치에서 갓 뽑혀나오는 명주실처럼 아름다운 글들이 씌어진 것이 바
로 이 시기라고 본다. 역설적인 얘기 같지만, 황형의 작가로서의 성
숙은 이 시기의 갖가지 어려움 속에서 이루어지지 않았나 싶다.
　이렇게 그는 언제 햇빛을 볼지 모를 작품을 썼지만 한 사람의 독
자가 있었다. 독자라기보다 청자라 해야 옳을 것이다. 황형이 낭독
하는 작품을 나는 듣곤 했던 것이다.
　첫대면에서 얼마 지나지 않아서부터 그는 자기 서재에서 술상을
가운데 놓고 내게 작품을 낭독해주곤 했던 것이다. 나는 낭독하는
것을 들으며, 그 작품이 어쩌면 그의 빛나는 눈매와 그렇게도 닮았
을까 하는 생각과 함께 어떤 감동에 젖곤 했다.

　나는 근자에 와서도 『기러기』 가운데 들어 있는 「황노인(黃老人)」
을 다시 읽고 그 느낌은 더 새로워졌다. 그것은 그의 문장과 상황
이 주는 리얼리티라고 생각된다. 「황노인」은 그 문장의 독특한 리
얼리티와 애잔한, 한 인간에 대한 휴머니티를 보여주고 있다는 의

미에서 나는 그의 단편 중에서도 꼽히는 작품으로 본다. 『황순원 단편집』(후에 『늪』으로 改題)의 작품들과 『기러기』의 몇 작품들은 주어진 환경 속에 사는 인생을 그린 것으로 보여지며 픽션을 느끼지 않는 픽션으로서 보여진다. 이것은 당시 작가들이 즐겨 쓰던 작품 속에서의 전도법이나 가정법을 한 곳에서나마 쓰지 않았다는 걸로도 말할 수 있다. 거기 작품들에 나오는 인물들이 추상으로서가 아니라, 상징으로서의 인생을 보여주고 있다는 것을 들 수도 있다. 과연 20대의 젊은 작가로서 60대를 능히 꿰뚫어볼 수 있는 눈이, 선천적으로 갖추어져 있다는 걸 전에도 느꼈고 지금도 느끼고 있다.

「황노인」은, 주인공 황노인이 환갑을 맞이하는 날과 환갑 당일 이틀에 걸친 이야기를 그리고 있다. 다만 이 이틀 동안의 사건이라고는 어렸을 적의 어깨동무인 '차손'이를 7년 만에 만나는 일이다. 황노인은 원체 피부에 밴 독농가이자 매사에 근실한 노인으로 집에 들거나 농사에 나가도 근히 일하며 전후를 보살펴 생각하는 부인 없는 허전한 살림을 하고 있다. 내일이 환갑 잔칫날이라 딸과 사위와 외손자가 대문을 들어선다.

　이때 긴재에 시집간 딸이 젖먹이를 업고 손에는 보따리 하나를 들고, 큰애의 손목을 잡고 남편과 함께 대문을 들어서면서 콩깍지를 줍는 아버지를 발견하고는, 여전하신 아버지, 그렇더라도 오늘 내일은 좀 가만 계셔도 좋을 텐데 하고 생각하는데, 황노인이 인기척에 고개를 들어 딸의 일행을 보고,
　"너희들 오니,"
하고는 그냥 허리를 굽혀 콩깍지만 줍는다.

이 얼마나 압축되고 내포된 표현인가. 짧은 한 순간의 딸의 생각을 통하여 황노인의 인간된 성격 전부를 말해주는 함축이 아닌가 싶다.

이 「황노인」에서 작가는 또 황노인과 '차손'(재니)과의 관계를 통해 인간의 정과 사랑의 교차를 우리에게 보여주고 있다. 이 교차가 없다면 인간의 행로는 짜장 무한한 평행선과도 같은 것일지 모르는.

    ……황노인이 술잔을 밀어맡기다시피 하니까 그제야 늙은 재니는 마지못해 두 손으로 공손히 잔을 받아 들었다.
"이 사람."
"예."
"아니 이 사람, 예가 무엔가. 우리가 아마 동갑이디?"
"예."
"이 사람, 또 옌가? 그럼 우리가 다 환갑일세게레. 어서 술 들게."
    황노인은 좀전의 사랑방에서와는 달리 이 동갑과 먹는 술이면 얼마든지 받을 것 같았다.
    술이 몇 순배 돌았을 때 황노인은 어떤 자꾸 흡족해지는 마음으로,
"참 동갑, 해금 한번 켜게."
했다.
    늙은 재니가 슬쩍 황노인의 낯을 살폈다. 꽤는 날쌘 눈초리로. 그건 그의 오랜 생활이 그의 몸에 붙여준 것인 성싶었다. 그러나 황노인의 언성에서나 낯에서 조금이라도 자기를 노리갯감으로 여기는 빛을 찾지 못한 늙은 재니는 조용히 해금을 들어 줄을 골랐다.
"타령을 커게."
    늙은 재니는 잠시 먼 것을, 아주 머언 것을 생각하는 듯 허공 한 곳에다 눈을 주고 있더니 스르르 눈을 감으며 해금에 활을 긋기 시작했다.
    황노인은 저도 모르는 새 눈을 감고 있었다.
    이런 그들의 앞에는 작은 개울이 나타나고, 개울둑에는 감탕칠을 한 벌거숭이 두 소년이 서서 한 소년은 풀피리를 불고 한 소년은 아직 어린 되잖은 청으로 타령을 부르고 있었다.

모래터 시절 나와 몇몇 친구는 황형더러 작품 '황노인'을 연상하

여 애칭 삼아 황노인이라 부르곤 했다. 그것은 황형이, '황노인'이 환갑 전날에도 마당에 흘려진 콩깍지를 줍는 것처럼, 그 어려운 시기임에도 불구하고 문학적인 작업을 부지런히 하고 있는 것을 그의 주변의 몇몇 친구들은 눈 가까이 보았기 때문이다. 후에 황형 자신이 내게 말해준 바로는 황노인의 모델은 다른 사람이 아닌 황형의 조부님이시라고 했다. 그러나 나는 '황노인'은 바로 황형 자신의 분신이 아닌가 한다. 젊은 시절의 황형은 한복 차림에 고무신을 신고 크지 않은 키에 허리에는 염낭과 장도칼을 차고 있어 외양도 '황노인'을 방불케 했던 것이다.

그 당시 황형은 지금보다는 좀더 파리한 몸매였고, 머리는 높이 깎는 편으로 아예 기름이란 발라본 티가 없이 노란 기운이 도는 머리카락이 이마 한쪽을 약간 가리고 있었다.

지금은 그렇지도 않지만 걸음이 빠르고 부지런하여 정말 발뒤꿈치에서 먼지가 뽀얗게 일 정도로 보였다.

한마디로 황형의 성격은 자꾸만 위를 향해 올라가는 대나무와도 같다고 할까, 굽힐 줄 모르고 그냥 곧추 위로 올라가기만 하는 성격이랄까, 또 번거로움을 많이 타는 성격이랄까, 물론 때가 때인 만큼 모래터 시절은 여럿과 어울려 다니는 걸 즐기지 않았다기보다도 꺼려하는 편이었다. 워낙 직설적인 성미여서 눈에 거슬리는 일이 많아서인지 몰랐다. 나는 그의 그 직설적인 데가 좋았다. 그의 그것은 우격적인 직설이 아니라 사리에 합당한, 언제나 바른말에 가까웠다. 싫은 것과 좋은 것이 분명했다. 이것은 그의 작품 속에도 나타나 있어, 「별」 「머리」 「세레나데」 등에서 가려낼 수 있다. 그의 작품에서 '불쾌'라는 어휘를 많이 발견할 수 있는 것도 이 때문이 아닌가 한다.

그런 한편, 그의 심중은 항상 인간의 정과 사랑의 깊이를 찾고 있다. 그리고 인간의 정과 사랑의 교차를 기원하고 있다. 이 기원은 「황노인」에서뿐 아니고 그의 수많은 작품 속에서 찾아낼 수 있는 것이다.

　황형은 소화불량 때문에 술을 마시기 시작한 것이 열두세 살부터라지만 모래터 시절엔 좀처럼 두 홉 이상은 넘기지 않는 주량을 견지하고 있었다. 우리 둘이서 술을 마시게 되면 고작해서 사홉들이한 병으로 끝나기가 일쑤였다.

　그러다가 예외의 일도 있었다. 1942년 가을철인가 싶다. 일제 말기가 가까워올수록 술을 구하기가 힘들어 우리는 에틸알코올을 물에 타서 마시기까지 되었는데, 어쩌다 추석결에 술과 안주가 꽤 많이 생겨 황형이랑 보통 강 건너 서장대 무덤가에서 대낮부터 소주를 양껏 마시며 떠들어댄 일이 있다. 쌓이고 쌓였던 울분과 억눌렸던 마음을 터뜨릴 날이 왔던 것이다. 서장대는 인가와는 멀리 떨어져 있는, 대성 포효를 해도 누구 하나 들을 사람 없는 무덤만 널린 구릉 지대와 초평 지대의 어중간한 곳이다. 이때의 일은 황형의 작품 속에도 나오지만 우리로서는 실로 잊지 못할 날이었다. 우리는 무서운 것이 없었다. 보통 벌이 터져나가라 고래고래 고함을 지르고 가슴을 두드렸다. 숱한 것들을 저주도 했다. 소주 두 되하고 사홉들이 한 병이다. 빈병이 되어버렸을 때는 중천에 있던 해는 넘어가고 어둠이 깔리기 시작했다. 올 때는 이 술을 다 누가 먹나 했던 것이 이제는 사홉들이 한 병만 더 있으면 하는 아쉬움을 안은 채 어둠 길을 돌아오기 시작했다. 황형은 이때 무슨 노래를 부른 것이다. 내가 황형의 노래를 들어본 것도 이날이 처음이요, 주량이 그렇게도 세다는 걸 비로소 안 것도 이날이 처음이었다. 그래도 이날을 제외하고는 황형은 자기의 일정한 주량을 해방되기까지 꼬박이 지켜왔던 것이다.

　창작집 『기러기』에 수록된 단편들은 이런 풍토와 연륜 속에서 내적 절규로써 씌어졌던 것이다. 그리하여 순원 문학의 스타일은 완성되었던 것이다. 그러한 절규는 고향으로 소개해 간 후 쓴 작품 「독 짓는 늙은이」 속에 상징적으로 나타나 있다.

　　그러나 송영감은 다시 일어나 가마 안쪽으로 기기 시작했다. 무언가 지금의 온기로써는 부족이라도 한 듯이. 곧 예삿사람으로는 더 견딜 수 없는 뜨거운 데까지 이르렀다. 그런데도 송영감은 기기를 멈추지 않았다. 그렇다고 그냥 덮어놓고 기는 것은 아니었다. 지금 마지막으로 남은 생명이 발산하는 듯 어둑한 속에서도 이상스레 빛나는 송영감의 눈은 무엇을 찾고 있는 것이었다. 그러다가 열어젖힌 곁창으로 새어들어오는 늦가을 맑은 햇빛 속에서 송영감은 기던 걸음을 멈추었다. 자기가 찾던 것이 예 있다는 듯이. 거기에는 이번에 터져나간 송영감 자신의 독 조각들이 흩어져 있었다.

　　송영감은 조용히 몸을 일으켜 단정히, 아주 단정히 무릎을 꿇고 앉았다. 이렇게 해서 그 자신이 터져나간 자기의 독 대신이라도 하려는 것처럼.

　　황형의 단편 중에서 보다 문학적 비중이 큰 이 작품의 이 대목은 이 시기의 작자 자신의 정신적 자세를 그대로 말해주는 것으로 본다.

　　45년 9월이라고 기억한다. 황형은 고향에서 평양으로 돌아왔다. 세상은 달라졌지만 황형은 『기러기』의 작품들을 발표할 길이 없었다. 그러나 해방의 기쁨은 그로 하여금 다시 시 몇 편을 쓰게 했다. 뒤이어 단편 「술」을 썼다. 그리고 그로서는 처음이자 마지막으로 생각되는 라디오 드라마 한 편도 썼다. 무슨 제목인지는 기억에 없지만, 젊은 남녀가 산에 오르면서 주고받는 대화가 좀 길었다고 느껴지는 그런 드라마였는데 순원의 필치다운, 레제 드라마로서 더 재미있어 보이는 작품이라는 느낌이었다. 이 드라마의 방송을 듣기 위해 황형과 나는 라디오가 있는 술집을 찾아가 술상을 놓고 귀를 기울였다. 아마 그 고료를 다 마시고도 모자라 둘이의 호주머니를 몽땅 털어버렸던 것 같다.

　　해방은 기쁨과 실망과 기만을 함께 가져다주었다. 그런 속에서 황형은 나를 위해 학교 교원 자리를 구해주었다.

　　황형의 어느 연보에도 빠져 있지만, 나를 학교 영어 교원으로 들여보내준 황형 자신이 46년 2월엔가는 나와 같은 학교의 국어 교원으로 들어와 월남하기까지 3개월간 강사로 있게 되었다. 하루는 둘이 술을 하는 자리에서 이제는 해방도 됐으니 일제의 잔재를 청산하는 의미에서 어제 일본제 싱가미싱과 일본 서적을 죄다 팔아버렸노라 했다. 농담으로 들어 넘겨버릴 수가 없어 다음날 집으로 찾아가 보니 책과 미싱뿐 아니라 쓸 만한 것은 모두 제자리에 놓여 있지 않았다. 친구의 피해를 막기 위해 그 정도로 암시를 주고 감쪽같이 월남한 사실은 그로부터 이틀 후에야 알았다.

　　물샐틈없는 스무드한 아기자기한 짜임새가 그의 작품에서만 아니라 생활인으로서도 못지않음을 다시 한번 나는 몸 속으로 실감했다. 그래서 나와 어느 누구도 그로 인한 피해는 입지 않았었다.

　　동란 때 월남한 나는 부산 피난지에서 그를 만났다. 그때 황형은 주량도 썩 늘고 예전엔 안 피우던 담배를, 그것도 나보다 많은 양을 피우는 데 적이 놀랐다. 그렇게도 담배를 권해도 굳이 마다하던 그가 회한하기 그지없었다. 세월은 많이 흘렀는가보다. 아니 세월이라기보다도 세상은 많이 흘러갔던 것이다. 그렇게도 황형이 싫어하던 왜세상이 물러가고 사랑하디 사랑하던 우리의 글을 마음놓고 쓸 수 있게 되었다는 마음의 기쁨이, 그의 주량도 달라지게 했고 담배도 절로 그의 벗이 되었던가보다. 아니면 고향을 버린, 아린 마음이 그렇게 했는지도 모른다.

　　제임스 조이스는 어떤 지식인보다도 뱃사람이나 농군, 목수 같은 시정인을 만나서 이야기할 때처럼 신나하고 활짝 웃는 일은 없었다고 나는 읽었다. 우리는 매일 저녁마다 부산 자갈치 시장 대폿집에서 장사치, 뱃사람, 막벌이꾼들 속에 섞여 술을 마시며 여러 해 만에 만난 기쁨을 서로 신이 나서 지껄여댔다. 그런 때 황형은 곧잘 고운 이의 잇몸을 활짝 드러내고 웃어젖히곤 했다.

　　그런 속에서 그는 언제나처럼 작품을 써냈다. 「곡예사(曲藝師)」

「소나기」「학(鶴)」 등이 이 무렵의 작품이다. 앙드레 지드는 자기 일기에서 하루 한시라도 글을 쓰지 않고는 견뎌배길 수가 없다고 했다. 그만큼 자기란 생리적으로 쓰는 것을 빼면 아무 의미도 없게 되리라는 말이리라. 황형의 경우도 지드의 그것과 같은 것이 아닐까 생각이 든다.

　나는 지금까지, 문학적 평론(적임자도 아니거니와)이 아니라, 주로 이 책에 실린 작품집 『기러기』가 나오게 된 경위와 시대적 환경적 배경을 내가 보고 느낀 대로 적어 보임으로써 독자들에게 다소나마 순원 문학 이해의 도움이 되었으면 다행이라는 견지에서 끄적거린 것이다. 이런 뜻에서 이 책에 같이 실린 『나무들 비탈에 서다』에도 잠시 언급해야겠다.

　『별과 같이 살다』를 비롯한 여섯 편의 장편 중에서 『나무들 비탈에 서다』는 어떤 하나의 분수령을 이루는 장편이라고 본다. 그것은 『일월』과 『움직이는 성』과는 달리 그전의 장편 셋과 함께 행동적이며, 적극적인 인간상들을 중심으로 한 작품이라는 의미에서다. 이 작품에서는 어느 작품에서보다도 인물들이 활기 있고 이들 사유의 적극성을 보여주고 있다.

　한 작가로서의 긴 여행에서 그는 이 지점에서 뜻하지 않은 전란으로 해서 입은 현태·동호·윤구와 같은 피해자들의 행로를 그리고 있다. 『별과 같이 살다』가 해방 전의 우리들이 어떤 힘에 의해 인간을 상실하는 행로를 그린 것이라면 『카인의 후예』는 해방 이후 또 하나의 다른 힘에 의한 인간 상실을 그린 것이고 『인간접목』도 이 범주에서 벗어나지 않는다.

　『나무들 비탈에 서다』야말로 또 여태까지와는 다른 이질적인 힘에 의해 받는, 젊은 인간들의 상실의 차원을 보여주고 있다. 이렇듯 인간은 숙명적으로 소피스트게이티드한 것이라면 이 작가는 이 작품에서 그 절정을 보여주는 것이라고 본다. 해방 전 인물인 『별과 같이 살다』의 곰녀, 해방 직후의 『카인의 후예』의 박훈, 『나무들 비

탈에 서다』의 현태 등은 이런 의미에서 동일선상에 놓여 있다고 할
수 있다. 이『나무들 비탈에 서다』에서도 피할래야 피할 길 없는 그
숙명의 분위기는 작품 첫머리에서부터 시작된다.

　　이건 마치 두꺼운 유리 속을 뚫고 간신히 걸음을 옮기려는 것 같은
느낌이로군, 펀뜻 동호는 생각했다. 산밑이 가까워지자 낮기운 여름 햇
볕이 빈틈없이 내리부어지고 있었다.〔……〕사람은 고사하고 생물이
라곤 무엇 하나 있지 않은 성싶게 주위가 너무 고요했다. 이 고요하고
거침새 없이 투명한 공간이 왜 이다지도 숨막히게 앞을 막아서는 것일
까. 정말 이건 두껍디두꺼운 유리 속을 뚫고 간신히 걸음을 옮기고 있
는 느낌인데.

이것은 이 작품 전반에 흐르는 피해자들의 앞을 막아서는 숙명의
밑바탕을 말해주는 것이다. 여기에 등장되는 젊은 나무들은 상잔의
피해자로서 소피스트케이티드한 현실 속에서 자살 혹은 자학으로써
자신들을 내맡긴다. 혹은 자신을 지탱하다 못해 정신의 이상을 가
져오기도 한다. 현태는 종당에,

　　불현듯 현태는 다시금 자기는 이 세상에 완전히 혼자라는 느낌에 짓
눌렸다. 정신이 맑아왔다. 지금 자기는 막다른 데 이르렀다는 의식이
또다시 뚜렷이 되살아왔다.

는 나갈 길이 없는 나무들의 결말인 것이다.
　6·25라는 민족적 비극 속에서 상처받은 이 땅의 나무들은 이렇게
피해 속에 갔다. 이것은 우리 모두가 지닌 숙명인지도 모른다.
　이즈음도 황형과 나는 만나기만 하면 술을 마신다. 그런데 피차
주량이 꽤는 줄었다. 부산 피난 시절에 비해 줄어든 것은 말할 것
도 없고 지난날 모래터 시절만도 못해 둘이 두홉들이 소주 한 병으
로 그만두는 때도 적지 않다. 그만큼 우리는 늙었다는 증좌인가
보다.

　　그런 속에서도 황형은 여전히 작품 쓰는 작업만은 게을리하지 않고 있다. 실로 그는 근했다. 언어 감각에 천재적 자질을 타고나 있으면서도 그렇게도 깨를 볶듯이 문장을 고소하고 함축 있게 담는 노력을 나는 이전부터 지금까지 보아왔고, 그의 초고를 노트에다 깨알처럼 쓰고 지우고 썼다가는 또 지워버린 자신도 후에 읽고는 무슨 말인지 몰라할 정도의 숫제 잉크로 까맣게 뭉개진, 그의 초고 노트를 나는 지금 한 권 간직하고 있다.

　　누가 황순원이란 작가를 물으면 나는 대답 대신 이 노트를 내보일 참이다. 이렇듯 그의 삶은 그의 작품은 실로 각고와 더불어 벗해왔던 것이다. 앞으로도 그의 작품은 이런 식으로 계속되리라.

황고집의 미학, 황순원 가문*

김　동　선

소설가는 소설가로 충분하다

황순원은 그의 문학적 업적 못지않게 문학에 대한 성실성과 진지성 때문에도 후학들의 존경을 받는 소설가이다. 16세 때「나의 꿈」「아들아 무서워 말라」 등의 시를 통해 문단에 데뷔한 이래 50여 년간 두 권의 시집과 100여 편의 단편소설과 7편의 장편소설을 발표해오면서 그는 결코 잡문을 쓴 일이 없었고, 신문 연재소설 청탁도 거절했으며, 어떠한 인터뷰 요청에도 응하지 않았다. 재직하는 대학에서 문학박사 학위를 수여하려고 했을 때 "소설가는 소설가로 충분하다"는 이유로 그것을 사절했다.

이런 얘기를 들으면 황순원이 얼핏 괴짜인 것처럼 느껴지지만, 그러나 어느 누구도 그를 괴짜로 생각하고 있지는 않다. 온화하고, 말을 아끼며, 소주를 좋아하고, 제자들에게는 인자한 스승으로 인식되고 있을 뿐인 것이다. 그럼에도 불구하고 그의 몸가짐은 마치 그의 간결한 문체처럼 고도로 절제되어 있다. 사석에서도 사사로운 얘기를 하지 않으며, 술을 좋아하면서도 실수가 없고, 또한 아무리 술을 많이 마셨어도 다음날 새벽에는 원고를 쓰고, 고희를 앞두고 있는 지금도 활자화되는 자신의 작품은 반드시 자신이 직접 교정을

---

* 『정경문화』, 1984. 5.

보고 있는 것이다. 이렇게 고도로 절제된 몸가짐 때문인지 황순원에게는 도대체 일화가 없다. 그와 가깝게 지내는 문인들에게 탐문해보아도 "작품과 작자가 일치하는 분" 또는 "좋은 의미에서 빈틈이 없는 분"이라는 말밖에 나오지 않는다.

"재미있는 일화는 없습니까?"

필자는 이런 질문을 열 사람도 넘는 문인들에게 해보았지만 모두가 고개를 흔들었다. 특별히 생각나는 게 없다는 것이었다. 그런데 딱 한 분, 소설가 홍성원씨가 이런 얘기를 들려주었다.

"황선생님과 신춘문예 심사를 하는데, 최종심에 두 편 남았어요. 그 작품을 놓고 당선작을 고르는데, 내가 선생님 어떤 게 좋습니까 하고 물으니까 황선생님은 자꾸 나보고 골라보라는 거예요. 그래서 나는 선생님께 두 작품에 대한 제 소견을 말씀드렸지요. 두 작품 중 하나는 군대물이고 하나는 뱃사람 얘기였는데, 내가 보기에는 군대물이 장래성이 더 있어 보였으나, 소설 기법상으로는 뱃사람 얘기가 더 우수해요. 그래서 나는 황선생님께 신춘문예 당선작은 장래성보다는 소설로서 완벽한 것을 골라야 하므로 뱃사람 얘기를 선택하고 싶다고 말씀드렸지요. 그랬더니 황선생님은 '그럼 뱃사람 얘기로 결정하세'라고 하시는 거였어요. 이렇게 되니까 옆에 있던 문화부장도 그렇게 합시다 해서 결국 뱃사람 얘기가 결정됐지요. 그런데 그 직후 잡담을 하는 중에 황선생님께서 '내가 왜 결정을 안 했느냐 하면, 군대물을 쓴 작자는 내 제자였기 때문이야'라고 말씀하시는 거였어요. 나는 그 말씀을 듣고 새삼 황선생님을 다시 인식했지요."

이 얘기를 듣고 필자는 황순원의 고도로 절제된 몸가짐은 '아름다움의 추구'가 아닌가 하는 생각이 번뜩 들었었다. 그는 소년 시절에 독립 운동가며 교육자였던 남강(南岡) 이승훈(李昇薰)에게서 커다란 감화를 받았다.

늙을수록 아름다워지는 남자

내 중학 사년 때인가 세상을 떠난 남강 선생, 운명하시면서 당신의
유골로 표본을 만들어 당신의 설립교인 오산중학 표본실에 두어달라
는 유언이었으나, 당시의 왜정은 그런 것조차 허락지를 않아, 우리 젊
은 학도들의 가슴을 사뭇 끓게 한 남강 선생, 이분을 나는 내가 중학
일학년 한 학기를 오산중학에서 공부한 일이 있어 친히 뵈었다. 그때
이미 선생은 현직 교장으로는 안 계셨는데도 하루 걸러끔은 꼭꼭 학교
에 오셨다. 언제나 한복을 입으신 자그마한 키, 샛하얗게 센 머리와 수
염. 수염은 구레나룻을 한 치 가량 남기고 자른 수염이었다. 참 예쁘다
고 할 정도의 신수시었다. 그때 나는 남자라는 것은 저렇게 늙을수록
아름다워질 수도 있는 것이로구나 하는 걸 한두 번 느낀 것이 아니
었다.

이런 남강 선생은 참 말씀도 재미나게 잘 하셨다. 가끔 조회시간을
이용해 장차 오산에다 전문대학까지 세우고 남녀공학으로 하겠다는
말을 해, 우리들의 가슴을 뛰게 하곤 했다.

그러나 그렇게 상냥하시던 선생이 일단 노하시면 아주 대단하셨다.
한번은 학년 대항 대운동회 때 기록계 선생의 실수로 사실은 사학년이
우승할 것이, 오학년의 우승으로 돼버린 일이 있었다. 그렇지 않아도
스트라이크 잘 하기로 유명한 학교였지만, 이런 일을 가지고도 벌써
스트라이크를 한다고 떠들어댔다. 선생들은 누구 하나 입을 열 엄두도
못 내고 있는 판이었다. 남강 선생이 나타나셨다. 선생은 학생들을 모
아놓고 대뜸 이 자식들아, 스트라이크를 할 테건 큰 스트라이크를 해
라. 이건 무슨 스트라이크냐. 이 변변치 못한 녀석들아! 선생의 꾸지람
은 선생이 생도보고 하는 것이 아니고, 할아버지나 아버지가 그 손자
나 아들을 보고 하는 그런 것이었다. 그렇기에 학생들도 이 할아버지
와 아버지 같은 선생의 말씀은 또한 거역하지 못하는 것이었다. (황순
원의 소설 「아버지」에서)

일반적으로 황순원의 세계는 '아름다움'이라는 말로 집약될 수 있
다. 그의 소설들의 짙은 서정성과 인간미 넘치는 주인공들의 모습
은 아름다움이 아닐 수 없고, 그 자신의 깨끗한 몸가짐도 결국 아

264

름다움인 것이다. 그러므로 그가 소년 시절에 남강의 풍채와 인품에서 아름다움을 발견했다는 것은 이 시기에 이미 그가 추구하는 삶의 형태가 형성되었다고 볼 수 있을 것이다. "바르게 살자. 남강 선생처럼 늙어질수록 아름다운 남자가 되자"라고 그는 결심했을 것이다. 그런데 황순원은 성장한 후에도 늙을수록 아름다워지는 남자를 또 하나 발견한다. 그에게 늘 어려울 때일수록 바르게 살아야 한다고 말해온 그의 선친 찬영(贊永)이 바로 그분이다. 그의 선친 찬영이 해방 직후 안국동에서 3·1 운동 때 같이 감옥살이를 했던 사람과 우연히 만났던 얘기를 들려줄 때 그는 그의 부친도 늙을수록 아름다워지는 남자라고 생각했던 것이다.

그이가 이번 서울 올라온 건 신탁통티 문데 때문이란 거야. 시굴서는 어뜨케 종잡을 수가 없다구 하드군. 신탁통틸 찬성해야 할디 반대해야 할디 말이야. 그걸 분명히 알아개지구 내레가서 자기 사는 고당에서 운동을 닐으키겠다는 거야. 결국 어느 모루든 왜놈식의 무단정티가 이 땅에 다시 활개를 테서는 안 된다는 거디. 그래 자꾸만 삼일운동 때 일이 생각나 못겐디겠드라나. 그러니 또 자연 그때 감옥에서 같이 디내든 우리 넷의 일두 새삼스레 머리에 떠오르구. 그날만 해두 삼일 당시의 우리들의 일이 새로워디대놔서 거리에서 날 어기자 나라는 걸 곧 알 수 있었대…… 그이두 인젠 귀밑에 흰털이 퍼그나 뵈드라. 그른데 그 시커멓게 탄 주름잽힌 얼굴이 어뜨케나 환히 터다뵈든디, 그리구 말하는 거라든디 생각하는 게 어떠나 젊었든디, 나까지 막 젊어디는 것 같드라.

이렇게 말씀하시는 아버지에게 나는 잠깐 내가 물을 말도 잊고, 반백이 다 되신 머리를 바라보며 아버지도 늙으실수록 아름다워지는 유의 남자임을 안 것 같았다. (「아버지」에서)

남자가 늙을수록 아름다워질 수 있기 위해서는 몸가짐이 바르지 않고는 불가능한 일이고, 또 의지가 굳고 고르지 않으면 안 된다. 말을 바꾸면, 강인한 정신력의 밑바탕 없이는 늙어질수록 아름다워

질 수 없을 것이다. 황순원의 가문을 살펴보면 이 몸가짐 바른 것
과 강인한 정신력이 혈통적 특징으로 발견된다.

효자 황고집의 8대손

　이조 영조 때, 평양에는 황고집이라는 유명한 효자가 있었다. 황
고집은 제사 때마다 손수 제품(祭品)을 살 뿐 아니라, 상인이 부른
값을 깎지도 않았다. 이는 조상을 공경하는 마음이 지극했기 때문
인데, 장사치들은 황고집의 이런 습성을 알고 제사 때 제품을 부러
비싸게 팔곤 했으나, 그는 일체 값을 깎는 법이 없었다. 그뿐만 아
니라 황고집은 제사가 있기 한 달 전부터 목욕재계를 한 후, 부정
한 물건을 만지지 않기 위하여 소변을 볼 때도 갈고리를 사용했다
고 한다. 황고집은 자신의 조상만 공경한 것이 아니었다. 한번은 평
양에서 북으로 칠십 리 상거한 마람이란 곳에 있는 선영에 갔다가
밤늦게 나귀를 타고 돌아오는 길에 평양 근교에서 도둑을 만났다.
도둑은 황고집이 타고 있던 나귀를 빼앗으려고 그를 말에서 끌어내
렸다. 그러자 황고집은 손에 들고 있던 채찍까지 도둑에게 내주며
이렇게 말했다.
　"이 나귀는 사나워서 다루기에 힘이 들 것이니 만일 말을 안 듣거
든 이 채찍으로 달래거라. 너는 도둑의 몸이라 나귀에 채여 몸이
상한다 해도 대단할 게 없지만, 네 부모가 볼 때는 너도 역시 소중
한 몸이니 그를 생각해서 이 채찍을 주는 것이로다."
　이 말을 들은 도둑은 황고집 발 앞에 엎드려 참회의 눈물을 흘리
며 한참 동안 일어설 줄을 몰랐다 한다. 지금도 평양 근교 북촌을
가리켜 '감북이'라고 한다는데, 이것은 그날 밤 황고집이 도둑을 '감
복'시켰다는 데서 유래된 것이라 한다.
　한번은 또 이런 일이 있었다. 황고집이 나귀 편으로 한양에 올라
왔을 때 친구가 세상을 떠났다는 말을 들었다. 그러자 황고집은 이
번에 상경한 것은 그 친구를 문상하기 위한 것이 아니니 조상할 수
없다 하여 평양까지 내려갔다가 조문을 위해 다시 상경했다는 것이

다. 평양과 한양과는 오백여 리, 황고집은 왕복 천여 리 길을 친구 문상 때문에 나귀를 타고 왔다갔다한 것이다. 일면 어리석게 보이는 이런 고집 때문에 세상 사람들은 그를 황고집이라고 불렀다. 세상 사람들이 자신을 '황고집'이라고 불렀으나 그는 조금도 개의치 않고 이로써 호를 삼아 집암(執庵)이라고 했다. 황집암(黃執庵), 본명은 순승(順承)인데 이분이 바로 소설가 황순원의 8대 방조이다. 이홍식 편(李弘稙編) 『국사대사전』에는 황순승에 대해 이렇게 써 있다:

> 이조 영조 때의 효자. 자는 得運, 호는 執庵, 본관은 齊安. 성품이 온후하고 순박하며 효성이 지극하였으므로 평양 근처에 사는 사람들이 黃孝子라고 불렀다. 일찍이 부모가 병에 들매 대변을 맛보며 손가락을 끊어 피를 마시게 하였고, 선조의 제사를 거르는 일이 없었고, 제찬은 아내나 계집종들로 하여금 맛보지 못하게 하였다. 〔……〕 일찍이 權尙夏에게 배웠으며, 만년에 孝廉으로 추천되어 敬陵참봉·사도서직장·典牲署直長 등을 역임하고 향리에 있으매 사람들이 충신 효자의 마을이라 칭하여 그 앞을 지날 때에는 말에서 내렸다. 관직에 있을 때에는 매일 의관을 정제하고 사무를 처리하며 엄동에도 추운 것을 말하지 않고 종일 먹지 않아도 시장함을 나타내지 않았다. 署吏들이 죄로 형을 받게 되어도 어머니가 있다는 것을 알게 되면 곧 놓아보냈다.

가문의 전통은 언행의 신의

황순원의 '고집스러움'은 후대에 내려오면서도 변질되지 않았다. 물론 그의 고집스러움이 그대로 계승된 것은 아니지만 후손들에게 나타난 여러 행동 양태의 본질적인 핵은 여전히 그 '고집스러움'이었다. 이것은 나중에 얘기하겠지만 소설가 황순원과 그의 장남인 시인 황동규에게도 엿볼 수 있는 성정이다. 우선 황순원의 친조부 연기(鍊基)의 성품을 알아보자.

고희에 셋을 더 잡수셨던 할아버지께서 노환으로 자리에 누워계신 동안, 당신은 한번도 가족을 괴롭히지 않으셨다. 첫째 당신께서 사용하시던 이부자리가 언제나 소정했다. 노환으로 눕게 되면 대개 자신도 모르게 대소변을 자리에 흘리게 마련이건만 당신께서는 요강에 대소변을 받아내기는 했으나 오줌 한방울 요 위에 떨어뜨리는 법이 없으셨다. 노쇠하셨던 탓인지 소피보시는 시간이 길긴 했다. 요강에 부딪는 오줌 소리는 들리지를 않고 그저 요강 밑에 미리 부어 넣어둔 맑은 물에 떨어지는 약한 오줌 방울 소리가 끊일락이일락 한참씩 시간이 걸리는 것이었다. 그러다가 분명히 소피가 다 끝나신 뒤에도 곧 요강을 치우지 못하게 하셨다. 부축은 받으신다 해도 쇠약해진 몸으로 요강을 끼고 앉았기에 힘드실 것이 틀림없으시건만 오줌 한방울이라도 한데 흘리지 않으시려는 배려에서인 것이다. (황순원의 소설 「할아버지가 있는 데생」에서)

병석에 누워서도 이런 자세를 끝까지 지켰다면 설명이 더 이상 필요하지 않을 정도로 심지가 굳은 분이라는 것은 쉽게 짐작할 수 있을 것이다. 그러나 정확성을 기하기 위해 위의 소설 뒷부분을 더 인용한다.

〔……〕 할아버지께서는 별로 웃는 낯을 해보이시는 일이 없으셨다. 더구나 파안대소하시는 걸 본 일은 한번도 없다. 그 대신 노하시는 것은 여러 번 보았다. 당신이 옳지 못하다고 생각하시는 일에 부닥치면 당장 칼로 베듯이 단정을 내리시곤 했다. 집안사람과 다른 사람과의 사이에 무슨 일이 있었을 때에도 당신께서 집안사람의 잘못이라고 생각될 경우에는 그 자리에서 이쪽을 꾸짖어버리는 것이다. 그 중에서도 당신이 가장 노하실 때는 둘째작은아버지를 매로 다스릴 때였다. 둘째작은아버지는 한때 난봉을 피워 집안 물건을 이것저것 집어내가곤 했다. 그때마다 할아버지께서는 삼십이 넘은 장성한 아들을 말로 타이르는 법 없이 대뜸 몽둥이로 후려치곤 하셨다. 곁에서 보기에도 너무 지나치시지 않나 할 정도였다. 당신께서도 과했다는 생각이 드시는지 이런 일이 있은 후에는 며칠 동안 사랑방에서 담배만 피우시는 것이었

다. 그러나 다음번에도 역시 몽둥이부터 집어드시는 것이었다. 아마 당신께서도 어쩔 수 없는 성격의 한 부분이 아니었을까.

대체로 고집이라는 것은 자기 의견을 굳게 지키는 것을 말하지만, 황순원 조부의 경우에도 고집이 강한 성품이었다고 말할 수 있을 것 같다. 물에 물 탄 듯, 술에 술 탄 듯하지 않고 친자식이라도 경우에 어긋날 경우에는 매로 다스렸고, 병석에서 집안 사람들에게 흐트러진 자세를 보이지 않으려고 노력했다는 것은 대단히 굳은 의지의 소유자였음을 말해준다.

그는 황고집 후예답게 선산을 각별히 보살폈다. 마을에서 북쪽으로 서너 마장 떨어진 곳에 있는 선산은 소나무가 울창했는데 이것은 그의 보살핌 때문이었다. 그는 소나무의 거름이 되게 하기 위해서 선산의 풀을 일체 못 베게 했고, 가랑잎도 긁지 못하게 했다. 그뿐만 아니라 인근 산들의 소나무들이 송충이 때문에 뻘갛게 돼도 그의 선산 소나무들은 청청했는데, 이것은 그가 줄곧 송충이를 잡아주기 때문이었다. 천여 주나 되는 소나무들에 붙어 있는 송충이를 일일이 잡아주는 정성을 상상해보면 그의 조상에 대한 공경심을 짐작할 수 있는 것이다.

그는 손자 순원을 데리고 선산에 가서 나뭇가지 치는 법을 몸소 가르치기도 했다. 이때 황순원은 휘엇이 굽은 소나무를 가리키며 "할아버님, 왜 저 소나무는 바로잡아주시지 않았습니까?"라고 물어보았는데, 이때 그의 조부가 한 말은 나무에 대한 얘기를 뛰어넘어 어떤 철학을 담고 있었다.

"나무에 따라서는 바로잡을 수 없는 게 있다. 휘어진 나무를 바로잡을 때는 굽은 쪽 가지를 잘라주되 그와 반대되는 쪽에 가지가 있어야만 효과가 있다. 그렇지 못한 나무는 생긴 대로 그냥 내버려두는 수밖에 없다. 곧은 나무만이 소용되는 게 아니다. 굽은 나무는 굽은 나무대로 키워서 들보 같은 재목으로 쓰면 되는 게야."

이분이 소나무에 쏟은 정성 때문이었는지, 이분이 운명한 날 선산의 소나무에는 기적 같은 일이 벌어졌다. 바람이 불지도 않았는데 선산의 이분의 묏자리 주변의 큰 소나무 가지들이 부러져 묏자리를 향해 축 늘어져 있었다는 것이다. 다른 나무들은 멀쩡했는데 오직 이분 묏자리 주변의 굵직굵직한 소나무 가지만이 부러져 있었던 것이다. 황순원은 이걸 보고 달리 해석할 수 없어서 이렇게 믿었다.

"운명하시는 순간 할아버지의 마음은 이 선산 소나무들에게로 와 계셨다. 그러자 여기 묏자리 가까이 섰던 큰 소나무들이 주인을 잃은 설움에 자기 자신의 가지를 뚝뚝 부러뜨린 것이다."

이분은 결혼 생활이 순탄치 못했다. 첫째부인은 찬영(贊永)과 딸 하나를 낳고 난 뒤 세상을 떠났고, 둘째부인은 찬옥(贊沃)·찬정(贊禎)·찬명(贊明) 등 세 아들과 딸 하나를, 그리고 셋째부인은 딸 하나를 낳고 남편보다 먼저 세상을 떠났다. 그의 세 부인은 모두 선산에 묻혔는데 그가 선산의 소나무들을 각별히 보살핀 것은 자기보다 먼저 타계한 부인들에 대한 애정도 작용하지 않았나 하는 추측도 배제할 수 없을 것 같다.

선친은 3·1 운동 때 옥고 치러

찬영은 그의 향리에서 십리쯤 떨어진 목넘이마을의 순박한 농민의 딸 광주(廣州) 장(張)씨 찬붕(贊朋)과 결혼하여 순원·순만(順萬)·순필(順必) 등 세 아들을 낳았다. 황순원은 그의 부친에 대한 얘기를 소설로 썼다. 제목은 「아버지」. 그의 부친에 대한 회고가 담담하게 그려져 있고, 앞에서 인용한 것처럼 그의 부친을 3·1 운동에 가담시킨 남강 이승훈의 얘기도 나온다.

이 소설에 의하면, 이승훈은 서울의 동지들과 만세 운동을 하기로 결의하고 평양 기독교 병원에 입원했다. 그러나 병 때문에 입원한 것이 아니고 동지들과 비밀 연락을 취하기 위해서였다. 당시 황순원의 선친 찬영은 스물일곱 살로 숭덕학교 고등과 선생이었는데, 안세환이라는 분의 소개로 평양 기독교 병원에 입원해 있는 이승훈을 만났다. 이승훈은 안세환에게 만세 운동에 몸바칠 청년을 부탁했고, 안세환은 찬영을 추천한 것이다.

찬영은 이승훈으로부터 거사 계획을 듣고 쾌히 응낙한 뒤 뜻있는 고등과 학생들을 고르기로 했다. 평양 부내와 숭덕학교 운동장에서 열리기로 되어 있던 고종 인산식에 모인 사람들에게 태극기와 독립선언서를 나눠주고 만세를 부르게 하기 위해서 그는 은밀히 학생들과 접근했다. 그는 학생들을 고른 뒤 학생들에게 각자의 임무를 지시했다. "너는 시내 어디서 어디까지 맡고, 너는 식장 어디를 맡아라." 그리고 태극기와 독립선언서를 나눠주며 학생들에게 이렇게 당부하는 것을 잊지 않았다. "순사에게 붙들리면 숭덕학교 황찬영 선생이 시켰다고 말해라."

찬영의 계획은 성공적이었다. 평양 장댓재 예배당 종소리를 신호로 학생들은 기민하게 태극기와 독립선언서를 나눠주었고, 독립선언서가 낭독된 뒤 만세 소리가 터지기 시작했다. 찬영은 이 거사로 체포돼 징역 1년 6개월의 실형을 서울 서대문 형무소에서 치렀다. 옥고를 치르고 나온 찬영은 한동안 숭실중학교 사감으로 있다가 조림 사업과 작답(作畓) 사업에 정열을 쏟은 것으로 알려지고 있다. 또한 교육열도 높아 그의 세 아들 순원·순만·순필은 물론 동생들과 처가 조카들까지 평양에 데려다 공부를 시켰다는 것이다. 찬영이 조림 사업에 정열을 쏟았다는 것을 염두에 두면, 『카인의 후예』의 용제 영감에게서 그 편린이 발견된다.

한 이십 년 전에는 과수원에 미친 적이 있었다. 자나깨나 산막골 넘어가는 등성이에 가 살다시피 했다. 그러던 것이 과일이 한창 열리기 시작한 지 몇 해가 안 되어서 일체 과수원에는 발길을 않게 되었다. 폐목이 되어도 아랑곳하지 않았다.

그리고 또 산림에 열중한 적이 있었다. 이 세상에서 산림이 제일이라는 것이었다. 비료도 필요 없고 김도 매주지 않아도 좋다. 가뭄과 홍수의 해도 없다. 그저 제멋대로 내버려두기만 하면 된다. 그리고 언제

보나 그 푸른 소나무. 용제영감은 누가 산림을 내놓기만 하면 마구 사들였다. 그리고는 말 한 필을 매놓고 언제나 이곳저곳 산림판을 돌아보는 게 다시 없는 낙인 듯했다.

그랬던 것이 해방되기 전전해에는 웃골 저수지 만드는 데 정신이 팔린 것이었다. 오랫동안 세교로 내려오던 윤주사와 의를 상하면서까지 일을 진행시켰다. 용제영감 편에서 보면 이해 관계로만 그러는 건 아니었다. 저도 모를 어떤 무엇이 그로 하여금 그렇게 만드는 성싶었다.

저수지에 손을 대자, 그는 또 날만 새면 반백이 다 된 머리를 말 위에 흩날리며 웃골로 달려올라갔다가는 날이 어슬해서야 돌아오곤 하는 것이었다. 해방이 된 뒤에도 그것은 계속되었다. 동네사람들은 용제영감이 이번에는 또 저수지에 미쳤다고 수군댔다.

찬영은 실제로 그의 향리 빙장리(氷庄里) 인근 원명산 일대와 여러 곳 임야를 사들여 나무를 심었고, 주위 사람들에게는 조림 사업을 "산에 나무를 심으면 산이 푸르러지니까 나라를 위해서도 좋은 일이고, 후손들에게는 큰 재산을 물려주게 된다"고 말했다고 한다. 당시로서는 거시적 안목에서 나온 이 조림 사업은 결실을 맺지 못하고 말았다. 해방이 되면서 북이 공산화되자 그는 지주 계급으로 몰렸고, 끝내는 1946년 3월에 38선을 넘어야 했던 것이다. 『카인의 후예』는 해방 직후 북에서 지주 계급이 탄압받는 얘기가 큰 줄거리인데, 황씨 일가가 남으로 내려온 배경이 잘 나타나 있다.

한글 말살 정책하에서도 한글 소설 써

여기에서 월남 직전까지의 황순원 연보를 살펴보자. 그는 1915년 3월 26일에 평남(平南) 대동군(大同郡) 재경면(在京面) 빙장리(氷庄里)에서 출생했고, 평양 종로소학교를 거쳐 정주의 오산중학(五山中學)에 진학했다가 한 학기를 마치고 평양 숭실중학교로 전학했다. 그의 선친 찬영도 숭실중학 출신이고, 삼촌 세 분도 다 숭실중학교를 나왔다. 그러나 그의 아우 순만은 평양 제2고보를 졸업했다. 황

순원은 숭실중학교에 다닐 때『동광(東光)』지에「나의 꿈」(1931. 7),
「아들아 무서워 말라」(1931. 9) 등을 발표하여 문단에 데뷔한 뒤, 이
듬해에는『동광』에「넋 잃은 그의 앞가슴을 향하여 힘있기 활줄을
당겨라」를 발표하여 주요한으로부터 김해강·모윤숙 등과 함께 신
예 시인으로 소개되었다.

숭실중학을 졸업한 뒤에는 일본의 와세다 대학 제2고등학원에
진학했는데, 이 학교를 졸업하기 전인 1935년에 일본 나고야의 김
성(金城)여자전문 학생인 양정길(楊正吉)과 결혼했다. 숙천(肅川)에
서 과수원을 경영하며 만주 봉천에 사과를 수출하기도 한 양석렬
(楊錫烈)의 장녀인 정길(正吉)은 평양 숭의여학교를 다닐 때 문예반
장이었는데 황순원과는 이때부터 교제를 했던 것으로 알려지고
있다.

결혼 전해인 1934년에 그는 동경에서 그의 제1 시집『방가(放歌)』
를 출판했고, 이해랑(李海浪)·김동원(金東園) 등과 더불어 극예술
연구 단체인 학생예술좌(學生藝術座)를 창립하여 연극 운동에도 관
계했으며, 신백수(申百秀)·조풍연(趙豊衍) 등이 주도하던『삼사문학
(三四文學)』 동인이 되어 작품을 발표했다. 1936년에는 제2 시집
『골동품』을 출판했고, 동인지『창작(創作)』에 시와 소설을 발표했
다. 그리고 와세다 대학 영문과를 졸업(1939)한 후에는 그의 최초의
단편집『늪』(간행시의 표제는『황순원 단편집』)을 간행한 뒤에 그의
초기 대표작인 단편「별」을 발표했다. 그러다가 일제의 한글 말살
정책이 시행되자 그는 작품 발표 기회를 잃어버렸다. 그러나 그가
창작을 중단한 것은 아니었다. 그는 줄기차게 작품을 써서 친구 원
응서(元應瑞)에게 읽어주었고, 일제가 마지막으로 발악할 때는 고향
으로 소개(疏開)해나가서도 작품을 썼는데, 이 원고들은 깊숙이 감
춰둬야 했다. 이 시기에 쓴 작품들이「기러기」「황노인」「독 짓는
늙은이」 등이다.

일제의 한글 말살 정책에도 불구하고 한글로 된 작품을 써서 간
직했다는 것은 여러모로 음미해볼 일이다. 창작은 이미 그에게 있

어서는 필생의 과업이 되어 있었고, 발표는 별개의 문제였다. 그의
선조들이 고집스럽게 신념을 밀고 나갔듯이 그도 고집스럽게 발표
할 수 없는 한글로 소설을 써서 간직했다. 일제 관헌들은 고향에
소개되어 있는 지식 청년 황순원을 의심의 눈으로 쳐다보았고 동네
사람들은 일본에서 대학까지 나온 사람이 고향에서 무위도식하고
있다고 수군댔다. 그러다가 그는 해방을 맞이했고, 활동을 위해 고
향을 떠나 평양 정의여학교 교사로 취직했다. 그러나 그는 지주 계
급 출신의 지식 청년이었으므로 공산화된 북한 땅에서 뿌리를 내릴
수 없었다. 그는 곧 요시찰 인물이 되었고, 끝내 월남을 결심하고
말았다.

장남 황동규는 시인으로

해방이 됐을 때, 그의 주변에서 맨 먼저 월남을 단행한 사람은
그의 장인 양석렬이었다. 양석렬의 장남 정수(正秀)(현재 변호사)는
일제 때 고문시험에 합격하여 해방 무렵에는 대전지검 검사로 재직
하고 있었다. 양석렬은 해방이 되면서 38선이 생겨 아들 소식을 알
수 없게 되자 곧바로 월남했다. 그는 월남하여 아들 신변에 이상이
없음을 확인하고 서울 동대문 시장에서 수산물 위탁 판매업인 남선
(南鮮)상회를 열고 일찌감치 새 삶의 터전을 마련했다.

황순원은 해방이 된 1945년을 넘기면서부터 신변 위험을 느끼기
시작했다. 그래서 가족들과 월남행을 상의했다. 삼촌들은 반대의 뜻
을 보였으나 숙의 끝에 부친 찬영이 1946년 3월에 먼저 단독으로
월남하여 사돈 양석렬을 만나 같이 있게 되었다. 순원은 모친과 아
내와 동생 그리고 자녀를 데리고 그해 5월에 38선을 넘었다. 그런
데 순원의 삼촌 세 분 찬옥·찬정·찬명은 종내 월남하지 않았다.
6·25 당시 순필이 통역장교로 북진하는 국군을 따라 평양에 갔을
때, 세 삼촌 소식을 탐문해보았다는데 찬옥은 처형당했고 나머지
두 삼촌은 생사를 알 길이 없었다고 한다.

황씨 일가는 월남한 후 순원은 서울고등학교 교사로 있다가 경희

대학교 교수가 되어 현재 명예교수로 있다. 부친 찬영은 1972년에 별세했고, 모친 장찬붕(張贊朋)은 1974년에 세상을 떠났다.

그의 아우 순만은 동경 법정대학을 졸업한 뒤 해방 전까지 법원 서기로 일해왔으나, 월남 후에는 교편을 잡았다. 형제 중에서 비교적 활달했다는 그는 경희고등학교에서 공민을 가르쳤고, 슬하에 4남 2녀를 두었는데, 1980년 작고했다. 막내 순필은 평양 제2고보 재학중에 해방을 맞았기 때문에 월남 후에 서울고등학교에 편입했다. 6·25 때 통역장교가 되어 군생활을 오래 했고, 제대 후에는 출판업·학원 등을 경영하다가 현재는 대한도시가스 사장으로 있다.

순원은 3남 1녀를 두었다. 시인이며 영문학자인 장남 동규는 1938년생으로 서울고교를 거쳐 서울대 문리대 영문과를 졸업하고, 동 대학원을 마치고서 영국 에딘버러 대학에서 수학한 후 현재 서울대 인문대학 영문과 교수로 재직중이다. 그는 1958년 『현대문학』에서 「시월(十月)」「즐거운 편지」 등으로 서정주의 추천을 받고 문단에 데뷔한 이래 시집 『어떤 개인날』(1961) 『비가(悲歌)』(1965) 『삼남(三南)에 내리는 눈』(1975) 『나는 바퀴를 보면 굴리고 싶어진다』(1978) 등을 내놓았다. 현재 문단에서 가장 주목받는 시인 중의 한 사람이다. 그런데 이 시인 아들도 적성에 맞지 않는 원고 청탁을 일체 거절하는 것으로 알려지고 있어 부친과 비슷한 면모를 보여주고 있다.

차남 남규(南奎)는 연세대 상과 출신으로 현재 청양(靑養)토건 사장으로 있고, 딸 선혜(鮮惠)는 서울 음대를 졸업하고 의사 김원영(金愿榮)과 결혼하여 미국으로 이민갔다. 그리고 막내 진규(軫奎)는 연세대 사학과를 나와 조선일보 기자로 활동하다가 1983년에 미국으로 이민갔다.

마지막 잔은 친구를 위하여

황순원의 얘기를 할 때 친구 원응서와의 우정과 소주를 빼놓을 수 없다. 그는 13세 때 체증으로 반홉씩의 소주를 마신 이래 소주 애호가가 됐으므로 스스로도 문학보다 술을 먼저 알았다고 말하고 있다. 그리고 그는 소주를 고마운 술이라고 말하고 있다. 값이 싸고, 뒤탈이 없으므로 한국인에게는 참으로 고마운 술이라는 것이다.

1914년 평양에서 출생한 원응서는 일본 입교대학(立敎大學) 영문학부를 졸업하고 집에 와 있을 때 황순원과 친구가 되었다.

〔……〕 원과 나는 처음 만나면서부터 특별한 예외를 제하고는 이 소주로 일관해왔던 것이다. 주량도 비슷했다. 둘이는 해방 전 암담한 시기에 술을 마셔가면서 세상 돼가는 형세며 문학 얘기로 한때나마 쌓여지는 울적을 삭이곤 했다.
때로는 우리집에서 술상을 가운데 놓고 내 작품을 낭독하는 일도 있었다. 원고가 난잡해서 내가 직접 읽지 않으면 안 된 것으로, 원은 그때마다 열심히 들어주곤 했다. 이를테면 원은 그 당시 발표할 길 없었던 내 작품의 유일한 독자(실은 청자)요 이해자가 돼줬던 것이다. 그리고, 언제 햇빛을 볼지 모르는 내 작품 제작에 자극을 주었던 사람이다. (황순원의 소설 「마지막 잔」에서)

원응서도 술을 좋아하는 사람이었다. 그뿐만 아니라 그도 소주파였다. 소주를 나라술로 정해야 한다는 글을 쓸 정도로 그는 소주를 사랑했다. 황순원이 원응서와 교분을 맺기 시작한 것은 평양에서 고향으로 소개나가기 전이었는데, 해방이 된 후에는 둘 다 정의학교에서 교편을 잡았다. 그러니 그들이 얼마나 자주 어울렸겠는가. 그들은 저녁마다 소주를 마셨다고 한다.

그런데 그들은 황순원이 월남함으로써 헤어졌다가 1·4 후퇴 직후 부산에서 상봉했다. 원응서도 동란 때 남으로 내려온 것이다. 원응서는 처자를 두고 혼자 내려왔으므로 하숙을 했다. 하숙집은 황순원이 잡아주었는데, 황순원의 집에서 200미터 거리에 있는 곳이었다.

이들은 다시 만나 매일 소주를 즐겼다. 그리고 술집에서 나와 원응서의 하숙집으로 가서 또 마셨다. 이때는 통금이 있던 시대였다. 황순원은 술을 마시다가 통금 사이렌이 불면 원응서의 하숙집에서 나와 집까지의 200여 미터 거리를 육상선수처럼 뛰어가곤 했다고

한다. 환도 후에도 그들의 교분은 계속됐다. 원응서는 북에 처자를
두고 내려왔지만, 다시 결혼했다. 그러나 마음속에 응어리진 괴로움
때문인지 원응서는 노이로제 증세를 앓았고, 심신의 피로를 달래기
위해 낚시에 취미를 붙였다. 이래서 황순원도 낚시를 하게 됐다. 그
들은 바늘과 실의 관계처럼 가까이 있었다.

그런 가운데서도 우리 둘이는 기회만 있으면 만났다. 할 일이 있어
서가 아니다. 그저 만나고 싶어서 만나는 것이다. 만나서는 주로 내가
말하는 쪽이고 원은 듣는 편이었다. 원으로서는 가타부타의 의사 결정
을 하지 않으면 안 될 경우에도 그는 내게 빙긋이 웃기만 하면 됐다.
자기의 태도를 밝히지 않더라도 자네만은 내 생각이 어떻다는 걸 알
거 아니냐는 웃음인 것이다. (「마지막 잔」에서)

이러는 사이에 원응서에게는 술 마실 때 이상한 버릇이 하나 생
겼다. 그것은 언제나 마지막 잔은 자기가 마시는 버릇이었다. 자기
잔에 돌아오는 마지막 잔은 물론이고 남의 잔에 붓는 마지막 술이
나, 혹은 남이 술병을 들고 있어도 그것이 마지막 잔일 때는 자기
잔에 붓도록 하는 것이었다. 이러다가 그는 1973년 11월 5일 낚시
터에서 뇌일혈로 쓰러진 뒤 영영 눈을 감고 말았다.
원응서가 세상을 떠난 뒤 황순원에게도 버릇이 하나 생겼다. 그
것은 마지막 잔은 언제나 친구 원응서에게 부어주는 버릇이었다.
장소와 때를 가리지 않고 황순원은 마지막 잔을 친구에게 부어주고
있는 것이다. "자 받게!" 그는 친구를 생각하며 탁자 옆 허공에다
자신의 마지막 잔을 쏟아 붓는다.

문학에 바친 한평생

황순원의 소설 세계는 주제와 쟝르의 변화를 토대로 대체로 3단
계로 구분되어 있다. 제1단계는 6·25를 전후하여 주로 단편소설들
을 발표한 시기이고, 제2단계는 장편 『카인의 후예』(1954)에서 『일

월』(1964)이 발표될 때까지를, 그리고 제3단계 그 이후의 활동으로 보고 있다.

「별」「독 짓는 늙은이」「학」「소나기」 등으로 대표되는 그의 단편소설들은 무엇보다도 간결한 문체와 치밀한 구성, 그리고 인정과 정한(情恨)이 넘쳐흐르는 감동 때문에 이미 고전으로 평가되고 있다. 그러나 50년대에 쓴 단편소설들은 이런 시적 서정성이 보이지 않는데, 이 원인은 그가 주로 그의 일상 생활에서 얻어진 체험들을 토대로 썼기 때문이다. 황폐해진 삶 속에서 쓰라림을 느끼며 쓴 소설들, 이를테면 「곡예사」 같은 소설은 그 자신과 가족이 그대로 등장하고 있기 때문에 황순원의 인간적 체취를 그대로 느낄 수 있는 것이다.

전쟁중에 황순원 일가는 서울을 떠나 부산으로 피난을 갔었다. 부산에서 황순원 가족은 잠잘 방 때문에도 곤욕을 당했으며, 그의 부인과 아들들은 신문과 껌을 팔아야 했다. 그리고 그는 팔리지도 않는 소설을 쓰고 있었다. 그들은 비참했고, 황순원은 인생이란 힘든 곡예라고 생각했다. 그래서 이 시기의 단편들은 쓰라림과 인생에 대한 환멸이 많이 표현되고 있다. 그러나 이 시기에 그에게는 중요한 변화가 왔다. 앞에서 말했듯이 단편소설 위주의 창작 활동에서 벗어나 장편소설을 쓰기 시작했고, 주제도 해방 이후 정치적 문제로 제기된 한국의 혼란상을 다루고 있는 것이다.

1954년에 출판된 『카인의 후예』는 공산화된 이북에서 토지 개혁이 이루어질 때의 상황을 배경으로 반동 분자로 낙인찍힌 지식 청년에 대한 한 여인의 희생적 사랑을 보여주고 있고, 1957년에 출판된 『인간접목』은 고아원의 암흑상과 사회악을 파헤쳐 그의 관심이 폭넓게 확산되고 있음을 보여주고 있다. 그리고 1960년에 『사상계(思想界)』에 연재된 『나무들 비탈에 서다』는 6·25 사변이라는 비극적 상황 속에서 젊은이들이 겪는 피해를 밀도 있게 그려 독자들의 폭발적 인기를 얻었다.

그뒤 1962년에는 한국에서 가장 억압받은 하층 계급인 백정의 특이한 심리 세계와 그들만이 가진 특이한 설화를 곁들인 『일월』을 발표하기 시작하여 1964년에 끝냈고, 그뒤 1968년에는 세 젊은 지식인의 방황을 통해 한국인의 근원적 심상을 해부한 『움직이는 성』을 발표하기 시작하여 1972년에 끝냈고, 1978년에는 『신(神)들의 주사위』를 발표하기 시작하여 1982년에 끝냈다. 황순원은 『카인의 후예』로 1955년에 아시아 자유문학상을 수상했고, 『나무들 비탈에 서다』로 예술원상(61년), 『일월』로 3·1 문화상(66년), 『신들의 주사위』로 대한민국 문학상 본상(83년)을 각각 받았다.

황순원은 자기 자신의 맞춤법과 띄어쓰기 기준을 가지고 원고가 활자화될 때는 자신이 직접 교정을 보고 있다. 그는 작가로서 그렇게 하는 것이 자기 작품에 대한 애정이며, 또한 독자에게 내용을 명확히 전달하게 하는 작가의 의무라고 말하고 있다. 그는 자신의 작품에 대한 애정이 남달리 강하다. 자신이 쓴 어떤 소설도 출판될 때는 반드시 손질하여 고친다. 초교에서 시작하여 책이 나올 때까지, 그리고 책이 나온 뒤에도 다른 출판사에서 다시 간행될 때는 또 고친다. 장차 황순원 연구가들은 이 '고침'의 의미를 파악하려면 힘이 들겠지만, 어쨌든 그는 자신의 작품에 대해서 각별한 애정과 성실성을 보여주고 있는 것이다.

이처럼 황순원은 끊임없이 자신의 작품을 다듬고 있다. 이것은 작품에 대한 애정일 수도 있고, 집념일 수도 있고, 어떻게 보면 그의 선조들이 지녔던 고집스러움 같기도 하다. 황순원은 만 23년 6개월 동안 재직하던 경희대학교에서 1980년에 정년 퇴임과 동시에 명예교수로 취임됐다. 그는 이 기간 동안에 그의 단편 중 3분의 2와 5편의 장편을 썼다. 지금도 일주일에 이삼 일씩 경희대학에 출강하고, 일요일에는 부인과 함께 교회에 나가고 있다.

작가로서의 황순원

이　　보　　영

　황순원의 지금까지의 생애를 재구성하기란 쉬운 일이 아니다. 그는 오직 작품에 의해서 자기의 할 말을 하는 타입의 작가여서, 자신의 과거를 밝힌 에세이는 물론이요, 자서전적 소설을 거의 쓴 적이 없다. 따라서, 그의 작품을 통해서는 비록 그의 정신적 발전상을 더듬어보아 해명할 수 있지만, 그런 해명을 측면에서 상당히 도와줄 만한 전기적 사실에 대한 정보를 얻는 것은 크게 기대할 수 없다. 그러나, 황순원의 소설 중에는 자신의 체험을 소재로 삼은 작품들이 몇 개 있어 참고가 되는바, 「내 고향 사람들」은 일제(日帝) 말기의 이 작가의 생활상의 일단을 보여주고 있고, 「曲藝師」는 6·25 피난 시절의 황순원과 그의 가족의 생활상을 보여준 작품이다. 그리고, 「마지막 술잔」의 ‘원형’은 원응서(元應瑞)로서, 이 작품을 통하여 우리는 그의 교우 관계를 일부 알 수 있다(최근 황순원은 그의 고희(古稀) 기념 문집 『말과 삶과 自由』〔문학과지성사, 1985〕의 권두 에세이에서 최근의 해외 여행에 관련된 삽화와 과거의 추억담, 자신의 창작, 인간, 사회, 과학 등에 대한 의견과 에피그램을 한데 모아 보여주고 있어서 참고가 된다).

　이처럼, 황순원 전집 말미에 있는 연보(年譜) 외에는 그의 전기에 관한 참고 자료가 매우 빈약해서, 현재로서는 전기의 부분만은 거의 연보에 의존할 수밖에 없다. 이 평전에서 취급될 대상 작품은 주로 장편소설이 될 것이다. 황순원의 장편소설의 고찰은 그의 단편소설의 세계를 검토하고 이해하기 위한 예비적 과정으로서 필요하기 때문이다. 그러나, 필요할 경우 단편소설과 시도 언급할 것이다.

황순원의 출생지는 평남 대동군 재경면 빙장리(大同郡在京面氷庄里)요, 황찬영(黃贊永)과 장찬붕(張贊朋)의 장남이다.

우리의 첫 기억이 대부분의 경우 어렸을 적에 겪은 무서운 일이라는 사실은 그 사건이 정신적 외상(外傷)이 된다는 의미에서 인간의 근원적인 불행이지만, 황순원의 경우도 자서전적 요소가 다소 포함된 중편「내일」에 그런 사건이 나온다. 어머니의 등에 업혀 길을 가다가 잠이 들었는데, 문득 깨었을 때 어머니의 검은 그림자를 보고 무서워서 울어버렸다는 것이다. 이 첫 기억은 사실인 듯하지만, 이 그림자는 앞으로 황순원의 문학 세계에서 매우 중요한 상징적 의미를 갖게 된다.

그는 가족과 함께 평양으로 이사한 다음해에 숭덕소학교에 입학했다. 중학교는 정주(定州)의 오산학교로 갔으나, 그의 건강을 걱정한 부모의 권유로 평양 숭실중학교로 전학했다. 1930년부터 동요와 시를 신문지상에 발표하기 시작했지만, 처녀작다운 작품은 다음해 『동광(東光)』에 발표한「나의 꿈」이다.

꿈, 어젯밤 나의 꿈——
이상한 꿈을 꾸었노라
세계를 짓밟아 문지른 후
생명의 꽃을 가득히 심고
그 속에서 마음껏 노래를 불렀노라.

언제고 잊지 못할 이 꿈은
깨져 흩어진 이 내 머릿속에도

굳게 못박혔도다
다른 모든 것은 세파에 스치어 사라져도
나의 이 동경의 꿈만은 길이 존재하나니.

　이 시에 나타난 아름다운 창조를 위한 파괴의 꿈은, 황순원의 훗날의 작가 정신을 벌써 예시하고 있다. 그는 끊임없이 자신의 전작(前作)을 의심하고 부정하고 넘어서서 새로운 영역을 개발해왔기 때문이다. 따라서, 그의 문학은 파괴와 창조 과정의 문학이라 말해도 과언이 아니다. 물론, 그런 변신 과정은 불변의 영원성이 있는 인간의 이상이나 가치를 추구하기 위한 것이기는 하지만, 자신의 작가 정신을 그처럼 일찍부터 '꿈'을 통하여 표현한 기법은 꿈에 의하여 작중 사건을 전개도 하고 그 사건에 암시적 의미도 부여하는 훗날의 황순원의 매우 중요한 창작 기법을 연상시킨다.
　첫시집 『방가(放歌)』를 출판한 것은 1934년 동경에서이다. 이때 시인은 와세다(早稻田) 제2고등학원 학생이었고, 연극 예술 연구 단체인 '학생예술좌(藝術座)' 회원이었다. 『방가』를 동경에서 간행한 것은 조선총독부의 검열을 피하기 위함이 아니었냐는 트집을 잡혀 방학 때 귀가했다가 평양 경찰서에 29일간 구류당했다.
　『방가』에 수록된 시는 「이역(異域)에서」를 제외하고는 「나의 꿈」을 비롯해서 문학 청년다운 습작의 수준을 벗어나지 못한다. 이 중에서 미숙하지만 모성애의 강한 힘을 찬미하고 그리워한 「강한 여성」은 황순원 소설에서 중요한 역할을 하게 될 모성적인 여주인공을 연상시킨다. 『방가』에서 제일 주목되는 꽤 긴 작품 「이역에서」는 동경에서 고국에 대한 향수와 헐벗고 굶주리는 교포에의 애정을 강한 민족주의 의식으로 표출한 것인데, 기법의 미숙성과 생경한 감상이 보이긴 하지만, 이역의 하늘에 뜬 "피 빨린 듯한 창백한 조각달이 차가운 적료(寂寥)를 도웁고" 같은 표현은 주목할 만하다.
　1935년에 양정길(楊正吉)과 결혼했고, 서울에서 발행되는 『삼사문학(三四文學)』 동인이 되었다. 그 다음해에 제2시집 『골동품(骨董

品)』을 첫시집의 경우처럼 동경학생예술좌에서 간행했는데, 이 해에 시인은 와세다 대학 영문과에 입학했다.

『골동품』의 작품들은 천이두(千二斗)가 지적한 대로 줄 르나르의 『박물지』를 연상시키는 위트가 있는 몇 줄로 구성된 짤막한 시들이다. 대부분의 시는 언어 유희의 수준을 벗어나지 못하고 있지만, 「호박」만은 그렇지 않고 기지와 유머가 조화되어 있다.

　　비 맞는
　　마른 덩굴에
　　늙은 마을이
　　달렸다.

황순원의 대학 졸업 논문이 무엇이었는지 알 수 없지만, 「내일」의 낭만적 작품을 좋아하는 퇴직 교수의 경우로 미루어보아 낭만주의 계통의 작가에 관한 것이었을지도 모른다. 대학 졸업 다음해인 1940년에 『황순원단편집』을 서울의 '한성도서(漢城圖書)'에서 발간함으로써 황순원은 소설가로서 출발한다. 이 첫 단편집의 중요한 작품들을 개관할 때, 다음과 같은 점이 주목된다.

첫째로는, 작가가 주인공들을 통해 나타내고자 한 그의 부조리 의식이다. 이 부조리는 먼저 사회와의 근본적인 부조화에 연유하고, 다음으로는 주인공 자신과의 내부적 부조화에 연유한다. 그 결과, 주인공은 권태로 무기력해지고 주변의 일상에 대한 반발적 행동으로 나온다.

당시는 일제 식민지 말기이다. 식민지 통치에 유례가 없는 창씨 개명의 강요와 신사 참배 강요, 동아일보와 조선일보의 강제 폐간 (1940년 8월) 등이 바로 태평양 전쟁 직전의 그 암흑기의 양상을 말해준다.

그러면, 황순원은 이런 사회 정세에 어떻게 대응했는가? 물론 펜에 의한 일제에의 항거는 불가능한 처지에 있었기도 하지만, 황순원의 소설은 당시의 사회 정세에 대한 저항적 민족 의식을 비유적으로라도 보여주지 않고 있다. 그 대신, 그의 소설에서는 병약하여 도시에서 귀향한 주인공의 권태스러운 나날이 취급되고 있거나, 「배역(配役)들」에서처럼 화가들의 보헤미안적인 생활이 취급되고 있다. 바꿔 말하여, 황순원의 작품 세계는 주로 주인공의 정신적 분위기를 다룬 도시적(都市的) 감성의 세계이다. 이를 대표하는 작품 「허수아비」에서는 원시적인 농촌 풍경과 건강한 농촌 처녀가 귀향한 창백한 도시 지식인의 무력감과 권태를 한층 돋보이게 한다.

이런 무력감과 권태를 집중적으로 강조하면 오히려 그로테스크해지는데, 「갈대」가 그 예이다. 병든 소녀, 거리의 미친 여자, 뼈를 깨물 힘도 없는 개 등이 「갈대」에서 가난한 농촌의 무력감과 권태의 분위기를 조성하고 있다. 황순원이 그처럼 무력한 권태에 관심을 보인 것은 이상(李箱)의 경우와 비교될 만하다. 이상의 수필 「권태」(1937)는 지식인의 권태뿐 아니라 무기력하고 극빈한 한국 농촌의 취급을 통하여 당시의 식민지 한국을 아이러니컬하게 고발하려는 의도를 보여주고 있다. 이상에게는 민족 의식이 살아 있었던 것이다.

그러나, 황순원의 권태에는 민족 의식이 전혀 보이지 않고, 오직 주인공의 권태로운 내면 세계만이 주로 취급되고 있다. 이러한 이상과의 차이점(이상의 경우는 수필이기는 하지만)은 황순원의 기본적 관심사를 암시해주는 바, 곧 그의 개인주의이다. 그에게는 민족 집단보다도 삶의 복잡한 내력을 배경으로 가진, 개성과 심리의 소유자인 개인의 내면이 더 중요한 것이다. 그리고, 이 개인의 문제는 그의 실존주의적 소설 『나무들 비탈에 서다』와 『일월(日月)』 및 종교적 소설 『움직이는 성(城)』에 와서 본격적인 취급을 받게 된다.

첫 단편집에는 기법상으로 볼 때 「늪」 「풍속(風俗)」 등 재래식 소설도 있고, 「허수아비」 「거리의 부사(副詞)」 「배역들」 「닭제(祭)」 「돼지계(系)」 「소라」 등 실험적 기법이 돋보이는 작품들도 있는데, 이 중에서 「소라」는 사랑하는 여자를 굳이 제쳐두고 그녀의 친구와 결혼함으로써 불행해지는 주인공의 허위 의식과 허위의 생활을 그의 분신을 내세워 그 분신과의 대화 형식으로 다룬 특이한 심리소설이다.

1941년부터 해방되기까지 황순원은 단편 「별」(1941)과 「그늘」(1942)만을 발표한 후 침묵을 지켰다. 일제(日帝)의 탄압으로 발표 지면이 없어지기도 했지만, 일본어로 친일 소설을 쓰기를 거부했기 때문이다. 그 대신, 발표할 길이 없는 작품을 한편 두편 써서 벽장에 넣어두곤 했으니, 이 작품들이 위의 두 단편과 함께 해방 후 출판된 『기러기』(1951)라는 제목의 단편집 속에 수록되어 햇빛을 보게 된다.

저자는 서문에서 그 당시를 "이런 글들이나마 적음으로써 다름 아닌 내 명멸하는 생명의 불씨까지를 아주 쓰러뜨리지는 않을 수 있었다"고 술회하고 있다.

위에 언급한 장래를 위한 작품들을 쓰는 도중, 1943년에 향리(鄕里)인 빙장리로 소개해갔는데, 당시의 그와 이 향리 사람들의 생활상을 「내 고향(故鄕) 사람들」(1961)에서 엿볼 수 있다.

가령, 농민에게는 너무도 가혹한 공출의 요구, 말세적인 전쟁 바람에 학도병으로 간 아들의 소식이 끊기자 종전까지의 엄격한 생활태도가 무너져 파렴치한 인간으로 타락한 독농가의 비극, 그리고 황순원으로 말하면 주재소 주임이 방문하여 동정을 살피고 간다는 것, 그의 눈에 띈 서가의 일본 사회주의 서적인 가와가미 하지매(河上筆)의 『가난뱅이 이야기〔貧乏物語〕』와 주재소 주임의 눈을 꺼려한 일본어로 번역된 솔로호프의 『고요한 돈』과 『개척된 처녀지』, 일본의 좌익 작가 도꾸나가 스나오(德永直)의 작품집이 언급된다.

그러나, 『기러기』에 와서 처음으로 황순원의 토속적 풍습과 인정의 세계에 대한 관심이 나타난다. 곧 「맹산 할머니」「기러기」「황노인(黃老人)」 등의 세계인데, 이 토속적인 소설은 해방 후의 「두메」「불가살이」「과부(寡婦)」「필묵(筆墨) 장수」「잃어버린 사람들」 같은 배경과 이야기의 전개법이 토속적이요 설화적이면서도 강열한 정서적 핵심이 있고 심리 묘사가 간결하면서 암시적인 작품으로 발전해간다. 이 부류의 작품들은 한국인의 전통 지향적 심성(心性)에 바로 호소해오기 때문에 앞으로도 많은 독자의 애호를 받을 것이다.

8·15 해방 후의 첫 작품 「술」(1945)을 비롯하여 단편집 『목넘이 마을의 개』(1948)에 수록된 작품들과 첫 장편 『별과 같이 살다』는 재래의 자연주의적 기법으로 씌어지고 있다.

『별과 같이 살다』의 여주인공 샘마을의 곰녀는 일제(日帝) 말기(末期)에 고아나 다름없게 되자 근처 대구의 지주집의 하녀가 되더니, 서울의 유곽(遊廓)과 평양의 유곽의 창녀 생활을 하고, 해방 후에는 하르반이라는 노인의 내연의 처가 되기도 하면서 살아가는데, 곰녀를 비롯한 창녀들의 비참하고 고된 생활이 작중 사건의 많은 부분을 차지하고 있다. 그러나, 황순원은 이들의 비참한 생활에서도 무엇인가를 긍정적으로 옹호하지 않을 수 없다. 그는 자신의 불행을 인종함으로써 감수하는 곰녀의 착한 마음씨를 옹호한다. 그녀는 동료인 창녀 산옥이가 지쳐서 자살해버리는 것과는 달리 끝까지 견디어나간다. 이 어둡고 슬픈 이야기 속의 한줄기 빛은 창녀 지심이의 어른스러운 처신 방법도 있지만, 그보다는 본능적인 선의의 인간 곰녀의 운명애(運命愛)이다. 소설로 된 곰녀의 일대기(一代記)라고나 할 『별과 같이 살다』는 황순원의 장편소설 중에서는 유일하게 정치적·종교적인 이데올로기나 역설적인 인간 심리에 대한 관심과 통찰이 안 보이는 온건한 자연주의적 소설임에도 그 제목만은 아름다운 시적(詩的) 암시성이 있다. 그 별은 곰녀의 운명의 별이지만, 곰녀의 수호신 같은 그 별의 뉘앙스는 어딘지 슬프다. 왜냐하면, 곰녀의 소박한 자기 희생적인 선의는 우리에게 친근감을 주지만, 그녀에게 세속적인 행복을 가져다주지 않기 때문이다. 아무튼, 곰녀는 자신의 인생의 한(恨)을 깊이 인식하지 못하고, 또 그럴 필요도 느끼지 않는 여자이다. 소위 한국적인 한(恨)을 곰녀의 거의 무의식적인 한으로 보고, 그녀를 전형적인 한국 여인으로 볼지도 모른다. 그

러나 곰녀가 인종적 선의(善意)로 견뎌온 노예적 생활의 과거까지
도 그런 견해의 안이한 과거 지향성은 한국 역사뿐 아니라 한국 문
학의 발전을 위해서도 부정되어야 할 것이다.

「술」에서는 해방 직후의 적산 양조장 인수 문제와 관련된 주인공
준호의 집념과 패배의 전말이 다뤄지고 있다. 황순원의 작품치고는
예외적일 만큼 당시의 정치·경제와 관련된 사회상을 다룬 사회적
리얼리즘이 돋보이는 작품이다. 중편 「목넘이마을의 개」는 해방
전 서북간도로 이민가는 사람들이 버려둔 신둥이라는 개에 대한 동
네 사람들의 태도에서 나타나는 그들의 여러 가지 성격을 다룬 작
품으로서, 황순원 소설 중에서 이만큼 토속적인 유머가 풍부한 예
도 없을 것 같다. 그러나, 황순원이 월남(1946. 5)한 지 약 2년 만에
간행된 단편집『목넘이마을의 개』는 황순원 문학의 전보다 새롭고
차원 높은 작품을 보여준 것은 아니었다. 황순원은 1946년 5월 월
남하여 그해 9월부터 서울중고등학교의 교사로 재직한다. 그리고,
6·25 남침이 일어나자 그는 광주(廣州)로 피난을 갔다가 1·4 후퇴
때 대구를 거쳐 부산까지 내려가, 이 임시 수도에서도 교사의 직무
를 맡는다.

6·25를 취급한 황순원 소설에는 자기와 같은 피난민이나 제 고장
에 잔류한 사람을 주인공으로 한 작품들과 전쟁에 참가하고 제대한
젊은이가 주인공이 된 작품들이 있는데,「곡예사」「메리 크리스마
스」「어둠 속에 찍힌 판화」「모든 영광은」 등이 전자에 속하고,「소
리」『나무들 비탈에 서다』등이 후자에 속한다.

이 시기, 곧 1950년초부터『나무들 비탈에 서다』가 발표된 1960년
사이의 시기는 마침 서구의 실존주의 사상이 전후(戰後)의 불안과
위기 의식을 타고 들어와 유행 사조처럼 된 때였다. 김동리(金東里)
의「실존무(實存舞)」(1955)라는 작품의 제목부터 그 점을 단적으로
증명한다.

전시(戰時)란 인간의 생존 자체가 위협을 받기 때문에 종래의 도
덕률의 전반적인 붕괴나 혼란과 그럴수록 예리한 윤리 의식이 공존

하는 시기이다. 「소리」에서 그런 혼란과, 그 혼란을 벗어나 본연의 도덕적 감정을 되찾는 과정이 다루어지고 있고, 「모든 영광은」에서도 동료 직원간의 밀고 같은 비열한 행위가 원인이 된 양쪽 가정의 파탄을 넘어서서 새로운 인간 관계가 성립되어가는 과정이 취급되어 있다. 그러나, 이 두 작품은 실존주의적 소설은 아니다. 인간 조건의 부조리성이나 실존적 선택의 기로에서 절망하고 버둥거리다가 주체적 결단에 의한 행동을 함으로써 그의 의식이 강렬하게 확대되는 모험의 과정이 여기에는 없고, 주인공은 거의 본능적이거나 피동적인 선택에 의하여 선량한 아버지(「소리」의 경우)로 돌아가거나, 죽은 동료 교사 부인의 남편(「모든 영광은」의 경우)이 됨으로써 정신적 구원을 받기 때문이다.

그러나, 『나무들 비탈에 서다』는 이 작품들과는 달리 분명한 실존 의식으로 씌어진 작품이다. 이 소설에 대하여 언급하기 전에 먼저, 휴전 협정(1953)이 조인된 그 이듬해에 출간된 『카인의 후예』와 『인간접목』(1957)에 대하여 간단히 언급해두고 싶다.

『카인의 후예』에는 세 가지 주제가 융합되어 있다. 곧 사회적 주제와 박훈과 오작녀의 사랑과 관련된 심리적 주제 및 심층적인 도덕적 주제이다.

황순원은 『카인의 후예』에서 8·15 해방 후 토지 개혁이 실시되기 전까지의 북한 사회를 매우 충실히 보여주고 있다. 박훈의 고향에서 공산당 공작대원이 지주의 재산 몰수를 할 때 부리는 행패와 여기에 대한 지주의 반응, 마름(도섭 영감)의 보신책, 소작인이었던 농부들의 파렴치한 이기적 행위, 박훈이 월남하기 위한 배편을 알아보기 위해 시골에서 평양에 올라와서 본 소련 군인과 그들을 상대로 한 일본 여자의 매음 등, 당시 북한 사회의 도덕적 가치의 혼란상이 역력히 제시된다.

그러나, 이 작품의 매력은 박훈과 오작녀의 애정 관계, 특히 박훈에 대한 오작녀의 헌신적인 사랑이다. 그 사랑은 그 당시 마을 사람들의 타산적인 행동이나 그런 동기와는 너무도 대조적이다. 그녀는 박훈에 대한 사랑에서 오는 본능적인 지혜에 의하여 박훈의 재산 몰수를 하러 온 공작대원에게 박훈과 자기는 이미 부부가 되었다고 선언하는 것이다. 그 결과, 마름의 딸로서 허랑 방탕한 남편과 별거하고 박훈의 집에서 하녀 일을 하는 오작녀와 지주(박훈)의 결혼이 평양의 신문에 기사화되어 센세이션을 일으키는 오허의 희극이 발생한다. 이 오작녀의 박훈에 대한 은근하면서도 그녀의 '타는 듯한 눈'처럼 강렬한 사랑은 큰애기 바위의 전설과 얽혀져 있어서 독자에게 매우 친근하고 애틋한 정감을 불러일으킨다. 그 전설의 도련님에 대한 사랑을 못 이루고 바위가 되어버린 여종의 넋과 같은 붉은 진달래와 뻐꾸기 울음 소리에 오작녀의 한(恨)의 정서와 그 아름다움이 반영된다.

이번에는 훈이 오작녀의 아버지 도섭 영감에게 느끼는 복합 감정의 문제인데, 그 복합 감정에 인간의 심층적 도덕 의식의 비밀이 미묘하게 제시되어 있다. 비록 해방 전에 박훈 아버지의 마름 노릇을 하였기 때문에 그가 공산당에게 노예적인 충성을 다하는 것은 그의 보신책으로 간주할 수도 있지만, 그 충성이 비인간적인 잔인성으로 나타나곤 하자 훈이 그를 죽이려고 찾아간다. 그러나 살의(殺意)를 행동으로 옮기기 직전에 이런 생각이 든다.

훈은 자기보다 늙기는 했지만, 이 장대하기 짝이 없는 도섭 영감을 자기의 손으로 도저히 어쩌지 못하리라는 것을 깨달았다. 도리어 이편이 죽고 말리라.

그러자, 사실 자기가 이렇게 도섭 영감을 여기까지 데리고 온 것은 자기가 그를 죽이려는 것이 아니고 그의 손에 자기가 죽기 위함이었는지도 모른다는 생각이 들었다.

이 생각이 훈에게 힘을 주었다. 구새통에서 단도를 꺼내 들었다. 그리고는 아즈반! 하는 소리와 함께 도섭 영감의 넓은 잔등을 향해 자기 몸을 부딪쳐나갔다.

훈의 그런 생각의 이면에는 조상의 무덤에 찾아가 땅문서를 태우면서 "나는 누구의 원수도 아니다. 〔……〕 조용한 마음으로 누구의 원수라도 되어줄 수 있을 것 같았다"고 한 박애적인 선의가 숨어 있고, 그 선의는 자기의 양심과 분수에 어긋나는 오작녀의 사랑 같은 보수나 본의 아닌 피해를 상대방에게 주고받았을 때 부끄러움을 느끼는 결벽이 있는 사람의 그것이다.

우리는 도섭 영감의 낫에 맞아 죽고 싶어하는 훈의 역설적 심리에서 『카인의 후예』라는 소설 제목의 깊은 뜻을 만난다. 얼핏 『카인의 후예』는 친동생을 죽인 카인의 후예답게 동족끼리 다투고 살해하는 한국 민족의 악한 면을 암시한 제목으로 여기고, 그 대표로서 개털오바 청년 같은 공작대원이나 도섭 영감을 연상할 수도 있다. 그러나, 이 소설 제목은 더 나아가서 보다 깊은 서글픈 뜻을 지니고 있으니, 그것은 도섭 영감을 죽이고자 한 박훈이나 그의 사촌동생 혁도 실은 카인의 후예라는 뜻이다. 결국, 카인의 후예는 형제끼리도 살상을 하는 인간의 근원적인 죄성(罪性)을 의미하고 있다.

따라서, 이 작품을 해외에 소개하려고 한 영역자가 제목을 'The Cry of the Cuckoo'(장영숙, Robert P. Miller 공역)라고 바꿔 붙인 것은 원제목의 깊은 뜻을 저버린 것이이서 잘못이다.

『카인의 후예』는 중편적인 장편소설이다. 그렇지 않다면 가령 저수지의 성취욕이 거의 광적인 집념이 된 용제 영감의 일생을 그처럼 간단히 취급할 수는 없었을 것이며, 도섭 영감의 살해에 실패한 후의 박훈과 오작녀의 관계에 대하여, 비록 훈이 오작녀와 함께 남하(南下)했으리라는 추측은 독자에게 하게 하지만, 미흡하다는 느낌을 주지는 않았을 것이다.

아마 한국 작가 중에서 소년 소녀에 대한 관심이 황순원만큼 많은 사람도 없을 것 같다. 그의 『인간접목』은 갱생 소년원의 교사 최종호와 소년과의 관계를 통해서 인간성의 문제를 추구한 소설이다.

의과 대학 재학 시절에 시작된 6·25 동란의 전투에 참가하여 오른팔을 잃고 제대한 후 실의(失意)에 빠져 있었던 최종호는 갱생 소년원의 선생으로 취직하여 정신적 재생을 이룩하고자 한다. 그곳에서의 가장 중요한 과업이자 시련은 소년원의 두통거리인 짱구대가리의 선도인데, 여기에 완전히 성공하지는 못한다. 그의 악습과 그가 두려워하면서 따르는 왕초 때문이다. 이 소설의 클라이맥스에서 짱구대가리는 소년들을 집단 탈주를 시키라는 왕초의 명령을 좇으려고 한다. 그러나, 종호는 원장에게 말한 대로 짱구대가리가 신의만은 지킬 만큼 자존심이 강하다는 것을 알기 때문에 야경대 소년들의 손을 묶어놓고 밤중에 탈주하려는 것을 제지하고, 다음날 대낮에 떳떳이 나갈 수 있도록 대문을 열어주겠다고 약속함으로써 일단 사태를 수습한다. 짱구대가리는 종호를 믿고 그날 밤 탈주하지 않음으로써, 왕초와의 약속을 어겨 왕초를 만난 자리에서 그의 칼부림을 당한다.

이처럼 종호의 설득에 짱구대가리가 순응한 것은, 짱구대가리 같은 악동은 물론이요 어느 인간도 환경의 영향으로 타락하게 될지언정 본시는 신의와 인정이 잠재해 있다는 것을 말해준다.

종호가 소년들의 안전한 집단 탈주를 도와주고 자기도 갱생원을 그만두고 떠나려고 결심한 것은 갱생원의 소년들의 악습도 그렇거니와 어른들에게 환멸을 느낀 탓이다. 대구의 소년원에 근무하면서 끔찍이 아끼던 소년의 얄미운 탈주에 충격을 받은 후 소년의 선도를 단념하고 무관심해진 윤선생, 공리적인 처세에 밝은 경영자 홍집사, 그리고 소년원을 세속의 영리 사업으로 여기고 있는 원장 등의 태도와 경영 방식을 방관하기도 싫었지만 여기에 대항할 자신도 없었던 것이다.

이 최종호의 소년들의 정신적 갱생(更生)을 위한 노력의 좌절에 대해 작가는 작품의 종말에 나오는 한 고아의 천사 환시(天使幻視)를 통하여 그들의 미래에 한 가닥의 희망을 부여하고 있다. 그 천사는 『인간접목』의 원제목 '천사'이며, 그것은 최종호가 끝까지 집착했던 인간의 선성(善性)이다. 더 나아가 '애정의 씨앗'을 뿌릴 수 있는 터전, 즉 그가 무의식중에 그리워하는 '어머니 같은 여자'의 자

기 희생 정신이다. 그에게도 그런 어머니 같은 마음이 많았다. “애
정이란 그것이 한번 있었다는 그 사실만으로 영원한 것”이라는 종
호의 확신이 독자로 하여금 스스로를 번성하게 하는 힘이 있는 것
도 그 이면에 작용한 어머니의 정신 탓이다.

황순원은 『인간접목』에서 인간끼리의 참다운 이해와 사랑을 막
는, 소년의 경우도 예외가 아닌, 인간 자신의 악습과 외부적 조건의
악영향을 다시 한번 확인한 셈이다.

1955년에 『카인의 후예』로 자유문학상을 수상한 황순원은 1957년
에 예술원 회원이 되고, 경희대학교에서 강의를 맡게 된다. 1959년
에는 그의 단편 「소나기」가 유의상의 번역으로 영국의 Encounter지
에 이 문학지의 단편 문학상 수상작으로 게재되었는데, 황순원의
소설로서 해외에 소개된 첫번째 작품이다.

『나무들 비탈에 서다』(1960)는 당시 한국 지식인과 대학생간에 가
장 인기가 있었던 『사상계』지에 연재되고, 이 작품으로 이듬해 예
술원상을 받았다.

이 작품에서 제기된 문제는 역사 속의 인간 관계와 인간의 자유
의 문제라는 핵심적인 실존적 문제이다. 먼저 인간 관계, 혹은 ‘구지
레한 인간 거래’에 있어서 “대체 우리는 가해잘까, 피해잘까?”라는
문제가 제기되는데, 이것은 “나는 누구의 원수도 아니다”라고 하는
박훈의 인간 관계에 대한 비실존적인 의식에서 벗어난 심각한 실존
적 문제 의식을 보여준다. 여기에 대해 결벽이 있는 시인 기질의
동호는 ‘우리는 피해자’라고 대답하고, 그의 친구인 보다 행동의 선
이 굵은 현태는 가해자일 수도 있다고 생각한다.

이 문제는 바로 자유의 문제와 직결된다. 현태의 말대로라면 인
간에게는 가해자로서의 행동적 자유가 있다. 그런데, 이 자유란 반
드시 윤리적인 책임을 수반하며, 이를 무시하고자 할 때 자의식이
과민한 지식인들에게는 큰 고통이 닥친다. 더군다나, 그의 행동의
자유란 실은 숙고한 뒤의 책임감을 지닌 것이 아니라 휴전선에서의
현태처럼 충동적으로 오막살이 여인을 강간하거나 총살할 수 있고,

292

애인 동호의 자살한 원인을 끝내 추적하려고 하는 장숙을 절망적인 살의를 억제치 못하고 범해버리며, 서울에서의 평양집 접대부 계향의 자살을 권태롭게 방관해버릴 수도 있다. 이처럼 현태는 주어진 자유를 주체적으로 처리하지 못하곤 하는 것이다.

『나무들 비탈에 서다』의 주요한 인물 동호와 현태의 성격 묘사를 위한 이들의 자의식의 취급에서 황순원은 매우 예민한 통찰을 보여주고 있다. 먼저 동호의 경우, 그의 결벽이 있는 자의식은 장숙과의 정신적인 사랑과 평소 불결시해온 창녀인 옥주와의 육체적 교섭과 관련된 것으로서, 그의 자살도 그 결벽을 감당할 수 없었던 충동적인 자기 파괴 행위이다. 현태의 경우, 그의 자의식은 휴전선 근처에서 상관했던 여자가 자기의 손을 잡았을 때의 "그 약간 떨리면서 땀기운이 돋던 손의 감촉, 그리고 메마른 피부에 온기를 떠고 있던 목의 감촉……"이라는 촉각적 잔상(殘像)에 시달린다. 이 경우, 황순원은 그 여자에 대한 강간과 화간(和姦) 및 총살이라는 자신의 행동에 대한 죄의식이 아니라 그 여자에 대한 촉각적 잔상이 주는 고통을 강조한 점, 그리고 마음의 부담을 주지 않는 백치 같은 계향의 피부의 백자 항아리 같은 무감각한 차가움을 강조한 점 등에서 우리는 작가가 현태 같은 지식 청년의 실존 의식의 극히 미묘한 비밀까지 추구하고 있음을 본다. 이들의 자의식이 파탄적인 극점에 이르면 선우상사의 정신분열증이 초래되므로 선우상사의 광태도 실은 가장 실존적인 정신 질환의 증세이다.

이래서, 이 작품에서 제기된 실존적인 문제의 심각성은 관념적인 것이 아니라 주요 인물들의 매우 섬세한 윤리 의식과 감각의 산물이어서 독자에게 실감을 주며, 여기에 이 작품이 성공한 주요한 이유가 있다. 그 주요 인물들의 행동은 아이러니컬하다. 선우이등상사는 정신병이 악화되어 에레미아서를 크게 외고 있지만, 그 성구는 그를 구원할 수 없는 허무한 메아리요, 동호의 플라토닉한 결벽은 자신의 파멸을 초래한다. 현태는 천이두가 누구보다도 던저 중요시하여 "에너지의 지적(知的) 통제"라고 해석한 "과수나무(곧 현태 같

은 인간)의 전정(剪定)”의 필요성에 대해 미완성의 논문을 썼을 만
큼 자기 통제의 필요성을 알고 있었음에도 불구하고, 여기에 실패
하여 계향의 자살 방조자로 몰린 나머지 법정에서 무기징역의 구형
을 받는다. 현태나 동호나 선우상사 등 6·25의 전우(戰友)는, 그들의
또 하나의 전우였던 실리적인 윤구를 제외하고는 모두 비세속적인
시(詩)와 성경과 논문 속의 인간이되, 구약 성경과(과수나무의 전정
〔剪定〕과 인류의 장래) 같은 논문 속의 가르침에 따르지 못하는 그들
은, 결국 인간 관계에 있어서의 가해자이면서 그런 자기의 행동의
피해자라는 파멸적인 패러독스의 악순환 속에 휘말려들어가 있다.
이래서 인간은 비극적 모순이요 삶은 허망하다는 것을 생생하게 전
달해주는 『나무들 비탈에 서다』는 카뮈의 「이방인」과 『악령』의 작
가 도스토예프스키의 영향이 보이는 1960년대 한국의 대표적인 실
존주의적 소설이다. 그럼에도 불구하고, 한국의 실존주의 문학을 회
고하고 비판하는 어느 문학지의 특집호(1975)에서 몇 사람의 평론가
가 장용학(張龍鶴)·손창섭(孫昌涉)과 「전야제(前夜祭)」의 서기원(徐
基源), 「오발탄(誤發彈)」의 이범선(李範宣) 등을 실존주의적 작품을
쓴 작가로 예거하면서 황순원의 『나무들 비탈에 서다』를 들지 않고
있는 것은, 마치 이효석(李孝石)의 인상주의를 더욱 대담하게 실천
한 작품들이 수록된 『황순원단편집』의 특질을 거론하지 않은 경우
처럼 문학사가와 평론가들의 잘못이다.

그런데, 1960년 12월 황순원은 다름아닌 『나무들 비탈에 서다』를
중심으로 백철(白鐵)과 논쟁을 하게 된다. 백철은 12월 9일자 동아
일보 평문에서 「전환기의 작품 자세」라는 제목으로 이 작품의 문맥
에서 “황순원이 트리비얼리즘 *trivialism*을 범했다”고 비난한 데 대
하여, “원래 소설에서 주제 전개와 관련된 인물의 성격을 나타내기
위한 어떠한 사소한 사건의 묘사도 결코 씨가 말하듯이 트리비얼리
즘을 범한 것은 아니다”고 황순원이 정당하게 반박한 것과, 또 이
작품의 연재 도중에 4·19가 일어났으니 그 6·25의 후유증 이야기를
4·19와도 관련시켜보았어야 한다는 백철의 주장에 대하여, 이 작품

294

이 『사상계』 1월호에 발표되기 시작했을 때는 이미 작품 전체의 구상이 완료되어 있었으므로 백철의 주문은 "어처구니없는 주문"이라는 것이 황순원의 반박문(한국일보, 1960. 12. 15)의 중요한 논점이다. 그러자, 백철은 여기에 대해서 다시 반박하여 「작품은 실험적인 소산」(한국일보, 12. 18)이라는 제목의 평문을 발표했다. 여기서 백철은 원심적 경향이 있는 "이미지 중심의 창작법"이 현대 작가에게 바람직하다는 말을 했고, 한편 "그 작품이 창작적으로 발전 비약되는 것은 그 인물 조건과 사건(행동)적인 시추에이션에서 크게 예정을 변경하게 되는 일"이어서 "창작의 수법은 실험적인 것"이라고 주장했는데, 그 예정의 변경은 『나무들 비탈에 서다』의 경우처럼 연재하기 시작했을 때 이미 구상이 끝나 있어서 불가능한 때도 있지만, 그 완성·변경·출판에 이르도록 5년이나 걸린 『움직이는 성』의 경우처럼 애초의 예정이 변경될 수도 있는 것이다. 따라서, 『나무들 비탈에 서다』의 구상이 이미 끝나 있어서 4·19를 그 속에 포함시킬 수 없었다는 것은 결코 백철의 주장처럼 "낡은 것이며 기계적·형식적인 이야기"는 아니다. 또한 작가의 실험적 수법에 대한 논지를 보충하기 위한 백철의 도스토예프스키의 인용은 정확하지 않다.

그는 1870년 10월 부(附)의 편지에서 『악령』을 쓸 때의 이야기를 고백하여 "나는 연구할 데까지 연구하고 완전히 구성된 것으로 알고 있었는데, 다음에 정말 인스퍼레이션(지금 말로는 아마 절박한 이미지의 파악)이 왔기 때문에…… 아마 쓰기 시작했던 것을 삭제하기 시작했다. ……나는 이 1년간〔원고를〕째버리고 변경하는 일밖에 하지 않았다. 적어도 10회는 플랜을 바꾸고 전혀 다시 처음부터 쓰기 시작했다……" 운운.

백철은 스트라호프에게 보낸 도스토예프스키의 10월의 편지와 12월의 편지를 그 10월의 편지에 묶어서 생각하고 있고, 번역이 엉성하고 괄호 안의 해석도 잘못되어 있다. 도스토예프스키의 일본어 역 서간집에 의하면 "정말 인스피레이션"이 아니라 "진정한 인스피레이션"이고, 인스피레이션이 와서 쓰던 부분을 삭제하기 시작했다는 말은 10월의 편지에 나오지만, 그 다음의, 말은 12월의 편지에 나오는 내용의 일부이다. "10회"는 "14회"의, "플랜"은 "작품 전체의 플랜"의 잘못이요, "전혀 다시 처음부터 쓰기 시작했다"는 "제1부를 또 한번 새로 쓰기도 했다"의 잘못이다. 그리고, 인스피레이션이 무엇인지 편지에서 밝혀져 있지 않다. 그러나, 전부터 구상해온 『위대한 죄인의 생애』의 주제를 『악령』 속에 포함시킬 수 있는 가능성에 관련된 영감이었음에 틀림없고, 실제 그 편지에서 언급한 새로운 '중요한 인물,' 곧 『위대한 죄인의 생애』의 주인공으로 구상했던 스타브로긴을 『악령』의 주인공으로 옮겨서 등장시켰던 것이다. 따라서, 그 영감을 "절박한 이미지의 파악"이라고 막연하게 해석해서는 안 된다.

황순원은 백철의 반론을 다시 반박하여 「한 비평가의 정신 자세」(한국일보, 12. 21)라는 반박문을 발표하였다. 여기서, 그는 백철이 황순원이 트리비얼리즘을 범했는지 여부의 문제에 대해 "작가는 예스인가 노우인가 명답(明答)하면 그만이다"고 한 말을 오만하기 짝이 없는 자세라고 비난하고, 전번 반박문에서 '노우'라고 분명히 답변한 사실을 상기시키고 있다. 그런 다음에 백철이 주장한 소설 작법에 대해 반론한다. 백철이 내세운 '이미지 중심의 창작법'으로 씌어진 소설만이 소설이 아니라고 반박하였고, 『악령』의 여러 차례에 걸친 계획 변경도 "4·19 같은 외부 상황 변화로 인하여 온 인스피레이션 때문이라고 생각하는가? 내가 알기에는 내부 요구에 의한 것"이라고 본다면서 백철의 비평에 있어서의 솔직한 자세가 아쉽다고 끝맺었다. 황순원이 말한 『악령』의 계획 변경이 '내부 요구'에 의한 것이리라는 황순원의 판단은 그 주제 '내부'의 필연적 요구라는 뜻으로 파악될 수 있어서 옳지만, 그 '내부 요구'는 백철이 언급한 작품의 계획을 변경시키는 "인물 조건과 사건적인 시추에이션" 혹은 "그 작품 세계의 필연적인 세력"과 비슷한 의미로 볼 수도 있다.

이 백철과 황순원의 논쟁은 백철의 재반론이 없는 채로 끝났지만, 위에 언급한 현금의 작가로서도 꼭 반성해봄직한 창작 방법론의 몇 가지 문제와 외국 작가의 인용에 있어서의 엉성함을 반성하도록 해준다는 점에서 의의가 있었다.

1962년부터 1964년까지 약 3년에 걸쳐 황순원은 『일월』을 완성하여 그해 12월에 창우사(倉又社)에서 간행된 첫 『황순원전집』(전6권)의 마지막 권에 수록하였다. 이 장편소설은 1966년도 3·1 문화상 수상작으로 뽑혔다.

주의깊은 독자라면 『나무들 비탈에 서다』에는 긍정적 인물이 한 사람도 없음을 알아차렸을 것이다. 그리고, 주요 인물인 동호와 현태와 선우상사의 경우 무서운 적은 외부에 있는 것이 아니라 내면의 윤리적·실존적 자의식이었지만, 정신적인 구원의 길이 막힌 나머지 자멸할 수밖에 없었던 점도 알아차렸을 것이다. 그들에게 뻗치지 않았던 타력 신앙, 혹은 종교적 구제의 빛이 다름아닌 『일월』의 한 인물에게 처음으로 내려오는 바, 그는 김기룡의 아버지 김본돌 노인이다.

『일월』의 주요 인물은 두 종류로 분류해서 생각해볼 수 있다. 김본돌과 다혜 같은 긍정적 인물과, 김본돌의 아들 기룡과 그의 조카 인철 같은 자의식이 강한 젊은 지식 청년들이다. 『일월』에서는 장편소설이라는 건축물을 받치고 있는 큰 기둥으로서의 김기룡과 김인철의 두 집안의 내력 및 현재의 상황을 중심으로 하여 사건이 전개되고 있는데, 이 김씨 집안이 백정 출신이라는 사실에 연유한 신분 콤플렉스라는 내면의 갈등이나 그로 인한 외로움, 그것도 기룡의 살인 사건으로 가중된 고독의 해소의 문제가 이 작품의 중요한 모티프가 되어 있다.

먼저, 김본돌 부자(父子)의 경우이다. 백정의 풍습을 연구하는 지 교수가 스냅으로 찍은 김본돌 노인의 '눈감은 얼굴'에는 오랫동안 백정으로서 받아온 멸시와 천대와 그로 인한 한(恨)이 사무쳐 있다. 그런데, 6·25 때 장남을 죽인 좌익 청년을 9·28 수복 후 기룡이 찾았으나 실패하고 그의 아버지를 대신 칼로 찔러 죽인 순간, 김본돌이 자기만 목격한 그 살인을 떠맡아버린 후 아들에게서 빼앗은 그 칼을 더 자주 갈고 그 광신자가 된다. 원래 신성시되어온 소를 잡는 그 칼은 '영검한 물건'으로 발전하여, 가령 벙어리 애의 입에 그 칼을 대면 말이 트였고 그외에도 고친 병이 있다. 더 나아가 그 칼에 맞아 죽은 피살자는 극락에 갔으리라고 믿게 되는데, 그런 믿음은 기룡에 의하면 "여기 묻었던 사람의 피를 닦아내려구" 자주 갈고 닦는 행위의 연장(延長), 곧 광신적인 속죄 형식이다. 동시에 그것은 살인한 아들의 죄의식을 덜어주려는 대상적(代償的) 노력이기도 하다.

그러나, 중요한 것은 그런 대상의 노력이 어느덧 부성애를 넘어서 칼에의 광신이 된 점이다. 이미 그 칼은 아들의 살인을 초월하여 그의 백정으로서의 한과 고독을 흡수해주는 우상이요, 광명의 신이 된 것이다. 애초 동등한 물신(物神) 숭배의 대상이던 "쇠뿔 및 쇠꼬리털과 칼" 중에서 그 살인 사건 이후 그 칼만 선택하여 숭배함으로써 그 칼에 대한 원시적 미신은 종교적 신앙으로 전환된 것이다. 그것은 기룡이 죽인 원수마저도 포용할 수 있는 신앙이다.

반면, 기룡의 모든 행동은 일종의 상쇄 심리에 알게 모르게 지배된다. 그의 장형의 복수가 그렇고, 그의 살인 사건의 유일한 증인인 아버지가 타계한 뒤 사촌동생 인철에게 그 비밀을 고백하여 살인으로 인한 죄의식의 고통을 유지한다. 그는 인철 다음으로는 제3의 증인이 필요해질 것이다. 그의 살인죄의 대가는 그런 마조히스틱한 상쇄적 보상 과정의 지옥이었다. 따라서, "외로움을 참구 견디어야 한다"고 인철에게 말한 고독의 극복책은 그의 죄의식의 외로움으로 인한 상쇄 행위의 고통과 불안을 해소하기 위한 것으로서, 가업(家業)을 이어받은 그의 소의 도살 행위처럼 끝없는 상쇄 행위의 악순환의 위험을 안고 있는 것이다.

『일월(日月)』의 주인공인 건축 전공의 대학원생인 김인철은 어느 날 지교수 집에서 본 '눈감은 사진'을 계기로 하여 자기가 백정 출신임을 알게 되어 격심한 딜레마에 빠진다. 그로 인한 외로움은 다혜의 모성적인 애정이나 나미와의 육체적인 사랑으로도 근본적인 해소가 불가능하다. 기룡은 다음과 같이 일러준다:

인간이 소외당한 자기 자신을 도루 찾으려면 각자에 주어진 외로움을 우선 참구 견뎌나가는 데서부터 시작해야 할 거야. 그런데, 많은 사람들이 예수의 피에 의해 이런 것을 잊어버릴려구들 하지. 그리고, 그들 거의가 다 이미 자기의 외로움을 해소된 걸루 착각들 허구 있어.

인철은 이런 기룡의 고독관을 일단 긍정하면서도 "허지만 그 외로움이란 인간과 인간이 격리돼 있는 상태에서만 오는 게 아니지 않는가. 서로 부딪칠 수 있는 데까지 부딪쳐본 다음에 처리돼야 할 문제가 아닌가"라고 생각함으로써 백정의 자손으로서의 숙명적 고독에서 벗어날 결심을 한다. 기룡식의 고독은 나르시시즘적인 독선일 수도 있기 때문이다.

『일월』에서 제기된 가장 중요한 문제인 이 실존적인 고독의 문제는, 그것이 백정이라는 저주받은 천민의 신분, 그것도 평민 민주주의의 시대인 오늘에 와서는 벌써 부정되었어야 함에도 일반 사람들뿐 아니라 백정의 자손 당사자도 떨쳐버리지 못하고 있는 낡은 신분 관념과 직결된 것이어서 그만큼 절실하다. 사업으로 성공한 인철의 아버지인 김상진 노인이 끝내 자살하면서 소년 시절에 백정 아들이라 하여 겪은 수모를 되살리는 것도 그 점을 증명한다.

『일월』에는 그 고독의 극복책으로서 김본돌의 칼 신앙과 김기룡의 행동 양식 및 기룡에 대한 김인철의 고독의 극복책과 관련된 비판적 반응이 제시되어 있다. 김노인의 극복책은 비록 그것이 종족적 연대 의식에서 인류적 동포애의 경지까지 고양된 것은 아닐지라도 타력 신앙에 의존하는 종교적인 것이지만, 기룡과 인철의 그것은 비종교적·개인주의적인 성질의 것이다. 작가는 그 어느 쪽에도 편중하지 않고 있다. 과연, 김노인과 그 두 젊은이의 고독의 극복책 중에서 어느 편이 앞으로 더 긍정적으로 강조될지는 황순원의 다음 작품을 살펴봄으로써 확실히 밝혀질 수 있을 것이다.

황순원은 1968년 『현대문학』 5월호부터 여섯번째 장편, 『움직이는 성』을 연재하기 시작했다. 그러나, 그 연재는 단속적이어서 이 작품은 5년 후인 1973년 5월에야 완성되기에 이른다. 그보다 몇 해 전의 1970년 6월말부터 7월초에 걸쳐 있었던 국제 펜클럽 제37차 서울 대회에서는「한국 해학 문학의 특성」이란 제목으로 주제를 발표했다. 이 발표에서 황순원은 한국 민중의 정신 생활에 나타난 해학을 박지원(朴趾源)의 「양반전(兩班傳)」과 하근찬(河瑾燦)의 단편 「수난이대(受難二代)」를 예로 들어 설명하면서 "체념을 극복해나가려는 건강의 빛"이 한국적 해학의 특성일 것 같다는 의견을 제시하였다.

그런데, 발표문의 허두에서 "지금까지 써온 내 작품 속엔 짙은 해학이 거의 깃들여져 있지 않다"고 말했는데, 이것은 사실이다. 그러나, 짙은 해학이 아닌 가벼운 해학은 그의 작품에 적지 않고, 짙은 해학으로서의 그로테스크한 해학은 대체로 공포감을 동반하는 법인데, 그런 예로「허수아비」에 나오는 재동 영감의 추괴한 짓거리와「그림자 풀이」의 만삭이 된 노파의 모습은 공포감을 주며, 1972년의 우화적 콩트「탈」의 사건도 그렇다. 그로테스크 유머는 비일상적인 끔찍한 유머로서, 우리의 전통적인 가면극의 몇몇 가면의 표정에서도 볼 수 있다. 그런데, 한국 문학에는 유교적 생활 감정, 자연 친화 감정, 대립 관념에 의한 변증법적 사고의 미발달과 그로테스크 문학의 전통의 결핍 등으로 인하여 어떤 문제를 그 극단까지 추구함으로써 비상식적·비일상적인 구경(究境)에서 번득여나오는 그로테스크의 공포나 그로테스크한 유머의 요소가 문학 작품에 별로 없는 형편이다. 황순원의 작중 사건에 이따금 그로테스크의 공포와 유머가 비치는 것은 그의 매우 절박한 주제 의식에 연유한다.

「탈」은 전쟁터에서 총탄을 맞아 쓰러졌다가 일어나려고 할 때 대검에 찔려 죽은 농부 출신의 일병이 흘린 피가 흙이 되고, 그 흙이 억새가 되고 그 억새풀을 사료로 먹은 소로 변신하여 주인 농군과 함께 부지런히 일을 하였다. 그래도 그 농부의 살림 형편은 나아지지 않았는지라, 그는 논밭이 홍수에 휩쓸려간 그해 가을 그 소를 애석해하면서 팔았고, 푸줏간의 쇠고기가 된 일병의 몸의 한 조각을 한 거지가 식당에서 동냥한 찌꺼기 음식을 통하여 먹는다. 그는 바로 일병을 죽인 자이다. 한쪽 팔을 잃은 그 제대 군인 거지는 동냥 깡통을 내동댕이치고서 군대에 가기 전에 선반공으로 일했던 철공장을 찾아가 다시 일하러 왔다고 하자, 공장장이 이 불구자를 탐탁하지 않은 눈으로 바라보기 때문에 이렇게 말한다:

"뭘 보시는 거죠?" 사나이는 공장장을 정시하며 말을 이었다. "다리 하나 총탄에 맞아 못쓴다고 선반 깎는 일 못 할 것 없잖아요?"
  몸을 움직여가며 말하는 사나이의 한쪽 팔 없는 소매가 그냥 대롱대롱 흔들리고 있었다.

이 끝 장면에 뜻깊은 '짙은 해학'이 숨어 있다. 거지가 그런 말을 쏘아댄 것은 팔과 다리가 '팔다리'로 불릴 만큼 밀착되어 생각되었고, 그 철공장에 꼭 취직하려는 의지에 연유한 것이지만, 실은 그 말에 두 사람의 목소리가 동시에 울린다. 곧 다리에 총알을 맞았던 그래서 불구자가 되었을 일병의 목소리와 그를 대검으로 죽인 한쪽 팔이 없는 거지의 목소리이다. 그 결과, 끝 장면에서 팔 없는 소매처럼 그로테스크하게 대롱거리는 해학에는 피해자와 원수의 야릇한 합창(合唱)에서 빚어진 통렬한 아이러니가 딸려 있다. 그 거지가 자립하여 살려고 결심한 것은 가상할 만하지만, 다음에 공장장에게 팔을 다리로 바꿔 말한 것은 독립적인 삶의 의지 탓이기보다는 악바리인 그의 탐욕이 시킨 무의식적 행동일 것이다. 그러나 사회적 가면이 득실거리는 이 세상에서는 그 진실이 절실할수록 그것은 가면의 진실일 수밖에 없다. 그 결과 「탈」의 여운은 비참한 세상살이의 허무감이다. 윤회 사상과 가면의 심리에 대한 통찰과 유머 감각으로 빚어진 이 작품에서 억새풀, 소, 푸줏간의 쇠고기 등은 모두 일병의 원한이 숨은 가면이다. 그런가 하면 자기가 먹은 쇠고기 살점의 정체가 무엇인지 모르는 살인자인 거지도 가면의 인간이다. 이처럼 가면이란 자기도 어쩔 수 없는 윤회적 가면이 있고, 거지의 경우처럼 탐욕의 결과인 허위의 가면도 있다. 모두 가면을 쓰지 않고서는 각자의 진실을 말할 수 없는 처지에 놓인 사람의 것이며, 작가의 작업도 그런 가면적 작업이다. 그러나 그는 작가이기 때문에 허위의 탈을 예민하게 직시하고 교묘하게 작품에 활용한다.

1969년에 조광출판사에서 『황순원대표작선집』 전6권을 간행하였고, 1973년에 일본의 동수사(冬樹社)에서 간행된 『현대한국문학선집』에 황순원의 단편집 『학』과 『일월』이 김소운(金素雲) 번역으로 수록되었다. 황순원의 작품이 일본어로 번역되기로는 처음이다. 또한 「황노인」이 D. Bouchez의 번역으로, 「곡예사」가 H. Roumégoux의 번역으로 Revue de CORÉE 겨울호에 실렸는데, 최초의 프랑스어 번역이다. 그해 12월에 제2차 『황순원문학전집』을 삼중당(三中堂)에서 간행하였다.

황순원은 『움직이는 성』에서 인간 구원의 문제를 한국 민족의 종교의 문제에까지 그 적용 범위를 넓혀서 추구하고 있다.

황순원이 『움직이는 성』에서 대담하게 제기한 기본적인 문제는 한국인의 '유랑민 근성'에 관한 것이었다. 주인공 함준태에 의하면 한국 민족이 북방에서 흘러 들어올 때 지녔던 유랑민 근성을 못 버리는 것은 "외세의 침략이 그치지 않는 데다가 나라를 다스리는 사람들의 폭넓은 영구적인 자주성이 결여"되었던 탓이다. 그처럼 나라의 형세가 불안정하기 때문에 "결국 우리 민족은 미래에 대한 비전보다는 눈앞의 이해 관계에 급급한 성정"을 갖게 되었고, 그런 딘족에 알맞는 것이 샤머니즘이다. 그래서, 불교나 기독교가 들어와도 그런 공리적 민족성 때문에 샤머니즘화되고 만다. 따라서, "우린 진정한 의미의 종교를 못 가질 민족"일지도 모른다는 것이다. 한국 민의 '유랑민 근성'은 한국 역사의 과정에서 일반성이 있는 민족성으로 추출된 것이지만, 그것은 일제(日帝)의 식민사관이 강조한 한국인의 사대주의 근성의 경우처럼 실은 비민중적인 정적(靜的) 개념이다. 우리 민족의 생명과 역사는 그런 근성들만으로 유지되고 추진될 수 없었음은 국난을 당했을 때의 민중의 저항이 증명해준다. 그러나, 황순원은 다행히도 이 작품에서 유랑하는 사람들 가운데서도 그렇지 않고 신념의 성(城)을 지키려는 인물들을 보여주었으니, 곧 함준태와 윤성호이다. 반면 가난이나 샤머니즘으로, 사랑의 부재나 예술가의 보헤미안적 충동으로, 혹은 타산적 계산으로 인하여 떠도는 사람들이 전주댁·옥구무당·오창애, 그녀의 정부 미스터 강, 송민구 등이다.

이 작품의 주요 인물의 한 사람인 송민구는 지식인의 유랑민 근성을 대표한다. 민속 연구가요 대학 강사인 그는 부유한 집의 딸 한은희와 약혼중임에도 샤머니즘 연구를 위해 사귀게 된 남자 샤먼인 양성 공유자 변씨와 성교를 하고, 무당 연습까지 하다가 그 연습이 발각되자 은희와 타협하여 무속 연구를 집어치우는 실리적 타산을 보여준다. 한편, 윤성호의 경우 홍여사와의 절실한 내면적 요구로 인한 간음의 결과였던 정신적 방랑에는 그의 기독교 신앙을 보다 강화해주는 시련이라는 긍정적 의미가 있다. 세속화된 물질주의적인 교회 장로들이 목회를 열어 그의 조상 제사 긍정론과 홍여사와의 비행을 들어 목사직을 박탈하자 군고구마 장사와 시멘트 벽돌을 만드는 공장에서 일하면서 창녀들과 고아를 돌보아주는 것도 올바른 신앙에 의한 인간의 재생의 가능성에 대한 굳은 신념을 스스로 실천하기 위한 것이다.

함준태 역시 오창애와 이혼하고 남지연을 사랑하나, 천식이라는 지병으로 인해 굳이 지연을 떨쳐버리고 수원의 농사 시험장에서 강원도의 시험장으로 직장을 바꾸고, 거기서 옥구로 유랑한다. 그럼에도 그의 유랑은 "눈앞의 이해 관계"를 초월한 스토익한 성질의 것이다. 준태의 담담한 스토이시즘은 성호의 겸손한 종교적 정열과 함께 정신적인 호소력이 강하다.

『움직이는 성』의 클라이맥스는 성호와 남지연이 옥구의 떠돌이 무당의 집에서 천식의 악화로 목숨이 경각에 달려 있는 준태를 찾아가기 위해서 탄 장항행 열차 속에서 일어난다. 그것은 바로 성호와 준태 때문에 애를 태우고 있는 남지연의 눈에서 '창조주의 눈'을 발견한 순간이다. 그 눈은 성호와의 관계와 낙태로 인한 죄의식으로 기독교 신앙을 더 심화시켰던 홍여사의 눈이기도 하다.

　　이 두 여자만이 아니고, 이러한 눈을 한 모든 인간의 눈은 창조주의 것이다. 어찌 이러한 눈뿐이랴. 인간에게 일어나는 모든 일, 삶이든 죽음이든 선이든 악이든 이 밖의 모두 다 창조주의 것이다. 이렇게 창조주는 자기 형상과 마음가짐처럼 만든 인간을 통해 스스로 지니고 있는 정(正)과 반(反)의 싸움을 하고 있는 것이다. 이 세상에 사랑이라는 합의 세계를 이루기 위해 헤아릴 수 없을 만큼 다각다양하게, 그리고 끊임없이 싸우고 있는 것이다.

'창조주의 눈'은 인류적인 동포애의 정신이다. 그러나, 그 눈의 초점과 같은 깊은 감정을 가진 인물이 필요한바, 바로 남지연·홍여사 그리고 다름아닌 윤성호 등이다. 윤성호는 "자기가 지금 찾아가고 있는 사람이 준태가 아니고 자기 자신이어야 한다는 생각"이 열차 속에서 문득 들었는데, 그와 같은 자기와 준태의 동일시는 성실한 자기 반성에 기초한 사랑인 '합일'의 성취가 가능해졌음을 의미하며, 또한 그런 사랑만이 인간의 구원을 위해서 진실하고 영속적인 가치가 있는 것이다.

이 소설의 최종 장면은 우화적이다. 성호의 판잣집 앞에서 성호가 함께 데리고 사는, 준태와는 관계가 없는 옥구무당의 사생아 돌이와 그가 전에 살던 판잣집촌의 고아 영이가 장난감 놀이를 하고 있는데, 돌이가 만들고 있는 것을 아무것도 아니라고 놀려대자 "암것도 아니면 으뗘"라면서 돌이가 "지칠 줄 모르고 장난감 조각들을 이리 맞췄다 저리 맞췄다 하고 있었다"는 것이다.

돌이의 이 조형 충동에는 『움직이는 성』을 작품화하려는 예술 충동에 대한 작가의 겸허한 우의(寓意)가 숨어 있다. 돌이의 손놀림은 이 작품의 첫 줄을 쓴 작가의 그것이기도 하다. 그것은 「독 짓는 늙은이」의 조형 의지, 「곡예사」의 피에로의 예술적 유희 충동 및 『신들의 주사위』의 한 청년의 질문으로 암시된 작가의 회의 정신과 상통하는 것이다.

이상섭(李商燮)은 「유랑민 근성과 창조주의 눈」이라는 평론에서 이 소설의 구성 방법에 대하여 "이야기의 얼기설기한 진행 역시 그렇다. 한마디로 해서, 이 작품은 요즈음 흔한, 아무렇게나 뻗어나가는, 즉 유랑하는 이야기가 아니라, 잘 짜여진 소설 작품"이라고 말했는데, 미흡하다. 『움직이는 성』이 영화적 수법으로 얼기설기하게 사건을 진행시킨 것은 현대의 도시에 사는 사람들, 특히 지식인들의 불안한 생활 양식과 생활 감정을 심리적으로 반영하고 있다. 따라서, 이 작품은 빈틈없이 잘 짜여진 소설이라고 하기보다는, 도덕적 중심이나 삶의 신념의 중심을 찾아서 헤맬 수밖에 없는 주요 인물의 정신 상황이 더 중요시되었기 때문에, 전통적인 의미에 있어서의 미학적인 조화가 없어진 소설이라고 말해야 옳을 것이다.

황순원은 1974년에 특이한 단편 「숫자풀이」를 『문학사상』(7월호)에 발표했다. 이것은 『나무들 비탈에 서다』의 선우상사에서도 볼 수 있었던 광기를 취급한 작품으로서, 그 광기는 1984년의 단편 「그림자풀이」의 문명 비평적이기도 한 우화적 광기로 발전된다.

1975년에 『카인의 후예』가 *The Cry of the Cuckoo*(PEN Korea Book Corporation)라는 제목으로 영역되어 출판되었는데, 황순원의 장편이 영역된 첫 작품이다.

1976년 7월 초순부터 50여 일 동안 부부 동반으로 미국·일본·대만 등을 여행하였다. 일본 여행은 1968년 11월의 여행에 이어 두

번째 여행이다.

1977년에 발표한 여러 편의 시 중에서 「늙는다는 것」「고열(高熱)로 앓으며」는 이제 회갑이 지난 자기 자신의 심경과 앞으로 닥칠 죽음에 대한 각오를 주제로 하고 있다.

1978년에 황순원은 『신들의 주사위』를 『문학과지성』 봄호부터 연재하기 시작하였다. 이 작품은 『문학과지성』의 폐간(1980, 겨울)으로 다음해 『문학사상』 8월호부터 연재를 계속하여 1982년 5월호로 종결되었지만, 이듬해 8월에야 단행본으로 발간할 만큼 작가는 신중을 다하고 있다.

『신들의 주사위』의 주요한 지리적 배경은 70년대 한국의 산업화의 여파가 밀려온 변동기의 한 읍이다. 여기서 벌어지는 사건에 있어서의 물질주의의 세속성과 사랑의 영원성은 대조가 심하다. 전자를 대표하는 것이 고리대금업자 문진 영감, 관료적 출세를 위해 염색 공장을 유지하려고 서두는 심읍장, 사회적 체면 이전에 구전이나 공돈에 눈독을 들이는 속물적 거간꾼 봉룡, 염색 공간 건립 부지의 마련을 위해 수단 방법을 안 가리는 강사장, 농담도 학문적으로 한다는 주색을 좋아하는 윤의사 등이요, 후자를 대표하는 것은 김한수와 박세미 및 홍진희 사이의 사랑이다.

이런 세속적 속물과 비세속적 연인 사이에 위치하고 있는 것이 최두식 집안이다. 산업 시대에 시대 착오적으로 대가족 제도를 고수하는 두식 영감이 아들은 무능하고, 장손 한영은 야무지지 못하다고 하여 자신이 재산 관리의 실권을 쥐고 놓지 않는 것은 대대로 물려온 존귀한 가통(家統)을 보존하기 위한 것이다. 그런데, 두식 영감의 가통 의식은 실상 세속적 물질주의나 허영심과 접촉하고 있으니, 예컨대 집세나 이자로써 주요한 생계로 삼고 있고, 둘째손자 한수를 법관으로 출세시키려고 모든 편의를 다 보아주는 따위이다.

『신들의 주사위』는 다름아닌 삼대에 걸친 최한영 집의 가족 사이의 갈등과 필연적인 몰락 과정을 취급한 가족사 소설적(家族史小

說的)인 구성을 상당히 보여준다. 과연 이 소설은 "관계 없다아, 관계 없다아!"라는 할아버지의 종노릇을 해온 한영의 한밤중의 반발적인 헛소리로 시작해서 애인 진희와 함께 당한 교통 사고로 오랫동안 입원했던 병원을 걸어나오는 한수의 이야기로 끝남으로써 가족사 소설로서의 일관성을 유지하고 있다.

그러나, 황순원은 이 작품에서도 전처럼 당장은 우세할지라도 비속하고 일시적인 권세와 물질주의적 현상의 소용돌이 속에서 영원히 아름답고 가치 있는 것을 추구하였는 바, 그것은 바로 남녀의 사랑과 생명이다. 이 양자는 밀접한 관련이 있으니 '근원적인 사랑'의 정신이 없는 곳에서는 산업 공해나 봉룡이 자기 처를 후사가 없는 문진 영감의 씨받이 겸 하녀로 보내는 경우처럼 금전욕만이 우세해진다.

『신들의 주사위』에서 작가는 한수·세미·진희의 사랑과 범(汎)생명의 외경을 종전의 그의 어느 작품에서보다 강한 어즈로 옹호하고 있다. 그리고, 그 읍의 물질적 이득과 관련된 사건들은 모두가 이들의 사랑이나 한영과 한수 형제간의 우애와 그와 평행되는 자전거포 소년 명재와 명애의 우애, 혹은 한수에 대한 건호·병배·중섭의 우정의 귀중한 가치를 대조적으로 강조해준다.

황순원은 『신들의 주사위』를 통해서 소설로 된 한 사회사(社會史)를 표출하려고 한 것이 분명하다. 그러나, 그런 의도의 궁극적 목적은 그가 계속 관심을 기울여온 영원한 사랑의 송가(頌歌)이다. 사랑은 모성애도 부성애도 연애일 수도 있지만, 너그러운 이해력과 인내와 결단의 용기에서 온다. 그것은 세미가 상경한 한수가 있는 곳을 정확히 직감할 수 있는 영교(靈交)의 경지에 이르게 된다. 그것이 없었기 때문에 두식 영감은 아들과 장손을 홀대(忽待)했고, 한영의 자살을 초래한 것이다. 그러나, 그런 사랑의 성취만큼 어려운 것도 없다. 종적(縱的)인 혈연 관계의 사랑보다도 횡적 관계인 남녀의 사랑, 황순원이 한수를 통하여 "진정한 조화란 참된 대결에서 찾아지는 균형"이라고 말한 이상적인 인간 관계로서의 사랑은 그만큼 성취하기가 어려운 것이다. 한수처럼 교양 혹은 자기 형성을 위한 방황을 세미와 진회 사이에서 거듭하면 할수록 더 그렇다.

이 작품에서 한수·진회·세미의 저마다의 인간상이 주는 감동적인 매력은 그들의 연애 과정에서 보여주고 있는 인간적 진실과 정열의 아름다움에 연유한다. 한수가 그 두 여자로 인해 방황하고 교통 사고로 입원한 병실에서 소생했을 때, 그들에 대해 느끼는 강한 죄의식은 그의 본래의 도덕적 성실성을 증명한다. 진회는 한수가 인생을 과정으로 여기는 것과는 대조적으로 "종말을 알리면서 뭔가 새 생명을 품구 있는 것 같애서" 그리고 순간과 영원을 함께 느끼게 해주어서 저녁 노을을 좋아한다고 그에게 말함으로써 죽음처럼 강렬한 사랑을 원한다. 세미는 자기의 자가용으로 운전하다가 사고로 남편을 죽였다는 죄책감과 불감증으로 시달리면서도 활달하고 자상하지만, 윤리 의식도 강해서 한수의 간호를 '겨울 개나리'의 최씨 아줌마처럼 희생적으로 다한 뒤에 종적을 감춰버린다.

한수와 세미는 병원에서 큰 교훈을 얻는다. 진회에게서 목격한 죽음도 두렵지 않게 만든 한 남자에 대한 사랑과, 자기가 사랑하는 한수에 대한 극진한 간호와 한수의 의식 회복이라는 그 성과는 앞으로 방황하되 중심을 잃지 않을 수 있는 자신감을 세미에게 주었고, 여러 날의 죽음의 밤과 진회의 죽음과 세미와의 담담한 마지막 헤어짐을 겪은 한수도 자기 회복의 단계에 들어선다. 천이두가 "죽음·재생이라는 모티프"로 연결되기도 한다고 옳게 해석한 저 '검은 바다'의 항해를 거친 결과이다.

이런 모든 사랑의 과정은 인간의 육체적·정신적 생명력이 되는바, 그것은 한수의 의식이 회복되기 직전의 꿈 장면에서 상징적으로 암시된다.

〔……〕춥다. 몹시 춥다. 아 그렇지 수영을 했었지. 옷을 입자. 옷이 나무 위에 걸려 있다. 높이 걸려 있어 손이 닿지 않는다. 측백나무 줄기로 올라가는 수액 소리가 들린다 들린다. ……숫사슴 한 마리가 공

중을 날아 날개도 없이 획획 날아 내려와 곧장 몸 속으로 들어온다. 떨쳐버리려고 몸을 뒤채려는 데 꼼짝도 할 수가 없다. 소라를 지르려고 해보나 입이 붙어 벌어지질 않는다. 누가 나 좀 흔들어줬으면, 흔들어줬으면. 있는 힘을 다해 뒤채려 안간힘을 쓴다. 발가락 끝에 실낱 같은 맥이 느껴진다.

한수의 의식이 되돌아오는 과정의 취급에서 과학적 정확성을 기하려고 한 무척 섬세한 서술이다. 그리고 이렇게 해서 회복된 영육(靈肉)의 생명인지라 무의식적으로 강하게 집착하였기 때문에 한수는 종장(終章)에서 병원 앞 콘크리트 포장길의 가느다란 틈 사이로 돋아난 풀잎을 주시하며, 그 풀잎은 전날 진희와 함께 오토바이로 갔던 근처 야산에서 유심히 바라본 마른 풀잎과 대조가 된다. 그 풀잎은 황순원이 젊은 시절에 한때 애독했던 범신론적인 생명주의의 요소가 짙은 휘트먼의 시집의 제목『풀잎』이나,『움직이는 성』과『신들의 주사위』같은 작품의 원환적(圓環的) 구조를 착상함에 있어서 영향을 받았을지 모를 프루스트의『잃어버린 시간을 찾아서』의 마지막 제7권『다시 발견한 시간』의 거의 종말의 부븐에 나오는 빅토르 위고의 "풀은 뻗어나고 사람의 자식들은 죽어야 한다"는 시구(詩句)와 관련시켜볼 수도 있다. 죽어야 할 사람은 죽고 풀잎은 새로 돋아나야 한다. 각자의 생전의 삶의 양상은 달랐지만, 한영과 진희는 죽은 사람이요, 노망든 최두식 노인은 산송장이나 같다. 새 풀잎은 소년 명재와 명애, 그리고 두 번 사는 한수이다.

황순원은『신들의 주사위』에서도 역시『움직이는 성』처럼 영화적 기법을 사용하여 사건의 시간적 동시성이나 상호 관련성을 제시하고 암시할 뿐만 아니라, 그 사건들이 갖는 의미를 충격적으로 대조시키기도 하였는데, 현저한 예를 든다면 한수의 병실에서 세미와 병배가 송년 기념으로 술을 들면서 세미가 진희의 죽음 같은 그런 죽음을 부러워하는 장면은 윤의사와 술집 접대부의 성교 장면과 병존하고 있다.

또한, 『신들의 주사위』의 방금 언급한 원환적 구조가 주목된다. 한수가 위에 언급한 풀잎을 바라보고 있자, 한 청년이 다가와서 "무얼 잃어버렸습니까?"라고 묻는다. 다름아닌 이 물음이 이 작품의 맨 처음에 나오는 한영의 잃어버린 본연의 자기를 회복하기 위한 헛소리에 접속된다. 이런 원환적 구조는 주인공 스티븐이 작가가 될 결심으로 이야기가 끝나는 제임스 조이스의 『젊은 예술가의 초상』의 구조와, 주인공 마르셀이 "잃어버린 시간을 되찾는 유일한 수단은 예술 작품"임을 깨닫고서 작가가 되기로 결심하는 장면으로 끝나는 『다시 발견한 시간』의 마지막 말 '시간 Temps'이 그 제1권 『스완의 집 쪽으로』의 첫마디 '오래 전에 Long temps'에 접속되는 경우와 비슷하다.

그러면, 『신들의 주사위』는 평론 「전체 소설로서의 국면들」에서 천이두가 주장한 대로 한국 소설 문학사상 '획기적 사실'로서의 전체 소설인가? 한 가지 분명한 것은 이 작품이 발자크나 졸라적인 전체 소설이 아니요, 제임스 조이스의 『율리시즈』나 프루스트의 『잃어버린 시간을 찾아서』처럼 20세기 소설의 주류적 경향인 인간의 심층적인 내면 세계를 주로 추구한 전체 소설도 아니라는 점이다. 왜 이런 결과가 생겼을까? 황순원은 70년대 한국 사회의 한 축도로서의 가족사적 소설과 한수 같은 문제적 개인의 그를 구속하는 집에서의 탈주와 형과의 비극적 우애와, 연애 과정의 정신적 방황을 그린 교양소설을 동시에 의도하였다가 양쪽에 모두 철저할 수 없게 된 때문이라고 일단 생각해볼 수 있다.

전체 소설은 어떤 시대의 사회와 인간의 전체성을 통일적으로 파악하는 작가의 관점이 정립되어서 그 사회와 인간의 밖으로 드러난 현상뿐 아니라, 드러나지 않은 비밀을 폭넓고 철저히 추구하는데, 현대에 와서는 그 사회의 유기적 통합을 가능하게 했던 소위 토지의 정령(精靈), 유서 깊은 가문, 전통적인 제반 관습 등의 통합력이 무력해지고 있어서 그 작품에 전체 소설적 통일성을 부여하기가 어려워졌다. 가족사적 소설은 전체 소설이 되는 경향이 있되 전체 소

310

설은 가족사적 소설을 포함하여 그 타입이 여러 가지 있지만, 방금 언급한 이유들로 하여 가족사적 전체 소설은 더욱 씌어지지 않게 되었다. 이런 판국에 과연 황순원은 『신들의 주사위』를 전체 소설로 의도했을까?

이 작품에서는 최두식 집이 유서 깊은 가문의 예이다. 이 가문은 아무리 조상한테 물려받은 가족 제도와 토지에 집착한다고 해도 과거처럼 소읍을 정신적으로 통합할 힘을 거의 잃고 있다. 그렇기는 해도 작가는 종래의 가족사적 전체 소설에 필요한 만큼의 그 집에 얽힌 복잡한 역사와 비밀 따위의 축적을 하지 않고 있어서 염상섭(廉想涉)의 『삼대』에서도 볼 수 있는 곰팡내 날 만큼 해묵은 분위기가 거의 조성되어 있지 않다. 반면 한수의 자기 형성 과정도 여기에 알맞는 만큼의 시간적인 길이가 부족해서, 천이두도 언급하였듯이 괴테의 『빌헬름 마이스터의 수업 시대』나 토마스 만의 『마의 산』처럼 교양소설의 본격성이 없다. 특히, 한수의 교양에서 가장 중요한 연애로 말하자면, 이것은 작가의 기질 탓이겠지만 『카인의 후예』의 훈과 오작녀, 『움직이는 성』의 준태와 지연의 관계에서처럼, 말하자면 심연처럼 깊고 오랜 밤의 관계를 거치지 않는 담담한 것으로 묘사되고 있다.

이 결과 『신들의 주사위』는 전체 소설로서는 미흡한 작품이 되었는데, 그것은 황순원의 쟝르 의식에 기인한다. 바꿔 말하면, 그는 이 작품을 본격적인 전체 소설로 의도하여 전력을 기울이지 않았던 것이다. 따라서, 『신들의 주사위』는 한수의 연애가 작가의 관심의 초점이 되어 있으면서 교양소설적 요소와 가족사적 소설의 요소도 많은 사회 소설로 분류함이 온당하다.

그런 의미에서 『신들의 주사위』는 『카인의 후예』를 훨씬 발전시킨 그 계통의 작품이지만, 한국 민족의 정신사(精神史)나 인간의 종교적 구원에 대한 관심이 없어서 『움직이는 성』에서 진일보한 획기적인 작품은 아니다.

황순원은 1983년 12월에 『신들의 주사위』로 대한민국문학상 본상을 받았다. 다음해『현대문학』1월호에 단편「그림자풀이」를 발표했는데, 아직은 황순원의 가장 최근의 작품이다.

그해 6월 하순부터 두 달 동안 부부 동반으로 미국과 유럽을 여행하였고, 10월에『문학사상』에 시「기운다는 것」을 발표했다. 이 최근작에서 황순원은 장차 자신에게 다가올 죽음의 떳떳하고도 자연스러운 모습을 피사의 사탑과 관련시켜 명상하고 있다.

1985년 3월 문학과지성사에서『황순원전집』제12권이 간행됨으로써 약 4년에 걸친 전집 출판이 완료되었다. 이 전집 완간은 저자의 고희(古稀)를 기념해주는 사업이 되기도 했다.

황순원은 약 50년에 걸친 문학 활동을 대충 돌이켜볼 때 작가이자 중·고등학교와 대학의 교사이기도 했던 그가 일제 식민지 시대부터 지금에 이르기까지 고난과 격변의 시기를 살아오면서도, 시류(時流)를 탄 명리(名利)에 남달리 결백하였음이 인상깊다. 그가 오랫동안 재직한 모 대학교에서 주겠다는 명예 문학박사 학위를 사절한 한 가지 사실만으로도 그 점을 알 수 있다. 그것은 평소에 작가로서의 성실성을 최대한으로 지키려고 한 마음가짐에 연유할 것이다. 그리고 작가로서의 그의 지속적인 관심사이자 주제는 불가피하고 근원적인 인간의 조건인 고독과, 이를 극복하기 위한 사랑과, 그 사랑으로 인한 인간 생명의 옹호였다. 그런 의미에서 황순원 문학은 사회성보다 내면성이 짙은 휴머니즘의 문학이다.

황순원의 장시일에 걸친 문학 과정은「자기 확인의 길」(1951)이라는 자신의 작가 수업에 대한 에세이에서 술회한 대로 '자기에의 확인 작업'이었다. 그는 이어서 다음과 같이 말한다:

　욕심이 있다면 나 자신에 대한 보다 깊은 확인의 길을 찾는 동시에, 거기에 어떤 전체적인 조화를 이루어놓았으면 싶다.

자기 확인의 길*

황　　순　　원

　소학 사년 겨울방학 때 이미 스케이트를 탔다. 내가 여기서 '이미'라는 말을 쓴 것은, 스케이트가 알려진 지 얼마 안 된 그 당시는 중학 고학년 학생들도 웬만해선 스케이트를 타보지 못하던 시절이기 때문이다. 철봉도 했다. 축구도 했다. 축구에선 센터 포드를 봤다. 중학 시절에는 유도도 좀 하느라고 해보았다.

　소학 오년 때 나는 또 바이올린 레슨을 받은 적이 있었다. 선생은 숭실전문학교에 다니는 학생이었다. 나는 하루 건너끔씩 선생이 있는 기숙사로 레슨을 받으러 다녔다. 그러나 몇 달 안 돼서 그만두고 말았다. 하루 건너끔씩 교습을 받으러 가도, 선생이 부재인 수가 많았다(뒤에 안 일이지만 그 무렵 선생은 연애에 열중해 있었다). 결국 나는 누구를 통해야만 하는 번거러움을 견디어내지 못하고 만 것이다.

　내가 무슨 운동을 해보았다든가, 바이올린을 시작해보았다든가 하는 것은, 필경 나 자신에 대한 어떤 확인을 얻고자 한 게 아니었을까. 내 신체 조건이 과격한 운동에는 못 견디게끔 약했다. 그것에

　＊『작가수업』, 조연현 편, 수도문화사 간, 1951.

자기 확인의 길　315

의 확인. 나는 음치는 아니라고 자처하나, 본래 음악에 대한 소질은 타고나지 못했다고 본다. 이 또한 그것에의 확인.

어머님께서 곧잘 손자들한테 이런 말씀을 하셨다. 내가 다섯 살 적에, 앞으로 어떻게 살아가나 하고 어머님이 걱정을 하실라 치면, 내가 당나귀로 장사를 해서 돈을 벌겠다고 했다는 것이다. 그 시절이라면 아버님께서 3·1 운동 관계로 옥살이를 하실 때다. 나는 어머님과 단둘이 시골 고향에서 살았다. 지금도 생각난다. 어머님께서 혼자 김매시는 조밭머리 따가운 햇볕 아래서 메뚜기와 뻐꾸기 소리만을 벗하여 기나긴 여름날을 보내던 일…… 그리고 시력이 좋지 않으신 어머님을 모시고 다섯 살짜리 내가 앞장을 서서 그 말스냥이가 떠나지 않는다는 함박골을 지나 외가로 오가던 일…… 아마 나의 고독증은 이 시절에 길러진 것인지도 모른다.

이 고독증에 대한 확인의 한 형태가 일본 가 있을 때 '동경학생예술좌'라는 극연극단체 창립의 한 사람이 되게 한 것은 아닐까.

처음 인사하는 사람한테서 흔히 내 몸집이 아주 크고 뚱뚱한 줄로 알고 있었다는 말을 듣는 수가 있다. 내 글에서 오는 인상과 실제의 내가 다르다는 것이다. 그건 내 알 바 아니다. 이 밖에도 내 작품에 대한 독자들의 모든 상상력은 그들에게 맡겨두는 수밖에 없는 것이다.

시집 『방가』에서 높인 목청은 내 소심성과 결백성에 대한 자기 확인일 수 있고, 시집 『골동품』에서는 『방가』에서의 내 감정 비만증에 대한 확인일 수 있고, 단편집 『늪』(『황순원단편집』의 개제)에서는 시가 없어 뵈는 나 자신에 대해 소설로써 내게도 시가 있다는 확인을 해 보인 것은 아닐까.

앞으로도 나는 이 자기에의 확인 작업을 계속할 것이다. 좋든 나

쁘든 이것이 내가 걸어야 할 길인지도 모르겠다. 욕심이 있다면 나 자신에 대한 보다 더 깊은 확인의 길을 찾는 동시에, 거기에 어떤 전체적인 조화를 이루어놓았으면 싶다.

‘그’와 ‘그네’*

황　　순　　원

　　해방 전 아직 『신동아』니 『조광(朝光)』이니 하는 잡지들이 나오고 있을 때의 일이다. 어느 잡지에선가 문필가·학자·교육가 들에게 설문을 한 적이 있었다. 우리나라에는 삼인칭대명사로 남녀의 성구별 없이 ‘그’ 하나를 사용하고 있는데 이에 불편을 느끼지 않는가. 불편을 느낀다면 삼인칭대명사를 어떻게 했으면 좋겠다고 생각하는가 하는 설문이었다.

　　그때의 누가 어떤 의견을 말했는지 지금 일일이 기억나지 않는다. 그저 그 중의 어떤 분인가가 ‘궐자’ ‘궐녀’로 하든지 ‘놈’ ‘년’으로 하면 어떤가 하는 의견을 말한 것이 아직 기억에 남아 있다.

　　물론 말이란 그것을 사용하는 곳과 빈도에 따라 스스로 자리잡게 마련이지만 ‘궐자’ ‘궐녀’나 ‘놈’ ‘년’으로는 아무래도 우리가 소기하는 삼인칭대명사와는 적잖이 거리가 있다고 본다.

　　이미 우리는 ‘그’라는 훌륭한 삼인칭대명사 하나를 갖고 있다. 이 말은 김동인 선생의 창안이라고 하는데, 선생이 우리 소설 문학에 남긴 업적과 아울러 길이 후세에 남을 공적의 하나인 것이다.

　　그러나 이 ‘그’라는 말 하나로는 어딘가 부족감을 느끼는 것은 비단 나 혼자만의 경우는 아니라고 생각한다. 그래 ‘그’라는 말은 남성

＊『문학예술』, 1955. 8.

318

삼인칭대명사로 두고 거기 해당할 만한 여성 삼인칭대명사를 하나 찾아본 것이 '그네'인 것이다. 이미 나는 이것을 해방 전 소설에 사용해왔지만 앞으로도 그냥 사용할 생각이다.

그런데 내가 이 '그네'라는 말을 택하게 된 근거와 이유라는 것은 별난 데서 온 것은 아니다. 그저 우리나라 말에 가령 '철수네' 하면 경우에 따라 '네'가 철수의 어머니를 가리키기도 하고, 경우에 따라서는 철수의 아내를 가리키기도 하여 여성을 말한다는 것과, 우리말의 음운 변화의 한 유형으로서 '겨집'이 '계집'으로, '며주'가 '메주'로, '벼개'가 '베개'로 변한다는 것과, 우리가 '무슨 녀(女)'라고 할 때, 가령 '福女' '五夢女'일 경우 '복녀' '오몽녀'라 하지 않고 '복네' '오몽네'로 통하고 있다는 점에 착안했을 뿐인 것이다.

여기에 한 가지 더 덧붙여 말한다면 '그네'라는 말이 어감에 있어서 부드럽다는 점이다. 어떤 사람은 말하기를 '그네'라면 그네〔鞦韆〕와 섞갈리기 쉽고, 그네(그네들의 준말)와 혼동되기 쉽지 않느냐고 할지 모르나, 그것은 우리말 가운데 한 말이 여러 가지 뜻을 가진 것이 어디 '그네'뿐인 것도 아니요, 또 그것은 사용하는 때와 곳에 따라 자연 가려질 수 있는 문제라고 생각한다.

한국 문학에 있어서의 해학의 특성*

황　순　원

지금까지 써온 내 작품 속엔 짙은 해학이 거의 깃들여져 있지 않다는 것을 나는 안다. 때로는 해학을 작품 속에 담아보고 싶은 생각이 없는 것도 아니나 뜻대로 되는 게 아닌가보다. 아마 그래서 이런 자리에서나마 해학에 대한 얘기를 해보라고 나를 여기 내세웠는지도 모르겠다.

내가 보기에 한국의 해학은 예술 의식에 의해 만들어졌다기보다 직접 생활에서 솟아나왔다는 데에 그 특성이 있지 않나 생각된다. 생활에서 직접 출발했기 때문에 자연 추상화된 개념이 아니고 구체성을 떠고 있다.

그 예를 찾자면, 작자의 이름이 전해져 내려오지 않는 작품에서나 작자명이 밝혀져 있는 고전 문학에서 이모저모를 찾아낼 수 있지마는, 짧은 시간에 일일이 다 소개해드릴 수 없음을 유감스럽게 생각한다. 그 중 작자명이 분명한 고전 작품 한 편만을 내 나름대로 골라 거기 담겨져 있는 해학의 편모를 스쳐볼까 한다. 그것은 지금으로부터 2백 2, 3십 년 전에 씌어진 박지원의 「양반전」이란 소설이다. 양반이란 말은 서민층과 대가 되는 사족을 높여서 일컫는, 조

---

* 이 글은 국제펜클럽 37차(1970년 6월 28일∼7월 3일) 서울대회에서 다룬 '동서 문학의 해학' 중 한국 대표로 주제 발표한 내용의 초록임.

선조 시대 때 생긴 말이다.

소설 「양반전」에는 많은 곡식을 주고 양반 칭호를 사려는 한 서민이 등장한다. 양반 칭호를 받는 식전에서 의식을 관장하고 있는 군수가 양반의 특전을 말하는 가운데 "양반이 되면 이웃집 소를 마음대로 끌어다가 자기 밭을 먼저 갈 수도 있고, 농민들을 잡아다가 공짜로 자기 밭의 김을 맬 수도 있다. 만약 이 처사에 거역하는 자는 코에다 잿물을 붓고, 수염을 뽑아내도 괜찮다"고 한다. 그러자 그 서민은, "에쿠, 나를 도둑놈으로 만들 작정이오?" 하고는 자리를 차고 도망해버리고 만다. 주인공이 행동으로 보여주는 이 해학의 마지막 장면의 건강한 태도는 늘 내 머리에 남아 있다. 이 작품은 하나의 예에 지나지 않지마는, 여러 가지 면에서 수많은 시대적 고난을 겪어오는 동안 한국 민중의 정신 생활에는 체념의 빛도 적지 않으나 건강의 분량이 더 강하게 풍겨왔던 것이다.

그러나 20세기 접어들면서 양상이 변한다. 일본의 식민지라는 상황 속에서 도입된 유럽 작품의 페시미즘은 자신도 모르는 사이 한국 현대 문학의 핵으로 자라게 됐던 것이다. 최근 그 방면에 대한 어떤 극복이 행해지고 있다고 보지만, 그래도 현대 한국 소설에서 발견되는 해학은 거의가 체념에 가까운 차원을 띠고 있다. 그 예를 한국동란 후에 발표된 작품 중에서 하나 찾는다면 하근찬의 「수난이대(受難二代)」를 들 수 있을 것이다.

이 작품은 표제가 말하고 있듯이 아버지와 아들 2대에 걸친 수난을 그리고 있다. 한국동란 때 일선에서 제대하고 돌아오는 아들을 기차 정거장까지 마중나갔던 아버지는 한쪽 다리를 잃고 돌아오는 아들을 보게 된다. 아버지 자신은 일제 시대 때 징용나갔다가 한쪽 팔을 잃어버렸다. 집으로 오는 길에 개천 외나무다리를 건너게 되어 아버지는 하나 남은 자기 팔을 돌려 아들을 업으면서 아들의 하나 남은 다리를 꼭 안는 것이다. 이에 앞서 아버지는 아들에게 말하기를 "앉아서 할 일은 네가 하고, 나다녀야 할 일은 내가 하지" 하고 서글픈 여유를 보인 바 있다.

　인간의 신체를 중심으로 삼았기 때문에 더욱 친근하게 느껴지는 일견 비참해 뵈는 해학은, 그러나 아직 완전한 체념이라기보다는 이를 극복해나가려는 건강의 빛이 어딘가 숨쉬고 있는 것이다. 앞으로 이러한 문제를 어떻게 높이 끌어올리느냐 하는 것은 한국 문학 전체의 한 숙제인 것이다.

비평에 앞서 이해를*
—— 백철씨의 「전환기의 작품 자세」를 읽고

황   순   원

내가 이런 글을 쓰기는 이번이 처음이다. 본시 나는 이런 글을 쓰기를 원하지도 않을 뿐더러 싫어해온 사람 중의 하나이다. 그러나 지금 여기 이런 글을 쓰지 않으면 안 되게 된 것은 한 예술가의 성실성이란 어디까지나 한 작가의 기호 문제보다도 위에 서기 때문이다.

지난 12월 9일자 동아일보 석간에 게재된 백철씨의 「전환기의 작품 자세」라는 글 속에 내 졸작 『나무들 비탈에 서다』에 대한 평문을 읽고 작자로서 몇 마디 하지 않을 수 없어 붓을 들기로 한 것이다. 비평가란 인상비평이건 분석비평이건간에(뉴크리티시즘도 예외일 수 없다) 우선 대상 작품을 이해하는 데서부터 시작되는 걸로 나는 알고 있다. 이 지극히 상식적인 이야기를 여기 해야 하는 것은 다름아니라 백철씨는 남의 작품을 이해는커녕 그 줄거리조차 제대로

---

* 이 글은 1960년 12월 9일자 동아일보에 게재된 백철씨의 「전환기의 작품 자세」라는 작품 비평에 대한 반론으로 같은 달 15일자 한국일보에 발표되었다. 백철씨는 그 글에서 『나무들 비탈에 서다』가 "서스펜스의 긴장된 장면 전개, 적은 대화를 활용한 장면의 전환" 등 생생한 묘사를 보여주고 있지만, 전체적으로 작품의 구성이 유기적인 연속과 증합을 하지 못하고 불필요한 세부적 묘사를 했다고 지적하면서 이 소설이 4·19의 이야기를 넣어야 했다고 충고한 바 있다.

붙잡지 못하고 있기 때문인 것이다. 예를 들면 씨의 상기 글 가운데 "……선우상사가 죽을 때의 되풀이한 대사……" 운운한 구절이 있는데, 대체『나무들 비탈에 서다』라는 작품 속 어디에서 '선우상사'가 작자도 모르게 죽는다는 말인가. 죽지도 않은 그가 죽으면서 되풀이한 대사는 또 어떤 것이었단 말인가.

그리고 씨의 글 가운데 이런 구절은 또 어떻게 된 것인가. "가령 거리를 가는 여자(숙이)의 구두 뒤꿈치에 신문지 조각이 묻어다니는 것의 묘사……" 이 부분의 묘사가 "트리비얼리즘을 범했다"는 씨의 평어로 보아 이 대목을 씨는 꽤 정독한 것으로 본다. 그러고도 거리를 가는 여자를 '숙이'로 오인하고 있는 것은 대체 어떻게 된 일인지 그 영문을 알 길이 없다. 적어도 '숙이'는 이 소설의 여주인공이다.

이를 거리를 가는, 이름도 없이 등장하는 여자와 혼동하고 있다는 사실은 씨가 얼마나 남의 작품을 헛읽는다는 증좌가 아니고 무엇인가. 아니 이 문제는 백보를 양보하여 씨의 착각이나 오독이라 해두자. 이보다는 씨가 이 콘텍스트에서 "트리비얼리즘을 범했다"는 평언이 문제다. 원래 소설에서 주제 전개와 관련된 인물의 성격을 나타내기 위한 어떠한 사소한 사건의 묘사도 결코 씨가 말하듯이 "트리비얼리즘을 범한" 것은 아니다.

이 작품의 어떤 부분이 어떻게 해서 "트리비얼리즘을 범한" 것이 되는지 그 구체적인 예를 씨가 항용 애용하는 듯한 어휘대로 코멘트해주기 바란다.

다음에 또 한 가지,『나무들 비탈에 서다』전편을 통해서 가장 빈번히 나오는 남주인공의 이름, 즉 '현태'를 두 번씩이나(씨가 씨의 짧은 글 속에서 쓴 두 번 다) '형태'라고 한 것은 어찌된 일인가. 이것은 혹시 신문사의 오식일는지 모르나(사실 그렇게 됐기를 바란다) 만약 그렇지 않다면 씨는 남의 작중인물의 창씨개명을 제멋대로 해도 무방하다는 불순한 생각의 소유자이거나 기억력 상실자로밖에 볼 수 없다.

일언이폐지하고 위에 든 예 같은 것은 아마 중학생 정도의 지능 지수를 가진 사람이면 누구든지 남의 작품을 읽고 씨처럼 엉뚱한 이야기는 하지 않으리라고 보는데 씨의 생각은 어떤가.

이래가지고서야 씨가 아무리 문예비평가적인 어휘들——"새 구상과 질"이 어떠니, "인물형들의 설정과 종착"이 어떠니, "작가가 작품 구성을 하는 데 있어서 평면성을 피하고 전후내외(前後內外)의 관계를 입체적으로" 어떠니 하고 상투어를 나열해보았댔자 무슨 소용이 있단 말인가.

끝으로 한 가지만 더 이야기하고 그만두겠다. 씨는

　　주제적인 것과 관련하여 사건의 해결인데, 비탈을 걷게 할 바엔 내쳐서 4·19적인 가파른 비탈에까지 세워보는 것이 필요치 않을까 하는 생각이다. 이것은 강요는 아니다. 하지만 기왕 근래의 위기적 현실을 무대로 쓸 바에는 그 무대가 여기까지 연장되는 것이 필연성이 아닌가 보기 때문이다.

했는데 나는 이 구절을 읽고 아연실색하지 않을 수 없었다.

씨가 내게 강요하건 안 하건간에 이런 망언을 어떻게 할 수 있는가. 『나무들 비탈에 서다』가 금년 정월 『사상계』에 발표되기 시작했을 때는 이미 작품 전체의 구상이 완료돼 있었던 것이다. 따라서 처음부터 이 작품은 4·19와는 관계 없는 하나의 독립된 작품인 것이다. 물론 앞으로 내가 4·19와 관련된 작품을 새로 쓸는지는 모른다. 그러나 씨의 어처구니없는 주문대로 이 작품과 4·19를 마구 가져다 붙일 수는 도저히 없는 것이다. 작가란 스카치테이프일 수는 없기 때문이다.

가령 도스토예프스키에게 다음과 같은 것을 주문한다고 하자. 어째서 당신은 『죄와 벌』에다 『카라마조프 형제』를 덧붙여서 좀더 위대한 소설을 만들지 않았는가. 이 주문을 들은 도스트예프스키는 무어라 대답을 할 수 있을 것인가. 모르긴 몰라도 그저 어이없어 웃는 수밖에 별도리가 없을 것이다.
　제발 앞으로 다시는 이런 문제를 가지고 이렇게 원고지에다 잉크를 묻히는 일이 없었으면 좋겠다.

한 비평가의 정신 자세*
——백철씨의 「소설 작법」을 도로 반환함

황　순　원

　백씨는 한 작품에 대한 터무니없는 비평가의 오독과 망언을 지적한 작자의 정당한 발언을 '감정 배설'로밖에 해석해 듣지 않고 있다. 그러나 백씨는 "지성인의 한 사람"이니만큼 모쪼록 이번만은 그런 비뚤어진 마음을 버리고 이 글을 읽어주기 바란다.

　백씨는 『나무들 비탈에 서다』의 남주인공의 이름을 '현태'가 '형태'로 된 것은 자기의 글씨 탓인지 동아일보 식자공의 잘못인지 교정부에 가서 다시 조사해봐야 알겠다고 구차스런 변명을 하고 있는데, 이 문제는 앞으로 씨가 남의 작중인물 특히 주인공의 이름 글씨를 똑똑히 써야 한다는 조건부로 그냥 넘겨버리기로 한다.

　다음 이 작품의 여주인공 '숙이'와 이름도 없이 잠시 등장하여 거리를 가는 여자와를 어떻게 해서 백씨가 혼동하고 읽었는가 하는 물음에 대해서는 씨는 아무런 해명도 하지 않고 있다. 이것은 백씨 자신이 자기의 잘못을 인정하되 차마 체면상 그것을 지상에 사과할 수 없어 그런 것으로 알고 묵과해버리련다.

---

　*　황순원씨의 반론을 읽은 백철씨는 1960년 12월 18일자 한국일보 지면을 통해 "작품 전체의 구상이 완료되어 쓰기 시작한 글"이라는 황순원씨의 말을 논의의 대상으로 삼아, 이러한 문학적 태도가 고전주의적인 것임을 비판했다. 황순원씨의 이 반박문은 12월 21일자 같은 지면에 발표되었으며, 백씨의 반론은 더 이상 나타나지 않았다.

그리고 이 작품 어떤 부분에 백씨가 "트리비얼리즘을 범했다"는 문제에 대해서 백씨는 새삼스레 "작자는 예스인가 노우인가 명답(明答)하면 그만이다"라는 오만하기 짝이 없는 언사를 농(弄)하고 있으나 이미 전번에 나는 노우라고 명확히 대답한 바 있는 것이다. 그러나 백씨는 나중에 "지금 당장은 연말인 때문에 충분한 지면을 얻을 수가 없어서 여기서 구체적인 일을 못 한다"라고 했으니 이 문제는 씨가 "구체적인 데이터를 제출"할 때까지 덮어두기로 하자.

그럼 '선우상사'의 문제는 어떻게 됐는가? 백씨는 말하기를

> 사실은 내가 '선우상사'라고 쓴 것은 의식적으로 생략한 의도도 있다. 요즘에는 군인 계급에서 二等上士가 없어졌기 때문에 독자에게 더 분명한 인상을 주기 위해서이기도 하고 또 작자 자신도 그렇게 부른 일이 있기 때문이었다(기억이 분명치 않으면 『사상계』 2월호 p. 387 下欄의 대화 장면을 읽어보기 바란다). 또 가령 내가 二等上士를 上士로 생략했다 한들 그것이 무슨 倉氏改名이 되며 또 창씨개명이 되었다면 그것이 작품의 질적인 의미를 파악하는 것과 어떤 결정적인 방해 조건으로 되는가

했다. 아니 동문서답도 분수가 있지 이럴 수가 있는가. 전번에 내가 백씨에게 물은 것은 '선우이등상사'라고 할 것을 왜 '선우상사'로 했는가 하는 데 있는 게 아니다.

여기 전번에 내가 쓴 글을 그대로 옮겨놓는다.

> 대체 『나무들 비탈에 서다』라는 작품 속 어디에서 '선우상사'가 작자도 모르게 죽는다는 말인가.

여기에서 나는 '선우'의 계급이 틀렸다는 것을 물은 게 아니고 '선우'라는 성을 가진 작중인물이 어디서 죽는지 알려달라고 했던 것이다. 다시 말하면 죽지도 않은 인물을 어떤 독서법으로 읽었기에 죽었다고 하느냐를 물었던 것이다. 한글을 읽을 줄 아는 사람이

면 누구나 다 알 수 있는 이런 간단한 물음의 센텐스조차 판독치 못하는 사실을 앞에다 놓고 아연실색할 편은 과연 어느 쪽이겠는지, 죽지도 않은 인물을 죽은 것으로 아는 비평가가 어떻게 "작품의 질적인 의미를 파악"할 수 있겠는지 도시 나는 알 수가 없다.

그러나 나는 백씨가 자기 자신도 모르게 '선우'라는 작중인물이 죽었다는 어떤 환각을 갖고 있다면 작자로서 관용을 베풀 용의가 있다. 그렇지 않고 전번의 내 물음의 뜻이 무엇인가를 뻔히 알고 있으면서도 의식적으로 이등상사가 어떠니 상사가 어떠니 창씨개명이 어떠니 하고 얼토당토않은 말들을 늘어놓아가지고 잠시나마 독자의 눈을 속여보려는 저의가 숨어 있다면, 백씨는 비평가로서의 성실성은 고사하고 한 자연인으로서의 성실성마저 상실한 사람이라는 걸 말해두지 않을 수 없다.

이 이상 더 이야기하고 싶지도 않다. 그러나 이왕 붓을 든 김이니 몇 마디만 더 하겠다.

백씨의 이른바 '소설 작법'론인데, 대체 이 글에서 씨는 시론을 하려는 것인지 소설론을 하려는 것인지 종잡을 수가 없다. 그런대로 골자를 추려보니 '이미지 소설론'인 것 같다. 하여튼 백씨가 언제부터 이런 소설론을 신봉하게 됐는지는 몰라도 우선 새로움(?)을 "모색하고 추구"하려는 씨의 노력만은 높이 산다. 그러나 백씨의 장황스레 늘어놓은 이 '소설 작법'에 대하여 한마디만 묻겠다. 백씨는 이미지 중심의 소설만을 소설로 생각하는가, 그리고 이미지 중심의 소설만을 현대 소설로 생각하는가, 어떤가. 아무리 강심장의 백씨도 그렇다고는 대답치 못하리라. 그렇다면 『나무들 비탈에 서다』는 어떤 소설로 생각하는가. 백씨도 자기 글 첫머리에 말했듯이 "작품의 질적인 것, 구체적으로 그것의 스트럭처 등을 통하여 작품 의미를 올바르게 인식 파악"할 수 있는 소설 중의 하나인 것이다. 즉 "이미지 중심의 소설"이 아닌 것이다. 그것은 백씨도 부인하지 못할 것이다. 그렇다면 내 작품을 놓고 엉뚱한 이미지론을 장광설로 펼쳐놓은 모순의 책임은 누가 져야 하는가. 여기서 나는 아무 효능도 없는 백씨의 '소설 작법'을 일단 도로 씨에게 반환할 수밖에 없다.

　다음은 4·19 문제. 전번에도 말했지만 『나무들 비탈에 서다』는 4·19와는 관계없는 독립된 작품이다. 그러나 설사 내가 씨의 말대로 "……비탈을 걷게 할 바엔 4·19적인 가파른 비탈에까지 세워보는 것이 필요치 않을까…… 그 무대가 여기까지 연장되는 것이 필연성이 아닌가……" 하는 주문에 좇을 의향이 있었다 해도 별다른 결과를 얻지 못했으리라고 본다. 왜냐하면 내가 플로베르와 같이 "작품을 쓰기 시작할 때는 벌써 끝의 행구(行句)를 예상하고 쓰는" 작가가 아니고 "작품을 쓰는 데 있어서 첫 장면에서 끝 장면까지 그렇게 확고하게 처음에 구상한 대로 되는가" 하는 씨의 반문대로 내가 처음 구상한 것을 얼마든지 고칠 수 있는 작가라 할지라도 4·19 때는 이미 내 소설의 제5회분이 인쇄중에 있었고 제6회분 원고를 잡지사에 넘기려던 때이었기 때문이다(이에 관한 사정은 잡지에 글을 써본 백씨가 더 잘 알고 있을 것이다). 결국 마지막 1회분을 가지고야 아무리 백씨의 주문대로 내가 4·19에 "감격적인 반성"을 하여 이를 내 작품에 '필요'로 하고 또 거기까지 "연장되는 것이 필연성"이라고 느꼈더라도 어떻게 손을 쓸 수 있단 말인가. 백씨가 말한 대로 '낡은 작가'가 돼서 그런지 모르겠다. 그러나 씨가 제시한 "그런 이미지 중심의 창작법은 구심적으로 이동될 수 없고 원심적인 것으로서 마치 '돌아가는 불꽃 바퀴'와 같이 불꽃 이미지들을 밖으로 날려 떨어뜨리면서 상호 작용하는 과정에서 조직되어가는 것"을 소설 작법으로 삼는 새로운 작가라 할지라도 어쩔 수 없으리라고 믿는다. 여기 덧붙여서 백씨에게 한마디 해둘 것이 있다.

　'불감증' 아닌 '다감증(多感症)'의 소유자인 백씨가 "젊은 세대 생명이 푸른 물결처럼 그 '비탈'에 버티고 섰는 부정 현실의 바위와 부딪쳐서 물결처럼 부서지고 마침내 그 바위를 밀어 떨어뜨리는 스펙터클" 운운하는 어설프기 짝이 없는 구호조의 어구를 외치면서 아무데고 4·19만 갖다붙이면 되는 줄로 생각하는 요즘의 씨의 정신 자세부터 이해할 수 없다는 것이다.

다음은 도스토예프스키의 『악령』에 대하여. 도스토예프스키가 "어떤 인스피레이션이 와서 적어도 10회는 플랜을 바꾸그 전혀 다시 처음부터 쓰기로 했다"는 사실을 백씨는 4·19 같은 외부 상황 변화로 인하여 온 인스피레이션 때문이라고 생각하는가. 내가 알기에는 내적 욕구에 의한 것이라고 보는 데 어떤가. 끝으로 내가 도스토예프스키의 『죄와 벌』에다 『카라마조프 형제』를 덧붙이는 주문을 해보라고 한 이야기. 그처럼 이미지를 내세우는 백씨가 이 두 작품의 인물 라스콜리니코프와 이반 사이에 상통하는 이미지를 여태껏 못 붙들고 있다니 모를 일이다.

아무래도 우리의 이 '대화'는 싱겁게 된 것 같다. 그 원인이 "소설 작법이 이렇게 고전주의(!)인" 작가 황순원 때문인지 그렇지 않으면 "항상 새로움(?)을 모색하고 추구해 마지않는" 비평가 백씨 때문인지는 모를 일이나 여하간 백씨가 앞으로 자기의 잘못을 솔직히 시인하고 나오지 않는 한 이 '대화'는 이 이상 더 끌고 갈 필요가 없을 것이다.

머 리 말*

　구구한 사설이 무슨 소용있으랴. 지금 나는 내 삼십여 년 동안의 작품들을 한몫에 묶으면서 자못 허전함을 금할 길이 없는 것이다. 이는 지금까지 걸어온 내 자취가 너무나도 미미한 데서 오는 것이 아닐 수 없다.

　심혈을 기울여 쓴 자기 작품들을 그래도 마음에 들지 않아 끝내 파기해버리거나 불태워버린 작가들을 상기해본다. 하나 그 자애할 줄 아는 용기를 내 갖지 못했음을 끝내 부끄러워한다.
　또 자기 작품들을 두고두고 몇 번이고 고쳐 마지않은 작가들을 상기해본다. 이 역시 내 그 흉내나마 낼 수 있을까마는 여기 수록된 작품들에 대해 내 나름대로 새로 손을 보았다. 부족하나 이로써 내 첫 완전 발표로 삼으련다.

　이제 나는 이 시점에서 다시 출발을 해야겠다. 내게 있어서는 언제나 현재 서 있는 지점이 도달점이 아니고 출발점인 것이다.

1964년 구월

순　원

---

* 『황순원전집』, 倉又社, 1964. 12.

머 리 말*

　얼마 전까지 나에게는 아침과 한낮과 저녁이 있었다. 그게 이즈
음은 아침과 저녁밖에 없다는 걸로 느껴질 때가 있다. 이제 차차
아침만이든 저녁만이 남겨질 때가 올는지 모른다. 사라져버리는 것
은 사라지는 대로 나는 그때그때 다시금 나를 뚜렷이 마련하는 데
에 전심할 일이다. 몇 번 거듭되건 이 작업만은 온통 나의 것이다.

1973년 십일월

순　원

---

* 『황순원문학전집』, 삼중당, 1973. 12.

서(序)*

　내가 황군의 시를 대한 것은 이 시집의 원고가 처음이다. 그만치 나는 이 젊은 시인의 시작 경력에 대하여 아는 것이 적다.

　그런데 나는 그 원고를 보고 적이 놀랐다. 시상의 집중적 표현이라든지, 수사적 수법이라든지, 말과 토의 자유로운 구사라든지, 모두 다 첫 솜씨 같지 않고 아주 자연스럽고 능란하기 때문이다.

　나는 군을 천분과 소질 있는 시인이라 하였다. 더구나 군은 이 일권에서 청년 시대의 꿈을 노래하고, 이상과 희망과 정열을 노래하고, 한걸음 더 나아가서 이상 세계와 현실 세계와의 대조와 모순을 힘있게 침통하게 노래하고자 하였다. 부질없는 분식이 없고, 과장이 없고, 견강이 없고, 상과 표현이 아울러 소박하고 건전하다.

　흔히 시작에 뜻둔 젊은 시인들이 시적 유희와 소기교에 몰두하여 시의 본질을 잊어버리는 폐단이 있는데, 이 저자는 그러한 염려가 없을 만치 자유로운 대담한 표현을 시도하였다. 이것도 또한 추칭할 만한 일이다.

　군은 아직도 이십 전후의 청년이다. 혹시 이 시집의 공간이 좀 이르다 할는지 모르나, 누구의 아무 때 저작이나 요컨대 시작에 불과한 것이다. 이 일권의 가치는 작품 그것이 스스로 주장할 것을 주장하려니와, 저자는 이것에 만족치 않고, 금후 부단의 탐색과 시험을 쌓아서, 보담 높은 가치가 있는 보담 큰 역량이 있는 제2, 제

---

* 『放歌』, 東京學生藝術座, 1934. 11.

334

3 집을 내어놓기 바란다.
　두어 말을 변하여 써 솔직한 느낌을 말하여둔다.

1934 십일월

梁 柱 東

발*

순원은 한 십 년 전 평양에서 그의 창작집을 냄으로써 이후, 시에서 소설로 자리를 바꾼 작가다.

내가 그의 작품을 처음 읽은 것은 잡지 『인문평론』에 실렸던 「별」이란 작품으로서 그때, 나는, 그 특이한 작풍에 놀랐다.

그 후, 십 년 가까운 세월이 지나는 동안 내용은 자못 흐려졌건만, 이상하게도 그 인상과 여운만은 물로 씻으면 새로워지듯, 떼칠 수 없는 것은 기이한 일이다.

「별」에 나오는 소년 남매의 생활은 분명히 명랑, 발랄한 아이들의 생활은 아니었다. 그러나 왜곡된 남매의 애정에 오히려 어딘가 강한 것이 있어서, 서로 당기며 반발하며, 땅속으로만 연련히 뻗어 나가는, 그러한 애정이다.

당시 일제 밑에서 정상한 발육을 저지당하고 있던 조선의 소년을 소재로 하여 순원이 문학적으로 그만큼 성공한 것은 대체 무엇이었을까. 첫째로 강렬한 작가의 개성을 손꼽지 않을 수 없다.

운명적으로 변질된 세계와 작가의 강렬한 개성이 한데 어울려서 묘한 빛깔을 내던 한 무지갯발이었다. 그것이 그를 한때 슈―르라 불렀다. 그러나 진정한 리얼이 못 되는 빈궁소설에 비하면 그것은 얼마나 매력이 있는 작품이냐. 순원은 아마 자신이 그것을 자처했는지도 모른다. 허나 그런 것은 문학의 바른길은 아니다. 그것을 여기서 이야기할 바는 아니지만, 만약에 8·15가 아니었더라면 순원의

---

* 『목넘이마을의 개』, 育文社, 1948. 12.

문학(크게 말해서 조선의 문학)은 그러한 골목에서 한참 더 해맸을지도 모른다. 그러나 다행히도 8·15와 더불어 모든 것은 역사 앞에 밝은 햇빛을 받게 되었다.

여기에 있어, 순원이라고 어찌 그 빛을 받지 않을 리 있느냐.

평양서 상경한 순원을 처음 내가 만난 것은, 시인 용악의 소개로, 청운동 어떤 노점 술집에서다.

순원하면 곧 「별」을 생각해오던 나로서는 인사가 바쁘게 「별」에 대해서 이야기 안 할 수 없었다. 그랬더니 순원은,

"그건 그때로서의 혹 좋은 게 있었던지 몰라두 지금은 또 지금이 있지 않겠소" 하며, 소주잔을 권하는 것이었다.

순원을 벌써 그때 작가로서의 좀더 높은 세계에로 탈피하며 있었던 모양이다. 모든 것이 발전하려면 부단히 탈피하게 마련이 아닌가. 누구든지 탈피한다. 요는 그 탈피하는 과정과 양태가 가지각색일 따름이다. 어떤 사람은 헌칠하게 해치우는 사람도 있다. 어떤 사람은 남이 보기에도 딱하고 민망할 정도로 뭉개는 사람도 있다.

순원은 헌칠한 편이다. 사실 민족 해방보다 무엇이 더 큰 부르짖음과 갱생이 있어서 작가가 헌칠치 않을까보냐.

그래서 새로운 세계관을 가지고 나섰을 때에, 가장 문제되는 것은 공감력이다. 이 공감력이 빠른 작가만이 작품 형상화에 성공한다. 형상화되지 않은 작품의 관념은 독자에게 주는 전달력이 희박하고——그러하고서야 어찌 예술이라 할 수 있느냐.

위에 말한 공감, 전달, 형상, 이러한 예술에 있어서 뺄 수 없는 점을 보려면, 순원의 6·25 후의 작품으로, 「아버지」「황소들」「목넘이마을의 개」를 들면 족하다. 민족 해방 운동의 가장 후방 부대인 노인과 소년을 그리되, 작가 혼자만의 취미를 희롱하는 것이 아니라, 우리들이 누구든지 그 앞에 절하고 싶은 아버지와 머리를 쓰다듬어 주고 싶은 씩씩한 소년을 보여준다.

순원이 이렇게, 이때까지 우리 주변에 없던 노인과 건강한 소년을 보여줄 수 있는 것은, 그가 오로지 작가로서 역사 앞에 성실함

으로써 비로서 풍부한 공감력을 받아들일 수 있는 작가 정신이다.

1948 십일월

강 형 구

참고 서지

김성욱 「시와 인형」, 『해동공론』 1952. 3. 『언어의 파편』(지식산업사)에
　　　　수록. 1982. 10.

곽종원 「황순원론」, 『문예』 1952. 9. 『신인간형의 탐구』(동서문화사)에 수
　　　　록. 1955. 10.

천이두 「인간속성과 모랄」, 『현대문학』 1958. 11.

이어령 「식물적 인간상」, 『사상계』 1960. 4.

백　철 「전환기의 작품 자세」, 동아일보, 1960. 12. 9～10.

황순원 「비평에 앞서 이해를」, 한국일보, 1960. 12. 15.

백　철 「작품은 실험적인 소산」, 한국일보, 1960. 12. 18.

황순원 「한 비평가의 정신 자세」, 한국일보, 1960. 12. 21.

원형갑 「『나무들 비탈에 서다』의 背地」(상·중·하), 『현대문학』 1961.
　　　　1～3.

천이두 「자의식과 현실」(『나무들 비탈에 서다』의 기점 개제)(상·하),
　　　　『현대문학』 1961. 12～1962. 1. 『종합에의 의지』(일지사)에 수록.
　　　　1974. 11.

정창범 「황순원론」, 『문학춘추』 1권 5호. 1964. 『율리시즈의 방황』(창원
　　　　사)에 수록. 1975. 1.

구창환 「상처받은 세대」, 『조대문학』 제5집. 1964.

조연현 「황순원 단장」, 『현대문학』 1964. 11.

김상일 「순원 문학의 위치」, 『현대문학』 1965. 4.

구창환 「황순원 문학 서설」, 『조선대학교 어문학논총』 제6호. 1965.

김교선 「성층적 미적 구조의 소설」, 『현대문학』 1966. 5.

김치수 「외로움과 그 극복의 문제」, 『문학』 1권 8호. 1966. 『황순원연구』
　　　　(문학과지성사)에 수록. 1985. 3.

김상일 「황순원의 문학과 악」, 『현대문학』 1966. 11.

박정자 「성숙과 고민」,『성대문학』제12집. 1966.

이호철 「문학을 숙명으로서 받아들이는 자세」,『현대문학』1966. 12.

천이두 「토속적 상황 설정과 한국 소설」,『사상계』188호. 1968.『한국소
　　　　설의 관점』(문학과지성사)에 수록. 1980. 3.

이보영 「황순원의 세계」(상·하),『현대문학』1970. 2~3.『황순원연구』
　　　　(문학과지성사)에 수록. 1985. 3.

천이두 「시와 산문」,『한국대표문학전집』제6권(삼중당). 1970. 5.『종합
　　　　에의 의지』(일지사)에 수록. 1974. 11.

천이두 「종합에의 의지」,『현대문학』1973. 8.『종합에의 의지』(일지사)에
　　　　수록. 1974. 11.『황순원연구』(문학과지성사)에 수록. 1985. 3.

이형기 「유랑민의 비극과 무상의 성실」,『황순원문학전집』제1권(삼중
　　　　당). 1973. 12.

천이두 「부정과 긍정」,『황순원문학전집』제2권(삼중당). 1973. 12.『종합
　　　　에의 의지』(일지사)에 수록. 1974. 11.

원응서 「그의 인간과 단편집『기러기』」,『황순원문학전집』제3권(삼중
　　　　당). 1973. 12.『황순원연구』(문학과지성사)에 수록. 1985. 3.

김병익 「찢어진 동천사의 복원」,『황순원문학전집』제4권(삼중당). 1973.
　　　　12.『한국문학의 의식』(동화출판공사)에 수록. 1976. 1.

김병익 「수난기의 결벽주의자」,『황순원문학전집』제5권(삼중당). 1973.
　　　　12.『한국문학의 의식』(동화출판사)에 수록. 1976. 1.

김　현 「소박한 수락」,『황순원문학전집』제6권(삼중당). 1973. 12.『사회
　　　　와 윤리』(일지사)에 수록. 1974.『황순원연구』(문학과지성사)에
　　　　재수록. 1985. 3.

천이두 「서정과 위트」,『황순원문학전집』제7권(삼중당). 1973. 12.

이정숙 「황순원 소설에 나타난 인간상」,『서울대 대학원 논문집』1975.

염무웅 「8·15 직후의 한국문학」,『창작과비평』1975. 가을호.『민중시대의
　　　　문학』(창작과비평사)에 수록. 1979. 4.

천이두 「원숙과 패기」,『문학과지성』1976. 여름호.

김병익 「순수문학과 그 역사성」,『한국문학』1976.『상황과 상상력』(문학
　　　　과지성사)에 수록. 1979. 7.『황순원연구』(문학과지성사)에 재수
　　　　록. 1985. 3.

홍기삼 「유랑민의 서사극」,『한국문학대전집』(태극출판사) 1976. 6.

박해경 「황순원 소설의 미학」 이화여자대학교 대학원 석사학위 논문
    1976.

노대규 「「소나기」의 문체론적 고찰」,『연세어문학』 제9·10 합집. 1977. 6.

장수자 「Initiation Story 연구」, 전국 대학생 학술논문대회 논문집 제3
    호(이화여자대학교) 1978.

이재선 「황순원과 통과제의의 소설」,『한국 현대 소설사』(홍성사) 1979.
    2.

이인복 「황순원의 「별」「독 짓는 늙은이」「목넘이마을의 개」」,『한국문
    학에 나타난 죽음 의식의 사적 연구』(열화당) 1979. 9.

박미령 「황순원론」 충남대학교 대학원 석사학위 논문 1980. 2.

김 현 「해방 후 한국사회와 황순원의 작품세계」, 대학주보(경희대학
    교) 1980. 9. 15(상). 9. 22(하).

이태동 「실존적 현실과 미학적 현현」,『현대문학』 1980. 11.『황순원연
    구』(문학과지성사)에 수록. 1985. 3.

김 현 「안과 밖의 변증법」,『황순원전집』 제1권(문학과지성사). 1980.
    12.

이상섭 「'유랑민 근성'과 '창조주의 눈'」,『황순원 전집』 제9권(문학과지
    성사). 1980. 12.

황순원 전상국과의 대담,「문학과 더불어 한평생」,『경희대학』 제2집.
    1980. 12.

유종호 「겨레의 기억」,『황순원전집』 제2권(문학과지성사). 1981. 5.

김인환 「인고의 미학」,『황순원전집』 제6권(문학과지성사). 1981. 5.

방용삼 「황순원 소설에 나타난 애정관」 경희대학교 교육대학원 석사학
    위 논문 1981.

조남현 「순박한 삶의 파괴와 회복」,『황순원전집』 제3권(문학지성사).
    1981. 12.

송상일 「순수와 초월」,『황순원전집』 제7권(문학과지성사). 1981. 12.

장현숙 「황순원작품연구」 경희대학교 대학원 석사학위 논문 1982. 2.

권영민 「일상적 경험과 소설의 수법」,『황순원전집』 제4권(문학과지성
    사). 1982. 8.

김치수 「소설의 조직성」,『황순원전집』제10권(문학과지성사). 1982. 8.

천이두 「전체소설로서의 국면들」,『현대문학』1982. 12.

이동하 「한국소설과 구원의 문제」,『현대문학』1983. 5.

성민엽 「존재론적 고독의 성찰」,『황순원전집』제8권(문학과지성사). 1983. 7.

정과리 「사랑으로 감싸는 의식의 외로움」.『황순원전집』제5권(문학과지성사). 1984. 4.

김동선 「황고집의 미학, 황순원 가문」,『정경문화』1984. 5.『황순원연구』(문학과지성사)에 수록. 1985. 3.

조남현 「황순원의 초기 단편소설」,『한국현대소설사연구』(민음사) 1984. 11.

김종회 「황순원의 작중인물 연구」경희대학교 대학원 석사학위 논문 1985. 2.

한승옥 「황순원 장편소설 연구——원죄의식을 중심으로」,『숭실어문』제2집(숭전대학교국어국문학회). 1985. 2.

김주연 「싱싱함. 그 생명의 미학」,『황순원전집』제11권(문학과지성사). 1985. 3.

김치수 「소설의 사회성과 서정성」,『말과 삶과 자유』(문학과지성사) 1985. 3.

최동호 「동경의 꿈에서 피사의 사탑까지」,『말과 삶과 자유』(문학과지성사) 1985. 3.

정과리 「현실의 구조화」,『말과 삶과 자유』(문학과지성사) 1985. 3.

홍정선 「이야기의 소설화와 소설의 이야기화」,『말과 삶과 자유』(문학과지성사) 1985. 3.

김상태 「한국 현대소설의 문체변화」,『말과 삶과 자유』(문학과지성사) 1985. 3.

권영민 「황순원의 문체, 그 소설적 미학」,『말과 삶과 자유』(문학과지성사) 1985. 3.

김 현 「계단만으로 된 집」,『말과 삶과 자유』(문학과지성사). 1985. 3.

최정희·오유권·서정범·이호철 「황순원과 나」,『말과 삶과 자유』(문학과지성사). 1985. 3.

이보영 「인간 회복에의 물음과 해답」「작가로서의 황순원」, 『문예총서 12 황순원』(지학사) 1985. 7.

진형준 「모성으로 감싸기, 그에 안기기——황순원론」, 『세계의 문학』(민음사) 1985. 가을호.

신춘호 「황순원의 「황소들」론」, 『충주문학』 제 3 집. 1985. 10.

김윤식 「민담, 민족적 형식에의 길」, 『소설문학』 1986. 3.

장현숙 「황순원 초기 작품 연구——단편집 『늪』을 중심으로」, 『경원공업 전문대학논문집』 제 7 집. 1986.

김종회 「삶과 죽음의 존재양식——황순원 단편집 『탈』을 중심으로」, 『경희대학교대학원고황논집』 제 2 집. 1987.

윤지관 「「日月」의 정치적 차원」, 『문학과 비평』 1987. 가을호.

김병욱 「황순원 소설의 꿈 모티프——「日月」을 중심으로」, 『문학과 비평』 1988. 여름호.

신동욱 「황순원 소설에 있어서 한국적 삶의 인식연구」, 『삶의 투시로서의 문학』(문학과지성사) 1988.

조남현 「우리 소설의 넓이와 깊이, 황순원의 「카인의 후예」」, 『문학정신』 1989. 1-2.

조남현 「우리 소설의 넓이와 깊이, 「나무들 비탈에 서다」, 그 외연과 내포」 1989. 4-5.

연　보

1915(1세)

　3월 26일 평안남도 대동군 재경면 빙장리 1175번지에서 부친 찬영(贊永)씨(자는 秋隱. 1892. 음 7. 16~1972. 양 12. 19)와 모친 장찬붕(張贊朋) 여사(본관 廣州, 1891. 음 12. 7~1974. 양 1. 10.)의 맏아들로 태어남. 자는 만강(晩岡). 둘째 순만(順萬), 셋째 순필(順必), 본관은 제안(齊安).

1919(5세)

　3·1 독립 운동 일어남. 평양 숭덕학교 고등과 교사로 계시던 부친이 태극기와 독립선언서 평양 시내 배포 책임자의 한 분으로 일경에 붙들려 징역 1년 6개월의 실형을 받음.

1921(7세)

　평양으로 이사.

1923(9세)

　평양 숭덕소학교 입학.

1929(15세)

　3월, 숭덕소학교 졸업, 정주 오산중학교 입학. 남강 이승훈 선생 뵘.

　9월, 건강 때문에 평양 숭실중학교로 전학.

　11월 3일, 광주 학생 사건 일어남.

1930(16세)

　시를 쓰기 시작.

1931(17세)

　7월, 시「나의 꿈」을『동광』에 발표.

　9월, 시「아들아 무서워 말라」를『동광』에 발표.

　12월 24일, 시「묵상」을 조선중앙일보에 발표.

1932(18세)

1월, 시「젊은이여」를 『동광』에 발표.

4월, 시「가두로 울며 헤매는 자여」를 『혜성』에 발표.

5월, 시「넋잃은 그의 앞가슴을 향하여」가 『동광』 문예 특집호에 발표 됨과 함께 주요한(朱耀翰)씨로부터 김해강(金海剛)·모윤숙(毛允淑)· 이응수(李應洙)씨와 더불어 신예 시인으로 소개받음.

7월, 시「황해를 건너는 사공아」를 『동광』에 발표.

1933(19세)

1월, 시「떨어지는 이날의 태양은」을 『신동아』에 발표.

1934(20세)

3월, 숭실중학교 졸업, 일본 동경 와세다 제2고등학원 입학.

동경에서 이해랑(李海浪)·김동원(金東園)씨 등과 함께 ㅌ예술 연구 단체인 '동경학생예술좌'를 창립.

11월, 첫시집 『방가』를 '동경학생예술좌'에서 간행.

12월 18일, 시「밤거리에 나서서」를 조선중앙일보에 발표.

1935(21세)

1월 2일, 시「새로운 행진」을 조선중앙일보에 발표.

1월 17일, 양정길(楊正吉)(본관 淸州, 1915년 9월 16일생)과 결혼.

1월 25일, 시「귀향의 노래」를 조선중앙일보에 발표.

3월 11일, 시「거지애」를 조선중앙일보에 발표.

4월 5일, 시「새 출발」을 조선중앙일보에 발표.

4월 16일, 시「밤차」를 조선중앙일보에 발표.

4월 25일, 시「가로수」를 조선중앙일보에 발표.

5월 7일, 시「굴뚝」을 조선중앙일보에 발표.

6월 16일, 시「고향을 향해」를 조선중앙일보에 발표.

6월 25일, 시「오후의 한 조각」을 조선중앙일보에 발표.

7월 5일, 시「고독」을 조선중앙일보에 발표.

7월 26일, 시「찻속에서」를 조선중앙일보에 발표.

8월 22일, 시「무덤」을 조선중앙일보에 발표.

시집 『방가』를 조선총독부의 검열을 피하기 위해 동경에서 간행했다 하여 여름방학 때 귀성했다가 평양 경찰서에 붙들려 들어가 29일간 구 류당함.

10월 15일, 시「개미」를 조선중앙일보에 발표.
서울에서 발행하는 『삼사문학』의 동인이 됨.
1936(22세)
3월, 와세다 제2고등학원 졸업, 와세다대학 문학부 영문과 입학.
동경에서 발행하는 『창작』의 동인이 됨.
4월, 시「도주」「잠」을 『창작』제2집에 발표.
5월, 시집 『골동품』을 '동경학생예술좌'에서 간행.
7월, 시「칠월의 추억」을 『신동아』에 발표.
1937(23세)
7월, 단편「거리의 부사」를 『창작』제3집에 발표.
1938(24세)
4월 9일, 장남 동규(東奎) 출생.
10월, 단편「돼지계」, 시「과정」「행동」을 『작품』제1집에 발표.
1939(25세)
3월, 와세다대학 졸업.
1940(26세)
6월, 시「무지개가 있는 소라껍데기가 있는 바다」「대사」를 『단층』에
발표.
7월 17일, 차남 남규(南奎) 출생.
8월, 단편집 『늪』(간행시의 표제는 『황순원단편집』)을 서울 한성도서
에서 간행. 원응서(元應瑞)와 친교를 맺음.
1941(27세)
2월, 단편「별」을 『인문평론』에 발표.
12월 8일, 태평양전쟁 일어남.
1942(28세)
3월, 단편「그늘」을 『춘추』에 발표. 일제의 한글 말살 정책에 의하여
발표 기관이 없어지기 시작하여 작품을 발표치 못하고 써둠.
단편「기러기」「병든 나비」「애」「황노인」「머리」등.
1943(29세)
9월, 평양에서 향리인 빙장리로 소개.
11월 7일, 딸 선혜(鮮惠) 출생.

단편「세레나데」「노새」「맹산할머니」「물 한 모금」등을 써둠.
1944(30세)
단편「독 짓는 늙은이」「눈」등의 작품을 써둠.
1945(31세)
8월 15일, 해방.
시「그날」「당신과 나」「신음 소리」「골목」「열매」, 단편「술」을 씀.
1946(32세)
1월 21일, 3남 진규(軫奎) 출생. 같은 달에「그날」등 시 5편을 『관서
시인집』에 수록.
5월, 월남.
7월, 시「저녁 저자에서」를 『민성』87호에 발표.
9월, 서울중고등학교 교사 취임.
1947(33세)
2월, 단편「술」(발표시의 제목「술 이야기」)을 『신천지』에, 단편「아버
지」를 『문학』에 각각 발표.
4월, 단편「두꺼비」를 『우리공론』에 발표.
9월, 단편「담배 한 대 피울 동안」을 『신천지』에 발표.
장편『별과 같이 살다』를 부분적으로 독립시켜 잡지에 발표.
1948(34세)
3월, 단편「목넘이마을의 개」를 『개벽』에 발표.
8월 15일, 대한민국 정부 수립.
12월, 해방 후의 단편만을 모은 단편집『목넘이마을의 개』를 육문사에
서 간행.
1949(35세)
2월, 단편「몰이꾼」(발표시의 제목「검부러기」)을 『신천지』에 발표.
6월, 콩트「무서운 웃음」(발표시의 제목「솔개와 고양이와 매와」)을
『신천지』5·6월 합병호에 발표.
7월, 단편「산골아이」를 『민성』에 발표.
8월, 단편「맹산할머니」를 『문예』에 발표.
9월, 단편「황노인」을 『신천지』에 발표.
12월, 단편「노새」를 『문예』에 발표.

1950(36세)

　1월, 단편「기러기」를『문예』에 발표.

　2월, 장편『별과 같이 살다』를 정음사에서 간행. 같은 달에 단편「이리도」를『백민』에, 단편「병든 나비」를『혜성』에 각각 발표.

　3월, 단편「모자」를『신천지』에 발표.

　4월, 단편「독 짓는 늙은이」를『문예』에 발표.

　6월 25일, 동란 발발. 경기도 광주로 피난. 1·4 후퇴 때는 부산으로 피난.

　콩트「메리 크리스마스」를 영남일보에 발표.

1951(37세)

　1월, 단편「어둠 속에 찍힌 판화」를『신천지』에 발표.

　8월, 해방 전의 작품만 모은 단편집『기러기』를 명세당에서 간행.

　11월,「자기 확인의 길」이라는 글을『작가수업』(수도문화사 간)에 수록.

1952(38세)

　1월, 단편「곡예사」를『문예』에 발표.

　5월, 단편「목숨」을『주간문학예술』에 발표.

　6월, 단편집『곡예사』를 '명세당'에서 간행.

　12월, 시「향추」「제주돗말」을『한국시집』에 수록.

1953(39세)

　1월, 단편「과부」를『문예』에 발표.

　5월, 단편「학」을『신천지』에, 단편「소나기」를『신문학』 제4집에 각각 발표.

　7월 27일, 휴전 협정 조인.

　8월, 피난지에서 환도.

　9월부터 장편『카인의 후예』를『문예』에 제5회까지 연재했으나 동지의 폐간으로 중단. 나머지 부분은 써둠.

　10월, 단편「여인들」(발표시의 제목「간도삽화」)을『신천지』에 발표.

　11월, 단편「맹아원에서」(발표시의 제목「태동」)를『문화세계』에 발표.
단편「산골아이」, 중학교 국어교과서에 수록.

1954(40세)

　1월, 단편「왕모래」(발표시의 제목「윤삼이」)를『신천지』에 발표.

2월, 단편「사나이」를『문학예술』에 발표.

12월, 장편『카인의 후예』를 중앙문화사에서 간행.

1955(41세)

1월부터 장편『인간접목』(발표시의 제목『천사』)을『새가정』에 1년간 연재하여 완결.

2월, 단편「부끄러움」(발표시의 제목「무서움」)을『현대문학』에 발표.

3월, 장편『카인의 후예』로 아시아 자유문학상 수상. 서울중고등학교 교사 사임.

6월, 단편「필묵장수」를『현대문학』에 발표.

8월,「그와 그네」라는 글을『문학예술』에 발표.

『현대문학』추천 작품 심사위원에 피촉.

1956(42세)

1월, 단편「잃어버린 사람들」을『현대문학』에, 단편「불가사리」를『문학예술』에, 시「나무」를『새벽』에 각각 발표.

7월, 단편「산」을『현대문학』에 발표.

10월, 단편「비바리」를『문학예술』에 발표.

12월, 단편집『학』을 중앙문화사에서 간행.

『문학예술』추천 작품 심사위원에 피촉.

1957(43세)

2월, 단편「내일」을『현대문학』에 발표.

장남 동규 서울고 졸업, 서울대 영문과 입학.

4월, 경희대 문리대 교수로 취임. 예술원 회원 피선.

5월, 단편「소리」를『현대문학』에 발표.

10월, 장편『인간접목』을 중앙문화사에서 간행.

1958(44세)

1월, 단편「다시 내일」을『현대문학』에 발표.

2월, 차남 남규 서울고 졸업, 연세대 상과 입학.

3월, 단편집『잃어버린 사람들』을 중앙문화사에서 간행.

4월, 단편「링반데룽」을『현대문학』에 발표.

7월, 콩트「이삭주이」(발표시의 제목「콩트삼제」)를『사상계』에, 단편「모든 영광은」을『현대문학』에 각각 발표.

8월, 단편「별」「독 짓는 늙은이」「곡예사」를 『한국단편문학전집』(백수사 간) 제3권에 수록.
10월, 단편「너와 나만의 시간」을 『현대문학』에 발표.
12월, 단편「한 벤치에서」를 『자유공론』에 발표.
단편「과부」영화화됨.

1959(45세)

1월, 단편「안개구름끼다」를 『사상계』에 발표. 같은 달에 장편『별과 같이 살다』『카인의 후예』『인간접목』단편집『늪』을 『한국문학전집』(민중서관 간) 제22권에 수록.
5월, 단편「소나기」가 유의상의 영역으로 영국 *Encounter* 지에 수상 게재됨.
10월, 단편「할아버지가 있는 데쌍」(발표시의 제목「데쌍」)을 『사상계』에 발표.
11월, 단편「소나기」「왕모래」를 『한국수상문학전집』(신태양사 간) 제1권에 수록.

1960(46세)

1월부터 장편『나무들 비탈에 서다』를 『사상계』에 연재 시작하여 7월호에 완결.
4월, 시「세레나데」를 『한국시집』에 수록.
4월 19일, 학생 의거 일어남.
9월, 장편『나무들 비탈에 서다』를 사상계사에서 간행.
12월, 콩트「손톱에 쓰다」(발표시의 제목「콩트이제」)를 『예술원보』 제5집에 발표.

1961(47세)

2월, 장남 동규 서울대 졸업, 대학원 입학.
딸 선혜 이화여고 졸업, 서울대 음대 입학, 피아노 전공.
3월, 단편「내 고향사람들」을 『현대문학』에 발표.
5월 16일, 군사혁명 일어남.
6월, 단편「가랑비」를 『자유문학』에 발표.
7월, 장편『나무들 비탈에 서다』로 예술원상 수상.
11월, 단편「송아지」를 『사상계』 문예 특집호에 발표.

단편 「잃어버린 사람들」이 주요섭의 영역으로 *Collected Short Stories from Korea*(국제 P.E.N. 한국본부 간) 제1권에 수록됨.

1962(48세)

1월부터 장편 『일월』을 『현대문학』 5월호까지 제1부 발표.

2월, 차남 남규 연세대 졸업.

10월부터 장편 『일월』 제2부를 『현대문학』에 다음해 4월호까지 발표.

단편 「과부」가 「열녀문」으로 개제되어 재영화화됨.

1963(49세)

2월, 차남 남규, 유명자(兪明子)(본관 杞溪)와 결혼.

7월, 단편 「그래도 우리끼리는」을 『사상계』에 발표.

10월, 단편 「비늘」을 『현대문학』에 발표. 단편 「학」이 유의상의 영역으로 미국 계간지 *Prairie Schooner* 가을호에 게재됨.

1964(50세)

2월, 단편 「달과 발과」를 『현대문학』에 발표.

3 남 진규 서울고 졸업, 연세대 사학과 입학.

5월, 단편집 『너와 나만의 시간』을 정음사에서 간행.

8월부터 장편 『일월』 제3부를 『현대문학』에 연재하여 다음해 1월호에 완결.

11월 5일, 손자 성준(晟準) 출생.

12월, 『황순원전집』 전6권을 창우사에서 간행.

1965(51세)

2월, 딸 선혜 서울대 음대 졸업.

4월, 단편 「소리 그림자」를 『사상계』에 발표.

6월, 단편 「온기 있는 파편」을 『신동아』에 발표. 같은 달에 단편 「너와 나만의 시간」이 김종운(金鍾云)의 영역으로 *Korea Journal*에 게재됨.

7월, 단편 「어머니가 있는 유월의 대화」를 『현대문학』에 발표.

11월, 단편 「아내의 눈길」(발표시의 제목 「메마른 것들」)을 『사상계』에 발표.

12월, 단편 「조그만 섬마을에서」를 『예술원보』 제9집에 발표.

1966(52세)

1월, 단편 「원색오뚜기」를 『현대문학』에 발표.

2월, 장남 동규 서울대 대학원 졸업.

3월, 장편『일월』로 3·1 문화상 수상.

5월, 단편「원색오뚜기」가 김종출의 영역으로 *Korea Journal*에 게재됨.

6월, 단편「수컷 퇴화설」을『문학』에 발표.

8월, 단편「자연」을『현대문학』에 발표.

9월, 단편「온기 있는 파편」이 송요인(宋堯仁)의 영역으로 *Korea Journal*에 게재됨.

9월 17일, 부모의 회혼례 있음.

9월에 장남 동규 영국 에딘버러 대학에 유학, 다음해 11월에 귀국.

11월, 단편「우산을 접으며」를『문학』에, 단편「닥터 장의 경우(境遇)」를『신동아』에 각각 발표.

단편「소나기」가 인문계 중학교 국3에, 단편「학」이 실업계 고교 국3에 각각 수록됨.

3·1 문화상 심사위원에 피촉.

단편「잃어버린 사람들」「소나기」「왕모래」가 이장범(李章範)의 독역으로 *Die Bunten Schuhe*(Horst Erdmann Verlag 간)에 수록됨.

1967(53세)

1월, 단편「피」를『현대문학』에 발표.

8월, 단편「겨울 개나리」를『현대문학』에, 단편「차라리 내 목을」을『신동아』에 각각 발표.

11월, 단편「너와 나만의 시간」「비늘」을『한국수상문학전집』(신태양사 간) 제6권에 수록. 시「향수」「제주돗말」을『언제까지나』(한림출판사 간)에 수록.

12월, 단편「목넘이마을의 개」를『한국단편문학12명작집』(백미사 간)에 수록.

단편「잃어버린 사람들」과 장편『일월』이 영화화됨.

1968(54세)

1월, 단편「막은 내렸는데」를『현대문학』에 발표. 같은 달에 단편「가랑비」가 김종운(金鍾云)의 영역으로 *Korea Journal*에 게재됨.

3월, 장남 동규 서울대 교양학부 전임강사 취임.

3월 26일, 손녀 성현(晟賢) 출생.

5월, 장남 동규, 고정자(高靜子)(본관 濟州)와 결혼.

5월부터 장편 『움직이는 성』을 『현대문학』에 연재 시작, 10월호까지 제1부 발표.

12월, 단편 「이리도」를 『신문학60년대대표전집』(정음사 간)에 수록.

『월간문학』 편집위원에 피촉.

한글 전용 심의위원에 피촉.

장편 『나무들 비탈에 서다』 『카인의 후예』 영화화됨.

1969(55세)

3월, 딸 선혜, 김원영(金愿榮)(본관 黃州)과 결혼, 미국 이민.

5월, 『황순원대표작선집』 전6권을 조광출판사에서 간행.

7월 11일, 손녀 시내 출생.

7월부터 장편 『움직이는 성』 제2부 3회분을 『현대문학』에 발표.

10월, 단편 「황노인」 「노새」 「독 짓는 늙은이」 「목넘이마을의 개」 「이리도」 「공예사」 「소나기」 「내일」 「너와 나만의 시간」을 『한국단편문학대계』(삼성출판사 간)에 수록.

12월 7일, 콩트 「무서운 웃음」이 최해춘(崔海春)의 영역으로 *Korea Times*에 게재됨.

1970(56세)

5월부터 장편 『움직이는 성』 제2부 2회분을 『현대문학』에 발표.

같은 달에 장편 『카인의 후예』 『나무들 비탈에 서다』 『일월』 단편 「닭제」 「독 짓는 늙은이」 「목넘이마을의 개」 「아버지」 「곡예사」를 『한국대표문학전집』(삼중당 간) 제6권에 수록.

또 같은 달에 단편 「너와 나만의 시간」이 정종화(鄭鍾和)의 영역으로 필리핀 *Solidarity*지에 게재됨.

6월, 국제 펜클럽 제37차 서울대회에서 한국 대표로 「한국 문학에 있어서의 해학의 특성」이란 제(題)로 주제를 발표.

단편 「학」이 김세영(金世永)의 영역으로 *Modern Korean Short Stories and Plays*(국제 펜클럽 한국 본부 간)에 수록됨.

8월 15일, 국민훈장 동백장 받음.

11월 3일, 5일, 장편 『나무들 비탈에 서다』가 장왕록(張旺祿)의 발췌 영역으로 *Korea Times*에 게재됨.

1971(57세)

2월, 3남 진규 연세대 졸업.

3월부터 장편『움직이는 성』제2부 4회분을『현대문학』에 발표.

4월 15일, 외손녀 혜진(惠軫) 출생.

9월 16일, 콩트「탈」을 조선일보에 발표.

9월 20일, 남북 적십자 첫 예비 회담.

'외솔회' 이사에 피촉.

1972(58세)

2월, 단편「산골아이」중의「도토리」가 Norman Thorpe의 영역으로 *Korea Journal*에 게재됨.

3월 7일, 손자 순신 출생.

4월, 3남 진규 조선일보 기자로 입사.

4월부터 장편『움직이는 성』제3부와 제4부를『현대문학』10월호까지 연재하여 완결.

7월 4일, 남북 공동 성명 발표.

8월, 단편「목숨」이 김세영의 영역으로 *Korea Journal*에 게재됨.

같은 달 30일, 남북 적십자 본회담.

9월, 장편『나무들 비탈에 서다』를『한국문학전집』(삼성출판사 간) 제18권에 수록.

10월 12일, 남북 조절위원장 첫 회의.

12월 19일, 부친 서거.

1973(59세)

2월, 3남 진규, 장순균(張順均)(본관 仁同)과 결혼.

4월, 단편「학」이 김소운(金素雲)의 일역으로『현대한국문학선집』(일본 동수사간) 제3권에 수록됨.

5월, 장편『움직이는 성』을 삼중당에서 간행.

6월, 단편「학」이 Kevin O'Rourke의 영역으로 *Ten Korean Short Stories* (Korean Studies Institute 간)에 수록됨.

10월, 장편『일월』이 김소운의 일역으로『현대한국문학선집』(일본 동수사 간) 제1권에 수록됨.

354

11월 5일, 친구 원응서(元應瑞) 별세.

12월, 단편 「황노인」이 D. Bouchez의 불역으로, 단편 「곡예사」가 H. Roumégoux의 불역으로 *Revue de CORÉE* 겨울호에 게재됨.

12월, 『황순원문학전집』 전 7 권을 삼중당에서 간행.

1974(60세)

1 월 10일, 모친 서거.

3 월, 시 「동화」「초상화」「헌가」를 『현대문학』에 발표.

3 월 24일. 단편 「별」이 Choe Chol-li의 영역으로 *Korea Times*에 게재됨.

7 월, 단편 「숫자풀이」를 『문학사상』에 발표.

8 월, 단편 「비바리」가 「갈매기의 꿈」이라는 제(題)로 영화화됨.

10월 5일, 손녀 수정(水晶) 출생.

10월, 단편 「마지막 잔」을 『현대문학』에 발표.

12월, 시 「공(空)에의 의미」를 『현대문학』에 발표.

단편 「너와 나만의 시간」이 김종운의 영역으로 *Postwar Korean Short Stories*(서울대학 출판부 간)에 수록됨.

단편 「학」이 Peter H. Lee의 영역으로, 단편 「소나기」가 유의상의 영역으로 *Flowers of Fire: Twentieth Century Korean Stories*(Hawaii 대학 출판부 간)에 수록됨.

1975(61세)

3 월 26일, 회갑이지만 다른 행사는 사양하고 예년과 같이 지냄.

4 월, 단편 「이날의 지각」을 『문학사상』에 발표.

6 월 29일, 단편 「뿌리」를 『주간조선』에 발표.

11월, 단편 「주검의 장소」를 『문학과지성』 겨울호에 발표.

11월 1일, 단편 「독 짓는 늙은이」가 Norman Thorpe의 영역으로 *Korea Times*에 게재됨. 장편 『카인의 후예』가 장영숙과 Robert P. Miller의 공역(영역)으로 *The Cry of the Cuckoo*(Pan Korea Book Corporation 간)라는 표제로서 간행됨.

1976(62세)

3 월, 부인 양정길 여사 여의도 순복음교회 권사회장에 임명.

3 월, 단편 「나무와 돌, 그리고」를 『현대문학』에 발표. 같은 달에 단편

집『탈』을 문학과지성사에서 간행.

7월 초순부터 50여 일간 부부 동반으로 미국·일본·대만 등지를 여행.

7월 20일, 손자 성재(晟宰) 출생.

10월, 단편「달과 발과」가 Genell Y. Poitras의 영역으로 *Korea Journal*에 게재됨.

11월 7일, 단편「이날의 지각」이 장왕록의 영역으로 *Korea Times*에 게재.

1977(63세)

3월, 시「돌」「늙는다는 것」「고열로 앓으며」「겨울 풍경」을『한국문학』에 발표.

4월, 시「전쟁」「링컨이 숨진 집을 나와」「위치」「숙제」를『현대문학』에 발표.

9월, 단편「그물을 거둔 자리」를『창작과비평』가을호에 발표.

1978(64세)

2월, 장편『신들의 주사위』를『문학과지성』봄호에 연재 시작.

1979(65세)

5월, 시「모란 I · II」를『한국문학』에 발표.

1980(66세)

1월, 장편『나무들 비탈에 서다』가 장왕록의 영역으로 *Trees on the Cliff*(미국 Larchwood사 간)라는 표제로서 간행됨.

6월, 시「꽃」을『한국문학』에 발표.

9월, 단편「풍속」「소라」「닭제」「별」「황노인」「독 짓는 늙은이」「소나기」「학」「왕모래」「비바리」「송아지」「숫자풀이」가 Edward W. Poitras의 영역으로 *The Stars*(영국 Heinemann 홍콩 지사 간)라는 표제로서 간행됨.

경희대학 교수 정년 퇴임과 동시에 명예 교수로 취임.

장편『신들의 주사위』가『문학과지성』의 폐간으로 가을호부터 연재 중단됨.

12월, 문학과지성사가 낱권으로 기획한『황순원전집』전12권 중 제1권『늪/기러기』, 제9권『움직이는 성』이 간행됨.

1981(67세)

5월, 『황순원전집』 제2권 『목넘이마을의 개/곡예사』, 제6권 『별과 같이 살다/카인의 후예』가 간행됨.

8월, 장편 『신들의 주사위』를 『문학사상』에 처음부터 다시 연재하여 다음해 5월호에 끝냄.

12월, 『황순원전집』 제3권 『학/잃어버린 사람들』, 제7권 『인간접목/나무들 비탈에 서다』가 간행됨.

1982(68세)

8월, 『황순원전집』 제4권 『너와 나만의 시간/내일』, 제10권 『신들의 주사위』가 간행됨.

1983(69세)

3월, 시 「낭만적」 「관계」 「메모」를 『현대문학』에 발표.

3월, 3남 진규 가족 미국 이민.

7월, 『황순원전집』 제8권 『일월』이 간행됨.

12월, 장편 『신들의 주사위』로 대한민국 문학상 본상 수상.

1984(70세)

1월, 단편 「그림자풀이」를 『현대문학』에 발표.

3월, 시 「우리들의 세월」을 『월간조선』에 발표.

3월 25일, 시 「도박」을 한국일보에 발표.

4월, 『황순원전집』 제5권 『탈/기타』가 간행됨.

6월 22일부터 두 달 동안 부부 동반으로 미국에 있는 딸네 가족과 함께 미국 중부, 서부 지방과 유럽의 영국·프랑스·스위스·이탈리아·오스트리아·독일·벨기에 등지를 여행.

7월, 시 「밀어」 「한 풍경」 「고백」을 『현대문학』에 발표.

10월, 시 「기운다는 것」을 『문학사상』에 발표.

1985(71세)

1월, 단편 「학」이 인문계 실업계 구분 없이 편찬한 고등학교 국2에 수록됨.

3월, 『황순원전집』 제11권 『시선집』, 제12권 『황순원 연구』가 간행됨. 같은 달에 「말과 삶과 자유」를 『말과 삶과 자유』(문학과지성사)에 수록.

7월, 장편『움직이는 성』이 Bruce and Ju-Ch'an Fulton의 영역으로 *THE MOVING CASTLE* (Si-sa-yong-o-sa 간)이라는 표제로서 간행됨.

9월, 단편「나의 죽부인전」을『한국문학』에 발표.

12월, 단편「땅울림」을『세계의 문학』겨울호에 발표.

1986(72세)

2월, 단편「겨울 개나리」가 Bruce and Ju-Ch'an Fulton의 영역으로『한국문학』에 게재됨. 같은 달에 단편「눈」이 J. Martin Holman의 영역으로 *Korea Journal*에 게재됨.

5월,「말과 삶과 자유 Ⅱ」를『현대문학』에 발표.

9월,「말과 삶과 자유 Ⅲ」을『현대문학』에 발표

1987(73세)

1월,『말과 삶과 자유 Ⅳ』를『현대문학』에 발표.

5월,「말과 삶과 자유 Ⅴ」를『현대문학』에 발표.

8월, 단편「소리그림자」가 J. Martin Holman의 영역으로 *Korea Journal*에 게재됨.

10월, 제1회 인촌상 문학 부문 수상.

12월, 예술원 원로회원에 추대됨.

1988(74세)

3월,「말과 삶과 자유 Ⅵ」을『현대문학』에 발표.

1989(75세)

7월, 단편「탈」「어머니가 있는 유월의 대화」「숫자풀이」「겨울 개나리」「우산을 접으며」「온기 있는 파편」「피」「이날의 지각」「조그만 섬마을에서」「소리 그림자」「원색 오뚜기」「자연」「막은 내렸는데」「주검은 장소」「나무와 돌, 그리고」가 영역되어(여러 사람이 번역하였음) *The Book of Masks*라는 표제로서 영국 READERS INTERNATIONAL사에서 간행.

1990(76세)

1월, 단편「학」「조그만 섬마을에서」「피」「사마귀」「갈대」「이리도」「소나기」「눈」「메리 크리스마스」「황노인」「필묵장수」「손톱에 쓰다」「독 짓는 늙은이」「맹산할머니」「사나이」「가랑비」「탈」「곡예사」「비바리」「링반데룽」「참외」「너와 나만의 시간」「그림자 풀이」「과부」
「소리 그림자」가 영역되어(여러 사람이 번역하였음) J. Martin Hol-
man의 편집으로 *SHADOWS OF A SOUND*라는 표제로서 미국
MERCURY HOUSE사에서 간행.
8월 15일, 선친께서 건국훈장 애족장을 추서받음.
11월, 장편 『일월』이 설순봉의 영역으로 *Sunlight, Moonlight*(Si-sa-
yong-o-sa 간)라는 표제로서 간행됨.
12월, 부인 양정길 여사 권사회장 사임.
1992(78세)
9월, 시「산책길에서 1」「산책길에서 2」「죽음에 대하여」「미열이 있
는 날 밤」「밤늦어」「기쁨은 그냥」「숫돌」「무서운 아이」를 『현대문
학』에 발표.

필자 소개

■ **오생근** 서울대 인문대 불문과 교수, 문학평론가. 저서『삶을 위한 비평』.

■ **김병익** 문학평론가, 문학과지성사 대표. 저서『지성과 문학』『상황과 상상력』『지성과 반지성』.

■ **이보영** 전북대 영문과 교수, 문학평론가. 저서『식민지 시대 문학론』.

■ **이태동** 서강대 영문과 교수, 문학평론가. 저서『부조리와 인간 의식』, 역서『오기 마치의 모험』(솔 벨로우)『칼 융의 심리학』(야코비 욜란디) 외.

■ **김 현**(1942~1990) 서울대 인문대 불문과 교수, 문학평론가. 저서『프랑스 비평사』『문학과 유토피아』『한국문학사』외.

■ **김치수** 이화여대 불문과 교수, 문학평론가. 저서『문학과 비평의 구조』『문학사회학을 위하여』『박경리와 이청준』외.

■ **천이두** 원광대학 국문과 교수, 문학평론가. 저서『문학과 시대』『한국 소설의 관점』『종합에의 의지』.

■ **조남현** 서울대 인문대 국문과 교수, 문학평론가. 저서『한국 지식인 소설 연구』『한국 현대 소설 연구』『삶과 문학적 인식』외.

■ **진형준** 홍익대 불문과 교수, 문학평론가. 저서『깊이의 시학』『또 하나의 세상』『상상적인 것의 인간학』.

■ **장현숙** 경원전문대 문예창작과 조교수.

■ **최동호** 경희대 국문과 교수, 문학평론가. 저서『현대시의 정신사』『불확정 시대의 문학』.

■ **원응서**(1914~1973) 평양생, 일본 입교대(立敎大) 영미학부 졸,『문학』주간, 중앙문화사 대표. 역서『황금충』『제인 에어』.

■ **김동선** 작가. 저서『대학촌의 달빛』『사랑하는 나의 대학』.

(수록 순서)

황순원 전집 12
황순원 연구

초판발행/ 1985년　3월 26일
2 쇄발행/ 1988년 10월 30일
재판발행/ 1993년　3월 25일
2 쇄발행/ 2000년 10월　4일

엮은이/ 오생근
펴낸이/ 채호기
펴낸곳/ ㈜**문학과지성사**
등록번호/ 제10-918호(1993. 12. 16)

서울 마포구 서교동 363-12호 무원빌딩(121-838)
편집: 338)7224~5 FAX 323)4180
영업: 338)7222~3 FAX 338)7221
홈페이지/ www.moonji.com

ⓒ 황순원, 1993. Printed in Seoul, Korea

값 8,000원